海外ミステリーBOX

天才ジョニーの秘密

Johnny Swanson

エレナー・アップデール 作

こだま ともこ 訳

評論社

天才ジョニーの秘密

〈主な登場人物〉

ジョニー・スワンソン……十一歳《さい》の少年。頭の回転が早い。背《せ》の低いのがなやみ。

ウィニー・スワンソン……ジョニーの母。戦争で夫をなくし、ひとりで息子《むすこ》を育てている。

ハッチンソンさん……雑貨店兼郵便局《けんゆうびんきょく》の主人。ジョニーにアルバイトの仕事をくれる。

ラングフォード先生……ウィニーが働いているお屋敷《やしき》の主。引退した医師。

ラングフォード夫人……ラングフォード先生の奥《おく》さん。フランス人。

ベネット氏……町いちばんの資産家。ジョニーたちが借りている家の大家《おおや》。

ミス・デンジャーフィールド……なにかとジョニーを目の敵《かたき》にするおばあさん。

オルウェン……ウェールズ地方から来た少女。ジョニーと友だちになる。

グリフィン警部《けいぶ》……スタンブルトン警察の刑事《けいじ》。ウィニーの事件を取り調べる。

1　一九二九年秋、体育の授業《じゅぎょう》

先生は、笑っていた。だが、ジョニーに向かって笑っているわけではない。ジョニーの頭のむこう、ならんで走り高跳《たかと》びの順番を待っている男の子たちに笑顔を向けているのだ。そして、それは気持ちのいい笑顔ではなかった。そんな笑顔ができるはずがない。マリー先生の顔は、目からあごにかけて傷跡《きずあと》があるためにくちびるが片方《かたほう》にねじれ、いつもうすら笑いをうかべているように見える。きげんのいいときでさえそうだ。けれどいま、先生は、本当にあざわらっていた。そればかりか同級生たちにも、ほら、いっしょになって笑えといっているのだ。いちばんチビの、いちばんやせっぽちが、助走のときに足をもつれさせてバーを落とすのを声をあげて笑ってやれ、と。

ジョニーは、中古品の体育用ショーツが、ほそっこい脚《あし》をパタパタと打つのを感じていた。こっけいに見えるのは、わかっている。たったひとつの望みは、自分だっておかしくてたまらないのさ……というふりができればということ。失敗するのは、わかりきっている。息をすいこみ両手をにぎりしめると、ジョニーは走りだした。

マリー先生は、ジョニーが足をもつれさせるタイミングをうまくとらえて、声をかけた。

「そこだぞ、チビ」先生は、どなる。「うまく跳んでみせてくれよ！」

クラスのみんなは、声援《せいえん》するふりをした。ジョニーは、こわばった顔でほほえんで見せてから、バーをひっかけてカタカタと落としてしまった。

立ちあがってひざの砂《すな》をはらい落としたジョニーは、にやにや笑いながら、わざと胸《むね》をはって列にもどろうとした。本当は、泣きたかったのだが。

マリー先生は、ピーッとホイッスルを吹《ふ》いてほかの子たちの笑い声を止めると、横をすりぬけたジョニーの頭をひっぱたいた。

「にやにや笑うところじゃない、スワンソン。この国はいま、男を必要としてるんだ。おまえみたいな虫けらじゃなくってな。おまえなんか、戦争に行ってもろくな働きはできんだろうよ」

みんな、小声でぶつぶついいはじめた。またフランス戦線でマリー先生がいかに勇敢《ゆうかん》に戦ったか、えんえんと聞かされるにきまっている。一九一六年、フランス北部にあるソンムの戦いで、先生は顔に傷《きず》をおったのだ。ジョニーたちが生まれる二年前のことだ。けれども先生はまたホイッスルを吹いて、次の番の男の子のほうを向いた。サッカー部のキャプテンをつとめる、たくましい少年だ。

「さあ、テイラー。スワンソンにどうやるのか見せてやれ」

アルバート・テイラーが、ゆうゆうとバーを跳《と》びこえると、みんな拍手《はくしゅ》かっさいをした。その日の午後、テイラーはまさに勝利者であり、クラスの英雄《えいゆう》だった。ジョニーが自分のみじめな体験をジョークにして笑いをとろうとしても、だれもふりむいてくれなかった。

マリー先生は、グランドのハードルをかたづけろとテイラーにいってから、暖《あたた》かい職員室へもどっていった。

テイラーは、すぐさま自分の仕事をジョニーにおしつけた。

「クワッキー。おまえ、体をきたえなきゃいけないからな」クワックワッと鳴く、アヒルのクワッキー……そのあだ名をジョニーが大きらいなことを知っていて、わざと呼《よ》ぶのだ。「おまけの仕事をすれば、ちょこっと背《せ》がのびるかもしんねえぞ」テイラーは、物置のかぎをジョニーに投げてから、ほかのみんなに声をかけた。「おい、ビー玉で遊ばねえか？」

クラスのみんなは大喜びで、ハードルを引きずっているジョニーを残して走っていく。これから、アルバートの勝利を祝い、ジョニーの恥《はじ》を笑おうと思っているのだ。

ハードルを物置にきちんとしまい終わったとき、外で鼻をすするような音がして、ジョニーは飛びあがった。みんながジョニーをからかおうと、もどってきたのではないだろうか？　物置を出たとたんに飛びかかろうと、待ちかまえているのでは？

声は聞こえなかったが、木の棒《ぼう》がふれあってカチカチ鳴っている。ドアにつっかいぼうでもかまして、外へ出られないようにしているのかもしれない。みんな、ジョニーが放課後のアルバイトをはじめたのを知っていた。夕刊を配るのがおそくなって怒《おこ》られたらおもしろいぞとでも思っているのだろう。つっかいぼうにしろなんにしろ、やつらがしかけたものがたおれるように、ジョニーはせいいっぱい力をこめてドアをおした。

ドアは、あっさりと大きく開いた。外にはだれもいない。大きな木の輪っかがひとつ、ころころと運動場を走っていくだけだ。だれかがグスグスとべそをかいている。ジョニーはあたりを見まわした。ドアのうしろの芝生《しばふ》に、女の子があおむけにたおれていた。首に六本も輪っかをかけ、のばした両腕《りょううで》にもかけている。そのせいで、ひっくりかえったカブトムシみたいにもがいているけれど、起きあがれないでいるのだ。

「あんたが、たおしたんだよ」女の子は、鼻をすすった。

「ごめんね。そこにいるの、知らなかったんだ」

女の子はメガネをかけていたが、泣いているのがわかった。どうやら、ドアにぶつかってたおされる前から泣いていたらしい。ジョニーは輪っかをとって、起きあがらせてやった。

「ぜーんぶ、あたしに運べっていうんだよ」体育着についたどろをはらい落としながら、口をとがらせている。「あたしが、転校生だからって」

女の子の口調には、ジョニーが聞いたことのない、うたうようななまりがあった。

「おまえ、前に見たことないよな」

「月曜日に初めて来たんだもん。パーマー先生の組だよ。もう、みんなにきらわれてるんだ。なまってるからだってさ」

「なまってる?」ジョニーは、気がつかなかったふりをした。

「あたし、ウェールズ地方から来たんだよ。オルウェンっていうんだけど、ウェールズの女の子によくある名前なの。どうしてかわかんないけど、ほかの子たちは、それがおかしいみたい。それとメガネをかけてるからって、あたしのこと『フクロウ』ってあだ名で呼《よ》ぶの。この木の輪っかを使って体そうすると、いっつもメガネが落ちるんだ。そうすると、みんなで大笑いするんだよ」

「みんな、いろんな理由をつけていじめるんだな」と、ジョニーはいった。さっきから、オルウェンのほうが一学年下なのに、自分より背《せ》が高いことに気がついて、胸《むね》がズキンとしていたのだ。

「ぼくは背が低いっていじめられるんだ。だから、体育の道具を物置にひとりでかたづけなきゃならなくなったわけ。その輪っか、物置に入れるの手伝ってやるよ。それと、ぼくはジョニーっていうんだ。ジョニー・スワンソン」

オルウェンは、ジョニーに輪っかをわたしながら、一家で引《ひ》っ越《こ》してきたわけを話してくれた。

「みんなで、ウェールズから引っ越してこなきゃいけなかったの。スウォンジーにいたんだけど、父ちゃんの仕事がなくなっちゃって、お金もなくなっちゃったんだ。それで、父ちゃんは軍隊にいたときの友だちに手紙を書いたんだよ。助けてくれないかって。運よく、その友だちがいいよっていってくれたの。その人がいなかったら、あたしたちはどうなったかわからないよ。それでね、いま、あたしたちはニューゲイト農場でくらしてるの」

「それって、どこにあるの？」

「スタンブルトンの町をちょっと出たところ。父ちゃんは、その農場で働かせてもらうことになってたんだけど、父ちゃんと母ちゃんがふたりとも病気になっちゃったの。引っ越す前からぐあいが悪かったんだけど、旅をしてきたんでますますひどくなっちゃってさ」

「きょうだいはいないの？　兄ちゃんとか姉ちゃんとか。この学校に通ってないの？　もし兄ちゃんがいれば、ひどい女の子たちから守ってくれるのに」

「あたし、妹がいるだけ。赤ちゃんだから、まだ学校には通えない。それに、その子も、いま、病気なんだ。今朝、母ちゃんがすっごく心配してたよ。息がちょっとおかしくてさ。きっと、田舎《いなか》の空気があわないんだね。だからあたし、早くうちに帰って妹がよくなったかどうか見なきゃいけないの。農場までは、歩いてくとすっごく遠いんだよ」

　ジョニーも、新聞配達の仕事を思い出した。

「ぼくも早く帰らなきゃ」

　ふたりはいっしょにかけだして、校門を出た。

「いじめっこのことは、心配すんなよ」左右に別れるとき、ジョニーはいってやった。「そのうちに、おまえのことがめずらしくもなんともなくなるさ。けど、もしなんかあったら、ぼくのところに来るんだぞ」

　そうはいったものの、自分がどんなふうに助けてやれるのか自信はない。けれどもオルウェンは、やっと友だちができたと喜んでいるようだ。

「ありがとう、ジョニー。じゃあ、また明日ね」

「うん。明日、授業《じゅぎょう》がはじまる前に運動場でおまえのこと見ててやる」

　外の通りで、まだ男の子たちがビー玉遊びをしていた。アルバート・テイラーが、自分の手の甲《こう》にチュッと音をたててキスしてから、仲間のひとりをつついた。

「チビのクワッキーが、ペットのフクロウを連れてやがる」

ジョニーとオルウェンにだけ聞こえる声で、アルバートはいった。


ジョニーは、学校の通りをちょっと行ったところにある、ハッチンソン雑貨店兼郵便局《けんゆうびんきょく》に向かった。ハッチさんことジョウゼフ・ハッチンソンが、足を引きずりながら店から出てきた。ハッチさんは、まだ三十五歳《さい》にもなっていないから年寄りとはいえないし、栗色《くりいろ》の髪《かみ》もふさふさしていた。だが、足のけがのせいでゆっくりとしか歩けず、運動不足で太ってきてもいた。店先のリンゴをせっせとならべなおしているハッチさんの茶色いオーバーオールは、おなかのところがいまにもはちきれそうだ。ジョニーは店に着く前から、ハッチさんが腹《はら》を立てているのがわかった。

「おそいじゃないか。十分も前に夕刊を配達できるように用意しといたぞ」

「今日は、体育があったから。運動場に出てたんです」

「で、おまえがすべての記録をやぶったってか?」ハッチさんは、大きなキャンバス地のカバンを、ジョニーの肩《かた》にかけながらいう。それから、ほそっこい腕《うで》をつねった。「なんにも肉がついてないじゃないか。その髪の毛を見なきゃ、おまえがハリー・スワンソンの息子《むすこ》だなんてまったく信じられんだろうよ。りっぱな、強い男だったぞ、おまえのおやじさんは」

「知ってます」と、ジョニーは答えた。「軍服を着た写真を見たから」

「ああ。けどその写真は、軍隊がおやじさんの金髪《きんぱつ》の巻き毛《まげ》を切っちまってから写したものだろう」ハッチさんは、ジョニーの弾力《だんりょく》のある巻き毛の金髪をくしゃくしゃとやった。「たしかに、おまえはやつの息子《むすこ》だよ。ちっとばかりやせっぽちでもな。さあ、配達に行け。競馬の結果を待ってる客がいるからな」

ジョニーは、夕刊の配達のほうが好きだった。朝刊と夕刊の両方をとっている家はそれほど多くないから、朝よりカバンがずっと軽いのだ。朝は、近所の家のほとんどをまわらなくてはいけなかった。ジョニーは、できるだけ早く仕事をすませようと、家から家まで走っていった。最後のミス・デンジャーフィールドの家のドアにあいている郵便《ゆうびん》受《う》けに新聞をおしこんだとき、急いでいたので、うっかりガチャッと大きな音をたててしまった。

「もっと静かにできないものかね？」ミス・デンジャーフィールドが、家の中からどなる。

ジョニーはつま先で立って郵便受けのふたを上げ、あやまろうとした。かびくさいような「おばあさんっぽい」においが、ふわっと鼻先にただよってくる。ミス・デンジャーフィールドが、新聞を取りにろうかを歩いてくるのが見えた。いつもとおなじに頭のてっぺんからつま先まで黒ずくめで、杖《つえ》にすがって、なにごとかぶつぶついっている。ドアのすぐそばまで来たとき、髪《かみ》の毛《け》がうすくなっていて、頭のてっぺんはほとんどはげているのがわかった。背《せ》をのばしたミス・デンジャーフィールドは、ジョニーが郵便受けからのぞいているのに気づいて、たちまち怒《おこ》りだした。

「あっちへ行け！」金切り声で、さけぶ。「あたしをこっそり探《さぐ》ろうったって、そうはいかないよ！」

「ごめんなさい」ジョニーは、おとなしくあやまった。

ミス・デンジャーフィールドは、杖をふりあげ、郵便受けめがけてふりまわした。

はっと身を引いたとたんに、また郵便受けのふたをガシャッと鳴らしてしまった。

「ごめんなさい」ジョニーは、声をあげてもう一度あやまった。「郵便受けが、とっても高いところにあるから……」

けれども、たちまちミス・デンジャーフィールドのわめき声にかき消されてしまった。

「まったく、どうしようもない子どもだ。いいところなんぞ、これっぽっちもない。きっといつもみたいに門をあけっぱなしにしていくんだろうよ」

ジョニーは門から出ると、いつもしているように静かにそっと閉《し》めて丘《おか》をかけおりた。

雑貨店にもどると、ハッチさんが閉店《へいてん》の準備をしていた。

「このビスケットを捨《す》ててるんだよ」顔を上げずにぶつぶつという。「もう古くなっちまったんでな」それから、古新聞の上に、しめったカスタードクリーム入りのビスケットをひとにぎり置いた。

「おまえ、持ってくか？」

ジョニーには、ぴんときた。さっきジョニーのことをやせっぽちなどとからかって悪いことをしたと思っているので、まともに顔をあわせたくないのだ。

「はい、そうします。遅刻《ちこく》して、ほんとにごめんなさい」

ハッチさんはなにもいわずに、早く行けというように手をふった。

ジョニーは、わざと時間をかけてもどることにした。うちに帰るには、またミス・デンジャーフィールドの家の前を通らなければいけない。おばあさんの気持ちが静まるまで待ったほうが利口《りこう》だ。

ジョニーは墓場で足を止めて低いへいにすわると、ビスケットを食べはじめた。ふと、ビスケットをつつんだ古新聞の紙面が目に入った。先週の水曜日の「スタンブルトン・エコー」だ。広告ばかりで、ちっともおもしろくない。古い園芸用品やら、赤ちゃんの服やら、乳母車《うばぐるま》やら、本やらの広告……。そのとき、ひとつの広告がジョニーの目にとまった。ほかの広告とは別のところにある小さなわくの中に、こんなことが書いてある。


背《せ》が低いのを、気にしてるって?

もっと高くなりたいですか?

それでは、たちまち背が高くなる秘密《ひみつ》の方法を、こっそり教えてさしあげましょう。

二シリング六ペンスの郵便為替《ゆうびんかわせ》と返信用の切手をはった封筒《ふうとう》を、左記にお送りください。

ウォリックシア州スタンブルトン、カナル通り六番地
「スタンブルトン・エコー」新聞社、郵便受け箱二三三号

ジョニーは、何度も何度も読みかえした。たちまち背が高くなる秘密の方法。それこそ、ジョニーがなにより知りたいものだった。けれども、どこで二シリング六ペンスを見つければいいだろう？　だいたい、返信用の切手を買うお金すらないのだ。それでも、ジョニーはその広告をやぶりとってポケットに入れた。家に着いたときには、なにがなんでも、ぜったいにお金を手に入れるんだと、かたく心にきめていた。そのお金を二三号の箱とやらに送って、すべてのなやみを解決する答えを、ぜひとももらわなくては。

2 「平和」のマグカップ

ジョニーの母親のウィニー・スワンソンは、もう家にもどってきていた。表のドアをあければ、すぐそこは台所だった。だいたい、一階の部屋は台所しかないのだ。ジョニーはドアをあけたとたんに、母親がアイロンがけをしているのに気がついた。シーツにせっせとアイロンをかけている。パリッと糊《のり》がきいた真っ白なシーツで、どう見てもジョニーたちのベッドで使っているものではない。

「ラングフォード先生の家のシーツなの」ウィニーは、いいわけがましくいった。「お屋敷《やしき》のおそうじをしている間には、かわかなかったのよ。奥《おく》さまに、うちに持って帰ってアイロンをかけてきてっていわれたの。あんたがもどる前に終わらせたいと思ってたのに。ごめんね。お夕飯は、少しおそくなるわ」

「シーツの洗濯《せんたく》なんか、ラングフォード先生の家ではクリーニング屋さんにたのむんじゃないの。クリーニング屋さんのバンが、家の前に停まってるの見たもの」

「あのね、ラングフォード先生が病院を退職なさってからは、そういう費用を節約なさってるのよ」と、ウィニーはいう。「奥さまに、シーツの洗濯やなんかもお願いできるかしらっていわれたとき、わたしもいやだっていえなくってね。こっちだって、クビにされたら困《こま》るもの。いまどき、洗濯の仕事を探《さが》している人は山ほどいるし。わたしがやめたって、代わりはいくらだっているわけよ」

ジョニーはシーツのはしを持って、たたむのを手伝った。台所がせまいので、シーツをせいいっぱいぴんとのばすには、足でいすやらなんやらをすみに寄せなければならなかった。

「洗濯代は、別にはらってくれるの?」そういいながらジョニーは前に歩いていってウィニーにシーツのはしをわたし、今度は下の折り目を手に取る。

「それがね、なんとなくいってはみたんだけど」と、ウィニーはいった。「でもね、奥さまは、その話はしたくないようなの。奥さまにきまりの悪い思いをさせたくないでしょ――わたしだってそうだし。きっと奥さまだって、つらいんじゃないかしら。いいくらしになれているから。ほら、フランスの、お金持ちのおうちに生まれたって話だし」

ふたりは、シーツのはしを持ってあっちへ行ったり、こっちへ来たりしながら、はしっこを落としたといっては笑い、次にはどっちへ折るのかをまちがえたといっては笑った。シーツの洗濯までしなくても、母さんは働きすぎるほど働いているのにと、ジョニーは思った。ラングフォード先生の家を毎日そうじするだけでも、たいへんなのだから。けれども、暖炉《だんろ》の前のアイロンの馬にかけてある、洗《あら》いたてのシーツのにおいは気に入った。それに、暖炉に火を燃やす口実ができただけでもいい。

「今日、学校はどうだったの？」長方形にきちんとたたんだシーツをパンパンとたたきながら、ウィニーがきいた。「教室から出て運動場で体育をするっていうのも、気分が変わっていいものでしょう？」

ジョニーは、自分が笑われたことや、オルウェンのことは話さなかった。ミス・デンジャーフィールドやビスケットのこと、それから「たちまち背《せ》が高くなる秘密《ひみつ》の方法」の広告のことも。じつをいうと、ジョニーの頭の中は、いまやその広告のことではちきれそうになっていたのだが。

「そうだね。外は気持ちよかったよ。だけど、ちょっと寒かった」

「それじゃ、あったかいところにすわりなさいな」ウィニーはそういってアイロンの馬を動かし、暖炉《だんろ》の前をあけてくれた。そのとき、うっかり熱くなったアイロンに腕《うで》をふれてしまい、小声でチッといった。「ほんとにバカみたい。こんなとこにアイロンを置いとくなんて」はき出すようにいって、赤くなったところをなめている。「ジョニー、ぬり薬を取ってくれる？　棚《たな》の上にあるから」

ジョニーは、いすのひじにのぼって棚に手をのばした。ジョニーがおさないころから、あぶないものやこわれやすいものは、ぜんぶこの棚の上に置いてあるのだ。いま棚の上には、ほこりをかぶった薬びんが二つか三つ、それに英国国旗の絵がついて、「平和」と書いてあるきれいな陶器《とうき》のマグカップがひとつある。終戦のときに配られたものだった。それから「サンプソン博士《はかせ》のぬり薬、切り傷《きず》、やけど、虫刺《むしさ》されに効《き》く。痛《いた》み止《ど》めに効果抜群《ばつぐん》」と気取った字で書いた、平たいブリキの缶《かん》があった。缶のふたは縁《ふち》がいくらかさびついていたけれど、ジョニーがなんとかねじってあけると、つーんとにおう茶色いぬり薬があらわれた。何か月も前にすくいとった指のあとが残っている。ウィニーは指のあとの上をすくうと、べとべとした薬をやけどの上にすりこんだ。

「すぐに、もとのところにもどしとくほうがいいわ。そしたら、次に使うときにどこにあるかわかるから。ふたをちゃんと閉《し》めといてね。かわかないように」

そこで、ジョニーはまたいすのひじにのぼった。ウィニーは息子《むすこ》に背を向け、アイロンの道具をかたづけはじめている。ジョニーは、マグカップの中をのぞいてみた。母親がそれに小銭《こぜに》を入れているのを知っていたのだ。クリスマスのために使おうと、こっそりおつりを貯めていた。だから、ぜったいにさわったりしてはいけない。コインがいくつか入っているのが見える。ほとんどが銅貨だが、銀貨もいくつかあった。


ジョニーだって、そんなお金に手をつけるなんて考えてもいけないのは百も承知《しょうち》だったが、その晩《ばん》はずっと母親がねむったあとにすることを考えていた。そして、真夜中になるのを待って、足音をしのばせながら凍《こご》えるように寒い闇《やみ》の中におりていった。テーブルの上にマグカップのお金を出してみる。寒いのに手のひらに汗《あせ》がじっとりとにじんで、つるつるとすべる。コインがひとつ床《ゆか》に落ちた。石の床の上をころがっていって、くるくるまわっている。もう、永遠に止まらないのでは。ジョニーは身がすくんだ。ウィニーが物音を耳にしたにちがいない。もしかして、ハアハアという息づかいまで聞こえたのでは。自分の耳にだって、ぞっとするほど大きく聞こえてくるのだから。もし母親が入ってきたら、なんといいわけしたらいいか、考えもつかない。それでも、「たちまち背《せ》が高くなる秘密《ひみつ》の方法」は、どんな危険《きけん》をおかしても手に入れたかった。母親の寝室《しんしつ》は、しーんと静まりかえっている。ジョニーは、コインを数えはじめた。九シリング七ペンスある。必要なのは二シリング六ペンスと、封筒《ふうとう》や切手を買うお金が二、三ペンスだけだ。

ジョニーは三シリングだけ取って、残りは音がしないように注意しながらマグカップにもどした。お金のかさがへっているのは、見ただけでわかる。まあ、気にすることもない。明日になったら石ころを拾ってきて、コインの下に入れればいいだけの話だ。そうすれば、どろぼうしたのもばれないだろう。でも、どろぼうとはいえないのでは？　ちょっと借りただけなのだから。ハッチさんからもらう新聞配達のお金で、少しずつでもかえしていくんだぞと、ジョニーは自分にいいきかせた。ぜったいにお菓子《かし》やマンガを買ったりはしない。だから、クリスマスには、マグカップの中にまた九シリング七ペンス入っているはずだ。ウィニーだって、いっときコインがなくなっていたことなど気づかないだろう。そしてその間に、ジョニーは「たちまち背が高くなる秘密の方法」を手に入れているのだ。とにかくいま、なにより大事なのはそのことなのだから。

3　ポストに入れる

　次の朝、ジョニーはいつもより早く家を出て、ウィニーといっしょにシーツの入った洗濯《せんたく》かごをラングフォード先生のお屋敷《やしき》に持っていった。とちゅうでウィニーは、ご近所のスラックさんのようすを見に寄った。スラックさんは未亡人《みぼうじん》のおばあさんで、ジョニーにはいたって元気いっぱいに見える。けれどもスラックさんは、いつだってぐあいが悪いとこぼしているのだ。「神経を病んでいるのよ」と、前にウィニーが教えてくれたことがあった。

「スラックさん、これも洗《あら》っといてあげましょうか？」

　そでをまくりあげたウィニーは、やかんでお湯をわかしながらきいた。

　おばあさんは、流しのほうによわよわしく手をふってみせた。

「きのうの晩《ばん》は、とてもそんな洗い物なんかできなくってね。あたしゃ、いったいどうしちまったんだろう。お茶のカップを口に運ぶだけがやっとなのさ。この部屋の床《ゆか》だって、いつになったらきれいになることやら」

　なにをいっているのか察しがついたウィニーは、ジョニーにバケツを探《さが》してきてとたのんだ。ウィニーがぞうきんがけをしている間じゅう、スラックさんはぐあいの悪いところをならべたてる。

ジョニーは、聞かないことにした。「墓の中で」という言葉が何度も出てきた。それから、ジョニーを指さしては、口の中で、なにやらもぞもぞつぶやいている。

「丘《おか》の上のお医者さんに診《み》てもらってもいいんだけどね」とつぜん大声で、おばあさんはいいだした。「けど、あたしなんかのつまんない病気で、わざわざ診てもらうのもなんだから」

診療費《しんりょうひ》がはらえない、あるいははらいたくないといっているのだと、ウィニーにはぴんときた。

「ラングフォード先生は、もう引退なさったんですよ」ウィニーはいった。その声の調子からジョニーは、母親が年がら年じゅうおなじことを聞かされているのがわかった。「でも、こっそり先生に相談してあげてもいいですよ。もしそうしてほしいならね。そしたらスラックさんも、町のむこうの新しい先生のところまで行かなくてもいいでしょ」

「いいや。そんなことまでしてくれなくってもいいよ」と、おばあさんはいう。

言葉とは反対のことをいっているんだなと、ジョニーにもわかった。

「さあさ、わたしたちはもう失礼しますよ」と、ウィニーはいった。それから、ゆでたまごを食べているおばあさんを残して家を出た。スラックさんは、どうせあたしゃ一日じゅうひとりぼっちでいるんだと、ぶつぶついっている。

「かわいそうにねえ」

丘をのぼりながら、ウィニーがため息をついた。洗濯《せんたく》かごの片方《かたほう》の持ち手をウィニーが、もう片方をジョニーが持っていた。

「スラックさん、ほんとに病気だと思う?」ジョニーがきいた。

「たぶんそうでしょうよ。そうじゃないかもしれないわね。でも、もうあんなお年なんですもの、だれかがめんどうをみてあげなきゃ。わたしの母さんがまだ生きてたら、ぜったいあんなふうにひとりぼっちにさせたくないわ。だれかがときどき寄って、だいじょうぶかどうか見てあげればいいのに。わたしには、せいぜいこれくらいしかできないから」


ラングフォード先生のお屋敷《やしき》は、丘の頂上《ちょうじょう》にあった。ミス・デンジャーフィールドの家の真向かいだ。ウィニーとジョニーが着いたとき、先生はちょうど家を出るところだった。先生はウィニーよりはるかに年上だが、背《せ》が高くて、きびきびとしている。大きな頭はつるりとはげていて、うしろのところだけ白髪《はくはつ》がもしゃもしゃ生えていた。ジョニーはいつも、先生の頭のうすい皮膚《ひふ》から見える頭蓋骨《ずがいこつ》の形に、うっとりと見とれてしまう。頭の片側には血管が一本はっきりと透《す》けて見えていて、古い羊皮紙の地図に流れる川のようだ。先生が興奮《こうふん》すると、その血管がどくどくと脈打っているのがわかる。ときどき、いまにもはちきれてしまうのではと心配になった。その日のラングフォード先生は、きちんとひげそりをしなかったらしく、あごの下にそり残したひげが少しあった。しゃれたズボンの足首のところが、自転車用のクリップではさんである。

「あらまあ、先生」と、ウィニーが声をかけた。「ずいぶん早起きなさったんですね」

「そうなんだよ、ウィニー。きのうの晩《ばん》、エンバリーにあるサナトリウムから電話がかかってね。

これから、救急で来た患者《かんじゃ》たちの手当てを手伝いに行くんだ。まだちっちゃな女の赤ちゃんと、その両親だそうだよ」

「まあ、なんてかわいそうなご家族なんでしょう」

「ほんとになあ」と、先生はうなずいた。「だが、少しばかりふるいたっているのも事実だ。引退したあとでも必要とされると思うと、気分がいいものだよ」先生はかがみこんで、ジョニーのほおをつねった。大人たちはいたずらのつもりでこういうことをするが、けっこう痛《いた》いものだ。「で、きみは、こんなに早くどこに行くんだね？　まだ学校は、はじまってないだろう？」

「この子、新聞配達をしてるんですよ」と、母親がいった。「ほら、ちょっとばかりおこづかいかせぎに」

「そうだったよな。郵便受《ゆうびんう》けに新聞を入れてるのを見たよ。うちの郵便受けは、少し高いところにあるから、すまないな。なかなか手がとどかんだろう」また、ほおをつねられて痛い。「もっとどっさり食わなきゃいかんぞ。これから大きくなるんだからな……そうならなきゃいかん。いま、いくつだ？　九つか？　十か？」

「十一です」ジョニーはきまりが悪くなった。なにがなんでも「背《せ》が高くなる秘密《ひみつ》の方法」を手に入れるぞ。いままで以上にそう思った。

「さあ、出かけなきゃ」自転車にまたがった先生は、ジョニーにウィンクする。「よかったら、店まで乗せてってやるよ」

先生はジョニーをひょいとだきあげて、クロスバーにバランスよくまたがせると、さっとサドルにまたがりペダルをふみこむ。自転車がこわいほどゆれるので、いっしゅんジョニーはことわればよかったなと思った。ウィニーが手をふってくれたが、ハンドルから両手をはなしてふりかえす勇気はない。自転車はぐるりとひとまわりしてから、安定してスピードをあげる。先生の骨《ほね》ばったひざがジョニーにごつごつと当たった。次のしゅんかん、ひゅーっと坂道をくだりはじめる。顔にさっと当たる風がなんて気持ちよく、最高の気分……と思う間に自転車は教会の前を通りすぎ、ふたたびぐらぐらとゆれてからハッチンソン雑貨店兼郵便局《けんゆうびんきょく》の前に着いた。ラングフォード先生は、ジョニーがおりるのを手伝ってくれてから、ふたたび自転車で去っていった。

店に入ると、ハッチさんがカウンターのむこうに立って、朝刊を配る用意をしていた。

「今朝は早かったじゃないか」耳に鉛筆《えんぴつ》をはさんだまま、うなるようにいう。「きのうの、うめあわせなんだろ」

自転車に乗せてもらったうれしさに背中をおされて、ハッチさんにたのみごとをする勇気が出た。「たちまち背が高くなる秘密の方法」の広告に応募《おうぼ》するためには、どうしてもハッチさんの助けがいるのだ。

「ハッチさん。郵便為替《かわせ》と切手を少しだけほしいんだけど。郵便局をあけてもらってもいいですか?　いますぐ、買いたいから」

「それは規則違反《いはん》だぞ」きびしい答えがかえってくる。「郵便局は、九時にならなきゃあけられないことになってるんだ」

「でも、そしたら学校に遅刻《ちこく》しちゃうよ」

せっぱつまった声でいったつもりはなかったが、効果はあったようだ。ハッチさんは、今回にかぎって規則を曲げてもいいと思ってくれた。

「その郵便為替《ゆうびんかわせ》にゃ、どんなわけがあるんだね？　どうしてそんなに急いでるんだ？」

すばやく考えをめぐらすと、ジョニーの口からすらすらと言葉がころがり出てきた。

「母さんにたのまれて……」そういいながら、話をでっちあげていく。「母さん、おばさんに郵便為替を送らなきゃいけないんです。おばさん、病気だから。それで、うちに来る汽車の切符《きっぷ》を買うお金なんです。朝いちばんの便で送ってほしいって、母さんがいうもんだから。封筒《ふうとう》も買ってくれって。それから、エイダおばさんが返事を書けるように、よぶんの封筒と切手も」

ひゃあ、これはやっかいなことになるな。ジョニーは自分でもそう感じていた。ほんの一、二分で病気のおばさんと、そのおばさんをスタンブルトンの町によぶというホラ話を作りあげてしまったのだから。こんなウソをついたら、あとでどうしようもなくなるということはわかっていたし、自分だってとても本当の話だとは思えない。けれどもハッチさんは、なっとくしたようだ。

「よし」ハッチさんは、ポケットのかぎをさぐっている。「病気といわれちゃ、しかたねえな。今度だけは、規則を曲げるとするか」

ハッチさんは茶色いオーバーオールをぬぎ、まくりあげていたシャツのそでを元にもどした。それから黒い上着を着こみ、ネクタイをきちんとしめなおしている。店の「郵便局」の部分で仕事をするときは、いつもこういうかっこうをするのだ。金庫のかぎをあけ、大きな帳簿《ちょうぼ》やら現金の入った箱やらゴムのスタンプやら大きなインクパッドやらを取り出している。

「さあ、ジョニー、いいぞ」ハッチさんは、店と郵便局の仕切りにある出納口《すいとうぐち》から顔をのぞかせた。

「その郵便為替ってのは、いくらだ？」

こうしてジョニーは、「たちまち背《せ》が高くなる秘密《ひみつ》の方法」に必要なすべてを手に入れてから朝刊の配達に出かけた。墓場のところでちょっと足を止め、へいの上にぜんぶならべてみる。ポケットから新聞の切りぬきを出すと、封筒の一枚《まい》に私書箱《ししょばこ》二三号の住所をうつした。それから、もう一枚に自分の住所を書いて切手を一枚はってから、最初の封筒に入る大きさに折った。郵便為替といっしょに入れる手紙を書いておかなきゃいけなかったかなと思ったが、郵便受け箱二三号の人もわかるだろうと、新聞の切りぬきだけを入れることにした。すべてがきちんとできているかどうか、二回たしかめた。それから封筒のふたの糊《のり》をなめ、しっかりと封をした。

教会の時計のチャイムが、三十分を告げている。学校に遅刻しそうだ。ジョニーは、いつもと反対まわりに配達することにした。そうすれば、ミス・デンジャーフィールドの家がいちばんになる。ジョニーは、またあのおばあさんともめたくなかった。そうでなくても、心配ごとがどっさりあるのだから。もし、お金がなくなっているのを母さんが気づいたら？　ハッチさんが、ジョニーにはおばさんなんかいないのを知ったら？　だれかにすべてを打ちあけたかった。告げ口なんかしない、だれかに。自分の気持ちをわかってくれ、だいじょうぶ、まちがったことはしていないよといってくれる人に。オルウェンだったら、わかってくれるような気がする。急いで学校に行けば、授業《じゅぎょう》がはじまる前に運動場で会えるかもしれない。ジョニーは手紙をポストに入れてから、走りだした。

4 身体検査

学校のベルが鳴る前に朝刊を配り終えたけれど、運動場でオルウェンは見つからなかった。午前中の休み時間にも、昼休みにも。

その日の最後の授業は「宗教《しゅうきょう》」だった。ジョニーは、この時間が来るのをずっとおそれていた。旧約聖書《せいしょ》の創世記《そうせいき》四十六章八節から二十四節にずらずらとならぶ名前を暗記していなかったからだ。一週間前にクラス全員がとつぜんクスクス笑いだしたので、「宗教」担当《たんとう》のウィルソン先生が、罰《ばつ》として暗記してくるように命じたのだ。ジョニーも暗記しようとはしてみた。「ヤコブの長子はルベン、ルベンの子らはハノク、パル、ヘツロン、カルミ」のところまでいった。けれども、その先に三十あまりのわけのわからない名前がえんえんと続いているのを見たとき、思わず家の外に走りだして空《あ》き缶《かん》をそこらじゅうけりまくった。そのあげく、ころっとわすれてしまったのだ。だからジョニーは、年寄りのウィルソン先生にお仕置きとして足を物差しでピシッとやられたり、背中《せなか》をベルトでたたかれたりするのを覚悟《かくご》していた。

ところが、とつぜん奇跡《きせき》の存在《そんざい》を信じるようなできごとが起こった。年長の少年が教室に入ってきて、ウィルソン先生にメモをわたしたのだ。授業は中止になった。臨時《りんじ》の集会があるので、クラス全員がすぐに講堂へ集まるようにというのだ。ほっとした子どもたちは、わあいと声をあげながら、いすをそうぞうしく引いて立ちあがった。ぞっとするような名前をぜんぶ暗記してきた子は、ほとんどいなかったらしい。

「おしゃべりをやめろ！」ウィルソン先生がどなった。とつぜんのできごとに、先生も子どもたちとおなじくらいあわてているようすだ。「出席簿《しゅっせきぼ》の順にならんで、わたしのあとについてこい」

学校じゅうの児童が、講堂にどやどやと集まってきた。校長先生が演壇《えんだん》のはしに立って、みんな早く入って床《ゆか》に足を組んですわり、全員が入れるようにしろといっている。ジョニーは、アルバート・テイラーとアーネスト・ロバーツの間に、ぎゅうぎゅうはさまれてすわった。そのとき、校長先生のうしろのいすにすわっているふたりに気がついた。保健室の先生と、ラングフォード先生だ。ラングフォード先生は、首から聴診器《ちょうしんき》を下げている。

校長先生が、だまって静かに聞きなさいと声をはりあげた。

「みんなも見てのとおり、今日はお客さんがいらしている。知っている人も多いと思うが、医師のラングフォード先生だ」

子どもたちはいっせいに、自分もラングフォード先生に診《み》てもらったとかなんとかおしゃべりをはじめた。ジョニーもアーネストに、今朝、ラングフォード先生の自転車に乗せてもらったんだと話そうとした。子どもたちのまわりにすわっている先生たちが、しーっとしかる。ウィルソン先生は身を乗り出してジョニーの頭をひっぱたき、静かにしろといった。

校長先生が、話を続ける。

「ラングフォード先生は、この学校に通っている子どもの家族が、おそろしい病気に感染《かんせん》していると知らせてくださった」

また、ざわざわとおしゃべりがはじまり、先生たちに止められた。

「静かにしないか」校長先生が、しかりつける。「重大なことなんだぞ。きみたちのうちのだれかが病気にかかっていると思っているわけではないが、とにかくすぐに調べなければいけない。全員、服をぬいで下着だけになって、演壇にのぼりなさい。服はきちんとたたんで、すわっていた場所にわかるように置いておくこと」

ジョニーは、ふるえあがった。まさか服をぬがされるとは思っていなかった。肌着《はだぎ》もパンツも、持っている中でいちばん古いのを着ている。穴《あな》だらけだし、すぐにでも洗《あら》わなければならないくらいよごれていた。ほかの子たちにからかわれるのは、目に見えている。とくに、名簿の順のせいですぐ右にいるアルバート・テイラーにやられるだろう。反対側にいるアーネスト・ロバーツもからかうだろうなと、ジョニーは思った。アーネストの家は、ジョニーの家の二、三軒《けん》となりだ。前はとっても仲がよくて、いい遊び友だちだった。それが、母親に連れられて眼医者《めいしゃ》に行き、ぶあついメガネをかけるようになってから、アーネストはすっかり変わってしまった。メガネをかけたアーネストを、男の子たちはいじめた。ちょうど女の子たちが、オルウェンにひどいことをしているように。メガネのことでしょっちゅうからかっては、アーネストを怒《おこ》らせる。とうとうアーネストは、テイラーにとりいって、自分を守ってもらうことにした。つまり、テイラーの手下になったというわけだ。それからというもの、テイラーの宿題も代わりにやってやるし、テイラーに命じられれば、ほかの子をからかったりおどしたりもするようになった。おさななじみのジョニーのことを、貧乏《びんぼう》だの背《せ》が低いのとからかうのだって、アルバートに助けてもらうおかえしだと思っているのだ。

ジョニーは寒さよりおそろしさでふるえながら、のろのろとセーターとシャツをぬいだ。とたんに、ウィルソン先生がこっちに向かってくるのが見えた。また、なぐられると、ジョニーは顔をしかめた。けれども先生はジョニーの横に手をのばし、テイラーの腕《うで》をぐいとつかんだ。手首からひじのあたりまで、インクでなにやら書いてある。

「おい、これはなんだ？」ウィルソン先生は、どなった。「放課後、わたしのところに来い」

先生は、テイラーの腕をすばやくねじってから、さっと放した。テイラーはかがみこみ、皮膚《ひふ》の上に書いた名前をかくそうとしている。ヤミン、オハド、ヤキン、ツォハル、シャウル……まだまだ、どっさり続く。演壇《えんだん》の上にいる校長が、テイラーをとりまいた子どもたちをいつものこわい目でにらんでいる。これから、怒《おこ》られるにちがいない。けれども校長には、もっとさしせまった仕事があった。

「よろしい」みんなが服をぬいだのを見て、校長はいった。「さあ、ひとクラスずつ前へ来て、ひとりずつ先生に診《み》てもらいなさい。それがすんだら、もとの場所にもどって服を着るんだ」

ふたたび、講堂の中がざわめいた。

「静かにしなさい！」校長はどなる。「静かにしないと、先生が診察《しんさつ》できないんだぞ。胸《むね》の中の音を聞かなければならないんだから」

みんな口を閉《と》じたが、テイラーだけはちがった。ジョニーの耳元で、ウィルソン先生にしかられたのは、おまえのせいだとおどしたのだ。「おまえがそんなにチビじゃなかったら、おれは先生に見えなかったんだぞ」

アーネスト・ロバーツは、すぐうしろにいるジョニーの足を、こっそりかかとでふみつけてくる。ジョニーは、オルウェンもいじめられているかもしれないと思って、講堂の中を見まわした。パーマー先生のクラスは見つけたが、オルウェンのすがたは見えない。

そのときラングフォード先生が演壇の中央に進み出て、これからなにをするか説明しはじめた。

「さて、これから諸君《しょくん》の胸の音を聞きますが、それといっしょに特別な検査をします。そのおそろしい病気にかかっているかどうか、すぐにわかる検査です。どうやるかといえば、ただ手首のところを小さくひっかいて傷《きず》をつけるだけ……」

子どもたちはいっせいに「ウエッ！」と声をあげた。

「……いやいや、気がつかないくらい、ちっちゃな傷だから。そうすれば、二、三日のうちに、治《ち》療《りょう》が必要な子がいるかどうかがわかるんです。でも、心配しなくていいよ。そういう子は、まずいないと思ってるから」

ラングフォード先生は、きびきびと子どもたちの診察をはじめた。ときおり、保健室の先生にメモを取ってくれといったり、よく知っている子どもがいれば話しかけたりしている。ジョニーの番がくると、先生はにっこりと笑った。

「さてさて、今朝きみに会ったときには、こんなことになるとは思わなかったけどな」

「先生、なにを調べてるんですか？」と、ジョニーはきいてみた。

「それがね、ＴＢなんだよ」ジョニーがきょとんとしている間に、先生は手首をちょっとひっかいて傷《きず》をつけた。それからシャツを上にあげ、胸《むね》に聴診器《ちょうしんき》を当てる。「でも、きみはちっとも心配しなくていい。胸の中はきれいで健康そのものだ」

保健室の先生が、出席簿《しゅっせきぼ》のジョニーの名前にしるしをつけ、列を前に進めた。

みんなの診察が終わると、校長はラングフォード先生とあわただしくなにかしゃべった。その間に、最後に診《み》てもらった子どもたちが自分の場所にもどり服を着た。それから、校長がふたたび静かにするようにいい、全員にこう告げた。

「ラングフォード先生には、ご自分の時間をさいて学校に来ていただき、わたしをはじめ全校のみんながとても感謝しています。さて、今日はもう授業《じゅぎょう》をする時間がなくなったから、下校までここにいることにする。ウィルソン先生、おいのりをしてくださいますか」

ウィルソン先生が一歩前に出て、あらゆるところで病気にかかっている人たちが、どうか無事に治りますようにといのった。終業のベルが鳴ると、子どもたちはわいわいと、おなじことをしゃべりはじめた。家族がおそろしい病気になったって、だれのことだ？　学校にこんなさわぎをおこした子どもって、だれだよ？

ジョニーたちが運動場に出ると、アルバート・テイラーの妹が走ってきた。兄さんにニュースを聞かせることができるのがうれしいと見えて、ほおを真っ赤に染《そ》めている。

「あの新しく来た子だよ」と、妹はいった。「ほら、兄ちゃんに話したでしょ。『フクロウ』のこと。パーマー先生が、あの子はウェールズにもどりましたっていったんだ。あんなやつ、いなくなってせいせいしたよ」

「あいつ、どこが悪かったんだ？」と、テイラーがきく。

「TBだよ」ジョニーは、みんなが知らないことを教えてあげられるので、うれしくなった。これで、テイラーも自分のことをみとめてくれるといいけれど。「ラングフォード先生が話してくれたんだ」

「それってなんのことだよ？」

「わかんない。けど、オルウェンが話してたんだ。家族が病気だって」

テイラーが、にやりと笑った。「そうだよな。おまえ、きのうフクロウと話してたもんな。そうだろ、クワッキー？」ジョニーのそばにいた妹をひっぱる。「おまえにも、近づかないほうがいい。病気にかかってるかもしれないからな。おれたち、みーんな、うつっちゃうかも」

「けど先生が、ぼくはだいじょうぶだっていってたよ」ジョニーは、わあっとかけていく子どもたちの背中《せなか》にいった。

ウィルソン先生が、近づいてきた。テストでカンニングしようとしたテイラーにお仕置きをしようと思っていたのに、まんまと逃《に》げられてしまったのだ。ジョニーは勇気をふるいおこして、TBというのはなんのことかとウィルソン先生にきいてみた。ウィルソン先生は、首を横にふった。
「TBは、結核《けっかく》というとてもおそろしい病気のことだよ。ほんとうにおそろしい病気なんだ。肺《はい》がやられる。死に至《いた》る病いだな。この地域《ちいき》でも、前に一度だけTBがはやったことがあった——戦争中に、おそろしいいきおいで感染《かんせん》が広がったんだよ。一九一六年ごろにな。何軒《けん》かの家族が、かかってしまった。この学校でも、亡《な》くなった子どもが何人かいたな。エンバリーに大きなサナトリウムができたのも、そのせいなんだ。でも、この学校では、それ以後はだれもかかっていない。こんなに大さわぎしなくてもよかったのにって、あとでいえるようになればいいんだが」

ジョニーは、夕刊の入ったバッグを取りに、ハッチさんの店にかけていった。配達の終わりのほうで墓地によった。その日は、墓石にきざまれている没年《ぼつねん》を見てみようと思ったのだった。一九一六年以降《いこう》に亡くなった人たちが、おおぜいいる。家族がいっしょに入っているお墓もいくつか見つけた。ロバーツ家の人たち三人が一か所に埋葬《まいそう》されているし、デンジャーフィールド家の四人が何か月か間を置いただけで続けざまに亡くなっている。それも、みんな子どもだ。丘《おか》の上のミス・デンジャーフィールドの親せきだろうか?

とつぜん、わめき声が聞こえた。

「こら！　おまえ！　おまえのことだよ、ぼうず。さっさとあっちへ行け！」

ジョニーは、くるっとふりかえった。ヒイラギのしげみの枝をすかして、墓地の反対側のへいの上に黒い帽子《ぼうし》が見えた。帽子をかぶっているのは、背《せ》の低い太った女の人で、顔はヴェールでかくれていた。だが、ジョニーにはすぐにわかった。まさしく、ミス・デンジャーフィールドその人だ。かんかんに腹《はら》を立てている。

「その墓の前にいるんじゃない」ミス・デンジャーフィールドは、わめいた。「なにをしようとしてるんだね？」

「ただ、見てただけなんです」と、ジョニーはいった。「あの、デンジャーフィールドさんのうちの人かなって思って——もしかして、ＴＢだったんじゃ……」

「おまえには、関係のないことだよ」かみつくようにいってから、ミス・デンジャーフィールドは杖《つえ》をふりあげた。

「でも、ちょっときいてみたかっただけ……」

「なんてことをいうんだね。いやらしい、チビめが。あの子たちは、おまえの何百倍もいい子だったんだよ。さっさと行けっていってるんだ」

ジョニーは、配達を終わらせようとかけだした。あの墓石の下にいる子どもたちのことをもっと知りたかったけれど、おそろしすぎて、もう一度きくことなどとてもできなかった。

5　二通の手紙

ジョニーは、ミス・デンジャーフィールドのこととTBのことを母親にきいてみた。けれどもウィニーは、一九一六年にはまだスタンブルトンに住んでいなかったし、TBのことについてはジョニーより知らないくらいだった。病気のことなら心配しないでいいと、ウィニーはうけあってくれた。ラングフォード先生が健康だとおっしゃるのなら、そのとおりだというのだ。けれども、ほかの子どもたちは、もっとおそろしい話をいろいろと聞かされていた。というわけで、それから何日か、運動場はTBの話で持ちきりだった。息もたえだえにあえぐ病人のようすを、自分が見てきたかのように事細かにしゃべる子もいる。せきこんで血をはき、どんどんやせおとろえていく。そうでなければ、その場でころっと死んでしまうというのだ。みんな、自分の手首になにかあらわれないかと、目を皿のようにして見つめていた。ラングフォード先生から、バクテリアをほんの少し植えつけた場所が赤く腫《は》れてこないかどうか調べると聞かされていたのだ。図画の授業中《じゅぎょうちゅう》にアーネスト・ロバーツは、手首のひっかき傷《きず》が大きく腫れあがっているように見せようと、絵の具をなすりつけた。けれども、子どもたちの手首は、がっかりするほど白いままだった。

ジョニーは、やはりオルウェンのことが気になってしかたがなかった。だが、学校の子にオルウエンのことをきいてもからかわれるだけだったから、ずっとだまっていた。胸《むね》の中でひそかに、オルウェンの一家はどうなったのだろうと心配していたのだ。ひどくおそろしい病気だから、オルウエンはウェールズに帰されたという話だ。それでいて大人たちは、なにも心配することはないと口をそろえていう。ジョニーには、なにがなんだかわからなかった。そのいっぽうで、ジョニーは、わくわくもしていた。毎日、私書箱《ししょばこ》二三号から「たちまち背《せ》が高くなる秘密《ひみつ》の方法」が送られてこないかと心待ちにしていたのだ。郵便《ゆうびん》配達員に通りで出会ったときも、ジョン・スワンソン殿《どの》にあてた手紙がないかどうかきいてみた。ないよと、郵便配達員は答えた。その週は、ジョニーの家に手紙は一通も来ていなかった。ハッチさんまで、心配してくれた。ジョニーが、いつになくそわそわしているのに気がついたらしい。

「おばさんからは、まだなにもいってこないのか？」

「うん。なんにも」と、ジョニーは答えた。「おばさん、だいじょうぶだといいんだけど」

「そのおばさんってのは、おまえのおふくろさんの姉さんかい？」そういってから、ハッチさんはしばらく考えていた。「おそらく、そうなんだろうな。おやじさんとは亡《な》くなるまで長いつきあいだったけど、女のきょうだいはいなかったからな。おばさんは、おふくろさんが生まれたところに住んでるのか？　たしか、ノッティンガムだよな？」

「そうです」

せめて母さんの生まれた場所くらいは、本当のことをいわなければ。ほかのことはぜんぶ、真っ赤なウソだとしても。そのとき店に客が入ってきたので、それ以上はきかれなくてすんだ。このエイダおばさんが出てくる作り話は、早いところ終わらせなければと、ジョニーは思った。死んだことにしようか。けれども、そうしたらハッチさんは、母さんにお悔《く》やみをいうだろう。それに、エイダおばさんが生きてるにしろ死んでるにしろ、そのうちにハッチさんは母さんにおばさんのことを話すかもしれない。母さんが店に来たら、そうするにきまっている。なんとか、ハッチさんと母さんを会わせないようにしなければ……。ジョニーは、新しいプランを考えなければならなかった。

その晩《ばん》は、ジョニーのほうが母親より先に家に帰った。郵便《ゆうびん》受《う》けから投げ入れられた手紙が二通、ドアマットの上に落ちている。一通はジョニーの字で書かれたジョニーあての手紙で、もう一通は事務的な茶封筒《ちゃぶうとう》に入り、「ミセス・ウィニフレッド・メイ・スワンソン殿《どの》」と、母親の正式な名前が太い文字で一直線にタイプで打ってあった。手紙を取りあげたとき、ウィニーの足音が聞こえた。ウィニーがドアに着くまでの間に、どうにか自分あての手紙をポケットにつっこむことができた。

「手に持ってるの、なあに?」

「手紙だよ。母さんあての」と、ジョニーは答えた。「なんか、大切な手紙みたいだね」

自分あての手紙が読みたくてじりじりしていたけれど、ジョニーはそこに立ったまま母親が封筒をあけるのを見ていた。ウィニーは帽子《ぼうし》をとらず、コートも着たままで、台所のほの暗い石油ランプに照らされていた。もしだれかが窓《まど》からのぞいたら、きっとジョニーの姉さんだと思うことだろう。ジョニーとおなじように、ウィニーは背《せ》が低くて、きゃしゃな体つきをしていた。遠目には、とても三十歳《さい》とは思えない。けれども近くに行って、洗濯《せんたく》やそうじであれて、ふくらんだ両手や、心配そうにひたいに寄ったしわを見れば別の話だ。ひたいのしわは、ウィニーが封筒からタイプで打った紙を一枚《まい》取り出して読むうちに、いつもよりますます深くなった。読み終えると、ウィニーはいすにどさっとすわりこんだ。

「どうしたの、母さん？」ポケットの中の手紙をぎゅっとにぎりしめたまま、ジョニーはきいた。

「なにか、悪い知らせ？」

母親はなんとか気を落ち着けて、心配しなくてもだいじょうぶよと、いおうとしている。ジョニーにも、それがよくわかった。それから、ウィニーはジョニーの目をまっすぐに見ていった。

「ジョニー。あんたはもう大きいから、知っておいたほうがいいわ。これは、この家の家主さんからの手紙よ。クリスマスが過ぎたら、家賃《やちん》を上げるんですって。一週間に三シリングよけいにかせがなきゃいけなくなるわ」

「だけど、それって新聞配達代の二週間分より多いよ」

「なにいってるの、ジョニー。あんたにはらってってたのむつもりはないわ。わたし、もうひとつ仕事を探《さが》してみる」それからウィニーは、ぶつぶつとひとりごとをいいはじめた。「そうはいってもねえ、あんまり仕事の口はないし。もっと洗濯の仕事を見つければいいかもしれないわね。でも、石けんを買うお金やお湯をわかす燃料代は、どうすればいいのかしら？」

見てはだめと思っているのに、ジョニーの目はどうしても、高い棚《たな》の上にある「平和」のマグカップを見上げてしまう。

「だめよ、ジョニー。クリスマス用のお金は使えないわ。あれを使うくらいなら、朝ごはんをぬいたほうがましだもの。どっちみち、二、三週間分ぐらいのお金しか、あそこには入っていないの。それまでは、あそこに置いておきましょう。わたしも、十二月に入るまでは数えたりしないつもりよ」

母さんは、まだお金をぬすんだのに気がついていない。ジョニーは、ほっと胸《むね》をなでおろしたが、自分がしでかしたことを考えるとはずかしくてたまらなかった。でも、なにはともあれ、ジョニーは、あの手紙を持っている。手紙はポケットの中でドキドキとふるえながら、早くあけてくれとたのんでいる。とにかく、郵便《ゆうびん》受け箱二三号は返事をくれたのだ。「平和」のマグカップにあったお金は、むだになったわけではない。

ウィニーは、身体を引きずりあげるように立ちあがると、帽子《ぼうし》をぬぎ、のろのろとコートのボタンをはずしている。ジョニーには、わかっていた。なにか、なぐさめになる言葉をかけなければ。さもなければ、お金をかせぐいい考えをいってあげなければ。けれども、一刻《いっこく》も早く手紙をあけたい気持ちのほうが先に立っていた。

「ちょっとね、便所」

ジョニーはそういって庭に出た。小さな湿《しめ》っぽい、物置のような外便所だ。すでに日がくれかけていたから、便所の中は暗くて、封筒のあて名がやっと読めるくらいだった。封筒をちぎってあける。中に入っていたのは、ノートからやぶりとったような紙切れ。四つに折ってあり、いちばん上にぼってりした黒インクで「たちまち背《せ》が高くなる秘密《ひみつ》の方法は……」と書いてある。この期《ご》におよんで、ジョニーはおそろしくなった。いったい、どんな方法だろう？　薬や、あるいは化学薬品を何種類かまぜたものを飲まなければいけないとか？　そんなもの、どこで手に入れればいいんだろう？　どうやって、そんなお金がはらえるのだろう？　思い切って、紙切れを開いてみることができない。けれども、秘密の方法を知らなくては。どうしても、背が高くなる手立てを見つけなければ。背が高くなれば、どっさりお金が入る仕事をもらえるかもしれない。そしたら母親にわたして、家賃《やちん》の足しにしてもらえる。便器にふたはついていなかったが、ジョニーはパンツをおろさずにすわって、ふたたび紙切れを見てみた。「たちまち背が高くなる、秘密の方法は……」。紙切れを開いた。中に書かれていたのは、たったの四文字。

「箱に乗れ」

信じられなかった。書いてあるのは、それだけだ。まんまとだまされてしまった。耳の奥《おく》で血がドックドックと流れる音がして、はずかしさに顔が真っ赤になる。二シリング六ペンスが、むだになった——それに封筒代《ふうとうだい》と、切手代も。母親のお金をぬすんだばかりでなく、母親が本当に必要なときにどぶに捨《す》ててしまったのだ。おまけに、それだけでは終わらない。いつなんどき、ハッチさんがウィニーに「エイダおばさん」のことをきくかもしれない。そうなったら、どんなにいいわけをしなければいけないことか。そのあげく、すべてが明るみに出てしまう。ジョニーはたちまち大ばかものの、ウソつきの、どろぼうになってしまう。そのうえ、いまや別の問題も発生しつつあった。おしっこをもらしてしまったのだ。

6　ひらめいたぞ！

おなかに毛布を巻《ま》きつけて立っている間に、ウィニーがブリキの風呂桶《ふろおけ》にお湯を入れてくれた。ジョニーが身体を洗《あら》ってから、そのお湯でパンツを洗ってくれるという。ウィニーは、息子《むすこ》にかわいそうなことをしたと思っていた。息子のしでかした「事故」は、家賃《やちん》のことで心配をかけたせいで、あんなことをいわなければよかったと自分を責めていたのだった。ジョニーのほうは、新聞広告にひっかかってだまされたことなどひとこともいわないで、はずかしさをかくすために、お金をかせぐ方法をあれやこれやぺちゃくちゃとまくしたてていた。

「新聞配達だけじゃなくって、お店でも働かせてもらうよ。ハッチさんはいつも、いそがしすぎるってこぼしてるんだ。明日、話してみる」そういいながら、ジョニーは、もうひとついいことを思いついた。母親がハッチさんの店に来ないようにすれば、「エイダおばさん」のことも、ばれないかもしれない。「それにね、あの店で働けば、うちで買う物もぼくが持って帰れるよ」とジョニーはつけくわえた。「母さんが、わざわざ店に行かなくってもね。そしたら、母さんもほかの仕事をする時間がとれるじゃないか。もし、ほかに仕事が見つかったらね」

母さんは、ジョニーのぬれたパンツをしぼっている。

「これ、明日学校に行くまでにかわくかしら。また、暖炉《だんろ》に火を燃やさなきゃね」
というわけで、自分のせいでお金が暖炉の煙《けむり》になって消えていくのを見ながら、ジョニーはまたまたうしろめたくなったのだった。

その晩《ばん》は、よく寝《ね》られなかった。もう何年もなかったことだが、ジョニーはふるぼけたウサギのぬいぐるみをベッドに持ちこんだ。くたくたしたウサギをだきしめて、なぐさめてもらいながら、家賃《やちん》のことや、「平和」のマグカップに入っていたお金のこと、友だちになったばかりのオルウェンのことを考えていた。オルウェンはいま、ウェールズ地方のどこかにいて、死と向きあっているのだろうか。とろとろと寝ついたとたんに、すぐにまた新しい心配事が頭をもたげて、ぱっちりと目をさましてしまう。家賃がはらえなくて宿なしになっているすがたがまぶたの裏《うら》にうかぶ。自分がやってしまったはずかしいことや、結核《けっかく》とかTBとかいう病気のことも。午前一時になったころ、ジョニーはすすり泣きながら郵便《ゆうびん》受け箱二三号に復讐《ふくしゅう》する方法を考えていた。「スタンブルトン・エコー」に、「たちまち背《せ》が高くなる秘密《ひみつ》の方法」のことをいいつけてやろうか？　新聞社の人たちは、自分たちの紙面で詐欺《さぎ》が行われていることを知っているのだろうか？　だまされて郵便為替《かわせ》を送ったのは、自分だけではないかもしれない。あの広告を出したやつは、きっとひと財産《ざいさん》こしらえているかも……。

そう思ったとたんに、ジョニーの頭にあることがひらめいた。なんとも単純明快《たんじゅんめいかい》で、わくわくするような考えなので、思わずベッドで起きあがってしまった。二三号のやつにやれたのなら、ぼくにもできるかも！　ぼくがこんなふうにだまされたのなら、ほかにもだまされる人たちは、おおぜいいるはずだ！

それから、ジョニーはねむるのをやめて計画をねった。最初のうちは、うれしさにわくわくしていた。ベッドからおりて部屋の中を歩きながら、ウサギにぶつぶつと話しかける。まず、どうやって新聞に広告を出すのか調べなければいけないが、これはそんなにむずかしくはないだろう。なにしろジョニーは、毎日たくさんの新聞を配っているではないか。その新聞のどれかに、広告の出し方が書いてあるにちがいない。できるだけ早く広告を出して、あとはゆっくり返事を待てばいい。

返事だって！　どうやって返事を受け取ればいい？　うちに送ってもらうわけにはいかない。母さんに、なにをやっているのかばれてしまう。母さんには、ぜったいにゆるしてもらえるはずはない。「たちまち背が高く……」のやつらみたいに、代わりに受け取ってくれる箱が必要だ。でも、そうしたら新聞社にある郵便受け箱まで、取りに行かなくてはいけない。それに、ハッチさんにうたがわれずに、郵便為替を現金にかえる方法も考えなくては。

一時半をまわるころには、なんともやっかいな計画だということがわかった。ジョニーは、ベッドにもどった。こんな複雑《ふくざつ》な計画を、いったいどうやって組みたてればいい？　すでに、「エイダおばさん」の問題までかかえているというのに。「エイダおばさん」のことを、ハッチさんが母さんにきかないようにするにはということだって、まだ解決していないじゃないか。たぶん、そっちのほうを先に考えなきゃいけないのかも……。

思いなやみながら、ウサギのすりきれた毛皮に鼻をこすりつけ、なつかしい、ほこりくさいにおいをせいいっぱいすいこむ。ハッチさんにいままでのことを白状して、「エイダおばさん」なんて本当はいないんですというべきかも……いや、だめだ……だけど……。ジョニーは、あくびをした。やっとうとうととねむたくなった。とたんに、町役場の時計が二時を打つ音で、はっと目がさめた。そして、新しい考えがうかんだのだった。

たぶん「エイダおばさん」は、まだいることにしておいたほうがいいかもしれない。新聞広告のことで、うまく使えるかもしれないのだから。ハッチさんには、母さんが病気のおばさんの世話で買い物ができなくなったと説明できる。それから、郵便為替《ゆうびんかわせ》を現金にかえるのも、おばさんにたのまれたからといえるではないか。

すばらしい考えだ。でも、悪いことだというのは、ジョニーにだってわかっていた。三時十五分前になると、ジョニーはいままでの計画をすべて捨《す》てようと決心していた。自分がしでかしてしまったことを、あっさりとみとめよう。そして、ウィニーの怒《いか》りと、(もっと悲しいことに)失望に、いさぎよく立ちむかおう。自分がお金をぬすんだと白状している光景を思いうかべながら、ウサギの耳でなみだをぬぐった。そのとき、もしも新聞広告がうまくいったらどうだろうと考えた。郵便為替を現金にかえ、「平和」のマグカップにお金をもどし、それだけでなくあまったお金を家賃《やちん》の足しにしてもらっている場面が目にうかんだ。そのほうが、ずっといい気分じゃないか。三時になったとき、とうとう腹《はら》をきめた。どんなにあぶない橋でもわたってみなきゃね。

ジョニーは毛布にもぐって、「スタンブルトン・エコー」の読者がひっかかりそうな広告を考えはじめた。自分のように、みんながひそかにはずかしがっていたり、てれくさいと思っていることを見つけなければ。そしたら、広告にだまされたとおおっぴらにいってまわることもないだろう。

その晩《ばん》に自分がやってしまったことが、最初の広告のヒントになった。

〈お子さんが、ベッドをぬらさないようにするには〉

よくばるのは、やめよう。せいぜい、答えの代金は一シリングでいい。答えは、

〈いすに、寝《ね》かせなさい〉

ジョニーは、朝になるのが待ちどおしかった。早くはじめたくて、うずうずしてくる。まぬけなやつらが送ってくるお金のことを思うたびに、足がもぞもぞしてきた。三時半を過ぎたころ、ジョニーは笑みをうかべながら、なんとかねむることができた。

けれども、冷たい朝霧《あさぎり》の中をハッチさんの店に向かっているときは、成功がすぐ目の前にあるとは、とても思えなくなった。寝不足で歩くのもやっとなくらいつかれていたし、湿《しめ》ったパンツがぺたぺたと足にまとわりついてきた。

7　家主のベネット氏

ジョニーは、ほっとした。ハッチさんは、上きげんだ。口笛を吹《ふ》きながらとどいた荷物をほどき、カウンターのうしろの棚《たな》に桃《もも》の缶詰《かんづめ》をピラミッドのように積みあげている。

「ハッチさん」ジョニーは、声をかけた。「あの、この店でもう少し働かせてくれませんか？　よかったら土曜日に来るし、冬休みなんかにも来られるんだけど」

「ってことは、手紙を受け取ったんだな」ハッチさんは、顔を上げずにいった。

「なんの手紙？」

ジョニーは、ドキッとした。「たちまち背《せ》が高くなる秘密《ひみつ》」にお金を送ってだましとられたことを、なぜかはわからないけれど知られてしまったのでは。

「家賃《やちん》のことだよ。きのう、酒場にいた連中が、そのことでこぼしてた。あいつ、手当たりしだいに手紙を送りつけてるんだな」

「あいつって、だれのこと？　だれが、手紙を送ってきたの？」

「ベネット家の若《わか》いのだよ。丘《おか》の上の大きな屋敷《やしき》に住んでる。昔っから、いけすかないこぞうでさ。もちろん、いまはいっちょまえの大人になってるけどな。ケンブリッジ大学から帰ってきたところなんだと。父親から全財産《ぜんざいさん》をのこしてもらったんだ。工場に、農場に、家も土地もぜーんぶ。いまじゃ、おまえの家もそいつの持ち物なんだよ」

「それで、家賃を値上《ねあ》げしたのもその人なの？」

「そうとも。おまえの家のも、ほかのやつらの家のもな。ここらへんに、おっそろしくたくさん貸し家を持ってるのさ。あいつの家族が、代々持ってるんだ。けど、おまえたちみたいにダグマウス横丁に住んでる連中が、いちばんひどい目にあわされるってわけだ」

「どうして、ぼくたちが？」

「そいつのおやじのせいだよ。亡《な》くなったベネットのだんなだ。安らかにねむってくださってるといいが――だんなが、おまえたちの家賃を特別に安くしてやってたんだよ。あそこの横丁にならんでる小さい家は、だんなが戦争の直前に建てたものだ。もちろん、金をかせぐためにな。ダグマウス横丁は、そのころはただのちっぽけなあれ地だったんだが、だんなはそこでひともうけしようと考えた――自分の工場で働く者たちに家を貸して、給料としてわたした分を取りもどそうと思ったんだ。だが、戦争がはじまって、工場で働いてた夫や父親がおおぜい死んじまうと、だんなは心を入れかえたんだよ。ダグマウス横丁の家を、おまえのおふくろさんみたいな者だけに貸すことにしたってわけさ。ほんとうに困《こま》ってる人たちにな」ハッチさんは、ハンカチを取り出して鼻をかむ。ハッチさんがかぜをひいてるなんて気がつかなかった。「かわいそうにウィニーは、おまえのおやじさんが死んだとき、まだほんとに若い娘《むすめ》だったもんなあ。ハリーと結婚《けっこん》してから二、三か月しかたってなかったんだ。おやじさんは戦場に行くとき、ウィニーの腹《はら》におまえがいるのを知らなかったんじゃないか。ハリーが戦死したあと、ウィニーは家を見つけなきゃいけないはめになったんだが、おまえがもうすぐ生まれるんで、家賃《やちん》をはらえるだけ働くわけにもいかない。そこでベネットのだんなが、おまえがいま住んでる家を貸してくれたんだよ。家賃はただではないが、ふつうよりずっと格安《かくやす》だった。ベネットのだんなは、ほかの困《こま》ってた家にも、おなじようにしてやったんだ。ほんとに、いい人だったなあ」

「知ってます」ジョニーは、いった。「ベネットさんが亡《な》くなったとき、母さんが話してくれたから。でもそのときは、家賃が上がるなんて思ってなかったんじゃないかな」

「まあな。ウィニーは父親のほうは知っているが、息子《むすこ》のことは知らないからな。あいつは、戦争のときは、まだこぞうっこだった。だから戦地に行くこともなかったし、おまえのおやじさんみたいに戦争の犠牲《ぎせい》になった人たちのことなんぞなんとも思っちゃいない。横丁の家のことは、金を落としてくれる雨《あま》どいくらいにしか考えてないんだろうよ。まあ、これはいっとくほうが公平だと思うが、いまでは家賃をもう少しはらえる連中もいる。ほら、ロバーツのかみさんとか――再婚《さいこん》したからな。再婚相手のアルフは、いい仕事についてるし」

「でも、母さんはちがうよ。ぼくを育てなきゃいけないし、家のこともひとりでやらなきゃいけないし、外に働きに出なくちゃいけない。いっつもいっつも働いてるんだ。いま以上の家賃なんてはらえないよ」

「ああ、知ってるとも」ハッチさんがそんなに暖《あたた》かい声をジョニーにかけてくれたのは、初めてだった。「それに、いまでは姉さんのことまで心配しなきゃいけないんだもんな」

エイダおばさんのことだ。ジョニーはぎくっとした。

ハッチさんは、話を続ける。「ようし、わかった。ただし、そんなに金は、はらえないぞ。でも、ちょっとばかりは助けになるだろうよ。それから、しっかり働かなきゃだめだぞ」

「ちゃんとやります。だいじょうぶだから」

「毎日、夕刊を配り終わったら、店に残ってそうじをするんだ。それから、とどいた荷物をあけるのも手伝ってもらうぞ」そういったとたんに、ハッチさんの手がすべって、缶《かん》のピラミッドがガラガラと床《ゆか》に落ちた。ジョニーは缶を集めて、また積みなおしはじめた。

「この缶、すっごくつぶれちゃってる」と、ジョニーはいった。「それに、ラベルもはがれてるよ」

「別にしといてくれ。安売りしなきゃいかんな。だれもそんな缶を正価で買いたいと思わないから」

ジョニーは、へこんだ缶をカウンターの下に置いた。店の外に、アルバート・テイラーとアーネスト・ロバーツがこづかいをにぎりしめて待っている。ハッチさんは、九時になるまで客を店に入れないことにしていたが、たのみこめば新聞を一紙か二紙くらいなら九時前に売ってくれると客たちは知っていた。その日は、マンガ雑誌《ざっし》が店にとどくことになっていた。ハッチさんは、テイラーたちを店に入れた。ふたりともハッチさんにはおぎょうぎよくしていたが、ひとたびハッチさんが背中《せなか》をむけると、ジョニーにゴホゴホとせきこむまねをしてみせた。

「ガールフレンドから、たよりはあったのかよ?」テイラーがきいてくる。「もう死んだのか?」

ジョニーは聞こえないふりをして、朝刊を配りに店を飛び出した。


その日の終わり、ジョニーが店のそうじを終えたとき、ハッチさんはカウンターの下に手をつっこんで、あのへこんだ桃《もも》の缶詰《かんづめ》をわたしてくれた。

「これを、おふくろさんに持ってけ。ただでもらったんじゃないっていうんだぞ。おまえが新聞配達のほかに仕事をした給料がわりだって」それからハッチさんは、ジョニーをきびしい目で見つめた。「おれは、いつも気前がいいわけじゃないからな。おぼえとけ」

けれどもジョニーは思った。この缶詰は、自分の新しい役割《やくわり》がはじまったしるしなんだ。これからは、ジョニーが店にある品物を買って帰れる。そうすれば、母さんは店に来ないから、ハッチさんがエイダおばさんのことをきくこともない。

その日は、なかなかいい一日だった。新聞配達のとちゅうで、広告の出し方を調べようと、持ってる新聞をぜんぶ読んでみた。「平和」のマグカップから、また少しお金をくすねれば、秘密《ひみつ》の商売がはじめられる。夜になったらベッドの中で広告を作ろうと、ジョニーは思った。

8　サナトリウム

　次の朝、ラングフォード先生はまたジョニーを自転車に乗せてドキドキするようなスピードで丘《おか》をくだってくれた。雑貨店兼郵便局《けんゆうびんきょく》に着くと、ハッチさんはまだ店に来ていなかった。先生は自転車を店の壁《かべ》に立てかけて、ジョニーといっしょにハッチさんを待っているという。

「ここで朝刊をもらってったほうがいいと思ってね。一日じゅうサナトリウムに行っていて留守だから、うちに配達してもらってもむだだからな」

「それって、パンクしてるんですか？」ジョニーは、自転車の前輪を指さした。

「いやあ、まいったな。なにか、とがった物の上を通ったんだろう。ほらほら、ここに犯人がいるぞ」先生は、タイヤのゴムからちっちゃなクギが出ているのをジョニーに教えた。「なあに心配ないさ。あっという間に直してみせるから」

　ラングフォード先生はサドルバッグをあけると、ジョニーに両はしが丸くなった、長い缶を手わたした。ジョニーは、缶のふたをねじってあけた。中には、金属のレバーがいくつかと、サンドペーパー、ばんそうこうのようなものがひとそろい、「ゴムのり」と書いたチューブがひとつ、クレヨンが一本、それからジョニーにはなんだかさっぱりわからない、細かいものが入っている。

ラングフォード先生は自転車をさかさまにすると、ジョニーにレバーをひとつ取ってくれといった。すぐに先生は、ゴムのタイヤからチューブを取り出した。チューブは、中身の入っていないソーセージみたいにタイヤからぶらさがった。先生は、自転車からポンプを取りはずし、チューブに空気を入れている。

「ちょっと、ジョニー。ここに来てくれ。じっと耳をすまして、シューッという音が聞こえたら知らせるんだぞ。うまくしたら、すぐに穴《あな》がある場所がわかるかもしれない。もし見つからなかったら水の中に入れて、泡《あわ》が出てくるところを探《さが》さなきゃいけなくなるんだが」

ジョニーは、ラングフォード先生の頭に自分の頭をくっつけて、耳をすました。「ここだ！」ふたりは、同時にさけんだ。

「クレヨン！」先生は、手術室で看護師《かんごし》に命令するような口調でいう。ジョニーがクレヨンをわたすと、先生は穴《あな》の場所にしるしをつけた。

ラングフォード先生がパンクの修理をしているのを見まもりながら、ジョニーは前より思いきって話ができるような気がした。じかに顔を合わせていないので、ずっとしゃべりやすかった。ジョニーは、せきばらいをしてからきいてみた。

「ラングフォード先生？　ちょっと、はずかしいことだけど、きいてもいいですか？」

先生も、なんだかてれくさそうな顔をした。

「いいとも、ジョニー。もちろんだよ」先生は、顔を上げずにいう。「でも、なんならわたしの診療《しんりょう》所《しょ》に来てきいてもいいぞ。きみのために特別にあけといてあげる。なにか気になってることがあるんならね」

「いえ、ちがうんです」と、ジョニーはいった。「そういう意味で、はずかしいんじゃなくって。ただ、ぼくがまだ知らないから、はずかしいって思ったんです。先生、サナトリウムに行くっていってましたよね。学校のウィルソン先生もそのことを話してたけど。サナトリウムって、ほんとはなんのことですか？」

ラングフォード先生は声をあげて笑い、ジョニーにサンドペーパーを取ってくれといった。

「なんだ、それだけかね？　ほっとしたよ。そうだな、学校でラテン語を教わってたら、すぐにわかることなんだが。『サナール』というラテン語からついた名前だよ。『治す』とか『回復する』という意味の動詞だ。形容詞《けいようし》はサヌス、サナ、サヌムと活用するが、『健康な』という意味になるな。つまり健康になるための場所、病院みたいなものだ。けれども、特別な病院でね。結核《けっかく》の患者《かんじゃ》だけが入院するんだ。この間、学校でわたしが検査した病気だよ。ＴＢとか肺病《はいびょう》と呼《よ》ぶこともある」

「みんな、学校でその話をしてます。せきをすると血が出るとか、どんどんやせてって骨《ほね》と皮になっちゃうとか」

「まあ、そういえばそうだな。結核菌《きん》に感染《かんせん》すると、ふつうは肺が悪くなる。でも、ほかの臓器《ぞうき》もやられるんだよ。瘰癧《るいれき》という、ひじょうにやっかいな症状《しょうじょう》が出ることもある――首のところに、おそろしい紫色《むらさきいろ》のこぶができるんだ」

ジョニーは、「ルイレキ」と口の中で転がすようにつぶやきながら、無意識に首をなでてこぶを探《さが》していた。

「ゴムのり！」ラングフォード先生がいう。「黄色い、小さなチューブだ」チューブをわたすと、先生は外科医のようにてぎわよくタイヤを修理しながら、結核《けっかく》の話を続けた。「大昔は、瘰癧《るいれき》は王さまに手を触《ふ》れてもらえば治ると思われてたんだよ。『王さまの悪病』と呼《よ》ばれていた。だが、本当は結核の症状《しょうじょう》のひとつだとわかったんだよ」

「結核って、TBのことでしたよね？」

「そうさ。でもわたしのような医者は、もうひとつの名前で呼ぶこともある。きみに特別に教えてあげるよ。古代ギリシャ語から来た言葉で『サイシス』っていうんだ。この言葉は、わたしのお気に入りでね。短いけど、いいにくいだろ？」先生は、ジョニーにつづりを教えてくれた。「この言葉をおぼえておきなさい。学校の先生にいってみて、知ってるかどうか試してごらん。いまに、クロスワードパズルをするときに役に立つかもしれんぞ」

先生が穴《あな》のあいたところに、ばんそうこうのようなものをはっているのを見ながら、ジョニーは、いま教わった言葉をおぼえようと、何度も口の中でくりかえした。最初の「サ」を歯の間に舌《した》をはさみながら発音してから、「イシス」と続ける。

「なんか『チェッ！』とかいってるみたい」と、ジョニーはいった。

「そうだね。たしかに、舌うちしてののしりたいような病気だな」と、ラングフォード先生は、うなずく。「残念ながら、死んでしまうこともよくある。すっかりよくなる人たちもいるけれど、こうすればぜったいに治るという治療法《ちりょうほう》がないんだ。わたしたち医者にできることは、患者《かんじゃ》たちに新鮮《しんせん》な空気をすって栄養のある物を食べ、適当な運動をしなさいっていうくらいだな。それから、患者をほかの人たちに近づけないようにもする。ばい菌《きん》をうつさないようにね。前にスタンブルトンでTBが流行したときに、たいへんな額の寄付を集めて、町から何キロかはなれた田舎《いなか》にサナトリウムを作った。町の中で感染《かんせん》する危険《きけん》が少なくなるようにね」

「デンジャーフィールドさんのうちの人たちが死んだのも、そのときなんですか？」

「どうしてそれを知ってるんだね？」

「墓地の墓石を見たんです」

ラングフォード先生は、首を横にふりながらいった。

「デンジャーフィールドさんも、かわいそうにな。最初はとってもかわいがっていた弟とその奥《おく》さんが結核で亡《な》くなり、それから夫婦の子どもたちが、ひとり、またひとりと死んだんだ。デンジャーフィールドさんは、その人たちをぜんぶ看取《みと》ったんだよ。最後に亡くなった甥《おい》の小さな亡骸《なきがら》を前にしてすすり泣いていたあのすがたは、けっしてわすれられんだろうな。そればかりか、そんなことのあとに婚約者《こんやくしゃ》を戦争で失ったんだ。あの人は、もうすでにかなりの歳《とし》になってたからな。それが、幸せをつかむ最後のチャンスだったんだ。いまじゃデンジャーフィールド家で生き残ってるのは、あの人だけになってしまった。じっさいの歳よりずっとおばあさんに見えるのも、むりはないな」先生は、それからすぐに話題を変えた。「缶《かん》の中にチョークが入ってないか？　チューブをタイヤにもどすときに、修理したところが中にくっつかないように使うんだよ」

先生にチョークをわたしてから、ジョニーはきいてみた。

「どうしてデンジャーフィールドさんは、ＴＢにかからなかったんですか？　先生も、なんでうつらなかったの？」

「それはな、ジョニー。わたしみたいな医者は、どうしたらずっと健康でいられるか知ってるんだよ。もうひとつ、ＴＢもほかの病気とおなじだ。つまり、たちの悪いばい菌《きん》に接した者が、すべて発病するわけじゃない。もしそうだったら、人類はとっくの昔にいなくなってるだろうよ。けれども、中には――とくに、赤んぼうはそうだが――すぐに結核《けっかく》に感染《かんせん》してしまう人もいる。それで命を落としてしまうんだ。だれが、いつそうなってもおかしくない。だがね、フランスの医者たちがワクチンを発見して……」

「ワク……なんですか？」

「ワクチンだよ。この言葉もおぼえておくといい。『ク』のところは『ＣＣ』とつづるんだが、こういうつづりはめったにないぞ。ワクチンっていうのは、最初から病気にうつらないようにする特別な薬のことだ。すばらしい薬でね、生きた細胞《さいぼう》でできてるんだ。だが、作るのは、とってもむずかしい――ジャガイモから作った、特殊《とくしゅ》な液体《えきたい》の中で育てなければいけないんだ」

ジョニーは、笑いだした。「ジャガイモから？」

「そうだよ。なんともふざけてるだろ。でも、じっさいは、とても手のこんだやり方で作るんだけどね」先生はまたレバーを手にとり、チューブを慎重《しんちょう》にタイヤにもどした。「台所でちょこっと煮《に》ればできるようなものじゃないんだ。高度に設備が整った研究室でなきゃ作れない。だが完璧《かんぺき》なプロセスで作れば、結核菌《けっかくきん》をほんのちょっとだけふくむワクチンができあがる」

「それって、先生がぼくたちの検査に使ったものじゃないですか?」

ジョニーは手首を上げて、自分はだいじょうぶだと先生に見せた。

「ワクチンは、もっと強力なんだよ。侵入《しんにゅう》してくるばい菌と戦うように、血液に指示するんだが、ワクチンを打たれた人間のほうは病気にならない。もうひとつ、きみが聞いたことのない言葉を教えてあげようか? そのワクチンはね、バチル・カルメット－ゲランっていうんだよ。頭文字をとって、かんたんにBCGと呼《よ》んでいるけどね。バチルというのは、菌ということ。カルメットとゲランは、ワクチンを開発したふたりのフランス人の名前だ。まったく運のいいやつらだよ」

「運がいいって?」

ラングフォード先生は、ズボンで両手をぬぐった。

「そうなんだよ、ジョニー」先生は、くすっと笑った。「医者にとってなによりもうれしいのは、なにかに自分の名前がつくことなんだ。治療《ちりょう》に使う道具とか、病気とかにね」先生は、ポンプのノズルをまわして、タイヤのバルブにつっこむ。「そうすれば、死んだあとも自分の名前が残るじゃないか。じつはね、そのふたりのフランス人を、わたしは知ってるんだよ――カルメットとゲランをね――ふたりが研究をはじめたころに知りあったんだ。戦争のずっと前のことだ。ほんとはね、家内と出会ったのも、ふたりとつきあってたからなんだよ。家内は、カルメット教授《きょうじゅ》の遠い親せきなんだ」

「母さんが、先生の奥《おく》さんはフランス人だっていってました」ジョニーはそういいながら、ポンプをおしている先生をうらやましそうに見ていた。「でも、奥さんは外国の人みたいにしゃべらないですよね」

ラングフォード先生は、ふりかえってジョニーにいった。

「ちょっとやってみたいか?」

ジョニーは、大喜びで先生と代わった。先生は、からっぽのリンゴ箱をひっくりかえしてこしかける。

「ああ、家内は四十年以上もイギリスに住んでいるからね。それに、あれの英語は、最初からなかなかうまかったんだよ」ラングフォード先生は、ほほえんだ。昔を思い出しているのか、先生の瞳《ひとみ》はちょっとうるんで見える。「ずっと昔、フランスのリールで開かれた晩餐会《ばんさんかい》で会ったんだが、わたしは最初にそのことに気づいたんだ。とても教養のある女性でね。育ちもいい。そういうすべてを捨《す》てて貧《まず》しいイギリス人の医者と結婚《けっこん》するなんて、なかなかできた女性じゃないか」ラングフォード先生はせきばらいをして、ひざをぴしゃりとたたいた。「だがね、そのうちに家内の家族は、あの戦争ですべてを失ってしまった。だから、わたしと結婚してよかったのかもしれないな」先生は、手をのばしてタイヤをさわってみた。「これでじゅうぶんだ。また空気がもれてこないかどうか、ちょっとようすを見るとしよう」

「だけど、そのお医者さんは……」と、ジョニーはきいた。「奥さんの親せきの、ワクチンを作った人ですけど、死ななかったんですか？」

「ああ、そうだよ。まだ健在だ。ただし、わたしとおなじように、もう年をとってしまったけどね。ごく最近、その医者に会ったんだよ。家内といっしょに、ワクチンを作っている研究所を訪《たず》ねたんだ。フランスは、いまやＢＣＧの発明でわきたっていてね。すべての赤んぼうに注射《ちゅうしゃ》しているんだよ――それも無料でね」

「どうしてイギリスには、そのワクチンがないんですか？」ジョニーは、歩道にちらばっているあれやこれやを集めて缶《かん》にもどしながらきいた。

ラングフォード先生は、ため息をついた。「それが、やっかいな話なんだ。新しい薬は、イギリスの政府がみとめないかぎり輸入できないっていう法律《ほうりつ》があるんだよ」

「じゃあ、どうしてイギリスの政府はみとめないんですか？」

「それには、いろんな理由がどっさりあるんだ。だいたい、ワクチンそのものをみとめない人たちもいる――大自然の法則のじゃまをするのは、まちがってるっていうのさ。それから、この国の政治家とか、おえらいさんたちの中にも、ＢＣＧの効《き》き目《め》にどうしてもなっとくできない者がいる。でもね、ジョニー。じつをいうと、われわれイギリス人は、なんであれフランス人から教わるのなんてまっぴらだと思ってるのさ。政府はイギリスの科学者たちにお金を出して、イギリス独自の治療法を研究させている。まだ、なんにも成果は出ていないし、わたしはそんなことをする必要はないと思っているがね」

「先生が政府に、フランスのワクチンを使わせてくれっていったら？」

「いや、わたしなんかのいうことを、取りあげてくれるはずないさ」それからラングフォード先生は、声をひそめた。「でも、これはぐうぜんなんだけどね、わたしは政府のやつらの方針を変えさせる、ちっちゃな計画を思いついたんだよ」先生は、用心深くあたりを見まわした。「このことは、だれにもいっちゃいけないよ、ジョニー。じつは、この間フランスに行ったときに、わたしはなんの土産もなしに帰ってきたわけじゃない」

これからラングフォード先生のないしょ話が聞ける。ジョニーはわくわくしながら、自分も木箱を引きよせ、先生の横にすわった。

「ワクチンを持って帰ってきたんですか？」ジョニーは、ささやいた。

「正確には、そうではない。培養した菌を少しだけ持って帰ったんだよ——つまり、ワクチンを作る細胞だな——それで、ある研究所について、がある人物に、それをわたした。わたしたちは、その菌を生かして育て、供給できるだけのワクチンを作れないか、やってみているところなんだよ。もしそれができれば、ちょっとテストをすることになっている。政府の連中にワクチンの効き目をなっとくさせて、イギリスでも使えるようにするためにね」

「でも、それって法律《ほうりつ》をやぶってることにはならないのかな？　もしも研究所が見つかっちゃったら。そしたら先生は、困《こま》ったことになるんじゃないんですか？」

「そうなるかもしれんな、ジョニー。でも、わたしはもう年寄りだ。喜んであぶない橋をわたるつもりだよ。もしもそのワクチンで、何人かの命を救えるならね」

「そしたら、ワクチンに英語の名前をつけられるんだ。先生の名前がつくかもしれない。『ラングフォード療法』とか」

先生は、笑いだした。

「うっとりするような名前だなあ。でも、わたしの名前をつけるのは、正しいこととはいえないよ。わたしはただ、フランス人のやってることをまねしてるだけだからね。やっぱり、ＢＣＧと呼《よ》ぶべきだろうな」

「ぼく、見にいってもいいですか？　その研究所に連れてってくれませんか？」

「それはむりだよ、ジョニー。いまだって、ちょっと打ち明け話をしすぎたと思ってるんだ。それに、どっちにしろ研究所は、ここからずっとずっと遠くの、人里はなれたところにあるんだから。この研究はいまのところ、さっき話した仲間がひとりでやってるんだよ」

「いつ、ワクチンはできるんですか？」

「すべてが順調にいけば、今年の末にはできるかもしれないが、イギリス政府に政策《せいさく》を変えさせるだけの量を作るには、まだまだ長くかかるだろうよ。いまのところ政府にやれることといったら、特別な病院を建てることだけだからね。この町が作ったサナトリウムみたいな」

ラングフォード先生は立ちあがって、さかさまにしてあった自転車をもとどおりになおした。それから、前後に動かして修理がうまくいったかどうかたしかめている。

ジョニーは、ラングフォード先生とますます仲よくなれたのが楽しくてしかたがなかった。先生もジョニーも、もうおたがいに気がねなく話せるようになっていた。だから、思いきって自分の胸《むね》にしまっておいたことをきくこともできそうだ。いままでは、やじうま根性《こんじょう》できいているのではとか、オルウェンのことが好きなんだとか思われるのがこわくてきけなかったのだ。

「あの、ラングフォード先生。オルウェンのこと、なにか知ってますか？　オルウェンは、元気なのかな？」

先生が、おもしろがったり、いやな顔をしたりしないで答えてくれたので、ジョニーはほっとした。

「あの、ちっちゃなウェールズの女の子かね？　診察《しんさつ》してみたが、あの子はまったく健康だったよ。だが、親せきといっしょにくらすので、ウェールズに帰ったんだ。あっちでも、あの子は無事に過ごせるし、近くにある優秀《ゆうしゅう》なサナトリウムの名前を書いたメモもわたしておいたよ。まんいち症状《しょうじょう》が出たら、引きうけてくれるようにね。けれど、あの子の両親と妹は、病気が重すぎていっしょにウェールズにはもどれなかったんだ。三人とも、ここのサナトリウムに入ったよ。残念だが、赤んぼうの妹はかなり危険《きけん》な状態《じょうたい》だ」

「先生のワクチンを、少しあげられないの――作ったあとすぐに――ほんとにちょっぴりでも、だめなんですか？」

「もう、おそすぎるんだよ、ジョニー。ワクチンは、病気になる前に注射《ちゅうしゃ》しなきゃ。でもわたしは、イギリスじゅうのほかの赤んぼうには、ぜひとも注射してやりたいと思ってる。しんそこ、そう願ってるんだよ」

うしろからゼイゼイという音がした。ハッチさんだ。段《だん》ボール箱をかかえてあらい息をつきながら、急いで店にやってくる。

「サイシスかも？」

ジョニーは心配になって、そっと先生に耳打ちした。

ラングフォード先生は、笑いだした。

「ちがうよ。息を切らしてるだけだ」先生は自転車を街灯《がいとう》の柱に寄せかけて、ハッチさんのほうに歩いていった。「ハッチンソンさん、箱を持ってってあげようか？」

「ありがとう、先生」ハッチさんは、ハアハア息をはきながら先生に段ボール箱をわたし、ポケットをさぐって店のかぎを出した。「英霊記念日《えいれいきねんび》の募金《ぼきん》に使う、ケシの花が入ってるんですよ。ちょっとした手ちがいがあって、駅まで取りに行かなきゃいけなくなって。そしたら、待たされちまって」ハッチさんは、悪いほうの足をたたいた。「昔みたいに、さっさと歩けなくってさ」

店に入ると、ハッチさんは急いで新聞を仕分けた。

「悪いな、ジョニー。学校におくれるかもしれん。始業のベルが鳴る前に、配達し終わるのはむりだもんな。それに、新聞がおくれたら、みんな腹《はら》を立てるだろうし。やつあたりされないようにしろよ。なにもかも、おれのせいなんだから」

「心配することはないよ」と、ラングフォード先生がいった。「わたしは、サナトリウムに行くのがおくれたって怒《おこ》られたりしないから。自転車にジョニーを乗せて、ぐるっとまわってあげるよ」

こうしてジョニーはサドルの前にまたがり、先生とふたり超《ちょう》スピードで新聞をすべて配ってまわった。先生はサナトリウムのことをもっと話してくれ、もうひとつ新しい言葉を教えてくれた。『ヘモプタシス』、喀血《かっけつ》、つまり血をはくということだ。そんな早い時間に外に出ている人はあまりいなかったが、おもてにいる人はみんなにこにこしながら老先生とジョニーぼうずに手をふってくれた。ただし、ラングフォード先生の真向かいに住んでいるミス・デンジャーフィールドだけは別だった。ふだんとちょっとでもちがうことが起きると、癇《かん》にさわるたちらしい。いちばん最後にミス・デンジャーフィールドの家に行くと、ちょうど庭の木戸に取りつけてある、真鍮《しんちゅう》の番地をみがいているところだった。

ラングフォード先生は自転車のベルをチリンと鳴らすと、大きな声でいった。

「やあ、おはよう。ほうら！　新聞だよ！」

ジョニーが、ミス・デンジャーフィールドの腕《うで》に新聞をおしこんだ。

これだけでも、ミス・デンジャーフィールドにとっては、がまんならないことだった。こんなことをして、だれかが見ているかもしれないのに。けれども、さらに腹立たしいことが続けて起こった。なんと自転車に乗った先生とジョニーは両足をぱっと開くと、歓声《かんせい》をあげながら丘《おか》をくだり、店へと帰っていったのだ。ミス・デンジャーフィールドにいえたのは、たったひとこと。「なんという！」

ジョニーは、時間ぎりぎりに学校に着いた。そしていったん教室に入ると、頭の中から例の病気は消え去り、お金をかせぐあの計画のことでいっぱいになっていた。家賃《やちん》に足りるだけのお金をかせいだぞその先のことまで、ジョニーは考えていた。そうだ、自転車が買えるお金ができるまで、広告を出し続けよう。

9　広告商売

ウィニーがいっしょうけんめい別の仕事を探《さが》している間に、ジョニーは商売に取りかかっていた。その晩《ばん》、母親がベッドに入るのを待って、ふたたび「平和」のマグカップをあさり、それから「お子さんが、ベッドをぬらさないようにするには」の広告を書きあげた。頭の中に痛《いた》いほどきざみこまれている「たちまち背《せ》が高くなる秘密《ひみつ》の方法」をお手本にしたのだ。

あくる日の放課後、ジョニーは大急ぎで夕刊の配達を終え、「スタンブルトン・エコー」の本社に走っていった。運河沿《ぞ》いにある、背の高いビルだ。「事務室」と書かれた部屋まで階段《かいだん》をのぼっていく間、足元から印刷機《いんさつき》がゴトンゴトンと音を立てているのが聞こえてきた。

息を切らしながら重い両開きのドアを開くと、ちょうど広告担当《たんとう》の女の事務員が帰りじたくをしていた。新聞社の人にいうせりふは、もう考えてきていた。また、エイダおばさんに助けてもらえばいい。広告の原稿《げんこう》も、大人の字に見えるように、せいいっぱいきれいに書いてきたつもりだ。

「すみませーん」ジョニーはつま先立ちになって、社員とお客を仕切っている高いカウンターのむこうをのぞいた。「あの、すみません。お使いで来たんですけど。ぼくのおばさんが、ここの新聞に広告をのせたいっていうんです」

「どの新聞のこと？」事務員は、いらいらした顔できく。

ジョニーには、なにがなんだかわからなかった。「エコーですけど？」

「エコーって、なにエコー？　ハンプトン・エコー？　それとも、ボルグレーブ、スタンブルトン……」

「スタンブルトンです」と、ジョニーはいった。「そのほかのエコーも出してるなんて、知らなかった」

「エコーのほかにもあるわよ。ドーフォード・クロニクル、マードリー・トランペット、ネザークロス・エクスプレス……」えんえんと続けるつもりらしい。

ジョニーは、口をはさんだ。「その新聞、ぜーんぶこの会社で出してるんですか？」

「ここで、ぜんぶ印刷してるのよ。だから、あなたのおばさんは、どの新聞にも広告を出せるし、ぜんぶにのせることもできるの」

ジョニーは、うっとりしてしまった。自分の広告がそんなにおおぜいの人に読まれるなんて信じられない。

「へええ、ぜんぶに出せるんだ。ぼくのおばさんも、そうしたいんじゃないかな、ぜったい」

ジョニーは、自分で書いた広告をわたした。事務員はメガネをかけて、字数を数えだした。ジョニーは、もう何回も自分で数えていた。「お子さんが、ベッドをぬらさないようにするには……。一シリングの郵便為替《ゆうびんかわせ》と、切手をはった返信用の封筒《ふうとう》を郵便受け箱〇号にお送りください」。字数を足すと、六十五字になる。広告代は一シリング六ペンスのはずだ。お金は、ポケットに入ってい た。でも、箱の番号が二けたになったら、一字分お金が足りなくなるのではと、少し心配だった。あのにくたらしい二三号のように。

「十六シリング九ペンスね」と、事務員がいった。たいした金額ではないというような口ぶりだ。

「あのう、一シリング六ペンスだって思ってたけど」ジョニーは、おずおずといいかえした。「これ七十字以内だから。新聞にそう書いてあったんです」

「それは、ひとつの新聞に一週間だけ出すときの金額。それとここの郵便《ゆうびん》受け箱を使わない場合よ」

「けど、ぜったいに新聞社の郵便受け箱じゃなきゃ困《こま》るって、おばさんいってたから」ジョニーは泣きそうになって、ごくりとつばを飲みこんだ。「どこに住んでるか知らない人に教えたくない、ここで返事を受け取ってもらいたいって」

「おばさんの気持ち、よーくわかるわ」事務員はメガネをかけなおして、ジョニーを見おろした。

「いまの世の中は、女の人はいくら用心してもしすぎることはないものね。でも、ここの郵便受け箱を借りるには、一週間につき六ペンスかかるわよ」

「だけど、一シリングと六ペンスしか持ってないんです」ジョニーは、コインをカウンターの上に置いた。「それに、どうしても広告を出さなきゃいけないし。おばさんは、どうしてもここの新聞にのせたいっていうし。もうどうしたらいいか、わかんなくって」涙《なみだ》がこみあげてきた。

このときだけは、チビでやせっぽちのおかげで奇跡《きせき》が起きた。事務員は、かわいそうにというようにほほえんでから、広告の原稿《げんこう》をもう一度調べてくれたのだ。

「あのね、四十字以内だったら、ひとつの新聞に一シリングで出せるわよ。字数を少なくできるかどうか、やってみましょうか」

事務員は、「一シリングの郵便為替《かわせ》」は「1／―ＰＯ」と書けばいいし、これは大人だったらだれにでもわかるし、一文字に数えることができるという。けっきょく、広告文はこうなった。

「お子さんがベッドをぬらさないようにするには…要1／―ＰＯ及《およ》び返信用封筒《ふうとう》切手貼付《ちょうふ》当社五号へ」

「ほんとは、こんなこと教えちゃいけないんだけどね」事務員は、さっきよりずっとやさしくなっていた。「ほんとは、もっと字数をふやしてくださいっていわなきゃいけないの。そうすれば、お金をたくさんもらえるでしょ。この間、こういうちっちゃな広告をたのみにやってきた人がいるのよ。その人には、省略《しょうりゃく》しないで、ぜんぶきちんと書いてください、新聞社の住所も、っていったの。そしたら、広告代がぐーんとはねあがったわ。もっとお金をはらわせるために、広告をぐるっと太い線で縁取《ふちど》りしたらどうですかっていおうかと思った。だって、いい人じゃなかったからね。ほんとに失礼な男だった。あんなにいばりくさったやつに、どうしてわたしがへーこらしなきゃいけないのよ」

ジョニーは、「たちまち背《せ》が高くなる」広告のことを思いうかべていた。事務員が話してる「失礼な男」が、自分をだましたあいつだったらいいのに……。

「あの、ほんとにありがとうございます。こんなに親切にしてもらって、おばさんもぜったい喜ぶと思います」ジョニーは、せいいっぱい心をこめていった。「時間を取らせちゃってごめんなさい。さようなら。失礼します」

「さようなら」事務員は、ジョニーの礼儀《れいぎ》正しい言葉に、にっこりと笑ってくれた。「おばさんにいっておいてね。月曜から金曜までの会社があいてる時間だったら、いつでも返事を取りにきていいですよって」

「おばさんは、それもぼくにたのむと思います」と、ジョニーは答えた。

ドアをあけて外に出ようとしたとき、コートを着かけていた事務員が声をかけてきた。

「まあ、うっかりしてたわ。おばさんの名前と住所をきくのをわすれてた」

ジョニーは、とっさにでたらめの住所をいった。ドキドキしているのに気づかれないといいが。

これで、エイダおばさんはますます本物らしくなった。おまけに、いまでは苗字《みょうじ》までついている。口から出まかせにいった苗字だが、あとになって考えると、けっこうぴったりだった。これからおばさんは、ミセス・エイダ・フォーチュンになる。フォーチュンというのは、幸運とか財産《ざいさん》という意味だ。それに、おばさんはぜったいに「ミセス」でなきゃいけない。「ミス」にしたら、それこそミスしてしまい、いままでの努力が水のあわになりそうだ。

10 商売繁盛《はんじょう》

一週間たってから、ジョニーはまた新聞社に出かけていった。その日も、おそくなってしまった。夕刊をぜんぶ配達してから五時前に着くのはむずかしいのだ。事務員は、またもやいそいそと帰りじたくをしているところだった。

「わたしのうち、遠いのよ」と、事務員はいった。「マードリーに住んでるの。バスが五時二十分に出るのよ」

「ごめんなさい」

ジョニーは、事務員がスタンブルトンに住んでいないときいて、内心ほっとしていた。でも、うれしそうな顔は見せてはいけない。じつは、でたらめの住所を教えたのがばれるのではと、ずっと心配していたのだ。それからジョニーは、またまた事務員が気に入るような、ひよわだけど礼儀正しい男の子になることにした。

「あの、こんな時間に来て、ほんとにすみません。この間の広告の返事を受け取ってくるように、おばさんからいわれたんです。郵便《ゆうびん》受け箱五号です」

事務員はジョニーに背《せ》を向けて、戸棚《とだな》にずらりとならんだ箱のひとつから大きな封筒《ふうとう》を取り出した。中をのぞきこんでから、封《ふう》をしている。

「大切に持って帰りなさいよ。何通か手紙が入ってるわ。お金が入ってるかもしれないから気をつけてね」

早く帰って封筒《ふうとう》をあけたいと、ジョニーはじりじりしていた。

「事務員さんがおそくなるといけないですから、すぐに帰ります」

ジョニーはぎょうぎよくぺこりとおじぎをして、ドアから出た。それから、運河の岸にいちもくさんにかけていき、事務員がドアにかぎをかけてバス停に向かうまで、じっとかくれていた。そのあとで、大きな封筒のはしのところをやぶいた。中には小さい封筒が四枚《まい》。それぞれに一シリングの郵便為替《ゆうびんかわせ》と、切手をはった返信用の封筒が入っている。「たちまち背《せ》が高くなる秘密《ひみつ》の方法」を教えてもらうために、こういうものを封筒に入れたときの気分を思い出した。いっしゅん、わが子のおねしょをやめさせたいと必死に願っている人たちのことが頭にうかんだ。その人たちは、自分がだまされているなんて、これっぽっちも思っていないのだ。けれども、すぐにジョニーは郵便為替をまとめた。あわせて四シリング。これなら「たちまち背が高くなる」広告に使ったお金がかえってくるばかりでなく、次の広告も出せるし、あまった分を「平和」のマグカップにもどすこともできる。ジョニーは、おねしょを心配している親たちのことは頭のすみっこにしまっておくことにして、大きな封筒にぜんぶをもどすとセーターの下に入れた。

その晩《ばん》、二階にある自分の部屋で、ジョニーは四枚《まい》の紙切れに「いすに、寝《ね》かせなさい」と書き、切手をはってある返信用封筒に一枚ずつ入れた。次の朝、ハッチさんの店の前にあるポストに投函《とうかん》した。その日は、郵便為替がちゃんとポケットに入っているかどうか、何度も何度もたしかめていた。放課後、郵便局がまだ開いている時間にハッチさんにたのんで、郵便為替を現金に代えてもらった。ポケットの中で四シリングがジャラジャラ鳴るのを聞きながら、ジョニーは元気いっぱい雨の中を走ってうちに帰った。

それから二、三週間というもの、ジョニーの商売は次々に成功をおさめた。どんな広告を出したかというと、

・ドブネズミにお困《こま》りの方へ……
・イエネズミにお困りの方へ……
・クモにお困りの方へ……
・さわがしい、ご近所さんにお困りの方へ……

それから、

・おせっかいな、ご近所さんにお困りの方へ……

どのなやみにも、ジョニーはおなじ答えを送った。

・引《ひ》っ越《こ》しをしなさい。

苦情の手紙は一通も来なかったばかりか、すでにイエネズミでだまされているのに、クモのときも郵便為替《ゆうびんかわせ》を送ってきた女の人までいた。「映画《えいが》の世界に入りたい方へ」というのも、なかなかうまくいった。世の中には、スターになりたい人たちがおおぜいいるらしい。一シリングと交換《こうかん》にジョニーが送った答えは「映画館に行きなさい」だった。

この商売をするには、けっこう時間がかかった。けれども、ジョニーがひとりでいる時間は、以前よりふえていた。ウィニーが町の反対側にあるおんぼろ酒場でパートの仕事を見つけ、カウンターの中で働くことにしたのだ。だから、夜はほとんどひとりでうちにいて、広告を作ったりエイダおばさんの達者な筆跡《ひっせき》を練習したりしていた。

ときには、がっかりすることもあった。みっともないひっかき傷《きず》をこしらえずに、かゆいところをかく方法は、だれも知りたくないらしい（手袋《てぶくろ》をはめてかきなさい）。けれども、夫のいびきになやまされなくなる方法は、じつにおおぜいの人たちが知りたがった（別の部屋で寝《ね》なさい）。いびきの広告のおかげで、「平和」のマグカップに、もとの高さだけのコインをもどすことができた。ハッチさんは、郵便為替はエイダおばさんあてに送ってきたものと信じこんでいるらしい。ジョニーはハッチさんに、エイダおばさんは病床《びょうしょう》で手芸をしていて、できあがった品を通信販売《はんばい》していると話していたのだ。
中には、答えを送ってほしいといっているのに郵便為替を同封《どうふう》してこず、代わりに未使用の切手を送ってくる人がいた。最初のうち、ジョニーは腹《はら》を立てた。郵便を利用した商売はしているが、ジョニーが自分で手紙を書くことはめったにない。けれどもそのあとで、いいことがひらめいた。その切手を使う、新しい手口を思いついたのだ。そして、こんな広告を書いた。

あなたの一年分の家賃《やちん》をはらってさしあげます。
手数料として、十五シリングの郵便為替をお送りください。

これには、八人がひっかかった。八人とも、それぞれ一年分の家賃を送ってもらうにはもらった。けれども、それは一〇六六年当時の家賃で、それぞれが三ペンス分の郵便切手をもらっただけだった。大昔は、これくらいあればけっこうりっぱな家が借りられたのでは？　新聞社の郵便受け箱に、かんかんに怒《おこ》った抗議《こうぎ》の手紙が一通だけとどいた。最初は、ジョニーも不安になった。がっかりした読者が新聞社にことの次第を話し、エイダおばさんの正体がつきとめられたらどうしよう？　そのあとで、ジョニーはまた名案を思いついた。新聞に書いてあった法律《ほうりつ》用語を使って、返事を書けばいいのだ（なにしろ、切手なら山ほどある）。手紙の中に、ラングフォード先生が教えてくれた、すばらしい言葉のひとつ「ヘモプタシス」も入れた。いかにも重要そうに聞こえるし、会ったこともない赤の他人が家賃《やちん》を代わりにはらってくれるなどと思うマヌケな人たちは、それが「喀血《かっけつ》」つまり「血をはく」という意味だと知っているはずがない。ジョニーはもうけたお金を使って、しっかりした紙のびんせんと封筒《ふうとう》を買った。そして、ますます上手になった字で、ロンドン市内のでたらめの住所から、ていねいだが断固《だんこ》とした返事を送った。「当方の顧問《こもん》弁護士と新聞社は、この広告には特定の年号が明記されてない以上、なんら詐欺行為《さぎこうい》に該当《がいとう》する部分はない（ヘモプタシス法の権威《けんい》に相談した結果）という点で合意に達した」とのべたのだ。けれども「こちらとしては不法な抗議《こうぎ》を処理《しょり》するにあたって生じた金員を請求《せいきゅう》するつもりはない」と、太《ふと》っ腹《ぱら》なところも見せておいた。怒《おこ》った男が、また手紙をよこさないといいがと思ったが、返事は来なかった。

けれども、ジョニーにだってわかっていたのだ。たしかにお金はもうかったが、このインチキ家賃の広告であぶない目にあわなかったのは、運がよかっただけなのだ。どうやらお金をたくさんはらえばはらうほど、怒《いか》りもふくれあがるものらしい。とにかく十五シリングというのは高すぎた。二十人を一シリングで網《あみ》にかけるほうが、ひとりから一ポンドもらうより、よっぽど安全というものだ（当時、一ポンドは二十シリング）。そこでジョニーは、もっと安い――けれども成功まちがいない――広告で、残りの切手を使うことにした。

国王陛下《へいか》の公式の肖像画《しょうぞうが》、一シリング

ジョニーは、ちょっとばかり正直にしようと、「ミニアチュアの肖像画」という言葉を入れようと思った。けれども「ミニアチュア」のつづりに自信がなかったし、広告代を安くあげるためにも、言葉は少ないにこしたことはなかった。まんまとひっかかった人たちは、けっきょく切手を一枚《まい》送ってもらっただけだったのだが（たった一ペニーから、せいぜい六ペンスまでの）、怒って抗議の手紙を送ってきたものはひとりもいなかった。ジョニーが思ったとおり、そんな手にひっかかるなんて自分もマヌケなものだとみとめたにちがいない。けれども、この広告は大成功だった。ジョニーの計算では、かかった費用を差し引いても、愛国的なお客に送った切手の額によって、百パーセントから千百パーセントの利益《りえき》が上がるはずだった。じっさい、「平和」のマグカップに入れるお金はとても少なかったけれど、もっと利益の上がる、大きな商売をジョニーは夢見《ゆめ》はじめていた。

それればかりか、せっせと商売にいそしんだことが、思いがけない形で実を結んでいた。ある土曜日の朝、ウィニーは、息子《むすこ》の担任《たんにん》をしているスタイルズ先生にたまたま出会った。

「まあ、スワンソンさん」と、先生は声をかけてきた。「わたし、ジョニーのことで、とっても喜んでるんですよ。新学期になってから字がとっても上手になって。本当にきちんとした、きれいな字を書けるようになったんです」

「そんなふうにおっしゃってくださるなんて、うれしいですわ」

「そうなんですよ。それに字がきれいになっただけじゃないんです。算数の力も、びっくりするほどのびて。とくに、お金の計算がよくできますね」

その日の晩《ばん》、スタイルズ先生の言葉を伝えたウィニーは、息子《むすこ》がうれしくて顔を赤らめたのだと思った。ジョニーのほおをほてらせたのが、罪深い秘密《ひみつ》のせいだとは気がつきもしなかった。

11 アンカロアボ？

学期半ばにある一週間の休暇《きゅうか》の直前に、ふたたびラングフォード先生が学校にやってきた。生徒全員が、まだＴＢに感染《かんせん》していないかどうか、たしかめるためだ。先生のおかげで、ジョニーのクラスでは今度は地理の授業《じゅぎょう》がなくなった。ラングフォード先生は、子どもたちの人気者になった。

それからハッチさんが、休暇の間はずっと店に働きにきてもいいと、ジョニーにいってくれた。ジョニーは店にいる間じゅう、倉庫やカウンターのうしろや郵便局《ゆうびんきょく》で仕事をしているハッチさんのすがたをずっと見ていた。おしゃべりをする時間もあったから、ふたりは前より仲よくなった。

店はいつも目がまわるほどいそがしかった。日用品から編《あ》み物《もの》の型紙まで、ありとあらゆる品をほしがる客の相手をしなければならない。店のドアのそばに木でできた電話ボックスがあって、電話機とベンチが置いてある。町じゅうの人たちが、そこで電話をかけにやってきた。中にはいつまでたっても出てこない連中もいたから、中に入るとタバコの煙《けむり》のいやなにおいがした。引き戸からもれてくる、くぐもった声の一方的な会話を、ジョニーはなるべく聞くまいと思ったが、ときにはどうしても聞こえてしまうときがあった。だから、副校長先生が職場を代わりたいと思っていることやら、牧師の娘《むすめ》が既婚者《きこんしゃ》らしきマイケルという男とごたごたを起こしていることやらについて、なにからなにまで知っていた。ある日、あのスラックさんが遠くの親せきのだれかに、身体のぐあいが悪くてとか、もうひとりで家にいてはやっていけないとか、ぐたぐたとしゃべっているのが聞こえてきた。最初のうちジョニーは、おばあさんがお金をせびっているのかと思ってぎょっとしたが、そのうちにこう続けたのを聞いて、いい気分になった。

「スワンソンの奥《おく》さんがいなかったら、あたしゃどうなったかわからないよ。毎日、あたしのようすを見に寄ってくれるけど、お金をくれなんていっさいいわないんだ。ほんとにりっぱな奥さんでね。スワンソンさんのおかげであたしは生きていけるんじゃないかって、そう思うこともあるくらいなんだよ」

自分が聞いたことをジョニーは母親に伝えなかった。ぬすみ聞きしたのがわかったら、母さんはきっと怒《おこ》るだろうと思ったからだ。ところが、それから何週間か後に、あのとき話しておいてあげればよかったとジョニーは後悔《こうかい》することになる。でも、そのときには、あとの祭りだったのだ。

店が静かなときには、新聞を研究するひまができた。広告を見て、よいヒントを探《さが》したのだ。いちばんいい広告が日曜版にのるのは知っていたけれど、日曜日は店が休みなので、じっくり見る時間はなかった。郵便受《ゆうびんう》けに新聞を入れるときに、見出しをちらっと見るだけだった。ちゃんと見るには、ハッチさんが自分の新聞を読み終えて捨《す》てるまで待たなければならなかった。休暇中《きゅうかちゅう》の月曜日にジョニーがゴミ箱から取り出した「レイノルズ・ニュース」に、円形の茶色いしみがいくつもついていたのは、そういうわけだったのだ。ハッチさんのティーカップの糸底でできたしみだ。

ジョニーは、そのばかでかい新聞を広げた。カウンターが見えなくなるほどの大きさだった。慈《じ》善《ぜん》用のお金を集める缶《かん》や、リコリス・キャンディのびんをどかして、場所をあけなければならなかった。ぱらぱらと新聞をめくると、ニュース、ファッション記事、流行歌の楽譜《がくふ》、短編小説、マンガ、劇評《げきひょう》などが続き、自動車や、ロンドンにあるデパートの広告がのっている。小さな広告を見ていくと、そのうちのひとつにたちまち目をうばわれた。「胸《むね》の病い」とあり、こう続いている。

「アンカロアボが結核《けっかく》に特別の効果を発揮《はっき》する事実は、みとめざるをえない」（セイシェイエ医学博士《はかせ》、「スイス医学概論《がいろん》」誌記載《しきさい》）

「マラリアにキニーネが有効なように、この薬は結核菌《けっかくきん》にとくに破壊的《はかいてき》な効果を及《およ》ぼすとわたしは思う」（英国高等法院における、グラン博士の答弁）

胸や肺《はい》の病いに苦しんでいる方は――突発性《とっぱつせい》のものや、心臓喘息《しんぞうぜんそく》をのぞく――医師にアンカロアボについておたずねになるか、左記に葉書をお送りください。無料で返事をさしあげます。

ロンドン市、ウィンブルドン、ウォープル通り二〇四―二〇六

チャールズ・Ｈ・スティーヴンス

右の文章は、とくに結核《けっかく》にかかっている読者にとって、ほかの同様の記事に勝るすばらしいニュースであるはずです。

ジョニーは、その広告を何度か読みなおし、「アンカロアボ」という聞きなれない言葉を試しに声に出していってみた。アフリカの言葉かなにかのようだ。こんなに長い広告を販売《はんばい》部数の多い新聞に出すにはいったいいくらかかるのだろう。ジョニーは新聞広告の専門家《せんもんか》の目で計算してみた。ニュース記事のような特別な形にしてもらうには、おそらく三ポンド出してもおつりは返ってこないだろう。ウィンブルドンのチャールズ・H・スティーヴンスは、自分の売る商品にずいぶん自信があると見える。そのうえ、お客に無料で返事をあげるとまでいいきっているのだ。

ジョニーは、胸《むね》がドキドキしてきた。もしかしてこの広告は、書いてあるとおりの「すばらしいニュース」かもしれない。おそらくスティーヴンス氏は、本当にTBの治療法《ちりょうほう》を発見したのだろう。もしそうなら、ラングフォード先生に教えなければいけないのでは？　先生は、その「アンカロアボ」とやらを使って、オルウェンの家族を助けてくれるかもしれないのだから。ラングフォード先生の家が「レイノルズ・ニュース」を読んでいないことは知っている。先生や奥《おく》さんは、この広告を目にしないはずだ。ジョニーはカウンターの引き出しからはさみを取り出すと、広告の欄《らん》をきれいに切りとった。

ジョニーはその日の仕事が終わると、「アンカロアボ」のことを教えてあげようと、丘《おか》をのぼってラングフォード先生の家へ向かった。ドアをあけたのは、ラングフォード夫人だった。先生とおなじように背《せ》が高くてほっそりしているが、先生が手足をやたらにばたばたと動かすのとちがって、ラングフォード夫人のしぐさは、なんとも自然で上品に見えた。それでもときどき、腰《こし》が痛《いた》むとでもいうように、片手《かたて》を背中にまわすことがあった。青みがかった白髪《はくはつ》をうなじのところでくるっとまとめて、シニョンにしている。ちょうどその日の朝刊にこういう髪《かみ》の結《ゆ》い方《かた》の図解が出ていたので、ジョニーはシニョンという名前をおぼえたのだ。ジョニーの母は、奥さんの服がどれもすばらしい仕立てで、組み合わせ方もとてもしゃれていると、いつも感心していた。ジョニーは、ラングフォード夫人のスカートやブラウスがどんなふうに仕立てられているか知らなかったけれど、なかなかすてきな組み合わせだということはわかった。どちらも、深い色あいの青い生地でできていた。

「こんにちは、ジョニー」と、ラングフォード夫人はいった。「お母さまを探《さが》しに来たの？　とっくにおうちに帰られたわよ」

「いいえ、ラングフォード先生に見てもらいたいものを持ってきたんです」ジョニーは、ポケットからくしゃくしゃになった新聞の切りぬきを取り出した。「とっても大事なことなんです。だから、ラングフォード先生に伝えなきゃって思って。だれかがＴＢの治療法を発見したらしいんです」

「まあ、もし本当にそうなら、夫も知りたいと思うでしょうね。驚《おどろ》きはしないでしょうけど。ちょっとわたくしにも見せてくださいな。どうぞお入りなさい」夫人は切りぬきを手に持ったまま、ジヨニーを応接間に通した。「暖炉《だんろ》のそばにすわって、温まってね。さてと、メガネをどこに置いたかしら?」

ジョニーは、ラングフォード夫人がメガネをあちこち探《さが》しまわるのを見ていた。ジョニーの家まるまる一軒《けん》より、先生の家の応接間のほうが物がなくなりそうな場所がずっと多い。夫人は本棚《ほんだな》の上をさぐったり、ふかふかのクッションをふるったりしている。それから、やわらかそうなソファの背《せ》とクッションの間に手を入れたり、新聞や雑誌《ざっし》をふったり。

「いったいどこに行ったのかしらね。ドアをあけるちょっと前にかけていたのに。あなたが来たとき、わたくしはなにをしていたのかしら」ちょっと手を止めて考えている。「わかったわ。お裁縫《さいほう》をしていたのよ。ちょうど、そのいすにすわっていたの」

「あっ、すいません」ジョニーは、いすから飛びあがった。「これ、奥《おく》さんのいすだって知らなくって」

「なにをいってるの。あなたはお客さま。どこでも、好きなところにすわっていいんですよ。ちょっとごめんなさいね」ひざまずいて、ジョニーの足元の奥のほうに手をのばしたとき、夫人のひざの関節がパキッと鳴った。夫人は裁縫箱を引っぱりだした。ふたの下に、古いソックスをまるめてつっこんである。「いま、思い出したわ。ベルが鳴ったとき、ソックスをここにおしこんだの――牧師さまか、どなたかがいらしたと思ったのよ。ソックスをつくろっているところなど、見られたくありませんものね!」

ラングフォード夫人がため息をつきながら立ちあがるまで、ジョニーは裁縫箱を持っていてあげた。夫人は、受け取った裁縫箱からメガネを取り出した。

「メガネが行方不明になるたびに六ペンスもらえたら、わたくしはいまごろ大金持ちになっているでしょうね」と、じょうだんをいう。「専用《せんよう》のひもでメガネを首からかけてる人を見たことがあったの。そのときは、お年のせいなのねって思ったものよ。でも、わたくしもそんな年になったのかもしれないわね」

ジョニーの頭の中に、もう新しい広告がうかんでいた。「メガネを二度となくさない方法」。返信用の封筒《ふうとう》に、本物のひもを入れて送ったほうがいいのかな？　それとも、ひもで首から下げなさいというだけにする？　色のついたリボンでも入れたら、もっとお金が取れるかも……。

メガネをかけた夫人は、ジョニーから受け取った切りぬきのしわをのばして読みはじめた。

「ああ、アンカロアボね。聞いたことがあるわ。二、三年前にたいへんな問題になったのよ。このチャールズ・スティーヴンスって人、そのせいで除名《じょめい》になったのよ」

「ジョメイって？」

ジョニーがききかえすと、奥さんが説明してくれた。

「医師会から除名されたの。つまりね、お医者さんたちの会を辞《や》めさせられたってことですよ。だからもう、この人はお医者さんとして働けなくなったってわけ。医師だと名乗ってもいけないの。なぜなら、この人が、まだみとめられていない薬を大々的に宣伝《せんでん》したからなのよ。よくいう『クワック』ですよ」

「えっ、なに？」

「『クワック』。にせのお医者さんってことよ」

「ぼくも、学校で『クワッキー』なんて呼《よ》ばれてるんです」と、ジョニーはいった。「でも、お医者さんとはぜんぜん関係なくて、スワンソンって苗字《みょうじ》だから。スワンって白鳥のことなのに、ぼくはクワッククワッて鳴くアヒルみたいだからって」

「それ、ちょっといじわるよね」と、奥《おく》さんはいった。「まあ、男の子たちって、そういうものなのかもしれないけど。夫も学校時代は『ラングフォードくん』じゃなくって、『ロングフィートくん』って呼ばれてたわ。ほら、背《せ》が高くて、足が長すぎるから」

「いったい、なんの話だね？」そのとき、ラングフォード先生が応接間に入ってきた。「やあ、ジョニー。きみが来てるとは、思わなかったな。まさか、ぐあいが悪いんじゃないよね？」

「ちがいます」ジョニーは、元気のない声で答えた。いきおいこんで持ってきた広告がインチキだと知って、しょんぼりしていたのだ。

ラングフォード夫人が、先生に新聞の切りぬきを手わたした。

「また、アンカロアボの広告ですよ」

ラングフォード先生は、服のポケットをあちこちさわっている。

「ちょっとメガネを貸してくれんかね？」

　夫人はジョニーにウィンクしながら、メガネを先生にわたした。切りぬきを読んだ先生は、ため息をついた。

「こいつは、まだこんな金もうけをしようとしてるのか。はずかしいとは思わんのかね、まったく。心配している人たちをだまして、期待を持たせたあげくにふところに金を入れるとは。もうとっくにいなくなったと思っていたのに」先生は、さらに広告を読み続けている。「ずいぶん遠くに住んでるんだな。ウィンブルドンとはね。まだこんなことをしてるとは、まったく、たいした『タマ』じゃないか」目を上げてジョニーの顔を見ると、先生はにんまりと笑った。「きみ、ウィンブルドンがなんで有名か知ってるだろ？」

　ジョニーは、肩《かた》をすくめた。「ぼくにきかないでください」

「テニスだよ」ラングフォード先生がそういったままだまっているので、ジョニーはおしりがもぞもぞしてきた。先生は返事を待っているのだ。「わかったかね？　どうだい？　ぴんときたか？」

「なんのことですか？」ジョニーは、わけがわからなくて、はずかしくなった。

「わたしのいったのはだな……つまりその……わかるかな……このアンカロアボのやつだよ。テニスで有名なところに住んでるから、たいした『タマ』だってことさ」ラングフォード先生は、まただまっている。やっと先生がつまらないしゃれをいったのだとわかって、ジョニーは力なく笑ってみせた。

　奥さんは、新聞の切りぬきを暖炉《だんろ》の火に投げいれた。

「何百人もの人たちが、こんな広告につられて大金をむだにしているんだろうよ」と、ラングフォード先生はいった。「まったくよろしくないな」

「それじゃ、どうして先生のワクチンを、新聞で広告しないんですか?」と、ジョニーはきいた。とたんに、先生夫妻は口をつぐみ、部屋の中が静まりかえった。ラングフォード夫人が、きつい目で先生をにらんでいる。ラングフォード先生は、はずかしそうな顔をして、くちびるに人さし指を当てた。

「きみに話すべきじゃなかったな、ジョニー。これは、ぜったいに秘密《ひみつ》にしておかなきゃいかんのだ。わたしがいましていることがだれかに知られたら、それこそたいへんなことになるんだよ」

「だれにだって話しちゃいけないことですよ」と、ラングフォード夫人がいった。やさしそうな声を出そうとしているが、これほど動揺《どうよう》している夫人をジョニーは見たことがなかった。夫人は先生のほうに向きなおって、声をひそめてなにやら話している。

ジョニーは、はずかしくもなったし、先生たちを気まずくさせるようなことをいった自分に腹《はら》を立ててもいた。そこで、横からこういってみた。

「心配しないでください。ぼく、だれにもいわないから。でも、よくわからないんだけど。どうして、このスティーヴンスって人は効《き》かない薬を広告することができるのに、先生が効く薬を売るのは法律違反《ほうりついはん》なんですか?」

「ジョニー、本物の薬は、じゅうぶんに気をつけて使わなければいけないんだよ。強力な薬は、病気を治すこともあるし害にもなることもある。いいかい。新聞広告なんてものは、たいてい役に立たないんだよ。つまらない広告にだまされる連中がどんなにおおぜいいるか知ったら、きみだっておどろくと思うよ」

ぼくにも、よーくわかっています……などとはいえない。あの日、運河のそばで考えたことが頭の中にうかんで、ジョニーは顔を赤らめた。あのときジョニーは、広告にだまされるお客たちも、自分とおなじ人間なのだと思った。ラングフォード先生は、あのときのジョニーの思いを、さっきはっきりと口に出していったではないか——はずかしいとは思わんのかね、まったく。心配している人たちをだまして、期待を持たせたあげくにふところに金を入れるとは——。

その場の空気があまりにも気まずくなったので、ジョニーは逃《に》げだしたくなった。広告のことをひそかにはじていたからだけではない。いいあらそっている大人たちの間にいたくなかったし、こんなにもやさしいお年寄りたちがおたがいに腹を立てるようにしむけた自分がうしろめたかったのだ。

「あの、すみません。ぼく、うちに帰ったほうがいいかなって」せいいっぱい、礼儀《れいぎ》正しくいってみた。「先生や奥《おく》さんが心配するようなことをいっちゃって、ごめんなさい」

「ちっとも気にすることはないんだよ、ジョニー」ドアまで送ってくれたラングフォード先生は、そういってくれた。「きみは、わたしを助けてくれようと思っただけなんだから。わたしには、わかってるよ」

「ぼく、オルウェンのことを考えてたから。先生のワクチンを注射《ちゅうしゃ》するのは手おくれかもしれないけど、このアン……アンカ……とかいうのは、役に立つかもしれないと思って。でも、この薬もだめだとしたら、オルウェンはどうなるんですか？」

「残念だが、わたしにもわからないな。だいたい、いまどこに住んでるかってことさえ知らないんだから。わたしの患者《かんじゃ》じゃないからね。たぶん、いま現在は、ぐあいも悪くなってないんだろうよ。わたしが知ってるのは、ウェールズの親せきのところにいるってことだけなんだ」それから、先生は声をひそめた。「いいかね、ジョニー。あのことは、ぜったいに秘密《ひみつ》だよ。ワクチンのことは、けっしてほかの人の前で口にしてはいけない。わかったね？」

ジョニーが外に出てドアが閉《し》まると、中から大きな声が聞こえてきた。ジョニーは応接間の窓《まど》の下にこっそりしのびよって、ラングフォード夫妻がなにをいっているのか聞こうとしたが、口げんかがとぎれとぎれに聞こえてきただけだった。

奥《おく》さんが、かんかんになってまくしたてている。「……いったいどうして……つまらないことで、たいへんな危険《きけん》をおかすようなことをして……」

ラングフォード先生が、なだめている。「あの子は、だれにもいわんよ……だいたい、子どものいうことなど、だれが信じるんだね？……あの子は、どこに研究所があるかも知らないんだから」

「あなたが、この仕事をなさらなければよかった……お金にもならないし……わたくしは、いつも倹約《けんやく》ばかりして……」

ドアがバタンと閉まる音がして、声はそれっきり聞こえなくなった。

ジョニーが門に向かうと、門のすぐ外にミス・デンジャーフィールドが待ちかまえていた。ラングフォード夫人のこぎれいなすがたを見たあとだったから、流行おくれの古い服をでれっと重ね着しているのが、やけに目についた。服のすそが、ぬかるんだ地面についている。ふちかざりやフリルのついた喪服《もふく》につつまれたミス・デンジャーフィールドは、なんとも小さくて、背中《せなか》もずいぶん曲がっていた。それでも、鼻にかかったようなあらあらしいその声を聞くと、ジョニーの背すじはぞっとした。

「ずっとおまえを見はってたのさ。あの窓の下を、うろうろしてただろう。しのびこもうとしてたんだね。そうにきまってるよ」

「ちがいます、デンジャーフィールドさん。そうじゃないんだ。ただ、先生たちの話を聞いてただけで……」

「話を聞いてただって！」ミス・デンジャーフィールドは、いきなりジョニーのシャツをつかんで自分のほうに引きよせた。「ぬすみ聞きしてたんだね――ははあん、そういうことかい」

「ちがう。ちがうんだ」ジョニーは、ガタガタふるえだした。「ぼく、いままでずっとお屋敷《やしき》の中にいて、ラングフォード先生と話をしてたんですよ」

ミス・デンジャーフィールドは、ぺっとつばをはいて、さげすむような目つきをした。

「ほおお、おまえがかい？　お屋敷《やしき》の中にいたって？　バカいうんじゃないよ。どうしてラングフォード先生が、おまえなんかと話をしたいと思うのかね？　いったいなんの話をしてたのさ？」

たったいまジョニーは、ぜったいにだれにも話さないと約束してきたばかりだった。ＢＣＧをイギリスに持ちこんだことを知られてはいけないと、ラングフォード夫妻がどんなに心配しているか、痛《いた》いほどわかっている。ジョニーは返事をしなかった。だがミス・デンジャーフィールドは、だまっているのは罪をみとめたからだと思ったらしい。

「これで、よーくわかったよ」ジョニーが答えられないのを見て、ミス・デンジャーフィールドはいった。「おまえは、どろぼうだけじゃなくって、大ウソつきだ」ミス・デンジャーフィールドは、ジョニーをどーんとつきはなした。ジョニーは、走って逃《に》げたかった。だが、足が動かない。ミス・デンジャーフィールドは、ジョニーの髪《かみ》をつかんで、いやというほどゆすった。あまりの痛さに、涙《なみだ》がにじんでくる。「さっさとあっちへ行け！　二度ともどってくるな！」わめきながらジョニーをぐるりとまわし、ウエストのあたりを杖《つえ》でつつく。「もどってきたら、ただじゃすまさないよ」

ラングフォード先生からミス・デンジャーフィールドの悲しい過去を聞いたとき、ジョニーはちょっとばかりかわいそうだなと思った。けれども、いまはちがう。こんな仕打ちをされて、そんなふうに思えるはずがない。ふたたびミス・デンジャーフィールドは、まったくどうしようもないばあさんにもどってしまった。すぐに立ち去らなければならないとわかっていたが、ジョニーはいままで大人の前で一度もしたことがないことをやってしまった。なんとも下品なしぐさをしてから、それに輪をかく下品な言葉をはいたのだ。それから、走って逃げた。

12

私書箱《ししょばこ》九号

午後になるといつも、たいそうな口ひげをはやした男が郵便局《ゆうびんきょく》にやってきて、ハッチさんに郵便が来ているかどうかきいた。

「あの人、どうしてあんなことをするんですか?」と、ジョニーはきいてみた。「なんで郵便屋さんは、あの人のところに手紙をとどけないの?」

「ああ、あの人は、この郵便局に私書箱ってものを持ってるのさ」ハッチさんは、そういった。「手紙のあて先を、ぜんぶここにしてるんだ。それで、自分で集めにくるんだよ」

「どうしてそんなことするんですか?」

「そうだな。いろんな理由が考えられるんじゃないか。あちこち旅をしているので、行く先々の郵便局で手紙を受け取るとかな。それとも、近所に住んでるやつらに、どこから来た手紙を受け取ってるのか知られたくないのかもしれない。さもなきゃ、手紙を送ってくる人たちに、自分の居所《いどころ》を知られたくないのかも」

「でも、もし手紙を出した人たちがここに来て、ハッチさんにあの人のことをきいたら?」

ハッチさんは背《せ》すじをのばして、深く息をすいこんだ。

「その人たちは、そうするかもしれんな、ジョニー。だが、おれはぜったいにいわない」ハッチさんは、がらりとあらたまった「郵便局用の声」で続ける。「おれは、お国のために働いている公務員だぞ。そして、私書箱には私書箱といわれるだけのわけがある。ぜったいにその人のことを外部に知られてはいかん。あの口ひげ男がいったいだれなのか、どこに住んでいるのかは、ぜったいに秘密《ひみつ》だ。だいたい、口ひげ男が私書箱を持っているということだって、他人に知らせてはいかん。もしかしたら、いまいったようなことも、おまえに話しちゃいかんのかもしれんなあ」

ひゃあ、郵便局に私書箱を持つのって、ずいぶん便利じゃないか。ジョニーは、すぐにそう思った。自分も私書箱がほしくなった。広告の返事を郵便局に配達してもらえば、ちょくちょく新聞社に行かなくてもすむというものだ。

じつはジョニーは、あの親切な事務員のことが、だんだん気がかりになってきていたのだ。どうやらジョニーをかわいがってくれているようだが、そのせいでやっかいなことになってきていた。ジョニーはいつもエイダおばさんあての手紙を、新聞社の受付がしまる直前に取りにいくことにしていた。それでもあの事務員は、なんやかやとジョニーに話しかけてくるのだ。一度など、バス停までいっしょに行きましょうとさそってきたし、この間はジョニーが持っていった広告を見て、あきれたというように眉毛《まゆげ》をつりあげてみせた。いったい、いつまであの人にあやしまれずにすむだろう？　いまに、うっかりまずいことをいってしまうのでは？　もしジョニーが出した広告のどれかに、あの人が申しこんできたらどうする？　すでに事務員は、「くさい足の問題を解決するには？」という広告に、かなり興味をひかれたようなのだ（洗濯《せんたく》ばさみで鼻をはさめというのが答えだ）。

あの新聞社は、スタンブルトンの周囲何キロ四方にも配る新聞をほとんどすべて発行しているから、別の新聞に変えても、やっぱりあの女の人にたのむことになる。だが、ジョニーあての郵便《ゆうびん》をハッチさんの店に送ってもらうようにできたら、もっと別の町に配られる新聞に広告を出せるかもしれない——全国紙を相手にできるかもしれないし、そうなったら、さらに読者がふえる。ジョニーは以前よりふところがゆたかになっていたから、広告を手紙で送ることもできた。郵便代は、お客たちからもらった郵便為替《かわせ》や切手ではらえばいいのだ。新聞社の広告部に、電話だってできるかもしれない。ジョニーはまだ声変わりしていなかった。新聞社の人たちは、エイダ・フォーチュンという女性が電話をかけてきたと信じてくれるだろう。

「エイダおばさんも、私書箱《ししょばこ》を持ったほうがいいと思うんだけどな」ジョニーは、なにげないふりをして、ハッチさんに切りだした。「手芸の品を買ってくれる人たちに、うちの住所を知られたらって心配してるかも。おばさん、身体のぐあいが悪いから、とつぜんだれかが訪《たず》ねてきたら困《こま》って、いつもいってるんだ。それに、おばさんあての手紙がここにとどいたら、すぐにハッチさんに郵便為替をお金にかえてもらって、うちに持って帰れるから。おばさんも、すぐにお金を受け取れるし。私書箱を借りるのって、いくらくらいかかるの？」

「そんなに金はかからんよ」と、ハッチさんはいった。「だがな。おまえのおばさんは、かわいそうに病気だし、おまえのうちも、あれやこれやでたいへんなときじゃないか。おばさんにはらわせるわけにはいかんよ。おれが、はらってやるさ」

　ジョニーは、それは困るといおうとした。けれども口を開く前に、自分でお金を出すなどといえるはずがないとわかった。うちに帰ればどっさりお金があるなんていうわけにはいかない。

「いいや、おれがはらってやるよ」ハッチさんは、ジョニーが口をもごもごさせているのを、えんりょしているのだと思いこんだ。「そうさせてくれって。おれだって、そのほうがうれしいんだから。だが、ちゃんとした手続きでやらなきゃいかんぞ。この申込書《もうしこみしょ》をうちに持ってかえって、おばさんに書きこんでもらえ」

　こういうわけで、ジョニーはその夜、エイダおばさんの初めての公文書を偽造《ぎぞう》して、見事な字でサインした。あくる日、ハッチさんはその書類にゴム印をおしてファイルにとじた。

「おばさんに伝えてくれ。これからおばさんの住所は、ウォリックシア州、スタンブルトン、私書箱九号だってな。これからは、おばさんあての郵便物を別にしといてやるよ。おまえがすぐにうちに持って帰れるようにな」

　住所が新しくなったせいで、広告を出すたびにいくらか費用がかかるようになった。とはいえ私書箱のおかげでずっと時間が節約できたから、休暇《きゅうか》の残りの日々を新しい計画をねるのに使うことができた。全国紙をざっと読んでみると、広告のほとんどが健康問題や、自分を向上させるためのものだということがわかった。たしかに、これはもうかりそうな分野だ。ラングフォード先生がインチキ薬のことをきびしく批判《ひはん》したときにはうろたえてしまったが、治療薬《ちりょうやく》を送ってあげるという広告は、ジョニーが気になっているもうひとつの問題を解決するのにも役に立つはずだ。じつは私書箱《ししょばこ》のせいで、ハッチさんに信じてもらわなくてはいけないことができた。エイダおばさんが本当に手芸をしていて、できあがった品物の代金として郵便為替《ゆうびんかわせ》を受け取っているということだ。エイダおばさんの代わりに小包を送るところを、ハッチさんに見せなくては。でも、ジョニーが手芸をする必要はなかった。小包の中味までは、見せなくていい。だから手芸品の代わりに、不眠症《ふみんしょう》から痛風《つうふう》まで、ありとあらゆる病気を治療する品を小包の中に詰《つ》めこむことができた。

ジョニーは、どんな病気があるのかとあれこれ考えることもなかった。何年も母親といっしょにスラックさんの家を訪《たず》ねていたおかげだ。スラックさんこそ、まさに歩く「病気大百科」だった。それに新聞配達のコースにある墓場も、お客に送れる品物の宝庫《ほうこ》だった。ジョニーは配達のたびに、常緑樹《じょうりょくじゅ》のみずみずしい葉っぱをむしったり、地面に落ちた美しい落ち葉を集めたりした。種の入った莢《さや》をむしることもあれば、トチの実の殻《から》や、妙《みょう》にねじくれた小枝を拾うこともあった。

あるとき、ハトの死骸《しがい》から羽根を引きぬいていると、ピシピシという音がした。ミス・デンジャーフィールドが、墓場のへいの上を杖《つえ》でたたいているのだ。

「ちょっと！　おまえ！　なにをしてるんだね？」

ジョニーは、すばやく考えをめぐらせた。

「あっ、奥《おく》さん。こんにちは」まずそういって時間をかせぐ。「あのう……あのう、ぼく、理科の勉強をしてるところ。いろんな標本を集めて、学校に持ってくんだ」

「あたしのことを『奥さん』なんて呼《よ》ぶんじゃない！　それに『理科の勉強』とは、よくもぬけぬけといったもんだ！　学校が休みだってことくらい、あたしだって知ってるんだよ。まったく、いけしゃあしゃあと『理科の勉強』だなんて！　なにかよくないことをやってるにちがいないんだよ、おまえは。それに、あたしの新聞はどこにあるんだね？」ジョニーはバッグに手を入れて、新聞を取り出した。「ここでわたすんじゃないよ、このバカが！　こんなとこで新聞をもらってどうするんだい？　うちにとどけるんだよ。そのうえ、こんな時間になって。おまえは、うちに新聞を配達して、ハッチンソンさんに金をもらってるんだろ。それが、こんなにおくれちまって！」

ジョニーの胸《むね》の中のどこかで声がした。こんなばあさんにいいかえしてもむだだからやめろ、と。だが、この間あんなにひどい仕打ちをされたあとだったし、ふたりの間には墓場のへいがある。ジョニーは、ミス・デンジャーフィールドのむちゃくちゃな言い草に、なんとしてもいいかえしたくなった。

「だけど、ぼくは配達のとちゅうなんだ。それに、おばあさんは、どっちにしろ家にいないじゃないか。いまここに、そうやっているんだからさ。だから、これから家に配達するのがおくれるかどうかなんて、わかりっこないだろ？　家にいて受け取るなら別だよ。けど、そうじゃないんだもの」

「こら、口ごたえするんじゃない！」

「口ごたえなんかしなかった……」

「したじゃないか。また、そうやって二度も口ごたえして。おまえのことを、ハッチンソンさんにいいつけてやる。さあさあ、さっさと丘《おか》をのぼって、あたしの新聞を配達してくるんだよ」

ジョニーは、葉っぱをあと何枚《まい》かカバンに入れた。

ミス・デンジャーフィールドが、バシッと杖《つえ》でへいの上を打った。

「さっさとやれっていってるんだ！　それから、その新聞に少しでもどろがついてたりしたら、取るのをやめるからね。あたしは、ずっとおまえを見はってたんだ。そうさ、ずっと見はってたんだよ」

ジョニーは丘をかけのぼって、配達を終えた。やっとひとりになれて、やれやれと思ったが、すぐにミス・デンジャーフィールドのことが心配になった。あのおばあさんが、墓場からまっすぐに郵便局《ゆうびんきょく》へ行ったとしたら？　いまごろハッチさんに、いいつけているかもしれない。家賃《やちん》が上がるというのに、仕事がなくなったらどうしよう。なんとしてもハッチさんの店で働き続け、郵便為《かわ》替《せ》や封筒《ふうとう》やびんせん、それに切手を手に入れて、お金をかせぎ続けなければいけないというのに。すぐに店にもどって、やっかいなことにならないようにハッチさんに話をしなければ。

ハッチさんはきびしい顔で、店の中をほうきではいていた。

「苦情があったぞ」

「知ってます。デンジャーフィールドさんが話をするっていってたから」

「話をするだって！　それどころか、頭がいかれちまったみたいに、わめきたてていたぞ。砂糖《さとう》のつぼをかたっぱしから杖ではらい落として、おれが『もう、させませんから』なんていう前に、さっさと出ていっちまった。だが、おまえにいっておくぞ、ジョニー。あのばあさんには、二度と近づくな。おれがずっと味方をしてくれると思ってるなら、大まちがいだからな」

「いわれたとおりにします」ジョニーは、心からそういった。ミス・デンジャーフィールドの杖のひとふりで、自分の商売がこっぱみじんにくだけ散ってしまうのがわかっていたからだ。

もう、時間をむだにはできなかった。ハッチさんの店にいられるうちに、郵便局をせいいっぱい利用しなければいけない。ジョニーは、小さなびんせんと茶色い包装紙《ほうそうし》を少しハッチさんから買って家にもどった。すぐに広告を作って、墓場で集めた「薬」を手早くお客にとどけなければ。集めた葉っぱに毒があるかどうかさっぱりわからなかったので、それぞれの包みに「外用のみ。飲用不可」と書いておいた。「サンプソン博士《はかせ》のぬり薬、切《き》り傷《きず》、やけど、虫刺《むしさ》されに効《き》く。痛《いた》み止《ど》めに効果抜群《ばつぐん》」の缶《かん》に書いてあったのをおぼえていたのだ。

葉っぱや莢《さや》や羽根は、お客の症状《しょうじょう》にしたがって「枕《まくら》の下に置きなさい」とか「下着の中や、ソックスの中に入れなさい」と書いておいた。おそろしいことに最初の犠牲者《ぎせいしゃ》がすぐに手紙をよこし、ジョニーの「薬」が効いたといってきた。干《ほ》したジャガイモの皮を下着の中に入れたら、たちまち胸《むね》やけがおさまったという。

13 なやめる乙女《おとめ》へ

学期半ばの休暇《きゅうか》が終わるころには、TBさわぎもおさまっていた。いっときの興奮《こうふん》のあとでは、いつもの授業《じゅぎょう》が前にもましてたいくつに思えた。けれども、ジョニーが残念だなと思ったのは、それだけの理由からではない。休暇が終わると、ハッチさんからもらうお金も自分の商売に使える時間も少なくなってしまったからだ。そうはいっても、そこはジョニーだ。学校にいる間も金のもうかる計画を、いろいろと思いついた。

休暇明けの第一日目、マーシャル先生の理科の時間に、ジョニーたちは光の波について勉強した。先生は、ジョニーの横にすわっているアーネスト・ロバーツを指さしていった。

「ロバーツ。メガネを取れ」

「でも、先生。そしたら黒板が見えなくなります」

「だから取れといってるんだよ、ロバーツ」

アーネスト・ロバーツがメガネをはずすと、先生は四角いボール紙を投げた。アーネストはメガネをかけていないので、ボール紙を受け取れない。床《ゆか》に落ちたボール紙を、ジョニーが拾ってやった。

「ようし、スワンソン。それがなにか、ロバーツに教えろ」

ジョニーは、困《こま》ってしまった。

「あのう、ただのボール紙ですけど、先生」

「もっとよく見るんだ。なにか変わったところはないかね？」

ジョニーは、ボール紙をじっくりと調べてみた。

「養毛剤《ようもうざい》の箱の紙です、先生」ジョニーは、ボール紙に書いてある字を読みあげた。「ヴィヴァトーン強力養毛剤。白髪《しらが》が消える。ヘアダイも必要なし。まだらにもならない」

みんな、笑いだした。

「裏《うら》だよ、スワンソン。ボール紙の裏側を見るんだ」

「なんにも書いてありません、先生。でも、まんなかにちっちゃな穴《あな》があいてる」

「そのとおりだよ、スワンソン。穴だ。ピンホールと呼《よ》んでる。どうしてそう呼ばれるか、知ってるかね？」

「先生が、ピンでさしてあけたからですか？」アルバート・テイラーが、大きな声でいった。

「よくわかったな、テイラー。わたしは、ピンでその穴をあけたんだよ。さて、ロバーツ。その穴をのぞいて、なにが見えるか教えてくれるかね」

アーネスト・ロバーツは、片目《かため》をつぶると、もう片方の目で穴をのぞいた。

「先生が見えます。すっごくはっきり見える」アーネストは、黒板に先生が書いた字を読んだ。

「コ・ウ・ガ・ク、光学？　これって魔法《まほう》だね、先生」

「いいや、ロバーツ。魔法じゃないよ」と、マーシャル先生はいった。「これは科学だ」

先生は、どのように光が小さな穴《あな》に集まってアーネストの網膜《もうまく》で像を結ぶか、黒板に図を描《か》いて示した。

「メガネよりも安あがりだろう。どうだい、ロバーツ？　だれかが商品として売り出したらいいのにな。楽に金がもうかる。たいした金づるになるってわけだ」

ジョニーはすでに新しい広告を考えついていた。「すぐに目がよくなる秘密《ひみつ》の方法」。ハッチさんの店には、古いボール紙が山ほどある。ただで分けてくれるにきまっていた。

それから、先生のいった「金づる」という言葉も、ジョニーは聞きのがさなかった。さっそくブドウ畑に行って「つる」を見つけてきた。それを短く切って腕輪《うでわ》を作り、手首や足首が痛《いた》むお客に送ったのだ。ジャガイモの皮の客が腕輪をひとつ買ってくれ、またもや手紙をくれた。リューマチで痛んでいた関節が、ずっと楽になったという。

学校生活にもどったというのに、ジョニーはいっこうに商売をやめることができなかった。ジョニーにいわせれば、金もうけのタネは、あちこちにごろごろころがっていた。たとえば「レイノルズ・ニュース」という新聞には、こんな人気のコラムがあった。

「モード・ドーソンの、愛にあふれる身の上相談あなたの背負《せお》っている荷は、重すぎませんか？
わたしが、半分だけ背負ってあげましょう！」

ところが身の上相談に対するドーソンの答えときたら、くだらないことをだらだらのべているだけ。自分なら、ぜったいモード・ドーソンよりうまい答えをしてやって、お金を送ってもらうことができると、ジョニーは思った。そこで、「サタデー・ポスト」に広告を出した（自分の名前は、エイダ・アーダーとした）。一シリングと切手をはった返信用の封筒《ふうとう》を送れば、あらゆるなやみにお答えしますというものだ。そしたら、身の上相談がどっと寄せられてきたので、圧倒《あっとう》されてしまった。びんせん何枚《まい》にもわたるものもあれば、恋愛《れんあい》問題について、はずかしくなるくらい事細かに書いたものもある。次の例はいちばんあからさまな相談とはいえないものの、まあ、こんなのがほとんどだった。

ミス・アーダーさま
わたくしはある方と婚約《こんやく》しており、来年結婚することになっております。フィアンセは、わたくしを愛しているといってくれますが、結婚したら自転車に乗るのをやめろとか、ペットを飼うつもりはないとかいうのです。わたくしは、犬や猫《ねこ》が大好きなのに。このことについては、もう何度も口論《こうろん》をしました。わたくしは、彼《かれ》のいうとおりにしなければ、いけないのでしょうか？

こんなことを続けていたら、彼《かれ》はわたくしのことをやさしい女性だと思わなくなり、結婚《けっこん》したあとも口論《こうろん》が絶《た》えないのではと心配しております。

ひどく心を痛《いた》めている「アンブルサイドのなやめる乙女《おとめ》」より

ジョニーは、思った。モード・ドーソンだったら、ぜったいに「フィアンセにしたがい、彼のいうとおりにしなさい」と答えるだろう。そこで、ジョニーはちがう考え方をすることにして、こう返事を書いた。

アンブルサイドのなやめる乙女さま

あなたの彼は、あまりやさしい人ではないようですね。その男の人とは、別れなさい。いままでどおり自転車に乗り、犬を飼えばいいのです。こんなふうにいうと、まごつかれるかもしれませんが、何年かたったら、かならずわたくしに感謝《かんしゃ》すると思いますよ。

あくまでも、こっそりと

エイダ・アーダーより

ジョニーは自分の手紙におおいに満足して、アンブルサイドという場所で「なやめる乙女」がボーイフレンドに別れを告げている光景を思いうかべた。けれどもそのあとで、とつぜんふられた男がジョニーの居場所《いばしょ》をつきとめようとしているところが目にうかんだので、こうつけくわえておいた。

もちろん、これはわたくしの意見をいっているだけで、あなた自身でおきめになればいいのです。そのあとでなにが起こっても、エイダ・アーダーの責任ではありません。

ジョニーは「あくまでも、こっそりと」という言い方が気にいったので、「なやみ」相談の広告には、この表現がちょくちょく登場することになった。そして、「もちろん……」以下の文章も、すべての返事のあとにつけくわえた――まさかのときのためだ。

「あくまでも、こっそりと」の商売はおもしろかった（それに勉強にもなった）が、とにかくつかれた。なにしろ、あらゆる相談にいちいち答えなくてはならないのだから。そこでジョニーは、お客が仕事の大部分を受け持ってくれる商売を考えついた。

「詩人パトロール」だ。一度につき二シリングはらってくれれば、世の詩人たちをはげます批評《ひひょう》を送ってあげるというもの。送られてきた詩をジョニーはすべて読んだが、すべての詩人に、まるっきり同文の、はげましの言葉を送った。こんな短い批評だ。「力作。冒険《ぼうけん》をおそれるな」。そして、ぜんぶの詩を取っておいた。そのうちのひとつが、国語の宿題に役立った。そのあとで、「レイノルズ・ニュース」の日曜版にこんな懸賞《けんしょう》広告が出ているのを見つけた。「モード・ドーソンの愛にあふれる身の上相談」のすぐ下に「よい子たちへ」という見出しがのっていたのだ。胸《むね》がむかむかするような、あまったるい子ども向けの記事で、自分のことを「ベティおばさん」などと呼《よ》んでいる人物が書いている。「妖精《ようせい》の詩」を送ってきた子どもに、賞を送るというのだ。ジョニーの広告にひっかかった詩人の作品の中に、たまたま妖精の詩が一篇《ぺん》あった。ジョニーは、その詩を自分の名前で新聞社に送った。賞金として五シリングの郵便為替《ゆうびんかわせ》の入った手紙がとどいたとき、母親のウィニーがどんなに喜んで、鼻高々になったことか。その五シリングを家賃《やちん》の足しにしてくれとジョニーがいうと、ウィニーは感激《かんげき》した。息子《むすこ》の部屋の洋服ダンスの上に、もっとお金があることなど、母は知るよしもなかった。じつは、くたくたになった、ぬいぐるみのウサギの中にかくしてあったのだ。ウィニーは、ハッチさんの店から息子が食料品を買っていることも知らなかった。なにかうちに持って帰るたびに、ジョニーはハッチさんがくれたといっていたからだ。さもなきゃ捨《す》てるしかないからなとハッチさんがいってた、などと息子はつけ足した。

毎朝ジョニーは、手紙の束を通学カバンに入れて家を出た。ほとんどがあわれなお客たちへの返事だったが、そのほかに国じゅうの新聞にのせる少なくとも三つの新しい広告を入れた封筒《ふうとう》がいつも入っていた。そのうちに、次の日に間にあうようにすっかり用意しなければいけないので、夜もねむれなくなった。いまやジョニーは、自分の商売に「誇《ほこ》り」さえ持つようになった。たった一度だけだが、良心がちくりと痛《いた》んだことがある。ある広告を出したときだ。それは、例の「たちまち背《せ》が高くなる秘密《ひみつ》の方法」からヒントを得た、たいして頭を使うこともない、たんじゅんな広告だった。「あなたのお金を上手にころがす方法」を知りたければ一シリング送れというもので、答えは「丘《おか》の上からころがしなさい」。これには二十人の人が網《あみ》にかかり、一ポンドの利益《りえき》があがるはずだった。けれども一枚《まい》の郵便為替だけは、ジョニーはお金にかえることができなかった。ラングフォード夫人が送ってきたからだ。ジョニーのインチキ広告に知っている人がひっかかったのは、それが初めてではない。アルバート・テイラーの母親が、「いびき」の広告にだまされたことがあり、ジョニーは大喜びでお金を頂戴《ちょうだい》した。だが、ラングフォード先生はあんなにやさしくて、ジョニーを自転車にまで乗せてくれるのだ。その奥《おく》さんから一シリングだましとるなんて、とてもゆるされるものではない。お屋敷《やしき》を訪《たず》ねたときに、ラングフォード夫人がソックスをつくろっていたのをジョニーはおぼえていた。それから、家計が苦しくなったと、ラングフォード先生にけわしい言葉を投げかけていたのも。ジョニーは、郵便為替をすぐに返信用の封筒に入れて送りかえした。

けれども、残りの十九人はみんな、アホらしい答えを受け取った。そして、苦情をいってくる者は、ひとりもいなかった。

14　英霊《えいれい》記念日

学期半ばの休暇《きゅうか》からそれほど間をおかずに、またもや休日がやってきた。第一次大戦の戦死者を記念する、十一月十一日の英霊記念日だ。一九二九年のその年は、十一月十一日が月曜日だった。その日は学校からなにからすべて休みになり、先の大戦で亡《な》くなった人たちを悼《いた》むパレードと礼拝《れいはい》がもよおされることになった。けれども新聞だけは配達しなければならなかったから、ジョニーはいつもどおり早起きした。店に着くと、ハッチさんが勲章《くんしょう》をみがいていた。ハッチさんは、色とりどりのリボンから下がった勲章三つのほかに、丸い銀のバッジもひとつ持っていた。王冠《おうかん》と国王のイニシャルが組み合わさったバッジだ。バッジの縁《ふち》にはぐるりと「国王と大英帝国《ていこく》のために戦った功績を讃《たた》えて」という文字が刻《きざ》まれている。

ジョニーは、バッジを手に取った。

「マリー先生も、おなじのを持ってるよ。学校で、いっつもつけてるんだ」

「それは、負傷《ふしょう》して軍隊をやめるときにもらうものだ」と、ハッチさんはいった。「おそらくおれは、それをもらった最初のひとりじゃないかな。戦争がはじまってすぐに撃《う》たれちまったからさ」ハッチさんは、足をぴしゃりとたたく。「おれは、運がよかったうちに入るな。一度戦線に出たきりで、こうして生きて帰れたんだから」

「マリー先生は、運がよかったなんて思ってないんじゃないかな」

「そうだな、じっさいに運が悪かったんだから。顔をやられっちまったもの。そのせいで、あいつの人生は、めちゃくちゃになっちまった。だから、あんなに気むずかしくなったんだよ。おれは、だいじょうぶだったけどな。戦争前にやってたことを、このとおり続けられるんだから。だが、あいつにとっては、なにもかもがらっと変わっちまったんだ」

「どういうこと？　戦争の前は、先生じゃなかったの？」

「マリーが？　先生だって？　あいつが、ずっと教師になりたかったなんて思ってるのか？　やつは、教師なんか大っきらいなんだよ。おまえだって気がついてるだろう？」

「ぼくのことを大っきらいなのは、気がついてるけど」と、ジョニーはいった。「すっごくいじわるで、ひどいことばっかかするんだもの」

「おまえのことを、本当にきらってるわけじゃない。おれは、そう思うよ」と、ハッチさんはいった。「けどな、腹《はら》を立ててるんだ。あいつは戦争になんか行きたくなかった。おれみたいに、志願して兵隊になったわけじゃない。戦争が終わるころに召《しょう》集《しゅう》されたんだよ。あいつは、なかなかの男前だった――なんと役者になりたかったんだよ。けど、顔を半分吹《ふ》きとばされたんじゃ、なれっこないやな。そのうえ、好きでもない仕事をやらなきゃならないし、かといって仕事をやめたら食えなくなるときてる」

「だけど、どうしてぼくに当たりちらすのかな？」

「わざとそうしてるわけじゃないさ。たぶん、うしろめたいんだろうよ」

「うしろめたいって？　悪いと思ってるってわけ？　どうして？」

「おまえのおやじさんが死んだのに、自分は生きてるからさ。おれたちみたいに戦場から帰ってこられたものにとっては、つらいことなんだよ。今日のパレードだって、胸《むね》をはって行進したいと思ってるやつは、そんなにたくさんはいない。本当に讃《たた》えられなきゃいけない、死んだ仲間のことばかりまぶたの裏《うら》にうかんじゃってさ。それに、おれたちがまだうろうろしていることに腹《はら》を立ててる連中もどっさりいる。自分たちの愛してた人たちが死んじまったのにってね。あのデンジャーフィールドさんも、恋人《こいびと》をなくしたんだよ。おまえのおふくろさんも、おやじさんをなくしてるよな。夫が無事に帰ってきた女たちをうらやんでいなかったら、おまえのおふくろさんは聖女《せいじょ》だよ」

「でも母さんは、父さんが戦死したのを誇《ほこ》りに思ってるよ。今朝だって、父さんの名前が書いてある小さな陶器《とうき》の額を取り出して見てたもの。それから、父さんが死んだときに王さまから来た手紙も。母さん、そういうものを特別な箱にしまってるんだ。父さんの遺体《いたい》を元どおりにできませんでしたって手紙もいっしょに。マリー先生は、それは父さんが爆弾《ばくだん》で粉々《こなごな》になっちゃったって意味だっていってた」

ハッチさんは、顔をしかめた。

「そんなこと、どうしてわかるんだよ、ジョニー？　わかりっこないじゃないか？　戦場ってとこはな、なにがなにやらわからないくらい混乱《こんらん》してるんだ。だれになにが起こったかなんて、半分はウソか、あてずっぽうにいってるだけだよ。だけど、なにが起こったにしろ、おまえのおふくろさんは堂々と胸をはってればいい。やっかいなのはな、いまじゃみんなが、そういうことをわすれかけてるってことさ。戦争の間は、おれたちは英雄《えいゆう》だった。それが、いまはどうだ。おれはただの足の悪い男で、マリー先生はみにくい顔をした、いじわるで気むずかしい教師さ。たしかにパレードはやってくれるが、そんなものには、わざわざ行かないっていう連中もいる。来年になったら、ちっとは寒いけど行ってやるかって人たちは、もっと少なくなってるだろうな。そんなことは、もうわすれっちまえっていってるやつらもおおぜいいるんだ。たしかに、そうかもしれん。どっちみち、戦争はもう十年以上前に終わっちまったんだからな」

ハッチさんは、そういってじっと宙《ちゅう》をにらんだ。ハッチさんがいつになく感情をあらわにしているので、ジョニーはなんだかきまりが悪くなった。そこで朝刊の入ったカバンを肩《かた》にかけて、配達に出かけることにした。広場に行くと式典の準備のまっさいちゅうで、楽隊が胸おどるような行進曲や、死者を悼《いた》む悲しい曲を練習していた。

午前十時に、ジョニーと母親のウィニーは英霊記念碑《えいれいきねんひ》のすぐそばにもうけられた席についた。ジョニーは、記念碑に刻《きざ》んである父親の名前をすぐに見つけたが、今年初めて、名前の中にハッチンソンという苗字《みょうじ》がふたつ、マリーがひとつあるのに気づいた。それまでは、ハッチさんとマリー先生に兄弟がいたなどとは思ってもみなかった。少しずつ広場に人が集まりだした——みんな、冬のコートをしっかりと着こみ、足が冷たくならないように、丸石敷《じ》きの広場で足ぶみをしている。十時半近くに、ラングフォード夫妻がやってきた。ふたりとも、とてもしゃれた身なりをしている。ラングフォード夫人は、幅《はば》の広い毛皮のえりがついた、おしゃれな黒いコートを着ていた。どっさりお金があったころに買ったにちがいない。髪《かみ》をきちっとひっつめにして、まげを帽子《ぼうし》の下にかくしているので、しわのよった肌《はだ》の下にある美しい骨格《こっかく》がはっきりとわかった。ジョニーですら、夫人が生まれながらにして上品な、美しい人なのだということがわかった。たぶん、先生が前にいっていたように、フランス人の血が流れているからなのだろう。パレードを待つ間に、ラングフォード夫人は晴れやかな顔で、ウィニーと言葉をかわした。ラングフォード先生は、前に患者《かんじゃ》だった人たちとだまって握手《あくしゅ》をしている。それから、親しみをこめてジョニーのほおをつねった。やっぱり痛《いた》かった。

楽隊のメンバーたちが楽器を持ちあげていざ演奏《えんそう》をはじめようとしたそのとき、大きな黒い車が、すべるように広場に入ってきた。ジョニーは最新式の車の絵がのっているタバコカードを集めていたから、いま最もぜいたくだといわれている新車だとすぐにわかった。ロールスロイス、ファントムⅡだ。車に乗ってきたのがだれかわかったとき、広場にざわざわとささやきが広がった。新しい地主のフレデリック・ベネットが、父親が亡《な》くなってから初めて、スタンブルトンの人々の前にすがたをあらわしたのだ。パレードがすぐにはじまるのを察したベネット氏は、すたすたと観衆《かんしゅう》の最前列に向かった。そのあとから、丈《たけ》の長い毛皮のマントをはおった、ひどくやせた女の人が続く。マントの前がはだけて、目を丸くするほど短いドレスが見えた。でこぼこの丸石の上でハイヒールがすべるたびに、女の人は悲鳴をあげた。ふたりは、ラングフォード夫妻の間に、もぞもぞと割《わ》りこんだ。それは牧師の真ん前の席で、ちょうど牧師が礼拝《れいはい》をはじめる合図をしたところだった。讃《さん》美歌《びか》や祈禱《きとう》の間じゅう、フレデリック・ベネットはラングフォード夫人になにやらひそひそと話しかけていた。だれもなにもいわなかったが、広場じゅうに非難《ひなん》のさけびがひびきわたっているように思えた。十一時ごろになると、母親が涙《なみだ》をこらえきれなくなっているのにジョニーは気づいた。二分間の黙禱《もくとう》の間、ジョニーはウィニーの手をにぎっていた。そんな雰囲気《ふんいき》をめちゃくちゃにしたのが、ベネット氏の連れのせきだった。そのたびに反射的《はんしゃてき》に「ごめんなさい！」という声がびっくりするほど大きくひびき、当の本人ですら驚《おどろ》いているようだった。

退役兵士が行進し、花輪が慰霊碑《いれいひ》にささげられたあとで、市長が短いスピーチをした。それがすむと、集まった人たちはそれぞれおしゃべりをかわしはじめた。フレデリック・ベネットが父親とは大ちがいだといっているのを、ジョニーは一度ならず耳にした。けれども、最新式の車には、うっとりせずにはいられなかった。ベネット氏と連れが巨大《きょだい》な車に乗りこむところに、どうしても目がいってしまう。ハンドルに手をかける前にふたりはタバコに火をつけ、クスクスと笑いあっていた。それから車はキイッと音を立てて、大きな屋敷《やしき》に向けて走り去った。

ラングフォード先生が、ジョニーの肩《かた》に手をかけた。

「ほら、ジョニー。あれが、きみたちの新しい大家《おおや》だよ。どう思ったかね?」

ジョニーは、言葉を選んでいった。

「ちょっとだけ、ぎょうぎが悪いみたいな感じがしたけど。先生、あの奥《おく》さん、病気ですか?」

「いいや、ちがう。それに、あの人は奥さんじゃないと思うよ、ジョニー。心配しなくてもいい。あのせきは、病気というよりタバコのせいだ」

「じゃ、あの人、あれじゃないんですか? サ……サイ……なんだっけな?」

「サイシス……TBかって? ちがうよ」ラングフォード先生は、クスクスと笑った。「あの人は、サナトリウムに入れられる心配はない」それから、先生はウィンクして続けた。「よかったな」

「あの……そのサナトリウムのこと、先生にききたかったんだけど」と、ジョニーはいった。「そこに行って、オルウェンの家の人に会ったらいけませんか? オルウェンがウェールズでどんなふうにしてるか、きっと知ってるんじゃないかな。あの子のこと、ちょっと心配なんです。もしかして、住所をきけるかも。そしたら、手紙を出せるから」

「これはこれは、やさしいんだな、きみは」先生にそういわれて、ジョニーは真っ赤になった。

「でも、いっておくが、あそこには近づかないほうがいい。行ってもたぶんだいじょうぶだろうが、あぶないことは避《さ》けるのがいちばんだ。どっちみち、サナトリウムにはきびしい規則があって、たやすく訪《たず》ねたりできないんだよ。たいてい、身内の人にかぎられている。そのオルウェンって子は、きみの親せきじゃないよね?」

「はい。ただの友だちです。それに、この間、友だちになったばかりだから。オルウェンのお父さんやお母さんにも、会ったことがないし。ふたりとも、ぼくがだれかわからないと思います」

「じゃあ、わたしにまかせといてくれないか？　まだ、あのサナトリウムには、ときどき行っているんでね。もし、なにかわたしたかったり、手紙を出したかったりしたら、今度なにかで呼《よ》ばれたときに持ってってあげるさ。ちょっとうちに寄ってわたしてくれればいいから」

ジョニーは、ありがとうといってから、二、三日うちになにかを持っていくといった。それから、母親のところにもどった。ウィニーはラングフォード夫人と話していた。ふたりの話題もベネット氏のことだった。

「ご家族のみなさんを夫が診《み》てたんですよ」と、夫人はいった。「ですから、もちろんあの方のことも、小さいころから知ってるの。あの方のお父さまと夫は、とても仲がよくってね、ことに晩年《ばんねん》は、それは親しくしていたんですよ」

母さんが勇気をふるいおこして、給金を上げてくれとたのめばいいのにと、ジョニーは願っていた。たぶんラングフォード夫人は、ウィニーが若《わか》くして未亡人《みぼうじん》になったことを思い出して、あわれんでくれることだろう。ウィニー自身も、値上《ねあ》げをいいだすには、いい機会だと思ったようだ。

「ベネットさんが、うちの家賃《やちん》を値上げしたのをごぞんじだと思いますけど」ウィニーは、おそるおそる切りだした。「わたしたち、あの家を出なきゃいけなくなるかもしれなくて……」

「はいはい、聞いてますよ」ラングフォード夫人はウィニーの手を軽くたたいて、話をさえぎった。

「つらい時代よね。わたくしたちだって、つらいんですよ。これからはみんな、覚悟《かくご》をきめてまいりませんとね」

ウィニーにも、夫人のいいたいことがわかった。ラングフォード家は、給金を上げてくれそうもない。そこで、今度はちがうことをたのむことにした。

「わたし、どこかでもう少し働きたいんです。もし奥《おく》さまが、紹介状《しょうかいじょう》を書いてくださったら――お仕事をお願いするときに見せたいので、書いてくださいませんでしょうか？」

自分のいいたいことを察してくれたので、ラングフォード夫人もほっとしたようだ。

「もちろんよ」と、夫人は答えた。「今日にでも書いてさしあげますわ。うちに取りにいらっしゃる？　そうねえ、いらっしゃるんでしたら――四時ごろはいかが？　ちょうど、ベネットさんと、お連れのお嬢《じょう》さんを夕食におまねきしたところなんですよ。食事の用意を手伝ってくださいな」

ジョニーは、夫人がよぶんな仕事をたのんだのに、その分のお金をはらうとはいっていないことに注目した。ウィニーの返事も待たずにラングフォード夫人はジョニーたちに背《せ》を向けて、先生に声をかけた。

「こちらにいらして、ジャイルズ」こういうおごそかな場所では、大声を出したくないらしい。「もう、うちへ帰ったほうがよさそうですよ、あなた」答えが返ってこないので、夫人はジョニーにたのんだ。「ちょっと走っていって、呼《よ》んできてね」

ジョニーは、いわれたとおりに走っていった。

ラングフォード先生はほかの人と話しこんでいたが、ジョニーの身ぶりをすぐに察してくれた。ジョニーは夫人のところにもどり、先生はすぐにもどってくると告げた。

ラングフォード夫人は、ジョニーをちょっとわきに引っぱってから声をひそめていった。

「この間のことだけど。ほら、あの広告のことやラングフォードが話してたこと。いいわね、よく聞いて――なにがあっても、だれにきかれても、あなたがどんなにじまんしたくっても……」そこのところで、夫人はジョニーの腕《うで》を痛《いた》いほどぎゅっとつかんだ。すごく真剣《しんけん》だな、とジョニーは思った。「ぜったいに、あのことはしゃべっちゃいけませんよ」

「もちろん、しゃべりません」

「わたくしは、本気ですよ。あなたを信頼《しんらい》してますからね。さあさ、お母さんのところにもどりなさい。お母さん、今日はとりわけ、あなたといっしょにいたいと思ってるでしょうからね」

ジョニーの目から見てもウィニーはつかれきっていたし、いままでにないほど悲しみにしずんでいた。ウィニーは慰霊碑《いれいひ》に近寄ると手袋《てぶくろ》を片方《かたほう》とって、夫の名前を刻《きざ》んだ場所をさすった。こんな状態の母親に自分の秘密《ひみつ》を明かし、もう金があるからだいじょうぶなどといえるものではない。もう少し待ってから、母さんが怒《おこ》りそうもないようないい方でなにをしたか説明すればいいや、とジョニーは思った。とはいえ、ジョニーは幸せだった。これからは、なにもかもどんどんよくなっていくと心の底から感じていたのだ。じっさいは、なにもかもふいにガラガラとくずれさってしまうのだけれど。

15　ラングフォード夫妻が消えた

英霊《えいれい》記念日の、すぐ次の日のことだった。その晩《ばん》、ジョニーが夕刊を配り終えてうちに帰ると、母親が流しの前にひざをついて下の戸棚《とだな》をかたづけていた。こんなときは、いいことがあったためしがない。ウィニーは心配ごとがあったり腹《はら》を立てたりしていると、いつもどうでもいいかたづけものをはじめて、いやなことをわすれようとするのだ。

「どうかしたの、母さん？」ジョニーは、きいてみた。

「なんでもないわ」と答えがかえってきたが、そんなはずはない。こちらをふりむいたとき、ウィニーはうっかり石けん水の入ったバケツをたおしてしまった。ジョニーはモップをにぎって、ひどいことにならないうちにあたりをふいたが、ウィニーの目にはすでに涙《なみだ》がうかんでいた。

ジョニーはいすを引いて、母親をテーブルの前にすわらせた。

「お湯なら、ぼくがわかすから。ねえねえ、どうしたの？」

「あのね、たぶんバカみたいな心配をしてるのかもしれないけれど」ウィニーは、涙をぬぐった。

「ラングフォード先生のおたくのことなのよ。おふたりとも、いなくなってしまったの。今朝、お屋敷《やしき》に行ったら、ドアにかぎがかかっていて窓《まど》のよろい戸も閉《し》まっているのよ。それで、ベルを鳴らしたの。ノックもしてみた。でも、どなたも出てこないのよ」

「だけど、新聞は止めてないよ。いつもみたいに配達したもの。朝刊も夕刊も」

「あんたは、なにか気がつかなかった？」

「ううん。だって、新聞を郵便受《ゆうびんう》けに入れただけだから」ミス・デンジャーフィールドともめてからは、猛《もう》スピードで丘《おか》をのぼっておりてくるのだが、それはいわなかった。「友だちのうちとかに行って、留守をしてるんじゃないの？」

「でも、それだったら、わたしに話してくれたはずよ。きのうの午後、お屋敷にうかがったんですもの。そうでしょ？　留守にするなんて、いってなかったわ。だいたい奥《おく》さんは、明日また来るんだから、かごとエプロンを置いてったら、なんていってくれたんですもの。そのこともあって、困《こま》ってるわけ。だって、かごを使わなきゃいけないでしょ。エプロンも。それに、お金のこともあるし。わたし、毎週金曜日にお金をもらうことになってるの。それまでに先生たちがもどってこられなかったら、どうすればいいの？」

「たぶん、それまでにもどってくるよ。それに、うちだってなんとかやっていけるんじゃないの」

ああ、二階にかくしてあるお金のことを話せればいいのに。「明日の朝、お屋敷に行ったら、ぜったいにふだんどおりになってるから」

「まあね、そう思うことにしましょう。ごめんね、ジョニー。家賃《やちん》のことやらなんやらで、わたしはもう心配でたまらなくって……」ウィニーは、そで口で涙をぬぐった。「まあ、たいへん！　もうこんな時間よ。早く酒場に行かなきゃ、おくれちゃう。窓《まど》わくにチーズが置いてあるから、お夕飯に食べてね。あんた、ひとりでだいじょうぶ？」

「もちろんだよ。宿題がどっさりあるんだ」と、ジョニーはいった。じつは、さっき頭にひらめいたことを早く広告にしたくて、うずうずしていたのだ。（二〇〇〇年まで生きのびる秘密《ひみつ》を知りたければ、郵便為替《ゆうびんかわせ》二シリング六ペンスを送ってください。うまくいかなかった場合は、全額おかえしします。）

「なんていい子なの――よく勉強してるのね。明かりのことは、心配しなくていいのよ。貧乏《びんぼう》だけど、灯油を買えないほどじゃないから。暗い中で勉強して、目が悪くなったらいやですもの」

「母さん、ぼくのことは心配しないで。だいじょうぶだから。急いで行ったほうがいいよ。明日の朝、ぼくも先生のところにいっしょに行ってあげる。ぜったい、いつもどおりになってるから」


けれども、次の朝になってもラングフォード先生のお屋敷《やしき》にはまだかぎがかかっていた。夕刊の配達に出かける前に、ジョニーはオルウェンの両親に短い手紙を書いた。早くよくなってくださいと書いてから、ウェールズにいるオルウェンに手紙を出すには、どうしたらいいでしょうと続けた。切手をはった返信用の封筒《ふうとう》まで入れておいた。それから、手紙といっしょに先生にサナトリウムにとどけてもらおうと、箱づめのタフィー（砂糖やバターを煮つめたキャンディ）を選んだ。店を早く閉《し》める日だったので、ハッチさんは倉庫でいそがしそうにしていた。しかたなく、タフィーの代金はレジの下に置いて、夕刊の配達に出かけた。

先生たちがもどっているといいなと思いながら、ジョニーはお屋敷のドアをノックした。そしたら先生に、オルウェンの両親へのプレゼントを手わたすことができる。けれども、中から答えはかえってこなかったし、窓《まど》のよろい戸もまだ閉まっていた。ジョニーはドアの郵便《ゆうびん》受け口に夕刊を入れた。郵便受け口が高くてのぞきこめなかったので、きのうの新聞がそのままになっているかどうかはわからなかった。先生たちはどこに行ったのだろうと思いめぐらしているうちに、はっとあることに気がついた。もし、ふたりが家の中に閉《と》じこめられていたら？　病気になったか、もっと悪ければ亡《な》くなっていたとしたら？　ジョニーは窓ぶちにしがみつき、雨どいをのぼって二階をのぞきこもうとした。とたんに雨どいがぐらついて、壁《かべ》からはなれた。なんとかバランスを保とうとしたとき、背中《せなか》を思いっきりどやしつけられた。ミス・デンジャーフィールドの杖《つえ》だ。

「つかまえたよ！　こそどろのチビめ！」

地面におりたジョニーに向かって、ミス・デンジャーフィールドはわめきたてた。

ジョニーは、わけを話そうとした。

「しのびこもうとしたんじゃないんだ、デンジャーフィールドさん。どろぼうなんかじゃない。先生と奥《おく》さんのことが、心配だから。なんにも音が聞こえないんだもの。もしかして、家の中から出られないんじゃないかって思って」

「家の中から出られないだって？　バカなことをいうんじゃないよ！　この家にだれもいないのを

知ってるんだろ。中にしのびこんで、留守の間になにかぬすもうとしたんだね」

「先生たちは、留守なの？」

「そんなことは、あたしの知ったこっちゃないし、おまえだって知らなくっていいよ」

「だって、知らなくちゃ困《こま》るから。新聞を止めるのかどうかも聞いてないし」

ミス・デンジャーフィールドは、ジョニーを杖《つえ》の先でつついた。

「はら、立ちあがるんだよ。それに新聞を配ってるなら、さっさと続けたらどうだい。あたしのは持ってきたんだろうね？」

ジョニーはカバンを開けて、「イブニング・エコー」をわたした。ミス・デンジャーフィールドは、カバンの中にあるタフィーの箱を目ざとく見つけた。

「で、これはどう説明するんだい？」ミス・デンジャーフィールドは、箱をつかみ出してききただす。「これは、どこから持ってきたんだよ？　きっとハッチンソンさんの店から、ぬすんできたんだね！」

「ちがうって。お金は、はらったよ。ラングフォード先生のところに持ってきたんだから」

「なんだって！　おまえが先生にプレゼントするってのかい？　このあたしが、そんなことを信じるほどバカだと思ってるのかね！」

「そうじゃない。先生じゃないんだ。友だちにあげるんだよ。ほんとは、友だちの親なんだけど」

「へええ、そうかい？　で、そいつらの名前はなんていうんだい？」

ジョニーは、オルウェンの苗字《みょうじ》を聞いてないのに気がついた。「それは、ちょっと……」

「ほうらね！　わからないだろ。こんなに値《ね》のはる菓子《かし》を、名前も知らないやつにやるっていうんだ！　そんなこと、信じられると思うのかね？」そういいながら、ジョニーの足を杖でびしびしたたいて門のほうにおしていく。「ちょっといっしょに来るんだよ。ハッチンソンさんの店に行くんだ」

「けど――」

「おだまり！　自分でハッチンソンさんに説明すればいいだろ。あそこには、電話があるよね。あたしがハッチンソンさんに警察《けいさつ》を呼《よ》べっていってやれるよ」

ミス・デンジャーフィールドは、ジョニーを引っぱって丘《おか》をおりると、ハッチさんの店のドアをドンドンたたいた。ハッチさんがかぎをあけて、おばあさんを中に入れる。ミス・デンジャーフィールドは、タフィーの箱をカウンターにたたきつけるように置いた。

「ほうら、これが証拠《しょうこ》だよ！」と、わめきたてる。「こないだ、あんたにいっただろ。このこぞうは、たちが悪いってね。あたしの思ったとおりだ。ラングフォード先生のうちの窓《まど》によじのぼろうとしてたところを、とっつかまえてやったよ。それに、この箱。あんたの店からも、ずっとどろぼうしてたんだよ」

ハッチさんは箱を手にとって、棚《たな》を見上げた。たしかに、商品の列にすきまがある。

「でも、お金をはらったよ、ハッチさん！」ジョニーは、店に着くまでがまんしていた涙《なみだ》をどっと流しながら、ふるえ声でいった。「おばあさんにもいったんだ。お金ははらったって。だから、ぼくの物なんだよ」

ミス・デンジャーフィールドは、ハッチさんの顔を見る。

「あんた、本当なのかい？　こいつに売ったのかね？」

ハッチさんは、タフィーの箱をいじりながらいった。

「じつをいうと、おれもおぼえてないんだよ」

「警察《けいさつ》にまかせたほうがいいね」と、ミス・デンジャーフィールドはいう。「こんなこぞうは、牢《ろう》屋《や》に閉《と》じこめておかなきゃ」

ジョニーは、涙《なみだ》にむせびながらも、なんとかわけを話そうとした。「ハ、ハッチさんは、倉庫でいそがしそうにしてたから」鼻をすすりあげる。「ぼ、ぼく、夕刊を配達に行かなきゃいけなかったし、だからその箱を取って——」

「ほうら、やっぱりとったんだろうが！」ミス・デンジャーフィールドは、声をはりあげた。

「ちがう。たしかに手に持ったけど、レジの下にお金を置いたんだ。たぶん、まだそこにあると思うけど」

「もっともらしいことをいうもんだよ！」

ミス・デンジャーフィールドは、はき出すようにいった。ハッチさんは、レジの下に手をすべりこませた。二シリング硬貨《こうか》がある。

「あったぞ！」ほっとしたように、ハッチさんはいった。

「ふん！」と、ミス・デンジャーフィールドは鼻を鳴らした。「手早くなにかやって、ごまかしたんだね。そのこぞうは、思ったよりずっとずるいやつだよ」

ハッチさんは、動じなかった。店のドアをあけてから、おばあさんに告げる。

「どうも、ありがとう。おれを助けてくれようとしたんでしょうが、ここからは自分でやりますよ。この子は、おれにまかせてください。おれが話しますから」

「ぜったいクビにするんだよ。わすれてるといけないけど、あたしゃラングフォード先生の家にしのびこもうとしたのを、この目で見た――」

「そのことについても、きいときますから」ハッチさんは、ていねいな口調だが、きっぱりといった。「じゃ、失礼しますよ、デンジャーフィールドさん。まじな話、店を閉《し》めなきゃいけない時間なんで」

とりつく島もなくなったミス・デンジャーフィールドが、ぶつくさいいながら店を出ていくと、ハッチさんはさしこみ錠《じょう》をおろした。ハッチさんがおばあさんのことを笑いとばすだろうとジョニーは思っていたが、そうではなかった。ハッチさんは、かんかんに腹《はら》を立てていたのだ。

「まったくもう、おまえにはあきれたもんだ！　なんだ、このざまは。おまえを、とっつかまえたっていってるんだぞ。先生のうちにしのびこもうとしてたって」

「やってないよ。ラングフォード先生になにか起こったのか、見てみようとしてたんだ。先生のうちのかぎがぜんぶしまってたから」

「だから、なんだっていうんだ？　何日か留守をしてるかもしれないじゃないか」

「じゃあ、なんで留守をするっていわなかったの？」

「そんなこと、どうしておれが知らなきゃいけないんだね？」

「もしも先生たちが家の中に閉《と》じこめられてたら？　病気にかかってるかなんかだったら？」

ハッチさんは、ますます腹《はら》を立てた。

「バカなことをいうな。先生は医者だぞ。それに電話もある。どうして自分のうちに閉じこめられなくちゃいけないんだ？　頭の中で、勝手にあれこれ想像をふくらませるんじゃないよ。デンジャーフィールドさんも、ひとつだけ正しいことをいってた。おまえには、関係のない話ってことだよ」ハッチさんは、大きく息をすいこんだ。それから、きびしい顔でいった。「さあて、おまえのことはおれにまかせとけって、ばあさんに約束したからな」

「やめてください！」ジョニーの鼻から、ずるずる涙《なみだ》がたれてきた。「だめ！　ぼくをクビにしないで、ハッチさん！」ジョニーは、涙でいっぱいの目で、必死にハッチさんを見つめた。

ハッチさんも、やっと落ち着きを取りもどしたようだ。

「おまえをクビにするつもりはないが、ばあさんのあたりに新聞を配るのはやめにしろ。それから、給金から六ペンス引く。ラングフォード先生がもどってきてさわぎがおさまるまで、デンジャーフィールドさんの新聞は、おれが配る。あそこには、もう近づくなよ」

「わかりました」と、ジョニーは答えた。

ハッチさんは、ジョニーにタフィーの箱をわたした。

「これは、おまえが持ってけ。けど、おぼえておけよ。これからは、そんなに金をもらえないんだからな。高価な菓子《かし》なんて買えなくなるんだ」

「これ、自分のために買ったんじゃないんだ」ジョニーは、サナトリウムにいるオルウェンの両親のことを話し、お菓子はプレゼントするために買ったのだと説明した。

ハッチさんの声が、ほんのちょっとやさしくなった。

「それで、自分のお金で買ったってわけか？」

ジョニーは、鼻をすすって「はい」といった。ハッチさんは、ジョニーが新聞配達のお金をためて、タフィーを買ったと信じているのだ。

「そうか、それはいいことを考えたな、ジョニー」ハッチさんは、涙をふけとハンカチをわたしてくれた。「感心だぞ、おまえは。デンジャーフィールドのばあさんは、おまえのことを誤解《ごかい》してるんだな。人にぬれぎぬを着せるようなことをいうのは、おれはがまんならない。だけど、あのばあさんには近寄るな――先生たちがもどってくるまで、あの屋敷《やしき》にも行っちゃいかん。今度そんなことがあったら、ばあさんはまっすぐに警察《けいさつ》に行くだろうよ。いま警察ざたになったら、おまえのうちは困《こま》るからな」ハッチさんはタフィーの箱を棚《たな》にもどすと、ジョニーに二シリングを返してくれた。「いいことは、まず自分のうちでしろ。おふくろさんに、この金をわたしな。おまえに使える金があるなら。さあ、うちに帰れ。明日はおくれるんじゃないぞ」

ジョニーは、ほっとしたとたんにつかれがどっと出たが、走って店を出た。ウィニーが酒場に向かう前に、つかまえたかったのだ。ウィニーは、ちょうど玄関《げんかん》のドアを閉《し》めているところだった。

ジョニーは母親とならんで歩きながら、ウィニーがミス・デンジャーフィールドからなにかいわれる前に、自分から話しておくことにした。やってもいないことを責められて、ジョニーがどんなにつらい思いをしたか、ウィニーはよくわかってくれた。なぜラングフォード先生のうちの二階をのぞこうとしたかということも。だが、雨どいをのぼってこわしてしまったと聞くと怒《おこ》りだした。

「なんてバカなことをしたの。それにあぶないでしょ。あのお屋敷《やしき》は、見たところはすてきだけど、どこもかしこもこわれかけてるのよ。二階をのぞいてみたかったら、木にのぼるかなにかすればよかったのに」

「これからだって、木にのぼれるよ」母さん、いいことをいってくれたな、とジョニーは思った。

「でも、デンジャーフィールドさんに見つかったらいけないわ。またハッチさんの店に行って、あれやこれや文句《もんく》をいうでしょうからね」

「母さんが来てくれれば、だいじょうぶだよ。母さんといっしょなら、あっちへ行けなんていわないさ」ジョニーは、早く木にのぼりたくて、うずうずしてきた。「ねえ、行ってみようよ。母さんだって、お屋敷の中がどうなってるか見たいだろ？　いっしょに行こうよ」

「ええっ、いまから？」ウィニーは、目を丸くした。「でも、もう暗いわよ。それに明日の朝に行くとしても、学校がはじまる前だったら、まだ暗いし」

「わかった。じゃ——明日の午後に行こうよ。まだ明るいうちに。お昼休みに学校からもどってくるよ。ラングフォード先生のうちの前で会おう。ぼくが庭の木にのぼって、なにが見えるか母さんに教えてあげる」

「さあ、どうかしら」と、ウィニーはいった。「ひと晩寝《ばんね》て、考えてみるわ」

考えた末に、もともと用心深いウィニーも息子《むすこ》のさそいに乗ることにした。かごやエプロンのこと、それに給金をはらってもらえるかどうか心配になったのだ。ジョニーは、ナシの老木にのぼった。木の上で足場を確保《かくほ》したとたんに、上げ下げ窓《まど》が開く音がする。だがその音は、道路の向かい側から聞こえてきたのだ。

「こらっ、こぞう！」ミス・デンジャーフィールドがわめいている。「さっさと、そこからおりるんだよ！」

「まあ、どうしましょう」ウィニーは、おそろしくなって、ふるえだした。「おりてきたほうがいいわ、ジョニー。見られたわよ」

「ちょっと待ってよ、母さん。もうのぼっちゃったんだもの。このまま続けたほうがいいよ。ぼくのことをしかってるふりをしてくれれば、中がちゃんと見えるまでここにいられるから」

そこでウィニーは息子に大声でどなりはじめ、ジョニーのほうはその間にあちこちの枝にのぼりついて、お屋敷の中をのぞいてみた。母親に乱暴《らんぼう》にどなりかえしているようなふりをしながら、そのじつウィニーになにが見えるか教えていたのだ。なかなかいいチームワークだったが、けっきょく教えることができたのは、だれもいない寝室《しんしつ》が何部屋かと、きちんとかたづいた書斎《しょさい》が見えたということだけだった。

「それじゃあ、時間のむだだったってわけね」お屋敷《やしき》の門のほうにもどりながら、ウィニーがいった。「なんだか、急におそろしくなったわ。だれかのうちを窓《まど》からのぞくなんて、ほんとに悪いことだものね。ラングフォード先生と奥《おく》さんが給金をはらわずにいなくなったとしても、さわいだりしちゃいけないのかもしれないわ。たぶん、もどっていらしたら、説明してくださるでしょうから。でも、それまではハッチさんのいうように、あんたはここに近寄らないほうがいいわ。わたしもね。ジョニー、そうするって約束してちょうだい」

「わかった。約束するよ」

「いい子ね」ウィニーはそういって、息子《むすこ》と手をつないだ。「さあさ、このことはもうわすれましょう」

ミス・デンジャーフィールドは、まだ二階の窓から親子をにらみつけながら、「スワンソンとかいう女」について、ぶつぶつとひとりごとをいっていた。ミス・デンジャーフィールドが見たところでは、あの女もまた、いやらしい息子とおなじく救いようのない悪人だった。

16 電撃的《でんげきてき》なショック

週末が来て、そして去っていった。だが、ラングフォード先生夫妻は、まだもどってこなかった。自分とウィニーのほかには、気にしている人もいないらしい。そこでジョニーは、近ごろおぼえたばかりの広告作りの技《わざ》を使って、先生夫妻を探《さが》してみようと思った。じつをいうと、新聞の「個人消息」のコーナーを、すでにむちゅうになって読んでいたところだったのだ。「個人消息」というのは、自分たちのほかにだれもわからないような通信を、変わった言葉でかわす広告のことだ。たとえば「マーシャムへ。ドーキンズに連絡《れんらく》を。必ず役に立つ」とか、「キャドへ。わたしの知ったことではない。そういうことだから。フロプシー」とか。そこで、ジョニーも自分のを作った。「ラングフォードへ。スワンソンへ連絡を。緊急《きんきゅう》につき。心配している」。一文につき三ペンスだから、もう少し安くしなければいけない。そこで「緊急につき」をけずることにしたが、「心配している」は、そのままにしておいた。最初は「緊急」だけにしようかと考えたが、「心配」のほうがいいと思ったのだ。それでも、ジョニーのほかの広告にくらべたらお金がかかった。第一、この広告を出してもお金は入ってこない。ラングフォード家へ新聞を配達をしているから、先生が「スタンブルトン・エコー」と「ロンドン・タイムズ」を読んでいるのを知っていた。でも、先生にあてた広告は「ロンドン・タイムズ」にのせることにした。この新聞はどこにいても読めるし、おそらくスタンブルトンにいることはないだろうと考えていたからだ。

二週間たったが、まったく返事はなかった。

だが、「個人消息」以外の広告商売は大繁盛《だいはんじょう》していた。恋《こい》になやむ人たちや詩人たちが、ひっきりなしに手紙をよこしてきたし、ひとりの詩人ときたら、二、三日に一度は私書箱《ししょばこ》九号に新しい作品と二シリングを送ってくるのだ。ノーフォーク州の新聞にのせた「靴《くつ》が二倍は長持ちする方法」は、大当たりした。次のような答えを送っても、苦情の手紙は一通も来なかった。「どこへ行くにも、ぴょんぴょん跳《と》んでいくこと。片足《かたあし》ずつ交互《こうご》に跳ぶのをわすれないでください」。

洋服ダンスの上のウサギは、お金でずっしりと重くなっていた。

ラングフォード夫妻がいなくなってからひと月あまりたった、十二月のある火曜日のこと。その晩《ばん》は、ウィニーの酒場の仕事が休みだった。そこでジョニーは、夕食のあとで食べるケーキを買って、母さんを元気づけてあげようと思いたった。ハッチさんには、エイダおばさんがお金をくれたといったが、うちに帰るとちゅうでケーキをゆすって、ちょっぴりくずしておくことにした。形がくずれて売り物にならないゴミ箱行きのケーキをくれたと、ウィニーに思わせるようにしたわけだ。

ハッチさんや母親から、ラングフォード先生の家には近寄るなといわれていたから、ジョニーは何週間もまわり道をして家に帰っていた。けれども、その晩は雨がふっていたし風も吹《ふ》きだしたので、ついつい以前とおなじように先生の家の前を通って帰ることにしてしまった。とても日が短くなっていたから、明るいのは学校にいるときだけで、いつもあたりは暗かった。おまけに天気が悪いから、ミス・デンジャーフィールドだって外に出ているはずはないと、ジョニーは思った。まだジョニーのやることに目を光らせていたとしても、今日だけはだいじょうぶだ、と。

あの明かりが見えたのは、ジョニーの気のせいだったのだろうか？

ジョニーは、十二月のきびしい向かい風の中、雨まじりの雪が目に入らないように頭を下げながら、丘《おか》をのぼっていった。けれどもときおり目を上げて、月のない空を背《せ》にした、先生の家のシルエットをたしかめていた。ジョニーはいつも、ラングフォード先生の屋敷《やしき》を建てた人は、けっこう行きあたりばったりにやったのではと思っていた。屋敷の片側《かたがわ》は、どうやら四階建てのようだが、反対側は二階しかない。四方に出っぱった部分があって、それぞれの屋根の角度がまた、てんでんばらばらなのだ。昼間なら、難《なん》なく家のようすがわかるのだが、暗闇《くらやみ》で、それも留守だときているから、どこもかしこもはっきりとしない。

けれども、ラングフォード先生たちは、家に帰っているのではないだろうか？　なぜなら、まだ丘を半分しかのぼっていなかったが、屋敷の上のほうの窓《まど》から明かりがもれているのが、たしかに見えたのだ。ジョニーは、すぐさま明かりをめざして走りだしたが、すぐに消えてしまった。と、ふたたび窓が明るくなり、今度は下の階で動いている。影《かげ》ぼうしまで、ちらっと見えた。あれは、人影だろうか？　それとも、屋敷とジョニーの間にある木の枝が、ますます強くなった風にはげしくゆれて人影に見えたのか？　ジョニーは、門を目指して走った。いつもだったら門扉《もんぴ》はキイッときしって開くのに、その夜はすさまじい嵐《あらし》のせいで音が聞こえなかった。そのとき、屋敷《やしき》の裏《うら》のほうで物音がした。車だろうか？　それとも、また風が吹《ふ》いただけ？　すでに疾風《しっぷう》はますますいきおいをましていたので、ぬれないようにコートの下に入れたケーキを必死につかんで、風にあらがいながら前へ進むのがやっとだった。

ジョニーは、玄関《げんかん》のドアをはげしくたたいた。答えはかえってこず、窓《まど》のよろい戸も閉《し》まったままだ。けれどもジョニーは、なにかが変わっていると思った――だれかが、自分の前にここに来たような。ひと月のうちに玄関前の段々《だんだん》にたまっていた落ち葉が、すっかりなくなっている。嵐で吹きとばされたのだろうか？　それとも、だれかがドアをあけようと足でわきに寄せたのでは？

ジョニーは、もう一度ドンドンとドアをたたき、ベルを鳴らしてから待った。やっぱりだれも出てこない。しかたなく、コートの下のケーキをしっかり守りながら家路についた。一刻《いっこく》も早く母親に、だれかが屋敷の中にいたようだと告げたくて、うずうずしていた。

ぬれねずみで家に着いたジョニーは、中に入るとけたたましくしゃべりだした。あれを見たかも、これを見たかもと息子《むすこ》がべらべらしゃべっている間、ウィニーはだまってテーブルの横に立っていた。はじめのうち、ジョニーは母親がだまっているのに気がつかなかった――ラングフォード夫妻や屋敷の明かりの話など聞いていないということも。

それからジョニーは、はっと気づいた。母さんは腹《はら》を立てている。あたりまえだ！　お屋敷に行ってはいけないと、きつくいわれていたのだから。腹を立てるどころか、むちゃくちゃに怒《おこ》っている。ジョニーは、おしゃべりをやめた。ウィニーはまだなにもいわずにつったって、テーブルの上をじっと見ている。

　テーブルには、三人分の皿がならべられていた。おかしな話だ。ジョニーの家には、お客など来たためしがない。いつだってふたり分、いやふたり分ですらない。このごろでは、母親が仕事で留守のときが多いので、べつべつにひとりで食事をしている。ジョニーは、台所の中を見まわした。だれもいない。

「だれか食事に来るの？」と、ジョニーはきいてみた。それから、そうだ、これがあれば母さんのきげんがよくなるかもと思った。コートのボタンをはずして、ケーキを取り出す。

「すっごくついてたんだ！　これ、店を出るときにハッチさんがくれたんだよ。捨《す》てようと思ってたんだってさ――だって、ほら。ちょっと、つぶれてるんだ。こんなの買いたいやつなんかいないよね？」

　ちょっとしゃべりすぎたかなと思った――なにげなく聞こえるように、母さんがなるほどねと思うように、早口でいろいろいいすぎた。けれども雨の中を持ってかえったので、ケーキがぬれて、つぶれているのだけは事実だった。

　ウィニーは、まだ口をきかない。なにかいって間をうめなきゃと、ジョニーはあせった。

「だれが来るの、母さん？　ここに、だれがすわるの？」

「あんた、当てられないわけ？」

いままでめったに耳にしたことのない、意地の悪い声だ。ジョニーは、あっけにとられた。母さんが夕食にだれをまねいたかなんて、わかるはずないじゃないか?

ウィニーは、今度は痛烈《つうれつ》な皮肉をこめていった。

「あんたには、むずかしくないはずよ。だってその女の人のことは、わたしよりあんたのほうがずっとよく知ってるんですから」

「だれのこと? わからないよ、母さん。教えて。当ててみろなんていわないでよ。だれも思いつかないもの」

知りあいの女の人を何人か思いうかべたが、その中のだれひとり、うちを訪《たず》ねてきたものはいなかった。まして夕食に来た人などいるはずがない。だれか大事な人だろうか? もしかして、学校の先生? かんべんしてよ。そんなはずはない。スラックさんかな? まさか、デンジャーフィールドさんじゃないよね? 母さんが、ミス・デンジャーフィールドと仲なおりしたいと思ってまねいたってこと?

ウィニーは、胸《むね》になにかがつっかえているような、きびしく暗い顔をしたまま、じっと立っている。それから、ジョニーが手にしているケーキをさっとうばいとり、しめった袋《ふくろ》からじかにテーブルの上に出した。次にパンナイフを手に取り、すごいいきおいでジョニーにつき出したから、ジョニーは生まれて初めて母親が本気で自分を傷《きず》つけようとしているのではと思ってしまった。

「あんたが切りなさい」ウィニーは、はき出すようにいう。「その人は、ケーキが好きなの? どれくらい食べたいと思ってるの？　あんたがきめなさい。その人のことをなにもかも知ってるのは、あんたなんだから」

とつぜん自分の身が傷つけられるのではという恐怖《きょうふ》を味わったせいで、ジョニーはやっと母親がなにを怒《おこ》っているのかさとった。そのときジョニーがおそわれたような感覚を、ハッチさんはある名前で呼《よ》んでいた。何日か前、店でのこと。ジョニーとハッチさんは、配達された荷を黙々《もくもく》と荷ほどきしていた。と、ハッチさんがとつぜん凍《こお》りつき、口に手を当てた。急病にかかったのかとジョニーは思ったが、ハッチさんはぐあいが悪くなったわけではないという。全身におそろしい「電撃《でんげき》的《てき》なショック」が走ったというのだ。ハッチさんがいうには、「ふいにおそってくる、心臓《しんぞう》が止まるほどのショック」だそうだ。なにもかもうまくいっているなと思っているときに、とつぜんなにかに気づいたときに起こるのだという。たとえば、本当はどこかに行かなければならなかったとか、だれかをひどい目にあわせてしまったとか、なにかを見つけられそうになったとか。その日のハッチさんは、市長夫妻のために飲み物を配達する約束を思い出して、心臓が止まるほどのショックを受けたのだ。市長夫妻は、商業会議所を公式訪問《ほうもん》する予定になっていたのだった。公式訪問の行事はすでにはじまっていたのに、ハッチさんはまったくなにひとつ用意していなかった。「電撃的なショック」が走るまで、頭からすっぽりとぬけてしまっていたのだ。

ウィニーを前にしたジョニーも、あのときのハッチさんとおなじように、身も凍るような、電撃的なショックを受けていた。関節という関節が金属が振動《しんどう》しているようにキーンと鳴りだし、身体のほうはすぐに逃《に》げだそうとギアが入っているのに、足は重すぎて動かない。脳《のう》みそが必死になって母親への弁解を考えているのを感じたが、はっきりした言葉をひとつ、ふたつ思いつくことさえできないでいるのだ。ああ、まだ家にたどりついていなかったら、どんなにかよかったのに。まだ外にいたとしたら、ラングフォード先生の屋敷《やしき》の明かりのことを話して、すばらしいケーキを見せれば、母さんは喜ぶだろうなとわくわくしていられたのに。そしたら、どんなにか幸せだったろう。だが、ジョニーはもう幸せになんかなれっこなかった。なぜなら、母親が口を開く前から、どんなことをいわれるかわかってしまったのだから。

「ほら、やりなさいよ、ジョニー」気持ちを高ぶらせたウィニーは、声をつまらせながらわめく。

「ケーキを切りなさいよ。さあさあ。おいしいケーキを、エイダおばさんに切ってあげなさいっていってるの！」

17 親子げんか

「いったい、どうしてそんなことをしたの？」ウィニーは、わめいた。「なにを考えてたの？　よくもわたしに……」ウィニーは、自分が味わった屈辱《くつじょく》をいいあらわす言葉を見つけることができなかった。たまたまハッチさんと道で出会ったときに、ウィニーは病気の姉さんのことをきかれたのだった。「いったいハッチさんがなにを話してるのか、さっぱりわからなかったわ」

「学校が終わってから夕刊の配達をしに店に行ったんだけど、ハッチさん、なんにもいってなかった」ジョニーは、もごもごといった。

「へええ、あんたが大ウソつきだってこと、ハッチさんがまだ気がついてないといいけどね。でも、わたしのことは、おそろしく不作法だって思ったでしょうよ」

「ハッチさんは、なんていったの？」

「エイダさんが作った手芸品は、よく売れてるようですねって。わたしは、エイダさんってだれのことだろうと思いながら、だまって立ってたの。そしたら、こんなにくらしがきびしいご時世なのに姉さんのめんどうをみるなんて、あんたはほんとにやさしいんだねっていわれた。ハッチさんは、わたしのことをだれかとかんちがいしてるんじゃないかしらって思ったわ」

それを聞いたジョニーは、まぬけなことに、ここでうまくやればしかられなくてもすむのではと思ってしまった。

「そうだよ、きっと。もしかしてだれかにエイダって姉さんがいて……」

「だれかですって！　そのだれかにもジョニーっていう息子《むすこ》がいて、ハッチさんのところで新聞配達をしてるっていうの？　それどころか、その息子っていうのは、エイダおばさんの代わりに郵便《ゆうびん》を出して、お金の出し入れまでしてやっているっていうじゃないの」

ジョニーは、しどろもどろに、なんとかいいのがれをしようと思った。

「それは、ちがう……っていうか、ぼく、やってなくて……あれは、ただ……」

母親はかまわずに、話を続けた。

「わたしは、だまって立ってたわ。いったい、なにがいえるっていうの？　そしたら、ありがたいことに雨がふってきた。とうとうわたしは、寒くってたまらないってふりをして、逃《に》げだしたのよ。よくもよくも、ジョニー！　どうしてそんなウソがつけたの？」ウィニーは、息子のいいわけをきかずに続ける。「あんた、一度でも考えたことある？　どこかにわたしの家族がいたら、この町に住み続けたと思う？　わたしに親せきがいて、ちゃんとくらせるだけのお金を出してくれたら、ベネットさんにこの安い家賃《やちん》の家に入れてもらったりする？　ああ、姉さんか妹がいたら、どんなにかよかったのに——姉妹じゃなくっても、あんたの父さんが亡《な》くなってから助けてくれる人がいたら。これから、町の人たちはみんな、わたしのことを自分の家族や親せきから追い出されたんだって思うでしょうよ。あんたのことだって、みんな……」そこで言葉を切って、口元のつばをぬぐう。「みんなこう思うにきまってる。わたしが結婚《けっこん》なんかしないで子どもを産んだにちがいないって。だから、こうしてひとりぼっちであんたを育ててるんだって」

「ごめんなさい」ジョニーは、蚊《か》の鳴くような声であやまった。「母さんのこと、助けたかったから」

「助ける？　いもしない人をでっちあげることが、どうして助けになるの？　あんた、いったいなにをしようとしてたわけ？　あんたがうちに持ってかえった、ああいう食べ物をハッチさんにめぐんでもらうために、でたらめな話をしたの？」

「ちがうってば！」ジョニーは、思わずかっとなった。ハッチさんに食べ物をめぐんでもらうためだなんて、とんでもない。「そんなんじゃない。食べ物は……」ハッチさんから買っているんだと、うっかりいいそうになった。けれども、そうしたら、もうひとつのウソのことも白状しなければいけなくなる――ウソっぱちの広告と、それでお金をかせいでいることを。代わりに、ジョニーは、エイダおばさんのホラ話をどうして思いついたか、説明をはじめた。

「どうしたらいいか、ほんとに困《こま》っちゃったから。だって、郵便為替《かわせ》が必要だったから――」

「郵便為替ですって？　なんのために郵便為替が必要だったの？」

ああ、どうやって説明すればいい？「たちまち背《せ》が高くなる秘密《ひみつ》の方法」を教えてもらうために郵便為替がほしかったなどと、ウィニーにいえるだろうか？　それから、「平和」のマグカップからお金をぬすんだことは？　ハッチさんに、郵便為替《ゆうびんかわせ》と交換《こうかん》してもらったお金は、エイダおばさんがスタンブルトンに来る切符代《きっぷだい》だとウソをついたことは？　それに、そのほかの郵便為替のことは？　その郵便為替は、ジョニーが三か月あまり全国の新聞にインチキ広告を出してかせいだものだなどといえるだろうか？

母親は、まだまだあきらめない。「その郵便為替と『エイダおばさん』とやらは、どういう関係にあるの？」

「それはただ……ただ……ぼくがただハッチさんに、おばさんにお金を送らなきゃいけないっていったただけなんだ。おばさんが、そのお金で汽車の切符を買ってスタンブルトンに来ていっしょにくらすって。おばさんが病気だから。それから、郵便為替を送る封筒《ふうとう》にはる切手も。ぼくがそういわなかったら、ハッチさんは特別に時間前に郵便局をあけてくれたりしなかったんだけど」

「特別にあけてくれたの？　だいたい郵便局なんて、あんたに関係ないでしょ？　まだ、あんたは子どもなのよ、ジョニー！　子どもには、郵便為替や切手は必要ないの。あんた、いったいなにをしてたの？」

ジョニーは、真実をほんのちょっとだけ明かそうと決心した。「新聞に広告を出したかったんだ」

「なんですって？　あんたが？　あんたなんかが、どうして新聞に広告を出さなきゃいけないの？」

「『個人消息』っていうのが新聞に出てるのを見たんだ。だれかに連絡《れんらく》したいけど住所がわからないときに使う広告なんだよ」

「でも、どうして『個人消息』なんて知りたいと思ったわけ？」ウィニーは、「個人消息」というところだけ、うたうように発音した。

「ラングフォード先生たちを見つけようと思って」と、ジョニーはいった。「ぼくたちに連絡してほしいって書いたんだよ。『ラングフォード。スワンソンへ連絡を。心配している』って。一シリングかかった」

「あんたの給金から一シリングはらったの？」

ジョニーは、うしろめたさに胸《むね》がドキドキしていたが、だまって立ったままつま先を見つめた。だまっていれば、母親がそうだと信じてくれるかもしれない。

「それで、あんたはハッチさんに、そのお金をおばさんに送ったっていったの――エイダおばさんとかに？」

「うん」ジョニーは、まだ目を上げずにつぶやいた。

ウィニーは、テーブルをドンとたたいた。「いい、そんなことしちゃいけなかったの。ウソをついちゃいけないのよ、ジョニー。いつもそう教えてきたでしょ。困《こま》ったことになるだけなんだから」まだ、怒《おこ》っている。けれど、さっきより落ち着いてきたようだ。「明日の朝いちばんに、ちゃんとやりなおしなさい。ハッチさんに自分がやったことを打ち明けて、あやまるんですよ。わかった?」

ジョニーは、鼻をすすりあげた。「はい」と答えたものの、こんなにこんがらがってしまったことを、ハッチさんにどう説明したらいいのか、見当もつかなかった。「ぼくも、うちのためになにかしなきゃって思っただけなんだ。ラングフォード先生たちがもどってきたら、母さんもお金をはらってもらえるし、またお屋敷《やしき》の仕事ができるから。ほんとにごめんなさい」

ウィニーは、エイダおばさんのためにテーブルに置いたナイフとフォークを手に取った。ジョニーに背《せ》を向けて、引き出しにもどしている。「まあね、いっしょうけんめいにやったつもりかもしれないけど」と、母親はいった。「でも、けっきょくむだだったんでしょ?」

「なにが?」

「広告ですよ、個人消息の。ラングフォード先生たちは、連絡《れんらく》してこないんでしょ?」

「うん」ジョニーは、くたくたといすにすわった。

ウィニーも、息子《むすこ》の向かい側にすわる。そして、ほぼいつもどおりにもどった声でこういった。

「わたしもね、なんとかして先生ご夫妻を見つけようとしてたの。今日、ハッチさんに会ったのは、サナトリウムからの帰り道だったのよ。あんたが学校に行ったあと、バスでサナトリウムに行ってみたの」

「行くなんて、いってなかったじゃないか」こう責めるようにいったら、母さんは自分が悪かったと思ってくれるかもしれないと、ジョニーは思った。

「最後の最後まで、行こうかどうか、まよってたんですもの。サナトリウムで門前ばらいを食わされるかもしれないし、そのうえラングフォード先生がどこに行ったかきいたりしたら、なんでそんなに知りたがるのかなんていわれるのではって思ったわけ。そしたらね、いいことを思いついたのよ。ほら、先生の奥《おく》さんが書いてくれた推薦状《すいせんじょう》を持ってたでしょ。だから、サナトリウムでそうじ人にやとってもらえないか、ききに来たってふりをしようと思ったの」

それって、ウソをつくのとおんなじだよと、もう少しでいうところだったが、ジョニーはがまんした。

「で、サナトリウムの人たちは、ラングフォード先生がどこへ行ったか知ってたの？」

「いいえ。それどころか、ラングフォード先生がいなくなってしまったことだって知らなかったのよ。いまは、サナトリウムに先生の患者《かんじゃ》さんがいないからね。先生が診《み》ていらした患者さんは……あのね、まだちっちゃな赤ちゃんなんだけど――」ウィニーはそこで息をついて、次の話をせいいっぱいやさしく切りだした。「――亡《な》くなったんですって」

ジョニーは、ふたたび胃袋《いぶくろ》にがつんとパンチをくらったような気がした。

「それって、オルウェンの妹のことだよね？」

「ええ。残念だけど、ジョニー。そうだと思うわ」

「オルウェンは、知ってるのかな？　オルウェンのお父さんとお母さんは、どうしたんだろう？　ふたりも、そのサナトリウムにいるんだよ」

「お父さんとお母さんのことまで、きけなかったわ。だってそうでしょ、ジョニー？　会ったこともないんですもの。あんたもそうよね。あんたがどうしてその人たちのことをそんなに気にするのか、わたしにはわからないけど。たしか、そのオルウェンって女の子とは、たった一度おしゃべりしただけなんでしょ？」

「そうだよ。でも、あの子のこと、好きだよ。親切にしてくれたんだもの。転校しなかったら、きっとあの子と友だちになってたよ。それに、オルウェンはずいぶんつらいと思うから。ひとりぼっちで遠くにいて、家族のことを心配してるなんて」

「その子は、少なくとも病気にはならないわ。先生たちが、手おくれにならないうちに遠くに行かせたからね。でもね、よく聞いて、ジョニー。あんたにいっておかなければならないことが、もうひとつあるの。わたしがサナトリウムに行ったのも、けっきょくむだではなかったのよ」

「それって、どういうこと？」

「あのね、行ってみたらわかったの。たまたまサナトリウムでもおそうじする人を探《さが》してたのよ。わたし、明日から、あそこで働くわ」

ジョニーは、ぞっとした。「なんだって？　だめだよ、そんなの！」

ウィニーは、熱っぽく語りだした。「あんたも、あそこを見るといいわ、ジョニー。本当にすてきなところなんだから――病棟《びょうとう》も、ものすごく大きいし、作業場や、図書館や、体育館や、お庭もあるのよ。それに、お金もけっこうかせげるの。お給料がとてもいいんだから。みんな、あそこにはこわがって行かないからね」

「行くはずないじゃないか！　あたりまえだよ。あぶないんだもの。ラングフォード先生が、教えてくれたとおりだよ。先生は、サナトリウムには行くなっていったんだ。病気がうつるからって。サイシスだよ。ＴＢ――結核《けっかく》のこと。母さんも、オルウェンの妹みたいに死んじゃうかもしれないんだぞ！」

「そうするよりほかないのよ、ジョニー。あと二、三週間で家賃《やちん》が値上《ねあ》がりするんですもの」

「だけど、ぼくがかせいであげるから」

ああ、広告商売のことを母さんに話したいと、ジョニーは思った。けれども、さっきみたいに怒《いか》りくるったらと思うと、とてもおそろしくていえなかった。

「あんたがかせぐですって？　どんなふうにして？　バカなことといいなさんな。母さんがあんたを養ってるんですからね」

「母さんをサナトリウムには行かせないよ」ジョニーは、ゆずらなかった。そして、さっき丘《おか》の上で見たことを、もう一度ここでウィニーにいっておくことにした。「それに、けっきょくラングフォード先生たちがもどってきたら？　そしたら、もう一度、お屋敷《やしき》で働けるんだよ。母さん、もうわすれちゃったの？　さっきぼくが教えてあげたじゃないか。今夜、お屋敷の中に明かりがついてるのを見たって」

ウィニーの怒りに、また火がついた。さっきは、エイダおばさんのことで腹《はら》を立てていたので、そこまで気がまわらなかったのだ。

「お屋敷《やしき》へ行ったなんて、とんでもない！」大声でどなる。「あそこへは、行ったらだめなの。行かないって約束したでしょ」ウィニーは、半分泣いていた。「ああ、ジョニー。あんたって子は、いったいどうしちゃったのよ？　ハッチさんにウソをつく。バカみたいなおばさんをでっちあげる。わたしのいうことはきかない。あんた、これだけやっかいごとを引きおこしても、まだ足りないっていうの？」

もう、ふたりとも泣いていたし、かんかんに腹《はら》を立てていた。ジョニーはケーキを手にとると、壁《かべ》にぶつけた。ウィニーがさっと立ちあがると、いすがドーンとたおれた。ウィニーは、ドアのくぎにかけておいたコートをひっつかんだ。

「わたし、行ってくるから。あんたのいう明かりとやらを、この目で見てくるから」

「ぼくも行く」ジョニーは、上着に手をのばした。

ウィニーは、息子《むすこ》をおしもどした。「だめよっ、あんたは。わたしはね、ひとりになりたいの。しばらく出てくるから、あんたは寝《ね》なさい。話は明日」

ウィニーは、乱暴《らんぼう》にドアを閉《し》めると、嵐《あらし》の中に出ていった。

18　嵐の丘《おか》のウィニー

一歩、一歩ふみしめるように、ウィニーは丘《おか》をのぼっていく。冬の雨は、ますますはげしくなっていた。怒《いか》りのあまり、ウィニーは帽子《ぼうし》も手袋《てぶくろ》もわすれてきてしまったので、ラングフォード先生の屋敷に着くころには、ぬれねずみで、凍《こご》えきっていた。屋根のといから、雨水が滝《たき》のように落ちている。ひと月ほど前に、ジョニーがといのパイプを引っぱって、壁からはなしてしまったところだ。窓《まど》はどれも、よろい戸がしっかり閉まっていた。ウィニーはベルを鳴らし、ドアをこぶしでたたいた。それから屋敷をぐるりとまわりながら、窓ガラスをたたいたり、裏口《うらぐち》のドアをゆすったり、温室のくもりガラスをのぞいてみたりした。「ラングフォード先生！」と大声で呼《よ》びかけ、「こんばんは！」とどなったりもした。涙《なみだ》にくれていたせいで、怒《おこ》ったけものがうなっているような声が出た。けれども、だれもいない。ウィニーは、あてもなくさまよいながら丘の反対側にまわると、家からどんどんはなれて、店が立ちならぶ界隈《かいわい》へおりていった。とちゅうでぬかるみに足をとられてぶざまに転んでしまい、とっさに身をかばったせいで手首に痛《いた》みが走った。立ちあがって、目にかぶさったぬれた髪《かみ》を上げる。顔じゅうがどろだらけになった。

町には人影《ひとかげ》がなかった。みんな、家でぬくぬくとくつろいでいるのだろう——もちろん、酒場にいる連中は別だ。角を曲がろうとしたとき、ポロンポロンと安物のピアノを弾《ひ》く音が聞こえ、明かりが見えた。ウィニーは、その酒場には一度も行ったことがなかった。自分が働いている町の反対側の酒場なら、いやというほど知っていたが、どちらにしてもウィニーには酒場で酒を飲むようなお金はなかった。けれどもその晩《ばん》は、ポケットに小銭《こぜに》が入っていた──サナトリウムに行くときに乗ったバス代のおつりだ。ウィニーは凍《こご》えていたし、みじめだった。酒場のドアをあける。ほとんど知っている顔ばかりだったが、どの人もそれほどよく知っているわけではない。どろだらけで雨水をしたたらせたウィニーがカウンターに近寄ると、みんないっせいにしゃべるのをやめた。その中に、学校のマリー先生もいた。ウィニーは、先生の傷《きず》あとのあるおそろしい顔を見つめないように気をつけたが、見るのをいやがっていると思われたくもなかった。

マリー先生もまた、ウィニーのひどいかっこうに肝《きも》をつぶしているようだ。

「こんばんは、スワンソンさん」ぎこちなく声をかけてくる。

ウィニーのほうは、あいさつをかえすことすらできなかった。息子《むすこ》とのけんかのショックからまだ立ち直っていなかったし、自分がどんなにひどいかっこうをしているかも承知《しょうち》していたから、はずかしくて、とても息子の先生と話をすることなどできるはずがない。

酒場の客たちは、またおしゃべりをはじめ、ピアノ弾きもふたたび演奏《えんそう》をはじめた。だれひとり、すみでうずくまっているウィニーを見ようとはしない。ウィニーはすすり泣きながら、たった一ぱいの、それもわずかばかりの酒をひと晩じゅうもたせようと、ちびちびとすすっていたのだった。

　いっぽうジョニーは泣きながらベッドに入り、母親がもどってくるのを聞きのがすまいと耳をすましていた。本当に悪かったとあやまりたかったし、帰ってきた母さんがそれほど怒《おこ》っていなかったら、もう一度、サナトリウムに行くのをやめてといおうと心にきめていた。そのために広告のことや、ウサギの中にあるお金のことを白状しなければいけなくなっても、どうしてもいわなければいけない。ずっと目をさましているつもりだったが、どういうわけかドアの錠《じょう》がカチッと鳴る音と、そっと階段《かいだん》をのぼってくる足音を聞きのがしてしまった。次の朝、まだとても早い時間に、部屋の外から聞こえる母親の声で目がさめた。

「ジョニー、出かけますからね。新聞配達、おくれないでよ」

　ちゃんと目がさめてベッドから出るまでに時間がかかった。そのときにはもう、ウィニーのすがたはなかった。母さん、まだ怒ってるんだなと、ジョニーは思った。ジョニーには、わからなかったのだ。ウィニーは、どろだらけのぬれたコートを着て、青ざめた、みすぼらしいすがたで新しい仕事に出ていくところを息子に見られたくなかったのだ。

19　おそろしいニュース

ゆうべからの雨もやんで、ジョニーはちょうどいい時間に店に着くことができた。思いきって、ハッチさんにエイダおばさんのことを白状しよう。すでにそう心にきめていた。けれども、ハッチさんは上きげんだった。前の日にウィニーに会ったことなど、口にもしない。ハッチさんは、母さんほど気にしていないんだ。そうにきまっていると、ジョニーは思った。夜になって店を閉《し》め、ハッチさんがそんなにいそがしくなくなってから話そう、と。朝刊の配達を終えて、ジョニーは学校に行った。心の中ではハッチさんに話す言葉を何度も練習し、どうしたら母親と仲直りできるかずっと考えていた。その日の最後の授業《じゅぎょう》が終わったときには、すでに白状する覚悟《かくご》ができていた。

校門を出たとたんに、なにかおかしなことが起こっているのに気づいた。通りのあちこちにおばさんたちが集まって、こそこそしゃべっている。いつもなら学校にむかえに来る親などいないのに、その日はテイラーのおばさんが来てアルバートと妹を待っていた。おばさんはふたりを見るなり横に引っぱっていき、興奮《こうふん》したようすでなにごとか小声でしゃべっている。アルバートは目を丸くしていたが、なんだかわくわくしているようにも見えた。ジョニーは聞き耳を立てたが、なにもわからないうちに、おばさんは子どもたちを連れて帰ってしまった。いったいなにが起こったんだろう？　ハッチさんなら知っているにちがいない。なにしろハッチさんの店はうわさ話の宝庫《ほうこ》だったし、その日は早く店を閉めるので、話を聞く時間はじゅうぶんにあるはずだ。ジョニーは、店まで走っていった。

店の外に、車が停まっている。見たことのない車だ。ジョニーは車の中をのぞいてみた。後部座《ざ》席《せき》には、服やら、ごちゃごちゃになった紙やら、地図やら、タバコのあき箱やらが置いてある。するとハッチさんが店から出てきた。ジョニーの肩《かた》に手を置く。

「ちょっと見てただけだから」と、ジョニーはいいわけした。

「いいんだよ、ジョニー」とハッチさんはいう。安心させようと思っていったのだろうが、やけにやさしい口ぶりだったので、ジョニーはかえってぎょっとなった。ハッチさんは、そのままジョニーを店の前に連れていく。「中に入れ。おまえにいっておかなきゃいけないことがあるんだよ」

ドアのすぐそばにある木の電話ボックスに、茶色い背広《せびろ》にソフト帽《ぼう》をかぶった男が、身体の半分を中に入れ、半分を外に出してよりかかっていた。タバコに火をつけている。車の中にあったあき箱とおなじタバコだと、ジョニーは気がついた。

「ハッチンソンさん、もう少し話を聞かせてもらえませんかね」

ハッチさんとジョニーが電話ボックスの横を通ったとき、男は声をかけてきた。

「すぐにもどってきますよ。夕刊を配達してくれる子が来たんでね。奥《おく》で配る準備をしなきゃいけないんで」

ジョニーは、キツネにつままれたようだった。配達する夕刊は、いつもカバンに入れて、カウンターのうしろに置いてくれてある。それなのに、どうしてハッチさんは倉庫に連れていくのだろう？

「そこにすわれ」倉庫に入ると、ハッチさんは茶箱を指さした。「なあ、ジョニー。悪い知らせがあるんだよ」

「母さんのこと？」ジョニーは、思わず声をあげた。サナトリウムでなにか起こったのではと、おそろしくなったのだ。

「いいや、ジョニー。おふくろさんは、だいじょうぶだ。じつは、ラングフォード先生のことなんだよ、ジョニー。おれがこんなことをおまえにいわなきゃいかんのは、ほんとにつらいんだが、ラングフォード先生が亡《な》くなったんだ」

「どこで？　どうしてハッチさんが知ってるの？」

「二、三時間前に、お屋敷《やしき》で発見されたんだよ。窓《まど》がこわされてるのをデンジャーフィールドさんが見つけてな、警察《けいさつ》を呼《よ》んだんだ。てっきりどろぼうが入ったと思ったんだよ。ところが巡査《じゅんさ》が中に入って調べると、先生の遺体《いたい》が見つかったというわけだ」

ジョニーは、ショックと怒《いか》りで気が立って、堰《せき》を切ったようにしゃべりだした。

「じゃあラングフォード先生は、亡くなってからずっとお屋敷にいたんだね？　それなのにみんな、先生が留守だと思ってたんだ。だからぼく、ハッチさんに話したでしょ……」

「ああ、いやいやジョニー。おれだって、最初はそう思ったんだよ。けど、電話ボックスにいるあの男は新聞記者なんだがね、あいつのいうことには、警察は先生が昨夜《さくや》亡くなったのにまちがいないっていっているんだと」

ジョニーは、きのうの晩《ばん》、屋敷に明かりが見えたのを思い出した。頭の中に、いろいろなことがかけめぐる。

「先生は、どうして死んだの？　奥《おく》さんはどこ？　奥さんも、お屋敷にいたの？」

ハッチさんは、ジョニーをおしとどめた。

「まあ落ち着けよ、ジョニー。おれにもまだ、くわしいことはわからないんだ。でも、このことは、おまえにいってもいいと思ってる。あの記者がいってたんだが、警察はラングフォード先生が殺されたと思っているそうだ」

「殺された？　どうやって？　どうして？」

「わからん。まだ刑事《けいじ》がお屋敷で調べてる最中だ。けど、おまえはラングフォード先生と親しかったから、この話はおれから聞くのがいちばんいいと思ってな」ジョニーは、だまったまま前をじっと見すえている。いったい自分の話したことを理解しているのだろうかと、ハッチさんは首をかしげた。「なあ、おれがうちまで送ってって、おふくろさんに話そうか？」

「母さんは、うちにいません。今日はエンバリーのサナトリウムで働いてるし、夜になったら、そこからまっすぐに酒場に仕事に行くから」

「たぶん酒場で話を聞くだろうな、かわいそうに。ほんとに胸《むね》が痛《いた》むよ。あの先生は、おまえたちふたりにとってもやさしくしてくれてたものな」

ジョニーは、ぼうっとしていた。耳の中で血がドクドクいっているのが聞こえ、手も足もじんじんとしびれている。それから、夕刊を配らなければいけないのを思い出した。

「もう行かなきゃ」さっと立ちあがって、カバンを肩《かた》にかける。「みんな、夕刊を待ってるから」

「おまえがだいじょうぶだったら行ってこい。だが、ジョニー。明日の朝刊は、おれが配達するほうがいいな。今日の夕刊にはなにも書いてないが、明日になったら大々的に書きたてるだろうから。おれは、そのう……おまえに……あんまり細かいことを読んでもらいたくないんだよ……おれのいうこと、わかるよな」

ジョニーが夕刊の配達に出ていったあと、ハッチさんは記者に話の続きをしにいった。すでにうわさが町じゅうに広まっていて、ジョニーが家から家へと配達にまわる間も、いつもよりずっとおおぜいの人たちに声をかけられた。中には、郵便《ゆうびん》受けに新聞が入るのを待ちきれずに、わざわざドアをあけて受け取る人もいた。みんな、ラングフォード先生の遺体《いたい》が発見されたというニュースが夕刊にのってないのにがっかりしていたが、ジョニーにあれやこれやうわさ話を教えてくれ、ジョニーもまたその話をほかの人に伝えた。夕刊の配達を終えるころには、ジョニーにも少しずついろいろなことがわかってきた。お屋敷《やしき》の前に、パトカーが四台と霊柩車《れいきゅうしゃ》が停まっていたこと。遺体は、まだお屋敷の中にあること。それから、近所の人たちが警察《けいさつ》に話を聞かれていること……。

またまた約束をやぶることになるが、ジョニーは丘《おか》にのぼってようすを見にいきたいという誘惑《ゆうわく》に負けてしまった。けれども、巡査《じゅんさ》がどんどんふえていくやじうまをおしかえしていたし、どっちみち暗くなっていたのでお屋敷は見えなかった。すでに夕刊の配達も終えていたから、店にもどるよりしかたがない。丘をおりていくジョニーを、一台の自転車が猛《もう》スピードで追いこしていった。いっしゅん、ジョニーはラングフォード先生かと思った。あの日の朝早く、サドルバーに乗せてもらって丘をくだったとき、どんなにわくわくしたことか。でも、追いこしていった自転車の主は、ラングフォード先生ではない。警官だ。それに気づいたとき、ジョニーは初めて打ちのめされてしまった。半時間くらいの間感じていたショックと興奮《こうふん》は、潮《しお》が引くように消えていく。代わりに、いままで経験したことのない悲しみとむなしさで、胸《むね》がいっぱいになった。もう二度とラングフォード先生には会えないのだ。殺人事件があったとは。よりによってここで、このスタンブルトンの町で。しかも殺されたのは、ジョニーと親しかった人なのだ。

20　容疑者《ようぎしゃ》は？

ジョニーが丘《おか》のふもとまでおりると、警官《けいかん》の自転車はハッチさんの店の前に停まっていた。ハッチさんがドアをあけて、ジョニーを中に入れてくれる。あの新聞記者は、カウンターにもたれていた。警官はヘルメットをわきにかかえて、棒《ぼう》を飲んだようにつっ立っている。

ハッチさんが、最初に口を開いた。

「ジョニー、警察の方がおまえに話を聞きたいそうだ。きまりからいえば、おまえのおふくろさんが同席しなきゃいけないんだが、いまはサナトリウムに行っていると、おれが話をしておいた。警察が急いでサナトリウムに車で向かっているそうだが、しばらくは時間がかかるだろう。こちらの警官に質問されてる間、おれにそばにいてほしいかね？」

「うん」といってから、ジョニーはカバンをおろした。それから、警官にきいてみた。「だれが先生を殺したか、わかってるんですか？　先生の奥《おく》さんはだいじょうぶなの？」

「きみ、質問するのは、わたしのほうなんだよ」警官はせきばらいをしてから、記者に手をふった。

「ちょっと、どこかで待っててくれんかね？」

記者はふくれっつらで店の外に出ると、自分の車に乗りこんだ。

ハッチさんが店のドアを閉め、さしこみ錠《じょう》をおろす。それから、郵便局《ゆうびんきょく》の中に入って背《せ》の高いスツールを持ってくると、ジョニーに手を貸してすわらせてくれた。警官はヘルメットをカウンターに置いてから、手帳を取り出した。

「さて、ジョニー。きみは、ラングフォード先生と親しかったそうだね？」

「はい、ずっと。それに、母さんが先生のお屋敷《やしき》のそうじをしてたから」

「そうそう、きみのお母さんがね。あとで、そのことは話そう」

警官は、いったいなにをいっているのだろうと、ジョニーは首をかしげた。

「きみがラングフォード先生の屋敷に最後に行ったのはいつだね？」

ジョニーのほおが真っ赤になった。ハッチさんにあわせる顔がない。

「きのうの夕方だけど」靴《くつ》を見つめながら返事する。

ハッチさんがため息をついた。行くなっていってたんですよ、などと警官にいわなければいいが。

「お母さんといっしょに行ったのか？」と、警官がきく。

「ちがいます。ひとりで。この店から帰るとちゅうに」

「それは、何時ごろかね？」

「五時半ごろです。中に明かりがついてたみたいだけど」

「明かりだって？　屋敷のどこだい？」

「はじめは二階に。すぐに消えたけど。そのあとで、一階でも見えた気がして。だから行ってみてのぞいたんだけど、だれもいなかったんです」

「それは、たしかかね？　ほかに、なにか見たり聞いたりしなかったかい？」

「雨がふってたし、風もすごく吹《ふ》いてたから。でも、車の音がしたみたい」

「車の音を聞いたかもしれないんだね。大きな車？　それとも小さな車かい？」

「わかんないな」と、ジョニーはいった。「ほんというと、音が聞こえただけだったから。車の音だったかどうかも、はっきりしなくて」

「それで、きみがラングフォード先生の屋敷《やしき》に行っていた間、お母さんはどこにいたんだね？」

「うちです。ぼくが家にもどったら、母さんはもう帰ってました」

「それからあとは、ふたりともずっと家にいたのかい？」

「はい。っていうか、ぼくはいました。母さんは、出かけましたけど」

「どこに行ったんだね？」

「わかりません」

メモを取っていた警官《けいかん》は、顔を上げた。

「わからない？　お母さんは、いわなかったのかい？　お母さんはいつも、出かけるときにどこに行くか、きみにいわないのか？」

「いいます。いつもは。でも、ゆうべはちがったんです。母さんも、自分がどこに行こうとしてるのか、わかってなかったのかも。だって怒《おこ》ってたから。母さんとぼく、けんかしたんです」

「けんかねえ。なんでけんかしたんだい？」

なんと答えていいかわからなかった。エイダおばさんのことは話せない。ましてハッチさんがいっしょに聞いているのだから、いえるはずがなかった。だが、本当のことをいわなければいけないのはわかっていた。たとえ、ほんのはしっこのところだけでも。

「お金のこと。それで、母さんがサナトリウムに働きに行くっていうから、ぼくが怒って」

「ふうん。きみはどうして怒ったんだね？」

「だって、病気にかかっちゃうかもしれないもの。けど、母さんはどうしてもサナトリウムで働くっていいはるから。ラングフォード先生にお給料をもらってないから、お金がいるんだって」

警官は鉛筆《えんぴつ》の先をなめてから、またメモを取りはじめた。

「ははあ、お母さんはラングフォード先生にクビにされたんだな？」

「いや、ちがいますよ。けど、先生たちが、どこかに行っちゃったから。一か月もお屋敷に帰ってこなかったんで。でも、留守にするなんていってなかったし、母さんに給料をはらっていってくれなかったから」

「で、お母さんは、そのことに腹《はら》を立ててたんだね？」

「うーん、ちょっぴりはね。けど、母さんは怒ってただけじゃないんです。心配してました。ぼくも、母さんも。それに、かごとエプロンも取ってきたかったし。母さん、両方ともラングフォード先生のお屋敷に置いてきちゃったから」

「エプロンっていったね？　どんなエプロンだい？」

「ピンクの。花のししゅうがしてあって。母さんが自分で縫《ぬ》ったエプロンです」

警官《けいかん》はそこで質問をやめて、なにか手帳に書きつけた。それから、またたずねた。

「それで、お母さんが出かけたのは、ゆうべの何時ごろだね？」

「わかんないな。七時ごろだったかなって思うんだけど」

「それで、家を出るとき、お母さんは怒《おこ》ってたんだね？」

「はい。すっごく怒ってました」

「で、お母さんは何時ごろ帰ってきたんだい？」

「ぜんぜんわかんないんです。目をさましてようと思ってたけど、寝《ね》ちゃったから」

「じゃあ、おそかったんだね？」

「たぶん。ぼく、ずーっとベッドに横になってたから。風がやんでからも、ずーっと。時計が十時を打ったのをおぼえてるな」

「そして、今朝は？　お母さんは、ゆうべどこに行ってたか、きみに話してくれたのかね？」

「ううん、母さんに会わなかったから。今日から新しい職場に行くから、母さん、うちを早く出なきゃいけなかったんです」

そのとき、大通りをカンカン鐘《かね》を鳴らして走ってくるパトカーの音がして、三人はそっちに気をとられた。

「おふくろさんをここに連れてくるんだな」と、ハッチさんがいった。「これで、もうすぐ終わりってわけだ」

だが、パトカーはスピードを落とさずに店の前を走りぬけ、そのまま丘《おか》をのぼっていく。新聞記者が自分の車のエンジンをスタートさせて追っていった。ジョニーは、警官にきいてみた。

「母さん、あのパトカーに乗ってるの？」

「たぶんな」と、警官は答える。「屋敷《やしき》にいる刑事《けいじ》が、お母さんに話をききたいんだろう」警官は、ハッチさんのほうを向いた。「ハッチンソンさん、これは重大事件なんですよ。捜査《そうさ》は、ちっとやそっとでは終わらんでしょう。だから、だれにこの子のめんどうをみてもらうか、考えなきゃいけませんな」

どこかに連れていかれるのではと、ジョニーはぎょっとしたが、ハッチさんはそれは心配ないと警官に説明した。

「この子の家には、おばさんがいるんでね。おばさんがみてくれるから、だいじょうぶですよ」

いまこそ白状しなければと、ジョニーは思った。おばさんなんていないのだといわなければ。だが、そうしたら郵便為替《ゆうびんかわせ》や広告のことを話さなければいけなくなる。警官の前では、とても話せることではない。それに、家にだれもいないのが警官にわかってしまったら、知らないところに連れていかれて、母親がもどってくるまで知らない人たちに世話してもらわなければいけなくなる。口の中がからからになり、大きく呼吸《こきゅう》をするたびに胸《むね》がふくらんで苦しくなった。ジョニーはスッールから飛びおりるなり、ドアに向かって走った。

「母さんに会いたいんだ」さけびながら、ドアのとってを引っぱる。だめだ。さしこみ錠《じょう》がおりている。「母さんのところに行っちゃいけないの？」

「だめだ」警官《けいかん》は、きっぱりといった。「とんでもない話だよ」

ジョニーがどうしようもなく落ちこんでいるのが、ハッチさんにもわかった。ハッチさんはジョニーの肩《かた》をだいて、店のまんなかに連れもどした。

「いま、おまえとエイダおばさんに夕食を用意してやるからな」と、ハッチさんはいう。「うちにもどって、おふくろさんが帰るのを待ってるのがいちばんいいよ。ジョニーにきくことは、もうないんですよね？」

「いまのところはね」と、警官は答えた。「だがな、ジョニー。しっかり思い出してくれよ。きのうの晩《ばん》のことでなにかおぼえていないかどうか考えるんだ。もしなにか思い出したら、ここにいるハッチンソンさんにいうんだよ。そしたら、ハッチンソンさんが警察署《けいさつしょ》に電話するか、ラングフォード先生の屋敷《やしき》に知らせに来てくれる。それから、ほかの人にはぜったいに話すんじゃないぞ、ジョニー――とくに、さっきここにいた記者にはな。いいかね、わかったことはすべて、直接わたしたちにいうんだよ」

ハッチさんは警官を見送ってから、いったとおりのことをしてくれた。いろいろな材料をかき集めて、ふたり分の夕食を作ってくれたのだ。やっと自分がやったことを白状する機会がやってきて、ジョニーはほっとした。学校で暗記してきたスピーチをはじめなければ。エイダおばさんなど存在《そんざい》しないし、母親が帰ってこなければ自分は家でひとりぼっちになるといわなければ。「ハッチさん」ジョニーは、口を開いた。「ハッチさん、ぼく、話さなきゃいけないことが……」

車が店の外にキイッと停まった。さっきの新聞記者が、殺人現場からもどってきたのだ。ドアをドンドンたたいて、中に入れて電話を貸してくれといっている。ジョニーの告白は、こうしてまた先にのびてしまった。

新聞記者が新聞社のデスクに電話をかけるのを、ハッチさんとジョニーは耳をすまして聞いていた。記者は興奮《こうふん》のあまり身体をぴくぴく動かして、受話器を肩《かた》と耳の間にはさみ、べらべらしゃべりまくりながらタバコに火をつけようとしている。どうやら警官のうちのだれかが、新聞記者には話すなというルールをやぶったとみえる。

「思ったよりおもしろいことになってきたぞ」記者は、あらい息をつきながらしゃべっている。「犠《ぎ》牲者《せいしゃ》は、ふたりかもしれないんだ。ラングフォード夫妻の両方とも殺す動機を持ったやつがあらわれたんだよ。警察は家の中をくまなく捜査《そうさ》していて、明日の朝には庭を調べることにしている。容《よう》疑者《ぎしゃ》は、なんにも知らないというばかりで、二番目の遺体《いたい》の場所も白状しないが、警察はその女をひと晩じゅう調べるつもりだよ……なに？　そうそう、そのとおり。女だよ。容疑者は女性だ」

そのしゅんかんジョニーは、さっきの警官がなぜ自分にあんなにたくさんの質問をしたのかわかった。ウィニーが、母さんが、たいへんなことに巻《ま》きこまれてしまった。

21 酒場のホステス

新聞記者は、ジョニーが容疑者《ようぎしゃ》の息子《むすこ》だと、まったく気がついていない。それは、はっきりとわかった。ハッチさんが記者の話をジョニーに聞かせまいとして、声が聞こえないところまで連れていこうとしたとき、記者は電話の相手に明日の朝刊にのせる記事をべらべらとのべはじめたのだ。

「オッケー。用意はいいか。これからいうぞ。いい見出しをつけなきゃな。『血ぬられた二重殺人。容疑者は酒場のホステス』とか、そんなやつはどうだい」タバコをすいこんでから、記者はいいだした。ときどき手帳のメモに目を落としているが、しゃべりながら記事を作っているのは、明らかだった。

「きのうスタンブルトンで発見されたジャイルズ・ラングフォード氏の遺体《いたい》にまつわる謎《なぞ》は、深まるばかりである。ラングフォード氏は医師であったが、すでに退職している。明日の早朝から、警《けい》察《さつ》はラングフォード家の庭を徹底的《てっていてき》に捜索《そうさく》して、ラングフォード夫人の遺体を探《さが》す予定である。夫人のマリーさんも、冷酷《れいこく》な殺人事件のふたりめの犠牲者《ぎせいしゃ》ではないかと思われている」

記者はそこで言葉を切り、受話器のむこうでタイプを打っている人が追いつくのを待っている。

「ラングフォード氏はきのうの午後、血の海の中にたおれているところを発見された。その前に近所の人が屋敷《やしき》の二階の窓《まど》ガラスが割《わ》れているのを見つけた。彼女《かのじょ》は空《あ》き巣《す》だと思って通報したのだが、現場に到着《とうちゃく》した警官が見たところ、ガラスの破損箇所《はそんかしょ》は非常に小さく、窓自体もしのびこむには高すぎたし、むりやり侵入《しんにゅう》したようすは屋敷のどこにもなかった。警察は、ラングフォード夫妻が殺人者を屋敷の中にまねきいれたものと思っている。玄関《げんかん》と裏口《うらぐち》のドアのかぎが外側からかけられていたところを見ると、殺人者はかぎを持っているだれか、おそらく使用人のような者であろうと警察は見ている。以前にそうじ人としてラングフォード家にやとわれていた酒場のホステスが、昨夜《さくや》警察から事情を聴取《ちょうしゅ》された」

ジョニーは電話ボックスのほうに、よろよろと行きかけた。記者がしゃべるのを止めようとしたのだ。ウィニーは、本当は酒場のホステスではないし、ラングフォード家のかぎをあずかったことなど一度もないといわなければ。もしかぎを持っていれば、何週間も前に家に入って、先生たちがだいじょうぶかどうか、たしかめていたはずだ。けれども、ハッチさんがジョニーをがっちりとつかんで話すなといい、倉庫に引っぱりこんだ。記者は手帳のページをめくり、しゃべり続けている。

「ジャイルズ・ラングフォード医師（七二歳《さい》）は、一九一六年に当地で結核《けっかく》が大流行したときに尽力《じんりょく》したため、地元で非常に敬愛《けいあい》されている人物である。氏はロンドンにある聖《せい》バーソロミュー病院、およびフランスのリール大学で研鑽《けんさん》を積んだのち……」

ハッチさんは、倉庫のドアを閉《し》めた。

「あの男にしゃべっちゃいかん」ハッチさんは、声をひそめていった。「警官のいったことをおぼえてるだろ」ジョニーに、食べ物を入れた袋《ふくろ》をわたしてくれる。「さあ、うちで待ってるおばさんのところに帰るんだ。おれは店を閉《し》めなきゃならんから、もう少しここにいるよ」

「ハッチさん……」ジョニーはいった。おばさんなどいないのだと、ぜったいにいわなければ。これからぼくは、だれもいない家に帰るんです、と。「ハッチさん……」

だがハッチさんは、ジョニーを裏口《うらぐち》からおし出した。「さあ、早く行け、ジョニー。あいつが電話を切らないうちに。あの男にあれこれきかれたくないだろ」

しかたなくジョニーは家に走ってもどり、ふたり分の夕食が入った袋をテーブルの上に置いていすにすわったが、まったく食べる気がしなかった。家にひとりでいるのは、そんなにめずらしいことではない——このごろは、夜にウィニーが仕事に出ることが多かったから。けれども、その晩《ばん》ほどウィニーがいないさびしさを感じたことはなかった。さっき耳にしてしまったことが、頭の中をかけめぐっている。あんなことだけじゃ、母さんは犯人なんてことにならないさ。必死に自分自身にいいきかせたが、いや、そうなるかもしれないということは、ジョニーにだってわかっていた。それでもぜったいに、たとえいっしゅんたりとも、ウィニーが殺人をおかしたとは思わなかった。

目をつぶると、血の海に横たわるラングフォード先生のすがたがうかんでくる。奥《おく》さんのことも、心配でたまらなかった。庭のどこかに横たわっているのだろうか？　かわいそうな奥さん。ジョニーが嵐《あらし》の中を屋敷《やしき》まで行ったとき、奥さんはすでに庭にいたのだろうか？　奥さんの遺体《いたい》のそばを、ジョニーは歩いたのだろうか？　もしかして、あの明かりで自分は殺人者の影《かげ》を見てしまっているのでは？

　ジョニーは階段《かいだん》を上がって、自分の部屋に入った。なにかしなければ。なにかすることを探《さが》して、丘《おか》の上のおそろしい出来事と、ともすればまぶたにうかぶ、牢屋《ろうや》の中にいる母親のすがたを消し去らなければ。いつもならハッチさんに、私書箱《ししょばこ》九号にとどいた手紙の束をもらっていたところだが、その晩はなにもわたしてくれなかった。どうしてウィニーが、心配事があるたびにそうじゃかたづけをせっせとしていたか、いまになってわかった。ジョニーは、わずかな自分の持ち物をかたづけてから、ベッドを整えた。それから、通学用のカバンの中身を出した。宿題はもうすませていた（歴史の授業中《じゅぎょうちゅう》に）。家に帰ってから新しい広告を考えなければならないので、さっさと終わらせておいたのだ。いつもの晩だったら、ベッドに入るまでのこの時間は、じっくりと広告の文面を考えることができただろう。だが、その晩はちがった。他人をだましてお金を巻《ま》きあげるために、バカみたいなジョークを考えることなど、とてもできない。なぜなら、今度の事件は、なにもかも自分のせいで起こったからだ。ジョニーにだって、それくらいわかっていた。もしエイダおばさんなんか、でっちあげなかったら。もし新聞広告なんて出さなかったら。もし、ウソをついたりしなかったら。そしたら、きのうの晩ウィニーが怒《おこ》って外に出ていくことはなかったし、こんなことにはなっていなかったのだ。

　ジョニーは、母の寝室《しんしつ》のドアをあけた。このごろはめったになかったが、小さいころはよく母のベッドにもぐったものだ。こわい夢《ゆめ》を見るといつもだきしめてキスをしてもらい、恐怖《きょうふ》を追いはらってもらった。ウィニーの寝室《しんしつ》は、見事なくらいきれいに整頓《せいとん》されていた。かたづけるものなど、なにもない。ベッドのわくに、ウィニーのねまきがかかっていた。まだ、母のにおいがする。ジョニーはねまきをベッドに広げ、そのわきに横になった。涙《なみだ》がどっと出てきた。ジョニーは、胸《むね》が痛《いた》くなるほど泣いた。

気がつくと朝になっていた。まだ前の日に着ていた服のままで、ウィニーのベッドにかけてあるベッドカバーのもようがほおについていた。もう起きなければならない時間だった。

22
血まみれのエプロン

ハッチさんには来るなといわれていたが、ジョニーは店に行った。だが、ハッチさんは朝刊を配達させてくれなかった。ハッチさんが配達に出ている間に、ジョニーはカウンターに置いてある売り物の新聞を読んだ。ほとんどの新聞記事は、ジョニーがすでに知っていることを短くまとめたもので、新しいことはなにも出ていない。いくつかの記事は、前にジョニーが何度も見たことのある文章でしめくくってあった。

――ある女性が警察《けいさつ》に協力して、質問に答えているところである。

なあんだ、この「女性」が犯人ってことじゃないか、笑っちゃうなと、読むたびにジョニーは思ったものだ。だが、いまやこの文章は、不吉《ふきつ》なひびきを帯びている。記事にある「女性」とは、自分の母親のことなのだ。

ジョニーは、母親に会いたくてたまらなかった。母さんが無実だってわかってるよ、といいたかった。なにか必要なものはないかきいてみなければ。警察署《けいさつしょ》は、店からそれほど遠くなかった。出かけていっても、ハッチさんが朝刊の配達を終えるまでには、ぜったいにもどってこられる。店にかぎをかけないで出るのは悪いなと思ったが、ハッチさんだってわかってくれるにちがいない。

ジョニーが警察署《けいさつしょ》の中に入るのは、初めてだった。いろいろな人が出たり入ったりするのを見ることはあった。けれども、警察署のドアはスウィングドアだから、人が出入りするたびにすぐに閉《し》まってしまう。ドアのむこうは、どんなふうになっているのかなと、ジョニーはよく想像してみた。檻《おり》がずらりとならび、逆上《ぎゃくじょう》した囚人《しゅうじん》たちが鉄格子《てつごうし》をゆすっている。それをおそろしげな看守《かんしゅ》たちがどなりつけ、だれひとり逃《に》がすものかと警棒《けいぼう》をかまえている。だから、警察署の中が「スタンプルトン・エコー」の事務室とそっくりなのを知って、ジョニーはちょっとばかりがっかりした。囚人がいる気配など、どこにもない。

ジョニーが入ったところは、黒っぽい木のカウンターがある小さな部屋だった。カウンターにはだれもおらず、銀色のベルと「ご用の方は、ベルを鳴らしてください」と書いたメモがあるだけだ。ジョニーはベルを鳴らした。なにも起こらない。どうしたらいいんだろう？　二回鳴らして怒《おこ》られるのはいやだったが、もしだれにも聞こえなかったのだったら？　ともかく待ってみようと思い、かたい木のベンチに腰《こし》かけてポスターを読むことにした。ポスターには、無灯火《むとうか》で自転車に乗った場合、どんな罰《ばつ》になるかが書かれている。

もう一度ベルを鳴らそうと手をのばしたとき、カウンターのむこう側にあるドアがあいて、大きな図体の警官がおしりでドアをあけながらうしろ向きに入ってきた。ティーポットとマグカップを手に持ち、ぶあついジャムつきパンを口にくわえている。こちらにふりかえった警官は、ジョニーに気づいた。カウンターにジャムつきパンを落とし、ティーポットを置く。

「気がつかなかったな」警官は、ふきげんそうにいう。「ベルを鳴らせばよかったのに」

ジョニーは、鳴らしましたといおうとしたが、いいかえしていると思われるのもいやだった。警官が口ごたえなんかゆるさんと思っているのが、空気でわかる。

「なんの用だね？」警官は、腹立《はらだ》たしげにカウンターに落ちたパンをつまみあげた。あいにく、ジャムをぬったほうが下になっている。

「すみません。母さんに会いたいんですけど」

「母さんって、だれのことだね？」

「ウィニフレッド・スワンソンです」と、ジョニーは答えた。「いま、警察の質問にいろいろ答えて、協力してるとこなんだけど」

ウィニーの名前を聞いたとたん、警官は背《せ》すじをのばし、かたくるしい口調で話しだした。

「スワンソン夫人は、たしかに署にいる。だが、面会はできん。留置されてる者に、子どもを会わせたりできないんだ。ここは、遊び場じゃないんだからな。大人の家族や親せき、または法的な代理人だけだよ、面会できるのは」

「けど、母さんには、大人の親せきなんていないから」

「バカなことをいうな。大人の親せきがいない人間なんて聞いたことがない」

「だけど……」ふたたびジョニーは、その場の空気でわかった。警官といいあらそっても事態は悪くなるばかりだ。そこで、代わりにきいてみた。「母さんは、いつ家に帰ってくるんですか？」

「しばらくは帰れんと思うよ。わたしの立場ではいえんのだがね。おまえのおふくろは、深刻《しんこく》な立場に置かれているんだ。殺人は、極刑《きょっけい》に値《あたい》する罪だからな」

極刑。ジョニーは、それがどういう意味か知っていた。だが、警官《けいかん》の口からその言葉が発せられるまで、ウィニーが死ぬかもしれないとは思っていなかった。自分でもそれは、みとめないわけにはいかなかった。極刑とは、絞首台《こうしゅだい》のこと。殺人者は、しばり首にされるのだ。きのうの晩《ばん》、あれほど苦しんだり悲しんだりしたにもかかわらず、母親を永遠に失うかもしれないという考えは、頭にちらっともうかばなかったのだ。ふいに、全身にどっと汗《あせ》が出てきた。胃《い》からすっぱいものがこみあげ、のどにつまる。きのう、ひと晩じゅうウィニーと話したのなら――ウィニーが、どんなにおとなしくて、やさしい人かわかったら、そしてウィニーの口からすべてを聞いたら――いくら警察だって、ウィニーが罪をおかしたとは思わないのではないだろうか？　それなのに、目の前にいる警官は、それもありえると思っているらしい。おそろしいまちがいじゃないか。そういおうとしたジョニーを、警官がだまらせた。

「さあ、帰れ。わたしはいそがしいんだよ」

「お願いです。母さんに、ぼくが来たって伝えてくれませんか？　ジョニーが来たって」

「そんな伝言ができるほど、わたしはひまに見えるかね？」

はい、と答えようと思ったがやめておいた。

「けど、もし母さんが、ぼくのことをきいたら……」

どうもいいすぎたようだ。警官はうんざりした顔をしている。早く、朝食のパンを食べたいのだ。

「いいかね。わたしには仕事があるんだよ。それに、おまえだって学校に行かなきゃならんだろう?」

「でも……」それ以上いってもしかたがない。「母さんに、よろしくいっといてください」

ジョニーは大声でいうと、スウィングドアから外に出た。そして、泣きながら店に走ってもどった。頭の中は、牢獄《ろうごく》の中でひとり死刑になるのを待っている母さんのすがたでいっぱいになっていた。


ハッチさんは真っ青な顔で朝刊の配達からもどってくると、口の中で悪態をつぶやいた。

「ジョニー、気をつけろよ。おふくろさんが有罪だってきめつけてる連中が、そこいらにいるんだ。まだ、逮捕《たいほ》もされてないのにな。今朝、おれが聞いたことは、おまえにはぜったいに聞かせられんな」

「母さんは、やってないんです。ハッチさん」

「おれだって、わかってるさ。おまえのおふくろさんに、そんなまねができるもんかね。けど、警察はじゅうぶんな証拠《しょうこ》があるって思いこんでる。ほかに犯人がいないかどうか、調べようともしていない。もし警察がなにを証拠としているかわかったら、たぶん犯人はほかにいるって証明できるんだが」

「どうやったら、それができるの?」

「そうさな、腕《うで》のいい弁護士にたのむだけの金がおふくろさんにあったら、そいつがぜんぶ調べてくれる。だが、そんな金はあるはずがない。だから、おれとおまえとでやるっきゃないな」

だれかが、店のドアをたたいている。

「九時まで、店はあけねえよ」ハッチさんが、顔も上げずにどなる。だが、ノックはやまない。あの新聞記者が電話を貸してくれと、きざなジェスチャーでいっているのだ。

「あいつを入れたほうがいいかもしれんな」と、ハッチさんはいった。「とにかく、なにか新しいことを知ってるかもしれない。おまえは倉庫に入って出てくるな。おまえがここにいることを、あいつに知られたくないんだ」

ハッチさんはドアをあけるとすぐに、記者のきげんを取るような口ぶりでいった。

「すまなかった。あんただって気づかなかったもんだから。ずいぶん早いんだねえ」

「この事件の記事を書くには、早い者勝ちってことよ」と、記者はいう。「早い版に、できるだけたくさん情報をぶちこみたいからね。警察《けいさつ》が逮捕《たいほ》してみろ。あの女が法廷《ほうてい》に出てくるまで、なんにも書けなくなっちまう」

「で、逮捕まで、どれくらい時間があるんだい？」

「そうだな、警察があの女を拘束《こうそく》しときたいと思ったら、ただちに再留置の審問《しんもん》ってのをしなきゃならん。そしたら裁判所《さいばんしょ》が禁じてくるから、あんまり記事が書けなくなっちまうんだよ。警察は、あの女を留置場に入れてる間に調べて立件できるが、これからの裁判に影響《えいきょう》をあたえるからってんで、すべての事実を新聞にのせることはできなくなるってわけさ」

「で、警察は彼女《かのじょ》できまりだと思ってるのかね？」と、ハッチさんはきいた。

「おれには、そう見えるね。殺人があった夜にあの女は目撃《もくげき》されてるし、そいつのエプロンが現場にあったんだ。医者の血にぐっしょりぬれてね。まったく、犯罪をやらかしそうなタイプだよ、あの女は。ミス・デンジャーフィールドってばあさんに、話を聞いたんだけどさ。あの女のことを、すっかり話してくれたよ」

　ジョニーはかくれている倉庫から飛びだして、記者をなぐろうかと思った。ミス・デンジャーフィールドがどんなにいやらしい、残酷《ざんこく》なばあさんかということだけでも教えたい。だが、なんとかがまんして新聞記者の話に耳をすました。

「それに、あのスワンソンって女には、動機があるんだ。警察は、彼女がなぜラングフォード医師の屋敷《やしき》に行ったか、その理由をつかんだんだよ。あの女は、ラングフォード夫妻に給金をはらってもらわなきゃいけなかったんだ」

　ジョニーの全身に、また心臓《しんぞう》が凍《こお》るような、あの電撃的《でんげきてき》なショックが走った。身体がガタガタとふるえ、口がかわく。なぜ母親にラングフォード夫妻を殺す動機があると警察が思ったのか、そのときさとったのだ。自分が教えたからだ。きのうの晩《ばん》、ジョニーは警官に、ウィニーが給金をはらってもらっていなかった、そして腹《はら》を立てて家を出ていったといった。それなのに、なぜウィニーが腹を立てていたかは、あえて話さなかった。しかも、ウィニーのエプロンのことまでしゃべったのだ。ピンクで、きれいなデージーのししゅうがあることまで。つまり、ジョニーはミス・デンジャーフィールドとおなじくらい、警察《けいさつ》に協力してしまった。こともあろうに、自分の母親が殺人者だと、警察に信じこませてしまったのだ。

記者は、電話ボックスに入った。ドアは閉《し》めているが、新聞社にいる上司になにを話しているか、ハッチさんとジョニーにはすっかり聞こえていた。記事をおもしろくするために、今度はおまけまでつけている。上流社会の人たちの話も、つけくわえていた。英霊《えいれい》記念日に、ラングフォード夫妻が、若《わか》きベネット氏とその婚約者《こんやくしゃ》を夕食に招待《しょうたい》したと容疑者《ようぎしゃ》が話しているということも。医師夫妻が生きているのを目撃《もくげき》されたのは、その日が最後だった。これから刑事《けいじ》たちは、町いちばんの金持ちで有力者であるベネット氏の大邸宅《だいていたく》に車で行き、話を聞くことになっていると、記者は話した。

「だから、急いでるんだよ」電話口で、記者はどなっている。「警察より先に、ベネット邸に着きたいからな」

それを聞いたとたん、ジョニーはあることを思いついた。捜査《そうさ》をしている刑事たちに近づくチャンスが来た。警察がつかんでいることをつきとめ、自分の母親は殺人などおかすはずはないと、なんとか刑事たちにわかってもらわなくては。

23　ベネット邸で

ハッチさんになにもいわずに、ジョニーは店から飛びだした。新聞記者が受話器を置くより先に走っていったのだ。記者の車の後部座席《ざせき》にもぐりこむと床《ゆか》にしゃがみこみ、座席の上にある紙やなにかを頭の上にのせる。これですがたが見えなくなるといいが。一分後に記者が運転席に乗りこみ、まずタバコに火をつけてから車を出した。ジョニーは床にぴったり耳をつけていたので、車が大通りをザアーッと走りぬけてから、ガタゴトと石ころだらけの田舎道《いなかみち》にさしかかったのがわかった。タイヤが水たまりに入るたびに、ビシャッとはねがあがる。それから、小石の敷《し》かれた小道をギシギシと走って、ベネット氏の広大な邸宅の前で停まった。

記者は、ドアをあけたまま車からおりていった。座席の下のすきまからジョニーが見ていると、記者はベネット氏の車を洗《あら》っている男に話しかけている。記者は、車のボンネットをなでた。

「たいへんな車だな。ロールスロイス、ファントムⅡだね?」

「気をつけろよ」男はかみつくようにいってから、記者のさわったところをもう一度ふく。「いま、みがきあげたばかりなんだぞ」

「これは失礼。手入れをするのも、ひと苦労だろう?」

「たしかにエンジンは上等だが、手入れはほかの車とおんなじだ。田舎道《いなかみち》を走ったら、どろはねをきれいにしなきゃいかん。今日の午後までにぴかぴかにしておけって、若《わか》だんなにいわれたんでね」

「若だんなは、どこかへ行くのかい？」

男は手をとめ、記者をいぶかしげに見上げる。「あんた、だれだよ？　どうしてそんなことをきくんだい？」

記者は、男に近寄ってタバコをすすめた。そのせいで、ジョニーは記者と男の話をぜんぶは聞けなくなったが、ときおりもれてくる言葉によると、どうやら記者はベネット氏についてあれこれきいたり、家の中に通してくれとたのんだりしているようだ。もしうまくいかなかったらと、ジョニーは気がもめてきた。記者が追いはらわれるようなことになったら、こっそり車に乗ってきたのも水のあわになってしまう。そこでジョニーは、後部座席《ざせき》の反対側にもぞもぞと動いていき、音を立てないように注意しながらドアをあけた。車からこっそりとはい出して、玄関《げんかん》わきにある花壇《かだん》のしげみに身をひそめる。しげみといっても、冬なので葉がまばらに残っているだけだ。記者がちょっとふりかえれば、ジョニーがちぢこまってかくれているのが見えてしまうだろう。そのとき、警察《けいさつ》の車が一台やってきて、花壇のすぐわきに停まった。助かった。これで記者からは見えなくなった。

警察の車から男がひとりおりた。ばかでかい足が、ジョニーの頭のすぐそばの土をふみしめる。ふつうの靴《くつ》をはいていた。制服の警官がはいているようなブーツではない。男の茶色いレインコートが、ジョニーの顔をさっとかすめた。ジョニーはぎょっとなったが、その男が来てくれてよかったと思った。この人は、ただの警官ではない。ふつうの服装《ふくそう》をした腕《うで》ききの刑事《けいじ》で、ふつうの警官よりずっとえらい人だ。もっとも腕ききのくせに、うれしいことにジョニーがかくれているのには気がついていない。刑事はロールスロイスにつかつかと歩みよると、記者をきびしくしかった。記者は自分の車にもどって、走り去った。別の刑事が玄関のベルを鳴らし、出てきた執事《しつじ》になにごとか話している。執事は刑事たちを中に入れ、玄関の扉《とびら》を閉《し》めた。ジョニーは、ふたたび車をみがきはじめた男に見つからないように、身をかがめて壁《かべ》づたいにぐるりとまわった。邸宅《ていたく》の中に入れる場所が、どこかにあるといいのに。

裏口《うらぐち》のドアがあいている。近くにだれもいない。刑事と話している執事の声が、遠くから聞こえてくる。

「おそれいりますが、こちらで少々お待ちいただければ、あなたさまが訪《たず》ねていらしたとベネットさまに伝えてまいります」

ジョニーは裏口からしのびこみ、執事の声がするほうに向かっていった。使用人たちの使っている邸宅の裏側から表側に通じる暗いろうかを通っていくうちに、くすんだ色のリノリウムの床《ゆか》がみがきあげた大理石の床に変わった。ジョニーは立ち止まった。そこから先は、円形の広い玄関ホールになっている。ホールの周りにはドアがぐるりとならび、ガラスのドームから明かりが差しこんでいた。ならんだドアのひとつから執事が出てくると、反対側にあるドアにまっすぐに歩いていく。最初の部屋に刑事たちがいて、反対側の部屋にベネット氏がいるんだなと、ジョニーは思った。左手の壁《かべ》に、凝《こ》ったデザインのコートかけが取りつけてある。刑事《けいじ》たちのいる部屋のドアから、それほど遠くないところだ。コートかけにかけてあるのは、英霊《えいれい》記念日にベネット氏が着ていたオーバーと、ガールフレンドが着ていた丈《たけ》の長い毛皮のマントだ。そのとき声が聞こえた。ベネット氏と執事《しつじ》はいまにも部屋を出て、玄関《げんかん》ホールに出てこようとしている。ジョニーがそのままそこにいたら、見つかってしまう。かといってろうかにもどったら、なにをいっているか聞こえなくなる。とっさにジョニーは玄関ホールの壁ぎわを走って、毛皮のマントのうしろにかくれた。マントはジョニーの身体をほとんどかくしてくれたが、あいにく床《ゆか》にとどくほどは丈が長くない。ジョニーは片《かた》手《て》をのばしてかけ釘《くぎ》をにぎり、ひざを曲げて足をかくした。間一髪《かんいっぱつ》で間にあった。ベネット氏が出てきたのを刑事たちが聞きつけ、玄関ホールに出てきたのだ。さあ、こうなったらジョニーは、こそりとも動くことはできない。体重がかかっているほうの腕《うで》がつっぱって痛《いた》くなったので、壁に両足をついてこらえた。もう片方の手で毛皮のマントをさぐると、わきのあたりに細長い切りこみがある。たぶん、そこから手を出すのだろう。ジョニーは切りこみに、そろそろ顔を近づけた。毛皮が鼻をくすぐるが、これで外を見ることができるようになった。執事は、いやな顔をしている。なぜ刑事たちは指示した部屋にいないのかと苦々しく思っているのだろうが、ジョニーにとってはもっけの幸いだった。ドーム状の玄関ホールは声がよくひびくので、話していることをすべて聞きとることができた。

「もういいよ、マックスウェル」とベネット氏にいわれると、執事は「かしこまりました、だんなかのほうにすたすたと去っていった。
さま」と反射的《はんしゃてき》に頭を下げた。それから、毛皮のマントをかすめるようにして、使用人が使うろう
フレデリック・ベネットは起きたばかりと見え、まだガウンを着ていた。朝食をとっているとき
に執事のマックスウェルに刑事が会いにきたと告げられたので、片手に朝刊を、もう片手にトース
トを持ったまま玄関ホールに出てきたのだ。
「ひどい事件だな」ベネット氏は、殺人事件の記事をトーストで指した。「ラングフォードは、わ
が家のかかりつけの医者でね。きみたちがここに来たのも、だからなんだろう?」
「そのとおりですよ」ふたりの刑事のうちの年かさのほうがそういって、自分はグリフィン警部《けいぶ》だ
と名乗った。「この一か月、ラングフォード夫妻がどこに行っていたのか、もしごぞんじなら教え
ていただけないかと思いましてね。たしか、あなたとあなたの婚約者《こんやくしゃ》の方が、十一月十一日に夫妻
と夕食をとられたとか」
「おっしゃるとおり」と、ベネット氏は答えた。「だが、カーマイケル嬢《じょう》とぼくは、婚約なんかして
ないんだよ、警部さん。いままでだって婚約したことはないし、うれしいことに、これからだって
するつもりはない。カーマイケル嬢は、ロンドンのゲイエティ劇場《げきじょう》にもどって舞台《ぶたい》に出ているよ」
警部はなるほどという顔で、にやりと笑った。金持ちの青年がショーやレビューに出ている若《わか》い
女にいっとき夢中《むちゅう》になるのは、よくある話だ。警部は、もとの話にもどった。「ラングフォード夫
妻が行方をくらます前、最後に会ったのがあなたのようなんですが」

「行方をくらます？」トーストを食べ終えたベネット氏は、口からパンくずを吹《ふ》き出《だ》した。「あの夫婦は、行方をくらましてなんかいないよ、警部《けいぶ》さん。いったいどうしてそう思ったのかね？　そうじゃない。ふたりは、フランスに行ったんだ。あわただしく出かけてったのはたしかだが、わたしにはフランスに行くって話してたよ」

若《わか》い刑事《けいじ》が手帳を出して、ベネット氏の話の続きをメモに取りはじめた。

「いっしょに夕食をとった晩《ばん》に、そう話してた。はっきりおぼえてるよ。ぼくとカーマイケル嬢《じょう》があの屋敷《やしき》にいたとき、ラングフォード夫人に電話がかかってきたんだ。フランスにいる夫人の親せきの――おそらくいとこだろう――病気の容態が悪くなったってね。それでふたりは、フランスに行くことにしたんだよ。病人の診察《しんさつ》をするためにね。親せきに引退した医者がいるってのも、こういう場合にはけっこう便利なもんだね」

「そうでしょうな」グリフィン警部はうなずく。「では、ふたりともたしかにフランスに行ったと、そういうわけですな？」

「ああ。だがラングフォード夫人が、夫が帰国の途《と》についたと書いてよこしたな。この間、そんな手紙が来たんだ。まだ、持ってるはずだが。探《さが》してみようか？」

「それはご親切なことで」と、警部はいった。事件を解く糸口が見つかったと喜んでいるはずだが、うれしそうなようすをみじんも見せまいと思っているように、ジョニーには見えた。

「それじゃ、こちらへどうぞ」ベネット氏は、三番めの部屋に警部たちを通した。コートかけのすぐそばの部屋だ。三人がそろって中に入ると、ジョニーは床《ゆか》に足をおろして痛《いた》んでいる手をふるった。それから、そろそろと部屋に近づいて、戸口からのぞいてみた。その部屋は、ベネット氏の書斎《しょさい》だった。ベネット氏は窓《まど》のほうを向いて、つくえの上にある書類の山の中から手紙を探している。グリフィン警部と若い刑事は、ベネット氏の両横に立っていた。三人ともドアに背《せ》を向けているので、ジョニーはほっとした。

「ここのどこかにあるはずなんだが」と、ベネット氏はいっている。「受け取ってすぐに捨《す》ててれば別だけど。正直いって、受け取ったときにちらっと目を通しただけだからね。なにしろ、そのときはそんなに大事な手紙だと思わなかったから」

「そうでしょうとも」と、グリフィン警部はうなずいている。「でも、よろしければ探していただけるとありがたいんですが」

「父が亡《な》くなってから、おそろしい数の手紙を受け取ったもんでね。悔《く》やみ状《じょう》とか、家業についての手紙とか、いろいろね。父の死から一年以上たってるのに、まだうまいぐあいにいってないんだよ。請求書《せいきゅうしょ》や報告書だって、うんざりするほど来て――株価《かぶか》の報告書とか、もちろん相続税《ぜい》とかね。どんなふうか、わかると思うけど」

警部はお気の毒にというように鼻を鳴らし、ベネット氏はなおも書類の山をかきわけている。

「あった！　運がいいぞ」ベネット氏がそういって、一枚《まい》の紙をつまみあげてみせた。「残念ながら差し出し人の住所は書いてないが。書いた日付だけだ――一九二九年十一月三十日（金）だね」

ベネット氏は、つくえの上から銀の額に入ったカレンダーを持ちあげて調べた。「だから、ちょっと待てよ。この手紙を出してから、明日で二週間になるってことだ」

「まさに、そのとおりですな」と、グリフィン警部《けいぶ》がいった。「おかげさまで、少なくともその日にラングフォード夫妻がどこにいたかということだけはわかりました。おそれいりますが、日付以外のところも読んでくださいませんか」

ベネット氏は、手紙の中味を読みはじめた。

「フレデリックさま、手紙をさしあげるのが、たいへんおそくなりまして、もうしわけございません。けれども、ごぞんじのように、あわただしくフランスに旅立ちましたものですから。あなたさまがエンバリーのサナトリウムに多大なご寄付をしてくださいましたことについて、あらためましてジャイルズとわたくしから、心よりお礼をもうしあげます……」

ベネット氏は最後の文を読んでから、自分がつつしみ深いところを見せるために、わざとらしくコホンとせきばらいしてみせた。

「ぼくは、ラングフォード医師や彼《かれ》の仲間が、サナトリウムでしている仕事にとても感銘《かんめい》を受けたんだよ。TBってやつは、まったくやっかいな病気だからな。分に応じた援助《えんじょ》をするのは、当然のことじゃないかね」警部たちがうなずくと、ベネット氏は先を読みはじめた。今度は、書斎《しょさい》の中を歩きまわりながら読んでいるので、ジョニーは見つからないようにちょくちょく頭を引っこめなければならなかった。

「あのように多額のご寄付をいただけるとは、思ってもおりませんでした。わたくしどもが夕食におまねきいたしましたのは、あなたさまと、あなたさまのすてきなお友だちと楽しいひとときを過ごしたかったからで――ふん、たいしてすてきなお友だちじゃないってことが、わかったわけだがね。けど、そんなことはどうでもいい……わたくしのいとこの病いは――ああ、ぼくの思ったとおりだ。いとこだったんだな――わたくしのいとこの病いは、おかげさまでかなり快方に向かっているものですから、夫は十日くらいたったらイギリスに帰国するともうしております」

若《わか》い刑事《けいじ》は、グリフィン警部よりしゃれた服装《ふくそう》をしていたが、刑事にしてはずいぶん無口だなとジョニーは思っていた。そのおとなしい刑事が、ここで初めて口をはさんだ。

「すべてが、ぴったりと合いますね。ラングフォード医師は火曜日に殺されたんだから。手紙が書かれた日から、ちょうど十日めだ」

グリフィン警部はまだジョニーに背《せ》を向けていたが、怒《おこ》ったようにさっと手をふった。若い刑事がベネット氏の話を中断したので腹《はら》を立てたんだなと、ジョニーは思った。それからグリフィン警部は、ベネット氏にうやうやしく手をふって、どうぞ続けてくださいとうながした。

「けれども、わたくしのほうはもう少しフランスにとどまって、看病《かんびょう》したいと思っております。来週、わたくしといとこはアヴィニヨンをはなれて――ああ、アヴィニヨンね。なるほど。ふたりは、アヴィニヨンに行ったわけだ――田舎《いなか》のホテルにまいります。わたくしは、クリスマスが過ぎるまで、そこに滞在《たいざい》する予定でございます。あなたさまの慈愛《じあい》あふれたお心づかいに、ここでもう一度お礼をもうしあげます。あなたの友、マリー・ラングフォード」

ベネット氏はびんせんを折りたたんで、グリフィン警部《けいぶ》に差し出した。「役に立つようだったら、どうぞ」

警部は頭を下げて、びんせんを受け取った。それから、ざっと目を通している。「つまり、ラングフォード夫人は、海外にいるということですな」

「そう。なにはともあれ、ひと安心ってところだね」ベネット氏はいう。「彼女《かのじょ》が無事なのは、ほぼ確実なんだから」

ジョニーは、わくわくするほどうれしくなった。少なくとも、ひとつだけ心配ごとがへったというわけだ。

グリフィン警部もうなずいている。「おそらく新聞でお読みになったことと思いますが、わたしたちはひょっとしたらと思って、もうひとつの遺体《いたい》を探《さが》してたところなんですよ。もう捜索《そうさく》を中止してもいいでしょう。けれども、ご夫君が亡《な》くなったということを夫人に伝えなきゃなりませんな。お気の毒だが」

「どうやって彼女を探すんだね?」ベネット氏がいいだした。「もうアヴィニヨンを発っているだろうよ。この手紙でわかるのは、夫人がフランスの田舎《いなか》にある、どこかのホテルにいるってことだけだから。それじゃあ、探すっていってもね」

ここで、若《わか》い刑事《けいじ》がまた口をはさんだ。

「そうですよね。おまけに、彼女がアヴィニヨンのどこにいたのかもわからないし。もしわかってたら、そこにいる人たちにラングフォード夫人といとこがどこに行ったのかきけますけど」

グリフィン警部は、若い刑事の言葉をさえぎった。「ところで、封筒《ふうとう》はまだ持っていらっしゃいますか？　おそらく封筒に差し出し人の住所が書かれていると思うんですが。イギリスとはちがって、ヨーロッパ本土のほうじゃ、差し出し人が封筒に自分の名前を書くって話ですから。消印だけでも役に立つんでね」

「残念だな、警部さん。封筒はやぶいたらすぐに暖炉《だんろ》で燃やすことにしてるんだよ。さもないと、紙の海でおぼれちゃうんでね」

「そうでしょう、そうでしょう。それにしても残念ですなあ。ラングフォード夫人を見つけるには、かなり時間がかかるだろうなあ」

「どこにいるとしても、イギリスの新聞を読まずにいてくれればいいが。新聞で夫の死を知るというのは、つらいことだろうからね」

「そうですとも。けれど、わたしどもが最善《さいぜん》をつくして夫人を探しだし、できるかぎりおだやかに夫君の死を伝えるつもりですよ。さて、これ以上お話をうかがうこともないようですから」

その言葉を受けてベネット氏が、警部たちを表玄関《おもてげんかん》のドアのほうに案内しはじめた。ジョニーは、間一髪《かんいっぱつ》マントのうしろにもどった。ベネット氏はドアをあけながら、なにげない調子で刑事たちにきいている。「新聞によると、容疑者《ようぎしゃ》をつかまえたということだが。いったいどんなやつなのか、きいてもいいかい？」

「それはその、厳密《げんみつ》にいえば口外してはいけないことになってるんですがね。だが、おそらく今日じゅうに逮捕《たいほ》するでしょうから。容疑者《ようぎしゃ》っていうのは、ラングフォード家のそうじをしていた女なんですよ。スワンソンっていうんだが。ごぞんじですか？」

「口をきくような仲じゃないけどね。だが、わたしの借家人のひとりだよ。ダグマウス横丁にある、うちの貸し家の一軒《けん》にいるんだ。いま、あの通りの家を改築《かいちく》しようと思ってるところなんだが」

家を改築して、家賃《やちん》を値上《ねあ》げする口実にするんだなと、ジョニーはいってやりたくなった。けれども、玄関《げんかん》ドアのところに立っているベネット氏がこう続けたので、口をつぐんだ。「おかしな話だが、いま考えてみると、あの日の夕食の席でラングフォード夫人は、そのスワンソンのことを話してたよ。その女が、ラングフォード家以外にも仕事口を探《さが》しているとか。ぼくの屋敷《やしき》でやとってもらえないだろうかときかれたな。ウィニー・スワンソンが金に困《こま》ってたのは、たしかだよ」

「わたしたちもそう聞いています」グリフィン警部《けいぶ》は、別れの握手《あくしゅ》をしようと手を差し出した。

「この事件の核心《かくしん》は、おそらく金ってことでしょうな」

「人間が金のためにどんなことをやらかすか考えると」ベネット氏は、かぶりをふりながらいう。

「まったく信じられないな」

ジョニーは警部たちに話をして、母さんが無実だとなっとくさせたかった。そのためにベネット邸《てい》に来たのだから。けれども、それには自分がこっそりかくれて、警部たちの話をぬすみ聞きしていたということを白状しなければならない。いっしゅん、勇敢《ゆうかん》なジョニー——母さんのためにはなんだってやるという気概《きがい》にあふれたジョニーが、警部たちの前に出ろと背中《せなか》をおした。けれども次のしゅんかん、警部たちにどやしつけられるかもという恐怖《きょうふ》が勇敢なジョニーに打ち勝った。この場でつかまりでもしたら、ウィニーの立場がますます悪くなるぞと、自分にいいきかせることまでしたのだ。けっきょくジョニーは、マントのうしろにかくれたままでいた。

ドアが閉《し》まり、警察の車がベネット邸を去っていく音がした。ジョニーはさっきの決断を、すぐに後悔《こうかい》した。警部と会って話をする機会を逃《のが》してしまったうえに、まだつかまる危険《きけん》が残っているのだ。ベネット氏が玄関ホールにいる間、ジョニーは毛皮のマントのうしろから一歩も出ることができない。ベネット氏が自分のほうに近づいてくるのを、ジョニーは感じた。またマントの切りこみからのぞいてみると、見えたのは、こっちをじっとにらみつけているベネット氏の目だった。その目は、さげすみに満ちている。ジョニーは、はっと息をのんだ。ベネット氏はすぐに緊張《きんちょう》を解き、ろうかのほうをふりかえると、執事《しつじ》に大声でいった。

「マックスウェル！　コーヒーをいれなおして、朝食の間に持ってきてくれ！」

ベネット氏は、もう一度朝食を取ろうと歩きだす。ジョニーはやっと肩《かた》の力をぬいた。すると、ベネット氏は足を止め、もう一度どなった。

「それからマックスウェル！　その毛皮のマントをかたづけろ。カーマイケル嬢《じょう》は、もどってこないからな」

「かしこまりました」マックスウェルが遠くの台所から、大声で返事する。ジョニーは、あわてふためいた。ベネット氏が玄関《げんかん》ホールにいるうちは、出ていくことはできない。かといって、マックスウェルがやってきてコートかけから毛皮のマントをはずすまで、じっと待っているわけにもいかなかった。ベネット氏が朝食の間にゆっくりと歩いていくのを、ジョニーは息をつめて見守った。

すると、次のしゅんかん、ろうかをやってくるマックスウェルの足音が聞こえた。マックスウェルは、コートかけにまっすぐ向かってくると、毛皮のマントを上から下までながめまわした。けれども、あいにく両手がふさがっている。マックスウェルは、フンッと鼻を鳴らした。朝食の間にお盆《ぼん》を置いてから、マントを取りにこようときめたのだろう。

マックスウェルが朝食の間に消えたとたんに、ジョニーは裏口《うらぐち》めがけてかけだした。車をみがいている男に見つかるような危険《きけん》はおかしたくないし、表玄関の小石をしいた小道をジャリジャリとさわがしく走るわけにもいかない。裏口から出て、まっすぐに走っていくと、へいにぶつかった。そこからハッチさんの店までは、けっこうな道のりだった。けれども、ベネット氏の大邸宅《だいていたく》からまんまと逃《に》げることができたジョニーは気が高ぶっていたし、ラングフォード夫人の無事をハッチさんに伝えられると思うと、うれしくもあった。

24 証言者たち

次の水曜日の午後に、ウィニーが法廷《ほうてい》で審問《しんもん》されることにきまった。スタンブルトンの町では、どの店も水曜日は早じまいすることになっている。正午ぴったりに閉店《へいてん》になるのだ。ハッチさんの雑貨屋兼郵便局《けんゆうびんきょく》も、例外ではなかった。ハッチさんは自分が裁判所《さいばんしょ》に行って、なにが起こるか見てくるといった。ジョニーは法廷に出るのをゆるされないだろうから、いつもとおなじように学校に行けという。

もちろん学校では、「いつもとおなじよう」であるはずがない。ジョニーはいままで、これほど注目の的になったことはなかった。こんなふうに注目されたって、うれしいはずがない。みんな、ジョニーをじろじろ見たり、こそこそささやきあったりするが、けっして近寄ってはこなかった。ジョニーとかかわってはいけないと、親からきつくいわれている子どもたちもいた。先生たちは、みょうにぎこちなく、よそよそしい態度をとっていて、ジョニーになんと言葉をかけていいかわからないようすだった。ウィニーの逮捕《たいほ》をほのめかすようなことをしたのは、体育担当《たんとう》のマリー先生だけだった。そのときジョニーたちは体育館にいて、肋木《ろくぼく》とロープを使った授業《じゅぎょう》を受けていた。マリー先生はロープを絞首刑《こうしゅけい》の綱《つな》のような形にまるめてから、自分の首を横ざまに通し、舌《した》をだらりとたらしてみせた。子どもたちは、声をあげて笑った。

審問《しんもん》の当日、ジョニーは教室からぬけ出すわけにもいかず、法廷《ほうてい》のようすをあれこれと思いうかべてみるほかなかった。ハッチさんの話では、それほど大きな裁判《さいばん》ではないという。警察《けいさつ》がウィニーを留置場に閉《と》じこめておくだけの証拠《しょうこ》を持っているかどうかを、裁判所が判断するだけだというのだ。裁判所がもっと重要な法廷を開くためには、どうしても水曜日の審問が必要なのだとハッチさんはいった。ハッチさんは、「もっと重要な法廷」とはなにか説明してくれなかったが、ジョニーにはわかった。死刑《しけい》の判決をくだす法廷という意味なのだ。

ハッチさんは、傍聴席《ぼうちょうせき》にすわれるように、せいいっぱい急いで裁判所に行った。裁判所には、すでにおおぜいの人たちが集まっていた。店が早じまいしたせいでひまになった人たちがたくさんいたうえに、町のだれもがなぜ警察がウィニーのことをラングフォード先生殺害の犯人だと確信《かくしん》しているのか知りたかったのだ。おそろしい怪物《かいぶつ》見たさに裁判所につめかけた人がいたとしたら、さぞかしがっかりしたことだろう。連行されたときのままの、みすぼらしいワンピースを着て、ひとりぼっちで証人席《しょうにんせき》に立ったウィニーが、なんとちっぽけに見えたことか。ウィニーは裁判の間じゅう、両手を前でにぎりしめて頭をたれていた。くすんだ色の髪《かみ》が前にかぶさり、顔は見えない。なんとかウィニーと目を合わせることができないものかと、ハッチさんは思った——せめてうなずいてみせ、力づけてやることだけでもできればいいのに——だがウィニーは、傍聴席のほうを一度も見ようとはしなかった。声も消えいるようだったから、名前をたしかめたときに裁判官は、もう少し大きな声で話すようにと注意しなければならなかった。

　まず、遺体《いたい》を発見した警官が現場のようすをのべた。続いて医師が、被害者《ひがいしゃ》は断じて自然死ではなく、頭部への一撃《いちげき》によって血管がやぶれたのが死因だと証言した。何者かになぐられてたおれ、暖炉《だんろ》に頭をぶつけたと思われるという。医師の所見では、遺体の状態から被害者が殺されたのは十二月十日火曜日の夜、五時から八時の間だという。

　そのあと、ミス・デンジャーフィールドが証人席に呼《よ》ばれた。レティシア・ユーフェミア・グラディス・デンジャーフィールドさんですねと、正式な名前を確認《かくにん》されたとき、傍聴席からクスクスと笑い声が聞こえた。いつもとおなじ黒ずくめの服装《ふくそう》で「真実をのべます」と誓《ちか》いの言葉をのべると、ミス・デンジャーフィールドはいかにもきびしく、たのもしく見えた。検事はまず、十二月十一日にミス・デンジャーフィールドが警察を呼んだ理由についてたずねた。

「ラングフォード先生の家の窓《まど》ガラスが、一枚割《まいわ》られているのを見つけたからですよ」

「それで、割られているのに気づいたのは、何時ごろですか？」

「朝の十時ごろ。すぐに警察を呼んだんだけど、やってくるのにえらく時間がかかりましたよ」

「それはそうでしょうとも、デンジャーフィールドさん。窓ガラスが一枚割れてるだけじゃ、警察もそれほど一大事だとは思わないでしょうからね」

「けれどもあたしは、どろぼうが入ったらしいって警察にいったんですよ」

「ほほう。どうしてそう思ったんです?」

「だって前の晩《ばん》に、ラングフォード先生の家の庭で、おかしなふるまいをしている人を見たから」

「デンジャーフィールドさん。その人は、今日ここに来ていますか?」

「来ていますとも」

「すみませんが、その人を指さして、われわれに教えてくれませんか?」

ミス・デンジャーフィールドが杖《つえ》をふりあげて被告席《ひこくせき》をしめすと、やつれきって、青白い顔をしたウィニーは、びくっと身をすくめた。

「あの女ですよ」ミス・デンジャーフィールドは、大声でいった。「ウィニフレッド・スワンソン夫人です」

「ありがとう、デンジャーフィールドさん。さて、それでは前の晩の何時ごろに彼女《かのじょ》を見たのか、話してくれませんか?」

「たしか七時から七時二十分の間です。夕食を終えていたけど、レコードプレーヤーつきラジオをまだつけていませんでしたからね」ミス・デンジャーフィールドは「レコードプレーヤーつきラジオ」というところを、さもうれしそうに強調した。法廷《ほうてい》に集まっている人たちに、持っていることをじまんしたかったのだ。「だから、時間のことは、はっきりおぼえてるんですよ。あの晩は、W・W・ワッツ教授の『生命の起源』についての話を聞きました。『ラジオ・タイムズ』の番組表で調べましたけどね。七時二十五分にはじまったんです」

「それで、あなたは被告人のスワンソン夫人がおかしなふるまいをしていたと、なぜ、そんなことをいうんですか？」

「だって、ほんとにそうだったんですから。あの晩は、ひどい土砂《どしゃ》ぶりだったのに、帽子《ぼうし》もかぶらずに庭を走りまわって、大声で悪口をいったり、泣きさけんだりしてたんですよ」

「で、どんな悪口をいってたんです？　正確《せいかく》に教えてください」

「聞きとれませんでしたよ。雨や風の音がうるさくってね」

「でも、いま悪口っていいましたよ」

「声の調子でわかったんですよ。それに、そうじゃなくたって、あの女がどういう人間か、あたしは知ってるんだから」

「はいはい、そのことについては、またあとでおききします。けれども先にうかがっておきたいんですが、スワンソン夫人がラングフォード家の近くにいるのを、あの晩より以前に見たことがありますか？」

「何度もありますよ。そうじ女ですからね。毎日、あの家には来てました」

「それで、あの晩のようなふるまいをするのは、いつものことだったんですか？」

「いいえ、そうじゃないです。だけど、このごろ変なことが何回もあって」

「それは、どういうことですか？」

「ラングフォード夫妻がいなくなったあとで、あの女とその息子《むすこ》が家のまわりをうろうろしてるのを見たんです。一度なんか、息子《むすこ》が家の中にしのびこもうとしてたこともあったんですよ。庭の木にのぼったりもしてたし。そのときは、母親のほうもいっしょでした。ははあん、留守の間に家にしのびこんで、金目のものをぬすもうとしてるんだなって思いましたよ」

「警察《けいさつ》には通報しましたか？」

「しませんでした。いまは通報すればよかったと思ってますよ、もちろん」

「それで、ラングフォード医師が亡《な》くなった晩《ばん》のことですが――あなたは、じっさいに被告人《ひこくにん》が家に入るのを見たんですか？」

「いいえ。暗くなってたし、嵐《あらし》だったんでね。いつもほど、よく見えなかったから」

「でもあなたは、被告人が家の中に入ったと思ってるんですね？」

「はい、そうです」

「それで、彼女《かのじょ》が立ち去るところは見たんですか？」

「いいえ。だってまだ真っ暗だったし、天気も悪かったから。それにさっきいったように、あたしは七時二十五分からずっとすわって、レコードプレーヤーつきラジオを聞いてたんです。あの女が出ていく音がしたって、聞けっこなかったですよ。なにしろ、わたしのレコードプレーヤーつきラジオは『リッセノーラ・ニュー・エラ』といいましてね、おそろしく強力なスピーカーがついてるんですよ」

検事は、思わずにやりとしそうになるのをがまんした。「そうでしょうねえ、デンジャーフィールドさん。さて、あなたはいまラングフォード医師の屋敷《やしき》が留守だったといいました。けれども、じつはあの晩、ラングフォード医師が家にいたという事実が、いま明らかになったわけです。いったい、どれくらいの間ラングフォード夫妻は留守をしていたんですか？」

「はっきりとは、わかりません。あたしには、留守にするってことをいいませんでしたからね」そのせいで、気分を害したといいたげだ。「十一月十一日に家にいたことは知ってます。ベネット氏が、大きな車で訪《たず》ねてきたのを見ましたから」

「それで、ラングフォード医師は、いつ家にもどってきたんですか？」

「わかりません」

「もどってきたとわかるようなことは、いっさい目撃《もくげき》していないっていうんですか？」

「見てませんねえ――あたしは、ちゃんと見はってたのに」

ふたたび傍聴席《ぼうちょうせき》から、クスクスと笑い声がもれた。検事が次の質問をすると、笑い声はやんだ。

「そうでしょうねえ、デンジャーフィールドさん。さて、次にこのことについて聞かせてください。あなたは何年にもわたってラングフォード医師の家を見てきたわけですが、被告人について、それからラングフォード夫妻と被告人の関係について、なにか感じるところはありましたか？」

「あたしにいわせてもらえば、ラングフォード先生の奥《おく》さんは、被告人にすごくやさしくしてましたよ。けど被告人は、どちらかといえばラングフォード先生のほうと仲がよかったようでね。最近、ふたりが会ったり、おしゃべりしたりするのをよく見かけてたし。それも、すごく朝早く、家の外で。ラングフォード先生は、被告人《ひこくにん》の息子《むすこ》を自転車にまで乗せてやってたんですから」

「つまり、そのことは、スワンソン夫人と雇《やと》い主《ぬし》である医師との間がらが非常に親密《しんみつ》だったと示唆《しさ》している、そう受け取ってよろしいですか?」

「そのように推断《すいだん》なさりたいのなら、どうぞ」

ウィニーは「示唆」や「推断」という言葉がどんな意味か、はっきりと知っているわけではなかった。けれども、ミス・デンジャーフィールドがなにをほのめかしているかはわかった。ウィニーは、大声でさけんだ。

「ちがいます。そんなのウソだわ!」

だが、もうおそすぎた。ミス・デンジャーフィールドは、ウィニーを不利にみちびく特別な証言を、もう口にしてしまっていたのだ。検事が、それに追い打ちをかけた。

「デンジャーフィールドさん。あなたは長いこと被告人を見てきたわけですが、被告人の性格について、なにかつけ足すことはありませんか?」

「そうですねえ。酒場で働いてることは知ってますよ。あたしらの住んでるところから、ずっとはなれた場所にある店でね」

「あまり上品とはいえない場所ですな」

「そのとおりです。それから、息子をしっかりしつけられないのも知ってますよ。息子がラングフォード先生の庭の木にのぼってたときですけど、母親もそこにいて息子にどなってました。けど、息子を木からおろすこともできなかったんだから」

「被告人が息子になんていっていたのか、聞こえましたか？」

「いいえ、ちょっと思い出せませんね。きっと、レコードプレーヤーつきラジオをかけてたんだと思います。けど、なにをいってたにせよ、息子は知らんぷりでしたよ」

ハッチさんは傍聴席《ぼうちょうせき》のいすにすわりながら、なんとか明るい方向に考えようとつとめていた。たしかにミス・デンジャーフィールドは悪口のかぎりをつくしてウィニーを攻撃《こうげき》したが、自分にいわせれば、けっきょく証明できたのはウィニーがあの晩《ばん》ラングフォード家の外にいたということだけではないか。それに、あのいじの悪い独身女がウィニーの性格についてあれこれいったところで、法廷《ほうてい》はどれほど信用するだろうか？　警察側《けいさつがわ》の証人がミス・デンジャーフィールドだけだとしたら、それほど悪いほうにはころがらないだろう。

だが、証人はミス・デンジャーフィールドだけではなかったのだ。ハミッシュ・アリグザンダー・マリーが、証人席に呼《よ》ばれた。ジョニーの学校の体育教師だ。いつものスポーツウェアではなく、背広《せびろ》を着こんでいる。検事は氏名をのべてくださいといったあとで、教師であることをたしかめ、マリー先生の顔の傷《きず》は従軍中《じゅうぐんちゅう》に受けたものであるといった。なぜそんなことを検事がいったのか、ハッチさんにはわかっていた――戦傷《せんしょう》を負った英雄《えいゆう》ということになれば、それだけ証言の信用性もますからだ。

「マリー先生」と、検事は切りだした。「十二月十日の夜――ラングフォード医師の遺体《いたい》が発見される前の晩《ばん》ですが――あなたはどこにいましたか？」

「黒馬亭《くろうまてい》という酒場にいました」

「それで、その晩、被告人《ひこくにん》を見たんですか？」

「はい、見ました」

「ここで、はっきりさせておきたいんですが。被告人はカウンターのうしろで働いていたんじゃないんですね？」

「ちがいます。その酒場で働いているわけではありませんから。スワンソン夫人は、まったく別の酒場で働いていると承知《しょうち》しております。彼女《かのじょ》は、黒馬亭に酒を飲みに来たんですよ」

「それは、何時ごろでした？」

「七時半ごろでした。七時四十五分ごろかもしれません」

「十二月十日だというのは、たしかですか？」

「はい。嵐《あらし》の晩でした。彼女はずぶぬれで、服からなにからひどいありさまでして、ようすがおかしかったと記憶《きおく》しています」

「それで、ひとりで来たってことですか？」

「はい。わたしもすぐ、それに気がつきました。ほかの客たちも気がついてたと思います。ちゃんとした女性が酒場にひとりで来るなんて、あまりないことですからね」

「そのとおりですな」と検事はいった。ウィニーがそういうたぐいの女だと、法廷《ほうてい》に思わせたいのだ。「それで、ようすがおかしかったというのは？」

「なやんでいるように見えました。むしろ、やけになっていたというか。髪《かみ》をふりみだしていてどろだらけでしたし。『こんばんは』と声をかけようとしたんですが、彼女は目をあわせようとしませんでした。取《と》り乱《みだ》していたというんでしょうか」

「取り乱していた？　ショックを受けていたってことですか？」

「というより、動揺《どうよう》していた……なにかとんでもないことが自分に起こったとか、さもなければ興《こう》奮《ふん》するようなことをしでかしてしまったとか。死にものぐるいといえば、わかっていただけるでしょうか。人間というよりなにか、けだもののような」

傍聴席《ぼうちょうせき》は、いっせいに息をのんだ。検事は片方《かたほう》の眉《まゆ》をわずかに上げて、質問を続けた。「被告人は、だれかに話をしていましたか？」

「飲み物を注文しただけです」

「酒を注文したんですね？」

「そうだと思います。それから、すみのほうにひとりですわっていました。ガタガタふるえてましたよ。わたしはびっくりしました。とうぜん家にいて息子《むすこ》の世話をしてなきゃいけない時間ですからね。なにしろ、彼女の家には大人がほかにだれもいないんですから」

ハッチさんは、法廷をあとにした。店を早じまいしたとはいえ、夕刊は仕分けして配達しなければいけない。早く店にもどったほうがよかった。一枚《まい》、また一枚と描《えが》かれていくウィニーの人物像に、ハッチさんは煮《に》えくりかえるような思いをしていた。なにかを口にしてやっかいごとに巻《ま》きこまれるまえに、法廷《ほうてい》を出ていくほうがいい。何年もの間ウィニーと親しくしてこなかったことが、ハッチさんは悔《く》やまれてならなかった。そうはいっても、結婚前《けっこんまえ》にはウィニーはスタンブルトンに住んでいなかったし、ハリー・スワンソンが亡《な》くなってからは、あんまり近づきすぎてもいけないと用心していたのだ——町に引《ひ》っ越《こ》してきたばかりの、うら若《わか》い戦争未亡人《みぼうじん》に興味を持ちすぎているると見られたくない。それでもハッチさんはウィニーとその息子《むすこ》をよく知っていたから、彼女《かのじょ》が罪をおかすことなど、ぜったいにありえないと信じていた。どうやってウィニーを助けたらいいか、なにも思いつかない。だが、あんな最悪の証言がなされたって、その結果スタンブルトンのみんながどんな反応をしめしたって、この自分が盾《たて》になってジョニーを守ってやらなければと、ハッチさんはかたく心にきめていた。

そんなハッチさんだったが、店にもどって、いまかいまかと店の外で待ちわびていたジョニーと顔をあわせると、正直にこういわないわけにはいかなかった。

「強くならなきゃな、ぼうず。まだ、終わっていないんだ。おふくろさんは、クリスマスに家にもどってはこられないだろうよ」

25　ジョニー、ひとりぼっち

ハッチさんがいったとおりになった。裁判所《さいばんしょ》は、ウィニーを一月末に正式な裁判にかけることを決定した。学校に行ったら、いままで以上にひどい目にあうのが、ジョニーにはわかっていた。すでに「スウィングソン」という、新しいあだ名までもらっていた。スウィングというのは、ぶらぶらゆれるということ。そのあだ名のせいでジョニーは、母親が絞首刑《こうしゅけい》にされるかもしれないということを、いっときもわすれることができなくなった。新しくくわわったこの侮辱《ぶじょく》に、ジョニーは耐《た》えられなかった。そこで、エイダおばさんに手紙を書いてもらうことにした。「ごぞんじのような事情ですから、クリスマス休暇《きゅうか》を早めに取ることをおゆるしいただきたく……」。校長は、ほっとした顔でうなずいた。

こういうわけで、ジョニーには自由な時間ができた。けれども母親を訪《たず》ねる許可《きょか》はおりなかったし、そうでなくても拘置所《こうちしょ》はバスを乗りかえていかなければならないほど遠方にあった。ハッチさんが、次の火曜日にウィニーを訪ねてくれるという。火曜日はクリスマスイブだから、昼で店を閉《し》めることになっていた。おふくろさんにクリスマスカードをおくって、元気でいるようにと書いたらどうだと、ハッチさんはすすめてくれた。ハッチさんは、プレゼントを持っていくという。店の品物で、おいしそうなものを持っていってくれるそうだ。けれども、クリスマスイブまでは、まだ一週間くらいあるし、学校にも行かなくてよくなった。

ウィニーが逮捕《たいほ》されたとき、ジョニーはひとりでくらしているのをだれかに見つかるのではと、いつも心配していた。だが、じっさいはおせっかいになやまされるどころか、ジョニーはスタンブルトンの人たちから、いわば村八分《むらはちぶ》にされていた。訪《たず》ねてくる者など、だれもいない。新聞を配達しにいっても、だれもドアのところに出てこない。町で会っても、足を止めて話しかけることもせず、さっさと通りの向こう側にわたってしまう。みんなが、どうしてよいかわからないからそうしているのか、それとも軽蔑《けいべつ》しているのか、ジョニーにはわからなかった。いつもじっと見られているのは感じていたが、そばに寄ってきてあざける人もいなければ、なぐさめてくれる人もいない。ジョニーだって、町の人と話したくなんかなかった。ジョニーは、外で遊ぶのをやめた。ひとりぼっちで家にいても、前のようにせっせとかたづけをする気も起こらず、気がつくとまた例の広告を作っていた。それも、ウィニーの最初の法廷《ほうてい》の前からだ。そもそもこのおそろしい事件の原因になった、ぞっとするような夜のことを思うと、また広告を作ったりするのはうしろめたかったが、どうしても自分を止められなかったのだ。それに、エイダおばさんも生かしておきたかった。さもなければ養護施設《ようごしせつ》に連れていかれてしまうかもしれない。

とはいえ、ジョニーには考える時間がたっぷりあった。そして、母親が殺人犯ではないことを、なんとしても世間になっとくさせなければと思うにつれて、本物の殺人犯がつかまらないままどこかにいるにちがいないという考えが頭からはなれなくなった。そしてジョニーは、あることに気づいた。警察《けいさつ》が知らないことを、自分は知っているではないか。それは、ラングフォード先生がBCGのワクチンを作ろうとがんばっていたこと――先生が……といえなくても、少なくともだれかが「ずっとずっと遠くの、人里はなれたところで」先生の片腕《かたうで》になって仕事をしていたということだ。もしかして、そのためにラングフォード先生が殺されたのだったら？　ラングフォード夫妻が、このことはぜったいに秘密《ひみつ》にしておかなければと、かたく心にきめていたのをおぼえている――だれかに見つかったらと、ふたりともどんなに心配していたことか。もし、すでにだれかが見つけていたら？　先生夫妻に、ぜったいに他人にはいわないと約束してしまったことで、ジョニーは苦しんでいた。ラングフォード夫人は、はっきりといっていた――なにが起こっても、だれにきかれても、どんなにじまんしたくても――ひとことも口にしてはいけない、と。これは、警察にもいってはいけないということだろうか？　ランクフォード先生は、亡《な》くなってしまった。だから、ジョニーがしゃべったって先生は困《こま》らない。でも、奥《おく》さんはどうだろう？　ジョニーがしゃべってしまったら、奥さんがたいへんなことになるかも。でも、どっちみち奥さんはあぶない目にあっているかもしれないのだ。もし殺人犯がフランスで奥さんを見つけていたら、あるいは先生みたいになぐってやろうと、家に帰るのを待ちかまえていたとしたら？　これ以上だまっていてはいけないと、ジョニーは決心した。だいたい警察というのは、なんでも秘密にしておくところじゃないか。そのときジョニーは、あの新聞記者がいやがる警官たちに食いさがって、ウィニーのことをあれこれ聞きだしてしまったことを思い出した。警察《けいさつ》に話すなどというあぶない橋をわたっても、だいじょうぶだろうか？　いや、それで母さんが救えるなら、やってみなくては。ついにジョニーは、そう決心した。学校を休むことになった最初の日、ジョニーは覚悟《かくご》をきめて、ふたたび警察署《けいさつしょ》を訪《おとず》れた。

今度は受付の警官は、ジョニーがだれかすぐに気がついた。この間とおなじように、敵意をあらわにしている。

「なんの用だい？　おまえのおふくろは、もうここにはいないんだ。いまは、大きな拘置所《こうちしょ》に入ってるよ」

「知ってます。ぼく、あなたと話をしに来たんです。ほんとの犯人を見つけるのを手伝いたいと思って」

「ほんとの犯人は、もうつかまっているんだよ、ぼうず」

「いや、ちがうんだ。母さんは、だれかを傷《きず》つけるような人じゃありません。だれか、ほかの人がやったんです」

「で、おまえは、そのだれかを知ってるっていうのかね？」スウィングドアが開いて、通りから男の人が入ってきた。警官は、ジョニーと話すのをやめた。「すぐお話をうかがいますから。長くは、かかりません」それから、ジョニーのほうを向く。「どうだ？　そいつの名前をいえるのかね？」

「名前ってわけじゃなくって、ほんとは」と、ジョニーは答えた。「名前っていうより、ちょっと説明するのがむずかしいっていうか……」

入ってきた男の人はカウンターにもたれて、ちょっとバカにしたようにほほえみながら、ジョニーを見おろしている。こんな知らない人の前で、ラングフォード先生の秘密《ひみつ》をくわしくのべることなどできるはずがない。

「それにこれ、ほかの人に聞かれたくないんですけど」警官が、だれにも聞こえないところに連れていってくれればいいが。

警官は、笑い声をあげた。「他人に聞かれたくなかったら、おまえの胸《むね》にしまっとくんだな。おれには、もっとやることがあるんでね。さて、こちらの方もふたりだけで話したいかもしれない。さあ、帰るんだ」

「でも、大事なことだから」

「出てけといったんだぞ」

ジョニーは口ごもりながら、そのまま立っていたが、警官はドアを指さすだけだ。「さて、なんのご用でしょうか?」警官は、男の人にたずねた。

「うちの犬がいなくなってしまったので、とどけに来たんですが」

警官は、メモを取りはじめた。それから顔も上げずに、またジョニーをどなりつける。「出てけ!」

これ以上ここにいてもしかたがないと、ジョニーは思った。そのまま走ってドアから出たが、スウィングドアが閉《し》まってから初めて、こらえていた涙《なみだ》がどっとあふれてきた。それは恐怖《きょうふ》と、怒《いか》りと、失望の入りまじった涙だった。

その日の午後、ジョニーは別の戦術を思いついた。殺人犯が別にいるという自分の考えを手紙に書いて、グリフィン警部《けいぶ》にわたせばいい。最初はエイダおばさんの名前で書こうと思ったが、警部が家にやってきて本当はおばさんなどいないと気づいたときのことが頭にうかんだ。しかたなく、せいいっぱいきれいな字で考えたことをぜんぶ書き、自分の名前をサインした。夕刊の配達に出るときに手紙をバッグにしのばせ、最後の新聞を郵便受《ゆうびんう》けに入れたその足で、ふたたび警察署《けいさつしょ》に向かった。スウィングドアから入ったとたんに、例の受付の警官がどなりつけた。

「警官にむだな仕事をさせるのは犯罪だぞ、ぼうず」

「グリフィン警部さんに手紙をわたしたくて来ただけです」

「なんの手紙だ？　くわしくいってみろ」

「あの殺人事件についてです。犯人を見つける手伝いができればと思って」

「で、どうしてグリフィン警部がおまえなんかのいうことを聞かなきゃいけないんだ？　警部はもう殺人犯をつかまえてるんだぞ。おまえだって、よく知ってるだろうが」

「でも、母さんはやってないんだ！」

「じゃあ、だれがやったんだ？」

「そこまでは、わかりません。けど、ぼくが考えたことは、この手紙にぜんぶ書いてあります」

ジョニーは、手紙をカウンターの上に置いた。

「だいたい、グリフィン警部がどうしてそんなことまでしなきゃいけないんだ？　母親を助けたいガキの言葉を信じて、法廷《ほうてい》で宣誓《せんせい》をした証人たちを無視《むし》する。そんなこと、あるわけないだろうが」

「それは、だれも知らないことを、ぼくが知ってるからで……」

「それが、みんなこの中に書いてあるっていうのかね？」警官は、手紙を手にとった。

「はい。だから、受け取ってください」

「ああ、受け取るともさ。受け取って、しかるべきところにまわしてやる」

「ありがとうございます」

ほっとしたのもつかのま、ジョニーはまた胸《むね》が苦しくなった。警官はジョニーの手紙を二つに裂《さ》き、自分の背後《はいご》にぽとんと落としたのだ。

「さあ、おまえに警告しておくぞ。またおまえのために、時間をむだにしてしまった。二度とここには近づくなよ」

警官はカウンターのフラップを上げると、「市民」のほう、ジョニーのいる側に出てきた。やぶられた手紙がくずかごの中に入っているのが、ちらっと見えた。警官はジョニーの片腕《かたうで》をつかむなり、力ずくでドアから出す。「二度とおまえの顔は見たくないんだ」玄関前《げんかんまえ》の段々《だんだん》でよろけたジョニーに、警官は声を殺していう。「おまえの家へ行って、おばさんとやらにいってやるぞ。ちゃんとおまえの世話ができないんなら、世話ができる人のところに連れていくとな」

ハッチさんが店を閉《し》めるのを手伝いながら、ジョニーは気が気でなかった。警察が家探《やさが》しをして、エイダおばさんがいないのを知ったらどうしよう。

ハッチさんも、ジョニーの落ち着かないようすに気がついた。

「おまえ、だいじょうぶか？　今日はなんだかおかしいぞ」

ジョニーはハッチさんにすべてを打ち明けたかった。だが、警察《けいさつ》以外にラングフォード夫妻の秘《ひ》密《みつ》を明かして、先生たちを裏切《うらぎ》ったりはできない。それに、おばさんのことでウソをついていたと話したら、たったひとりの味方を失うことにもなる。それが、こわかった。

「いえ、あの、心配してるだけで……えっと、あのことだけど」

「わかるとも」ハッチさんは、なんともきまりの悪い顔をしていた。じつは、ジョニーをぎゅっとだきしめてやりたいのを、必死でこらえていたのだ。棚《たな》からイチゴジャムのびんをおろして、ハッチさんはジョニーにいった。「これをおばさんに持ってけ。おばさんだってずいぶん心配してるだろうよ、かわいそうに」

ジョニーはジャムのびんを持って、家に走ってもどった。ドアにはまだ、かぎがかかっている。だれも家に入ったようすはない。二階から枕《まくら》と母親の服を持っておりると大きなひじかけいすにのせ、いすの背《せ》をドアのほうに向けた。それからカーテンをほとんど閉《し》め、中をのぞきたい人が満足するように、ほんの少しだけすきまを作っておいた。こうしておけば、暖炉《だんろ》のそばでおばあさんがねむっているように見えるだろう。おばあさんを起こしてあげようと思う、おせっかいな人がいなければいいがと、ジョニーは思うのだった。

26
農場に行く

にせのエイダおばさんがいすの上にいても、ジョニーはさびしかった——前よりよけいにさびしさがつのったといってもいい。ひとりでいすにすわって、ジャムをびんから直接スプーンですくって食べていると、だれかと話をしたくてたまらなくなった。母親に起こったできごとや、母親を無実だと信じてくれる人がハッチさん以外にひとりもいないことをだれかに話したい……。

そうだ、またオルウェンを探《さが》してみようと、ジョニーは決心した。オルウェンに会ったのはたった一度だけだが、それ以来ずっと心からはなれなかった。みんなにいじめられたときにオルウェンだけは親切だったし、あの子はウィニーの悪いうわさも聞いていない。オルウェンなら、きっとジョニーの気持ちをわかってくれるはずだ。手紙を書きたいと思ったが、ジョニーが知っているのは、ウェールズのどこかで親せきとくらしているということだけだった。スタンブルトンの町を出たところにある農場に住んでいたのをおぼえていたので、次の日の朝その農場まで歩いていくことにした。農場主が、オルウェンの新しい住所を知っているといいけれど。農場への道のりは思ったより遠くてつらかったし、そのうえ凍《こご》えそうだった。やっと「ニューゲイト農場」という表札《ひょうさつ》にたどりついたが（「新しい門」という名前のくせに、やけに古ぼけた門柱に釘《くぎ》で打ちつけてある）、そこから農家までは、またまた長い、くねくねした小道が続いていた。ジョニーが小道のかどを曲がったとき、むこうからおんぼろのトラックがやってきた。ジョニーは、わきに飛びのいた。そのまま通りすぎるかと思っていると、運転席の男がトラックを停めて声をかけてきた。日に焼けた男で、不似合いな背広《せびろ》を着こんでいる。

「どこに行くんだね？」

「あの農家です。あそこの人に話をしたくて」

「あそこに住んでるのは、おれだよ。なんか用かね？　仕事はねえぞ——働き口を探《さが》してるんだったらな。けんど、まだ働くって齢《とし》でもねえようだな」

「はい。働きたくって来たんじゃないんです。ちょっと教えてもらいたくって。前にここに住んでた人を探してるんだけど」

「そうかね。うちに行っても、いまはだれもいねえよ。それに、おれもこれから葬式《そうしき》に出かけるとこだ。だから、こんな服を着てるってわけよ」シャツのかたい襟《えり》の中に指をつっこんでゆるめる。

「あんまり時間がねえんだよ。けど、これに乗ってくか。そしたら、あったかいとこで話せるぞ」

ジョニーはトラックに乗って、男のとなりにすわった。いままで、ほとんど車に乗ったことがない。まして、こんなに大きなトラックは初めてだった。なんてついてるんだろう。

「ありがとう。外は風が冷たいから、よかった。あの、きいてもいいですか？」

「もちろんさね。けんど、大きな声でたのむよ。このトラックはな、エンジンをかけっぱなしにしとかなきゃいけねえんだ。エンストしてみろ、二度とかからなくなっちまう。さてと、だれを探しているんだって？」

「オルウェンっていう、女の子だけど。九月に、ぼくの学校に転校してきたんです。でも、また学校をやめなくちゃいけなくなって。たぶん赤んぼうの妹は亡《な》くなったと思うんだけど」

農場主はトラックのハンドルをにぎった。

「教えてやりたいところだけどな。じつをいうと、おれもその子を探してるんだ。かわいそうな話さ。これから行くのはな、その子のおやじの葬式なんだよ。おやじは、エンバリーのでっかいサナトリウムのそばにある墓場に埋《う》められることになってな。その子のおふくろのほうも、二週間前に死んだばかりでさ。あの子は、この世にひとりぼっちになっちまった——自分はまだ知らねえだろうがな。親せきの連中が、あの子まで病気になったらたいへんだってわけで、大急ぎで荷物をまとめて連れてっちまったんだよ。いまとなっちゃ、あの子の居場所《いばしょ》はまったくわからねえよ」

「オルウェンのお父さんと、軍隊でいっしょだったんでしょ。あの子にきいたけど」

「おれの命の恩人さね。イーペル（ベルギー北西部の州。第一次世界大戦の激戦区）の戦場で、漏斗孔《ろうとこう》（砲弾の地上炸裂によってできた穴）から引きずり出してくれてよ。それからおれを背負《せお》って、応急手当所まで運んでくれたんだ。戦争が終わってからは連絡《れんらく》を取ってなかったが、困《こま》ってると手紙に書いてきたときにゃ、ことわれなくってなあ。おまえのためになら、なんでもやってやるって約束したからな。オルウェンのおやじは、まさに不幸のどん底で、とほうにくれてたよ。だから、せめて住まいと仕事くらいはやれると思ったのさ」

ジョニーは、おなじような話をいくつも「ボーイズ・オウン・ペーパー」（十九世紀に創刊されたイギリスの少年雑誌）で読んだことがある。戦場でなしとげた英雄的《えいゆうてき》な行為《こうい》や、それに対する感謝《かんしゃ》をわすれぬ心……そんな話が現実の世界でもあったと聞くと、胸《むね》がわくわくしてきた。ジョニーは、いつかだれかが家のドアをたたいて、父さんが戦場でなしとげた偉業《いぎょう》を告げてくれないかなあとよく夢《ゆめ》みたものだったが、農場主の話はそれにおとらないくらい、すばらしかった。自分自身がオルウェンになったように誇《ほこ》らしかったし、農場主もりっぱなことをしてくれたとうれしくなった。

「オルウェンの家族を助けてあげたなんて、おじさん、親切なんですね」と、ジョニーはいった。

「オルウェンも、すっごく喜んでたよ。初めて会ったとき、最初にそのことを話してくれたんだけど。オルウェンは、ウェールズに行ってから手紙をよこしたんですか？」

「それが、ひとことも書いてこないのさ。ちっとばかりおかしいと思わねえか？　親せきが、なにかいってきてもよさそうなもんだが。連中があの子を連れてっちまう前に、もう少し気をつけてやればよかったけんど、なにしろあわただしく出発しちまったからなあ。それに、おれがそこまでやってやるのも……なあ？」

おれを責めるなよ、とジョニーにいっているようだ。ジョニーも、気にしなくていいのではと、いってあげたくなった。

「だって、おじさんは、できることをぜんぶオルウェンたちにしてあげたんだもの。最初にこの農場で世話になったなんて、オルウェンたち、運がよかったと思うな」

「正直いって、ここに呼《よ》ばなきゃよかったって思うことも、ちょくちょくあってな。あいつらがTBを持ってきたから、うちの牛乳《ぎゅうにゅう》が信用されなくなっちまって。それに、葬式代《そうしきだい》も安いとはいえねえし。しゃれた霊柩車《れいきゅうしゃ》や花をたのまなくたって、葬式ってのは、けっこう金がかかるんだよ」

「それじゃ、今日のお葬式には、だれも来ないんですか？」

「たぶんな。サナトリウムがだれかに連絡《れんらく》できたら別だが。けんど、どこのだれであろうとも、ひとりの友だちにも見送られずに埋《う》められちまうなんて、あってはならねえことさ。だから、おれが行くことにしたんだ。あいつがやってくれたことへの、最後の感謝のしるしとしてな。それから、親せきの代わりにってこともある。年端《としは》もゆかねえオルウェンが、おやじにさよならをいう機会もないなんていいことじゃねえけど。ま、どうしようもねえだろ？」

「ラングフォード先生が、オルウェンはウェールズの親せきのところに行くっていってたけど」

「ああ。だがな、ウェールズっちゅうのも広いからなあ。スウォンジーから来たってことは知ってるが、どこに親せきが住んでるかはわからんだろう？　昔の家を探《さが》すこともできねえし。前に住所を教えてもらったが。オルウェンのおやじさんが最初に手紙をくれたときにな。けんど、しゃくにさわることに、その手紙がどこにもねえんだよ。こんなことになるって知ってたら、もっと気をつけてたのに。オルウェンの居場所《いばしょ》をきく前に、おやじもおふくろもばたばた死んじまうとはな」

「あのう、ぼくもお葬式に行っていいですか？」そうきいてから、ジョニーは母親がいつも使っている言葉を思い出した。「ぼくも、亡《な》くなった方にお別れをいいたいんです」

よ」

「ほほう、おまえみたいな子どもからそんな言葉をきくとはな。葬式《そうしき》に行くようなかっこうはしてねえけど、出たっていいと思うぞ。行くのはおれだけだから、だれかに怒《おこ》られることもねえだろうよ」

ジョニーは、自分のぼろぼろの服を見おろした。母親がいないので、洗濯《せんたく》もアイロンかけもわすれていた。そのうえ農家まで長いこと歩いたので、よけいにきたなくなったにちがいない。「ほんとに行きたいんです。もし、いいっていってくれたらだけど」

「よろこんで連れてってやるよ。それに、いい道連れになるしな」農場主は、トラックをスタートさせた。バンバンと、大きな音を二回立ててから、トラックは動きだす。でこぼこ道なので、ジョニーのおしりはボコンボコンとはねつづけた。ふたりは、思わず笑いだした。でも葬式に行くにはあまりにも不謹慎《ふきんしん》な気がしたので、讃美歌《さんびか》をうたうことにした。「あめつちこぞりて」、「おおしき者よ」、「わがたましい、天の王をたたえよ」。そして、「主は、わが羊飼い」をうたっているうちに、エンバリーの墓地に着いた。

若《わか》い牧師が、ふたりを待っていた。牧師は、これ以上ないくらい短い埋葬式《まいそうしき》を取りおこなった。墓掘《はかほ》りの男たちが、墓穴《はかあな》に土を放りこみはじめる。農場主とジョニーは、トラックにもどった。ジョニーは、せいいっぱい涙《なみだ》をこらえていた。顔を見たこともないが、オルウェンのお父さんのことを思うと、悲しくてたまらなかった。そばにあるふたつの新しい墓に埋《う》められているオルウェンの妹とお母さんのことも。でも、ほんとうは自分の母親のことを思っていたのだった。なんとかして助けだされなければ、母さんもすぐに墓に埋められてしまう。農場主に、そのことを話したかった。けれども、どう話したらいいか言葉が見つからない。

けっきょく、トラックでスタンブルトンへもどるとちゅうでそのことを話しだしたのは、農場主のほうだった。わざわざその話題を持ち出したわけではない。農場主は、ジョニーがトラックに乗る前にラングフォード先生の名前をいったのを、ふと思い出したのだ。

「じゃあ、あのお年寄りの先生を知ってるのかい？　先生が殺されたって聞いたときにゃ、おれも耳をうたがっちまったよ」

「ええ、先生のことは知ってます」と、ジョニーは答えた。「うんと小さいころから。すっごくやさしい先生だった……」

「まったくひでえことをしたもんだなあ。ラングフォード先生こそ、本物の紳士《しんし》だったよ。それに、子どもたちにもやさしくしてくれたしなあ。あのサナトリウムでも、けっこうおおぜいの患者《かんじゃ》を診《み》てたって話だよ。あの先生の専門《せんもん》だったからな、子どもたちとTBは。一九一六年にTBが大流行したときの先生の活やくっぷりを、おまえにも見せたかったよ。ラングフォード先生が資金を集めたり、あちこちで講演《こうえん》したりしなかったら、あのサナトリウムも建てられなかったんだぞ。ありがてえことに、オルウェンの家族を施療《せりょう》患者あつかいであすこに入れてくれたのも先生だ。あんなにいい人を失っちまうなんてなあ。なんであんないい先生を殺したいなんて思うのか、想像もつかねえよ。性悪《しょうわる》のホステスめが、早くつるされっちまえばいいんだ」

なんと言葉をかえしたらいいか、ジョニーにはわからなかった。思いきって、自分がだれなのか打ち明けるべきだろうか？　ウィニーは犯人ではないと、説明しなければいけないだろうか？　いいや、なにもいわないのがいちばんだと、ジョニーは思った。あと数分で、トラックをおりるのだから。農場主とは、二度と会わないだろう。ジョニーは、だまっていた。けれども、農場主のほうが沈黙《ちんもく》をやぶった。

「あの女のこと、知ってるのかい？　スタンブルトンの町から来たっていったっけな？　おまえくらいのぼうずがいるはずだが。学校で顔を知ってるんじゃねえか。母親ってやつにも会ってるだろうが」

ジョニーは答えようとしたが、口ごもった。なにも言葉が出てこない。ウィニーの息子《むすこ》ではないなどといいたくないが、なぜいままで母親のことを話さなかったか、うまく説明ができそうになかった。この人に母さんのことをすっかり話したい、人殺しなんかするはずがないといいたい。けれども、けっきょくあいまいな返事しかできなかった。

農場主は、ふいにジョニーのことをうたがいはじめたようだ。

「ちょっと待てよ」助手席の小さな客を、じろじろとながめる。「よお、おまえはなんで今日、学校に行ってねえんだ？」

「もう行かないんです」ジョニーは、答えた。「行けないんです。だって――」

「おまえ、なんて名前だよ？」ジョニーの正体がわかりかけた農場主は、トラックのスピードをぐんぐんあげる。

「ジョニー……」

「ジョニー、なんだ？　苗字《みょうじ》は？」

「ジョニー・スワンソ……」

「あいつのガキなんだな？」そういうなり農場主は、乱暴《らんぼう》にブレーキをかけた。ジョニーは前へ飛びだしてダッシュボードにぶつかった。「あの女のガキじゃねえか。おりろ。さっさとおりろっていってるんだよ！　よくも、ずうずうしく。おれをだまして、トラックに乗りやがるとはな」

「けど、乗ってけっていうから。ぼくは、ただ……」

「おれも、とっくにおかしいと思わなきゃいけなかったんだ。どうして、おまえみたいなガキが葬《そう》式《しき》に行きたいなんていうんだよ？　とんでもねえやろうだ。さあさあ。おりろったら。早く！」

ジョニーはドアのハンドルをつかんだが、開かなかった。ガタガタやったあげく、やっと道路におりた。スタンブルトンまでは、まだ四、五キロある。農場主はトラックを動かそうとしたが、エンストしてしまった。車をおりて、ハンドルを使ってエンジンをかけなければならない。ボンネットの前につったって、農場主は悪態をついた。

「母さんは、やってないんだ」ジョニーは、さけんだ。どっと涙《なみだ》があふれてくる。「無実なんだよ」

農場主は、顔を上げようともしない。口の中でなにやらののしりながらハンドルをまわしているうちに、プップッと音がしてエンジンがかかった。農場主は重い鉄のハンドルをはずし、ジョニーめがけてふりあげた。「とっとと消えっちまえ！」大声でわめく。はりたおされるか、ハンドルを頭にふりおろされるのでは。おそろしくなったジョニーは農場主に背《せ》を向けると、町をめざして走りだした。数分後、トラックがびゅっとジョニーを追いこしていった。

あの親切なおじさんが、あっというまに態度を変えたことに、ジョニーはショックを受けていた。町のみんながどんなことをいっているか、ジョニーもおそるおそる想像していたが、男の言葉を聞いて、それよりずっとひどいうわさをたてられているのがわかった。みんな、心の底からウィニーをにくんでいるのだ。そればかりか、もうオルウェンを見つける望みもなくなってしまった。オルウェンだけは事件のことを知らないから、ジョニーの話にちゃんと耳をかたむけてくれるだろうし、同情してくれ、悲しみをわかってくれるだろうと思っていたのに。

27
人殺しの息子《むすこ》

それでもジョニーには、ハッチさんがいた。ジョニーは、まっすぐに店にもどった。店の中はしーんと静まりかえっていた。ほんの数人だけが、郵便局《ゆうびんきょく》で切手を買ったり、年金を受け取ったりしていた。クリスマスの小包を送ろうと持ってきた人もいる。ドアのすぐうしろにある電話ボックスを使う人も、ひとりかふたりいた。だが、すでに何人かが新聞の契約《けいやく》を打ちきっていたし、ミス・デンジャーフィールドにならって、食べ物をよその店に買いにいく人もふえていた。

「ぼくのせいなんだよね？」と、ジョニーはハッチさんにいった。ふたりは、売れそうもない商品を置く場所を作ろうと、倉庫をかたづけているところだった。「みんな、ぼくが悪いんだ」

「いいや、おれのせいだよ」と、ハッチさんはいった。「おれが、おまえの味方をしてるせいだ。それに、本当のことをいうとだれのせいでもないんだ。なにもかもスタンブルトンに住んでる、心のせまいやつらのせいなんだよ。しばらくの間、新聞配達はおれがやるよ。おまえが毎日、面と向かって悪口をいわれたりするのは、ごめんだからな。代わりに、店で別の仕事をやってくれ」ハッチさんは、高い棚《たな》からボール紙と絵の具の缶《かん》をおろした。「すぐにはじめろよ。ポスターを作ってくれ。いつもやってるクリスマス後のセールを、ちょっと早めにやろうと思ってな。今年は、クリスマス前のセールっていうわけだ。特売の品をならべても客がもどってこないようだったら、なにを売ってもむだだからな」

ハッチさんは、クリスマス用のビスケットをつめたアルミニウム製《せい》のティーポットを、すでに大量に仕入れていた。お客たちが店に背《せ》を向ける前に、クリスマスだけの限定品として注文しておいたのだ。ほかの店では、おなじ品を五シリングで売っている。そこでハッチさんは、三シリング六ペンスの値《ね》をつけた。量り売りのチーズ、ハム、ベーコンも、すべて一ポンド（約四五四グラム）につき一シリングに値下げするという。けれども、なんといってもお客を呼《よ》ぶ目玉商品は「キーラーのチョコレート」で、いろいろなチョコをつめあわせた半ポンド入りの箱がたったの十ペンス、二倍の大きさの箱もそれに六ペンス足しただけで買えるのだ。

ジョニーは、さっそく仕事に取りかかった。ハッチさんが特売品のリストをくれたので、明るい色、それもクリスマスっぽく見えるように赤をどっさり使ってポスターを描《か》いていく。それからはしごを使ってウィンドウにポスターをはりつけ、通りすぎる人たちの目をひくようにチョコレートの箱を重ねて塔《とう》を作った。いちばん上に特大の字で「クリスマス・セール」と書いたポスターを立てかけてから、今度はカニの缶詰《かんづめ》をカニの形に、それから砂糖衣《さとうごろも》をかけたケーキを雪の結晶《けっしょう》の形にならべはじめた。ジョニーは、いっしょうけんめいに作業を続けた。ハッチさんが自分のせいでなくしてしまったお客を、なんとか呼《よ》びもどすような、すばらしいショーウィンドウにしたい。だから、ウィンドウの外にぞくぞくとやじうまが集まってきて、作業を見物しているのになかなか気づかなかった。しまいにやじうまが、ざわざわと声をあげはじめた。おそらく「キーラーのチョコレート」と書いたポスターが、見物人を刺激《しげき》したのだろう。「キーラー」から「キラー（人殺し）」を連想したのだ。すぐにやじうまは、声をそろえて、どなりはじめた。

「人殺し！　人殺し！　人殺しの息子《むすこ》！　人殺しの息子！」

ジョニーは、はっと顔を上げた。店の外はもう暗かったが、ウィンドウの明かりで何人か知っている顔が見えた。新聞配達のときに会う人たちもいる。ほんの数週間前まで、朝刊を配るとにこにこ笑いながら手をふってくれた人たちだ。学校帰りのアルバート・テイラーとアーネスト・ロバーツもいたし、おばあさんもひとりいた。見るからにじょうぶそうで、しゃんしゃんしている——「健康そのもの」といってもいいくらいだ。スラックさんだ。どうやらウィニーの世話を受けられなくなったら、すっかり病気が治ってしまったらしい。

やじがますます大きくなってきたので、ジョニーはウィンドウのいちばん前まで行き、スラックさんに声が聞こえるように、顔をガラスにおしつけた。

「スラックさあん！」ジョニーは、大声で呼びかけた。「お願い！　おばあさんは、母さんがいい人だってこと知ってるよね。みんなに教えてあげて。お願いだから、母さんがおばあさんにやってあげたこと、みんなに話してよ！」

「やってあげたことだって！」スラックさんは、金切り声でさけんだ。「あたしに、なにかやってくれたっていうのかい！　いいや、やられちまわなくて、あたしゃ運がよかったよ！　毎日、あたしのうちにやってきたりしてさ——きっとなにかぬすんでいこうと、探《さが》してたんだろうよ。そうにきまってるじゃないか。さもなきゃ、あたしに毒をもろうとしてたんだ。あの女が来なくなってから、あたしゃすっかりぐあいがよくなったんだよ。おかしいと思わないかね？　あんな女、さっさとしばり首にしちまいなっていいたいよ！」

それから、スラックさんはやじうまといっしょになってわめきだした。さわぎはますます大きく、たけだけしくなっていく。

「人殺しの息子《むすこ》！　人殺しの息子！」

ウィンドウにレンガが投げられ、ジョニーの上にガラスのかけらがふりかかる。ハッチさんが急いでやってきてジョニーを店の奥《おく》にひっぱりこむと、やじうまはやんやとはやしたてた。ハッチさんの悪いほうの足がはしごにひっかかった。はしごがたおれ、絵の具の缶《かん》がひっくりかえる。赤い液体《えきたい》が床《ゆか》に広がると、やじうまはますます大声ではやしたてた。

「血だ！　血だぞ！　人殺しの息子！　人殺しの息子！」

やじうまも群れをなすとおそろしかったが、ひとりひとりとなるとからっきし意気地《いくじ》がなかった。警官《けいかん》の警笛がピーッと鳴ったのを聞くやいなや、みんなクモの子を散らすようにいなくなった。だが、逃《に》げる前にこわれたガラスから手をつっこんで、チョコレートの箱やビスケット入りのティーポットを持っていった者もいた。

やじうまがいなくなると、ジョニーは身体がガタガタふるえてきて、どうにもこうにも止まらなくなった。

「ショック状態になったんだな」と、ハッチさんがいう。「こっちへ来て、いすにすわれ」

ハッチさんは、ジョニーを倉庫に連れて行って木箱にすわらせ、麻袋《あさぶくろ》を肩《かた》にかけてくれた。

「あったかくしといたほうがいい。こんなときは、たしか砂糖《さとう》がきくっていってたな。いま持ってきてやるよ」すぐにチョコバーとソーダ水を持ってもどってくる。「おまえ、うちに帰ったほうがいいんじゃないか」

「だいじょうぶ、ハッチさん。すぐによくなるから。ここにいさせてくれないかな。ハッチさんといたほうがいいから」

そんなにたよられているのかと思うと、ハッチさんの胸《むね》は熱くなった。

「じゃ、ここで少しすわっていろ」ハッチさんは、やさしくいった。「おれは、店をかたづけてくるから。気分がよくなったら、また手伝ってくれ」

それからずっとふたりで、めちゃくちゃになった店の中をかたづけたり、こわれたウィンドウを板でふさいだりした。

「警察は、あの人たちをつかまえないの？」ジョニーはきいてみた。「ほとんど知ってる人ばかりだよ。警察に名前だっていえるのに」

「むだだよ。そんなことをしたって、おまえの味方がふえるわけじゃない。そうだろ？」

「でも、あいつらがぬすんだものは？　そのことも警察にいわないの？」

「だれがぬすんだって?」

「えっと、アルバート・テイラーもそうだし。それに、アーネスト・ロバーツも。ふたりとも、あそこにいたから」

「ふたりを見たのかね?」

「うん、見たよ。それなのに、どうしてつかまらないのかな。あいつら、ずっと前からぼくのこといじめてたんだ。警察《けいさつ》にいわなきゃ」

「ふたりがチョコレートをぬすむところを見たのか?」

「うーん、そうじゃないけど。ちゃんと見たわけじゃなくって。ぬすんでるところは見てないよ。けど、ふたりがやったんだ。ぼくには、わかってる」

「ちょっと待てよ、ジョニー」ハッチさんは、ため息をついた。「自分に聞いてみたらどうだ? それと似たようなことを、だれかがいってなかったか?」

「だれかって?」

「おまえのおふくろさんをラングフォード先生の屋敷《やしき》で見かけたって証言した、だれかみたいな言い草じゃないか? 酒場におふくろさんがいたっていっただれかがしゃべったことにそっくりじゃないか? おまえはじっさいに、テイラーとロバーツがウィンドウの中のものをぬすんだところを見たのか?」

ジョニーは、自分がはずかしくなった。「いいえ」蚊《か》の鳴くような声でつぶやく。

「だったら、そのことはもう話さないほうがいいんじゃないかね？」

「わかったよ。けど、お店はもう閉《し》めたほうがいいかも。ここにいたら、ハッチさんもあぶないよ」

ハッチさんは、首を横にふった。「ああいう連中がやってきたら、おっぱらえばいいんだよ。それに、店を続けることで、あいつらを見かえしてやればいい。店を閉めるつもりはないよ。じっさい、閉めることなんかできないんだ。いつでもここは開けてなきゃいかん。郵便局《ゆうびんきょく》のためにな。郵便局は、おれに任された大切な仕事だ。そういうことだよ」

その晩《ばん》、ジョニーが家へもどると、ドアの前の石段《いしだん》に深い鉢《はち》が置いてあった。プディング型だ。十二月に入ってからは、寒い日になるといつもウィニーがこの型でトリークル・スポンジ（糖蜜を使った熱々のスポンジケーキ）を作って、スラックさんの家に持っていってあげていた。石段のプディング型には、半分のところまで金色の液体《えきたい》が入っていた。足を止めて、わざわざ調べることもない。なんの液体か、ジョニーにも想像がついた。プディング型を足でひっくりかえしてから、家の外壁《そとかべ》にけりつけてやった。

家にひとりで入ってから、だれかが入ってこないようにドアをバリケードでふさいだ。古新聞を何枚《まい》か燃やして、暖炉《だんろ》に火を起こす。古新聞の一枚に、警察がフランスでマリー・ラングフォードの行方を追っていると書いた記事がのっていた。ラングフォード夫人に夫の悲劇的《ひげきてき》な死を告げなければならないのだが、警察《けいさつ》はまだ探《さが》しあぐねているらしい。だいたいあの人たちはいっしょうけんめいに探してるのかなと、ジョニーは思ってしまった。もしジョニーのほうが先にラングフォード夫人を見つけることができたら？　そしたら、警察が犯人はウィニーだと夫人に吹《ふ》きこむ前に、ウィニーの汚名《おめい》をすすぐ手助けをしてくれとたのめるかもしれない。せめてウィニーがどんなに正直で信頼《しんらい》できる人間だったのか、みんなに証言してくれるだけでもいい。もしかしてラングフォード夫人が、犯人の可能性がある人間を名指ししてくれるかも。フランスのどこにいるかはわからないが、マリー・ラングフォードと連絡《れんらく》を取ることができさえすれば……。

だれかがドアをノックした。ジョニーは飛びあがってランプを吹き消した。外にいるだれかに、家は留守だと思わせなければ。だが、またノックの音が聞こえる。それから、聞きおぼえのある声がした。声の主が名乗る前に、ジョニーにはわかった。あの新聞記者だ。

ジョニーはドアまで行った。「あっちへ行ってよ」と、大声でいう。「なんにもしゃべっちゃいけないんだ。警察にいわれてるんだからね」

「えっ？　どうして連中のいうとおりにしなきゃいけないんだね？」と、記者はいいかえす。「あいつらは、お母さんを牢屋《ろうや》に入れたんだぞ。お母さんが無罪だって信じようとしないんだ。どうしてそういうやつらのいうことをきくんだい？」

「母さんを、これ以上ひどい目にあわせたくないから」と、ジョニーは答えた。

記者は、ドアの郵便《ゆうびん》受け口をおしあける。すきまから、記者のくちびるが動くのが見えた。「こんなこといいたくないけどな、ジョニー。お母さんは、殺人罪で裁判《さいばん》にかけられるんだぞ。それ以上にひどい目なんか、どこにあるんだよ。やつらに、どんなことができるんだ？　二度、しばり首にするってのかい？」くちびるがにやっとゆがみ、歯が見える。

母さんが死ぬかもしれないと思ったとたん、ジョニーは胸《むね》がむかむかしてきた。「あっちへ行け」郵便受け口のふたを、おしさげようとした。「ほっといてくれ」

記者は、郵便受け口のふたをおしもどした。それから、声を少しやわらげていった。「あのな、お母さんのことをおまえさんとしゃべりたいだけなんだよ。新聞には、ぜったいに書かない。裁判の日まで、書いちゃいけないことになってるんだ。けど裁判が終わったら、読者はみんな、お母さんのことが知りたくなる——本当はどんな人かってことをね。それを話せるのは、ジョニーだけだろうが。おまえがお母さんのいいところを話してくれなかったら、新聞には書けないんだよ。ミス・デンジャーフィールドみたいな人に話をきくよりほかない。あのばあさんのところにもう一度行って話をするっきゃないが、そうしてもらいたいかい？」

「いやだよ、そんなの。それに、母さんが有罪にきまってるみたいないい方、やめてよ。母さんは、やってない。やってないって、ぼくにはわかってる。どうして記者さんや警察は、本当の犯人を探そうとしないの？」

今度は郵便受け口いっぱいに、記者の目が見えた。

「いいところをついてくるね、ジョニー。だれがやったか、なにか心当たりがあるのかい？　ぜひとも聞かせてほしいな。中に入れてくれないかい。あったかいところで話せるから」

「ここは、あんまりあったかくないよ」

「そうか。それじゃ、石炭代を出してあげるよ。おれに話をしてくれてる間、燃やすくらいの。いや、もうちょっとあげられるかもしれないな。それから、わすれないでくれよ。お母さんのことをよーく知らないと、おれだってお母さんを助けてあげることができないんだからな。入れてくれよ、ジョニー。なあ」

ジョニーが、もう少しで記者に負けそうになったとき、路地を歩いてくる足音が聞こえた。男だ。少なくとも、ふたり。ぐんぐんこっちに近づいてくる。声も聞こえてきた。酔《よ》っているのはわかったが、なにをいっているのかまではわからない。それから、記者の声がまた聞こえた。記者はどなっている。

「あっちへ行け！」記者は、大声でわめいた。

ジョニーは郵便《ゆうびん》受け口のすきまから、のぞいてみた。記者が男たちと取っ組みあいをしている。ひとりの髪《かみ》の毛《け》をつかみながら、もうひとりにパンチを食らわせると同時に股間《こかん》をひざげりした。ひざげりされたほうの男が苦痛《くつう》のあまり地面をのたうちまわっている間に、髪の毛をつかんでいる男の両目に指をつっこみ腕《うで》をうしろにねじあげている。見ているだけで痛《いた》くなって、ジョニーは顔をしかめた。

記者は、腕をねじあげた男を地面にけりたおしていった。

「あっちへ行けっていったはずだぞ。二度とここに近づくな。さもないと、もう一度やってやる。それから警察《けいさつ》にもいうぞ。聞こえたか？」

男たちは悪態をついたが、すごすごとせまい路地を逃《に》げていった。記者がまたドアをノックしたので、今度はジョニーも中に入れてやった。くちびるが腫《は》れあがり、両方のこぶしから血が流れている。

「あいつら、どうして記者さんを追っかけてきたの？」と、ジョニーはきいた。

「おれじゃないよ。おまえさんを追っかけてきたんだ。でも、もうやっかいばらいしてやったから、だいじょうぶ。おれがおまえを守ってるってわかったからな。こないだの戦争がおれみたいな男にやってくれたことが、たったひとつある。けんかのしかたを教えてくれたってことさ。あんな若造《わかぞう》が、おれを相手にできるもんかね。けど、おまえは用心したほうがいいぞ。どこへ行くにも気をつけるんだ。とくに暗くなってからはな」

記者はハンカチで血をぬぐっている。ジョニーはひじかけいすを引きよせ、エイダおばさんに見せかけた服をさりげなくいすからおろした。それからいすの上に乗って、高い棚《たな》から「平和」のマグカップの横にあるぬり薬を取った。「ありがとう」ジョニーは、記者に背《せ》を向けたまま礼をいった。ハッチさんに、記者としゃべってはだめだといわれたが、せめて、ぬり薬くらいあげなければ。

記者は話の糸口ができたとばかり、「食い物は足りてるのかい？」ときいてきた。それから、がらんとした部屋の中に食べ物があるかどうか探《さが》している。

ジョニーは食器棚の戸を開けて、ウィニーが逮捕《たいほ》されてからハッチさんがくれた食品を記者に見せた。すべて缶詰《かんづめ》だ。ハム、グリーンピース、それからコンデンスミルクの缶がいくつか。

「チーズも少しあるよ」ジョニーはそういって、窓《まど》わくに置いてある、油紙でくるんだ小さな包みに手をのばした。「ちょっと食べる？　パンはないけど」

「そりゃうれしいな、ジョニー」記者はそういって、片手《かたて》をコートのポケットにつっこんだ。「リンゴが二個あるんだよ。一個ずつ食わないか？」

ジョニーは、流しの横からナイフと、皿を二枚《まい》持ってきた。まず記者にウィニーの皿をわたそうとした――縁《ふち》が欠けていて、ぐるりと青いバラの絵が描《か》いてある――でもすぐに、これは自分で使わなきゃと思いなおした。知らない人に母親の皿を使ってほしくなかった。記者にはジョニーのをわたした。白い無地に、赤い縁取りのある皿だ。

リンゴとチーズをいっしょに食べると、なかなかおいしかった。記者はリンゴをかじりながら、なにげないようすでウィニーのことをききはじめた。最初のうち、ジョニーは短く、事実だけを答えていた。けれども気がつくと、堰《せき》を切ったように母さんのことを話しだしていた。父さんが亡《な》くなったとき、ウィニーが本当にひとりぼっちになってしまったこと。なぜなら父親が亡くなった一九一八年当時、母親とジョニーには親せきといえる人たちがひとりもいなかったのだ。それから、母さんがどんなに近所の人たちの世話をして、どんなにいっしょうけんめいに働いて、どんなに家賃《やちん》が上がるのを気に病んでいたか話した。耳をすましてきいていた記者は、すっかり同情したとみえて、帰るときにコインをひとにぎり置いていった。

「気をつけろよ、ジョニー」と、記者はいう。「おれが外へ出たら、すぐにさしこみ錠《じょう》をおろせ。で、なにかおれにいいたいことがあったら、ここに連絡《れんらく》してくれよ」

記者は新聞社の電話番号を紙切れに書いて、ジョニーにわたした。

ドアのさしこみ錠をおろしながら、ジョニーはほっとしていた。自分のことを本当に心配してくれる人がいたのだ。明日になったらハッチさんにいって、新聞社に電話をかけさせてもらおうと、ジョニーは思った。マリー・ラングフォードの行方を探《さが》すのを手伝ってくれと、記者にたのみこめるかもしれない。ラングフォード夫人が見つかったら、ウィニーが人殺しなどではないと証言してくれるにちがいない。記者にBCGの話をしたら夫人との約束をやぶることになるが、おそらくだいじょうぶだろう。とにかく本当の殺人者を見つけるためなのだから。

そのときジョニーは、暖炉《だんろ》の上から、あるものがなくなっているのに気がついた。

あの新聞記者が、父さんの写真を持っていってしまった。ハリー・スワンソンのたった一枚の写真。ジョニーが知っているかぎり、父親の面影《おもかげ》を見ることができるのは、あの写真の中だけだ。それを、あの男は持っていってしまったのだ。ジョニーにひとことのことわりもなしに。

あの男とは、もうぜったいに口をきいたりするもんかと心にきめた。ラングフォード夫人は自分の手で探さなくては。

28　詩人のためのセット

ジョニーには、はっきりとわかっていた。マリー・ラングフォードの行方を探《さが》すには、自分が知りすぎるほど知っている、ふたつの手段《しゅだん》を使うのがいちばんいい。郵便《ゆうびん》と新聞だ。ジョニーはロンドン・タイムズの個人消息欄《らん》に、また新しい広告を出し、エイダおばさんの私書箱《ししょばこ》の番号を書いておいた。それから、ハッチさんを手伝って郵便局にとどいた手紙を仕分けするときにはいつも、ラングフォード先生あての手紙はないかどうか目を光らせていた。ラングフォード夫人は外国にいて夫の死を知らないのだから、いつか自宅に手紙をよこすかもしれない――とりわけ、もうクリスマスが間近にせまっているのだから。警察《けいさつ》もおなじことを考えているらしく、毎日のように警官がやってきてフランスからの手紙が来ていないか調べた。だが、一通もとどかなかった。その警官は、こわされたウィンドウを見ても顔色ひとつ変えなかった。どうやら、ハッチさんやジョニーが町の人たちににくまれるのは当然だと思っているらしい。

ハッチさんは、その警官から捜査《そうさ》状況《じょうきょう》についてきき
だそうとした。

「なにか新しい事実は出たんですかね？　事件について、なにかわかったことは？」

警官の答えは、冷たいものだった。

「必要な証拠《しょうこ》は、ぜんぶそろってるんだ。それに、なにか捜査に進展《しんてん》があったとしてもどうしてあんたにいわなきゃならんのかね？　あんたは、容疑者《ようぎしゃ》とけっこう親しくしてるって話じゃないか」

その週末、ジョニーはたっぷり時間をかけて、お金をかせぐ新しい計画を考えた。あと何日かすれば家賃《やちん》が上がるのはわかっているし、そうなれば、ウサギにかくしてあるお金だって長くはもたないだろう。もうえんりょがちな広告を出すほど、気持ちに余裕《よゆう》がない。広告の文案をふたつ、三つ書いてみた。

「あなたの家を、田園風に変えてみませんか？」この広告にひっかかって六ペンス送ってきた人のもとには、こんな返事がとどくはずだ。「どろだらけのブーツをはいて、家の中を歩きまわりなさい」

返信用の封筒《ふうとう》の中に、見本のどろを少しばかり入れようとまで考えた。種も、少しは入れられるかもしれない。墓地の植えこみから、いくらでも取ってくることができる。これは魔法《まほう》の種です……なんていえるかも。このアイデアは、劇場《げきじょう》のポスターを見て思いついたものだった。その劇場ではクリスマスのおとぎ芝居《しばい》として、「ジャックと豆のつる」を上演《じょうえん》することになっていた。

ところで、ジョニーにいちばんよく連絡《れんらく》をくれる野心に燃える詩人は、なんと一度に十篇《ぺん》の詩を送ってきて、「詩人パトロール」の意見をきいてきた。同封されていた一ポンドの郵便為替《かわせ》にほくほくしたジョニーは、二晩《ばん》まるまる費やして返事を書いた。高額のお金にみあう返事でなければならなかったし、その男がまた詩を送ってきたいという気持ちにもさせなければならない。十篇の詩は、暖炉《だんろ》の横に積み重ねておいた。燃料に使おうと思ったのだ。けれども、そのときもっといいことに気づいた。詩の行間にはさみをいれて、詩の一行が入った細長い紙片《しへん》をつくり、くしゃくしゃにまぜる。そして「スタンブルトン・エコー」には、こんな広告がのることになった。

詩を作るキット
詩句《しく》をおとどけします。組み合わせて、あなただけの詩を作ってください。
一行につき三ペンス

あくる日いちばんに、ジョニーは「スタンブルトン・エコー」の広告部に走っていった。夕刊の広告欄《らん》に間に合った。カウンターのむこうにいたあの女の人は、エイダおばさんがすてきなアイデアを考えついたと思ったらしい。自分で作れるセットでしょ、クリスマス・プレゼントにぴったりの品だわね、などという。女の人のいうとおりだった。すぐに反響《はんきょう》があり、なかなかの人気商品だとわかった。

クリスマスイブには、「詩を作るキット」のおかげで一月いっぱい、ウィニーの裁判《さいばん》までの間の家賃《やちん》はぜったいにはらえると、ジョニーは確信《かくしん》した。その点についてはひと安心というところだったが、お金をどっさり持っているのがハッチさんにわかったら、いったいどういわれるかと思うと、胸《むね》が苦しくなった。

「おばさん、まだ針《はり》仕事を続けてるんだな」束になった郵便為替《ゆうびんかわせ》を差しだしてお金にかえてもらったとき、ハッチさんはそういった。郵便局がクリスマス休暇《きゅうか》に入る直前のことだ。「それはよかった」

ジョニーがエイダおばさんのことを打ち明けようとしたとき、お客がひとり入ってきた。ちかごろは商売あがったりなので、ハッチさんは一秒たりともお客をほうっておけないのだ。ジョニーのほうも、そのお客が「スタンブルトンの血に飢《う》えたホステス」のことを思い出すとたいへんだから、倉庫に飛びこんだ。こうしてまた、ハッチさんに告白するチャンスは、やってきたと思ったとたんに去っていってしまったのだった。

29 ハッチさん、拘置所《こうちしょ》に行く

ジョニーは倉庫の中で、自分の書いた手紙を何度も読みかえした。ウィニーにあてた手紙で、ハッチさんが拘置所に持っていってくれることになっている。手紙の中でジョニーは、ふたりが最後にいっしょにいたあの晩《ばん》に、ウィニーをひどく怒《おこ》らせてしまったことをあやまり、それからあとのおそろしいできごとは、なにからなにまで自分のせいだと書いた。そして、ウィニーを救い出すためには、どんなことでもするつもりだと誓《ちか》った。「楽しいクリスマスを」と書かずに終わらせるのはよくないような気がした。ふたりがそんなクリスマスをすごせるはずがないのはわかりきっているけれど。もう、そろそろ正午だ。すぐに、ハッチさんが拘置所に向かう時間がやってくる。ジョニーの目に、ひとりぼっちで牢屋《ろうや》にいる母親のすがたがうかんだ。母さんを牢屋から出すために、だれかがなにかやってくれているんだろうか。

じつをいうと、ウィニーがなにより心配していたのは、息子《むすこ》のジョニーのことだった。自分がつかまってから息子がどうなったのかさっぱりわからないし、だれも話してくれない。裁判所《さいばんしょ》が指名した弁護士が面会に来てはくれたが、望みがありそうなことは、なにもいってくれなかった。弁護士もまた警察《けいさつ》とおなじように、ウィニーが有罪の判決を受けるのは避《さ》けられないと思っているにちがいない。もう一度ジョニーに会うことができるのだろうか？　ふたりが最後にあんなにもあらあらしい言葉しか交わせなかったと思うと、目の前が真っ暗になってしまうし、自分がどんな罪もおかしていないとはいえ、息子を本当にひどい目にあわせてしまったと思わずにはいられなかった。独房《どくぼう》にいるのはさびしかったが、運動の時間に外に出され、ほかの囚人《しゅうじん》たちといっしょになるのはおそろしかった――もっとも囚人たちは、人を殺すことのできる女だと思って、ウィニーに近寄ってはこなかった。二週間近く、ほとんどなにも食べなかったから、ウィニーはそれまでよりもさらにやせ細ってしまっていた。独房に鏡はなかったが、自分でもよくわかる。いまやマリー先生が法廷《ほうてい》で証言したとおりの女、あのおそろしい夜に酒場にいた、なかば気がふれて絶望《ぜつぼう》しきった、けだもののような女になってしまったのだ。みだれた髪《かみ》はすっかりぎとぎとしてしまい、ちゃんと身体を洗《あら》いたいと、どんなに思っていたことか。

看守《かんしゅ》に連れられて面会室に入ったウィニーは、目を丸くした。あのハッチさんが、大柄《おおがら》な体をはずかしげに背広《せびろ》につつんで待っていたのだ。ちっちゃなテーブルの前にすわったハッチさんは、悪いほうの足を横に投げだしていた。けれども、ウィニーの胸《むね》はおどった。とうとう息子のようすを教えてくれる人が来てくれた。

「ジョニーは、どうしてます？」と、思わずむちゅうできいてしまったウィニーは、すぐにわれにかえって「ハッチンソンさん、ご親切にいらしてくださって、本当にありがとうございます」と、ていねいに礼をいった。

「いやいや、会えてうれしいですよ」と、ハッチさんはすぐにかえしたが「あの、うれしいというのは、あまり……つまりその、おわかりでしょうが」といった。それからきまりが悪いのかちょっとおしだまったあと、こう続けた。「店から、食べ物を少し持ってきたんだが。小さな豚肉《ぶたにく》のパイと、チョコレートもいくつか。けど、入り口で没収《ぼっしゅう》されちまってね」

「まあ、残念だわ。それはともかく、ありがとうございます。看守《かんしゅ》さんたちが、おいしく食べてくれるとうれしいけど」

そんなじょうだんをちょこっといえるウィニーの芯《しん》の強さに、ハッチさんは胸《むね》がじーんとした。

ジョニーの手紙を、ハッチさんはポケットから取り出した。

「あの連中も、これは持って入ってもいいっていってさ。もちろん、最初に中味を読んだけどね。ずいぶんきれいな字を書くっていってたよ」

「そう、そうなんですよ。あの子は、わたしのじまんの息子《むすこ》ですもの」

ウィニーはそういうと、封筒《ふうとう》をほおにおしあてて泣いた。


そのころ、ジョニーはひとりぼっちで台所のいすにすわり、ハッチさんはどうしてるかなあと思っていた。自分もどんなに拘置所《こうちしょ》に行きたかったことか。外が暗くなってくると、表の通りからクリスマス・キャロルをうたう人たちの声が聞こえてきた。ジョニーは、ランプをともさなかった。

みんなに、うちは留守だと思ってもらいたい。クリスマスを祝う、うれしそうな人たちと顔をあわせたくなかったし、先週、あの新聞記者が追いはらったならず者たちがまた来るかもしれなかった。けれども、ハッチさんの足音を聞いたときは、急いでドアをあけた。足を引きずりながら路地をやってくるハッチさんの足音は、すぐにわかった。ハッチさん、拘置所の帰り道にちょっと店に寄ってから来てくれればいいなあ、とジョニーは思っていた。とにかく腹《はら》ぺこだったし、クリスマスらしいごちそうだって食べたい。だがハッチさんは、なにも持たず、きびしい顔つきで入ってきた。

「こりゃあ、おどろいた。こんなに暗い中にひとりぼっちで、なにをしてるんだね？」

「なんにも。母さんのことを考えてただけ。母さん、どんなだった？」

ハッチさんは、ため息をついた。

「思ってたより元気だったよ。それより、おまえのことを心配してたぞ」

「そんな必要ないのにね、ハッチさん。そういってくれればよかったのに。ぼく、自分のめんどうくらいみられるもの」

「おれも、おまえは元気にしてるよっていっといた。だが、おふくろさんは、そのほかのことも話してたぞ——おれが、自分でちゃんと気づいてなきゃいけなかったことをな」ハッチさんはそこで言葉を切って、目をそらした。ジョニーはいっしゅん、裁判《さいばん》のことでなにかおそろしいことを聞かされるのではと思った。だが、まったく別のことだった。ハッチさんは、大きく息をすってから、はっきりとこう言ったのだ。「ジョニー、おれはエイダおばさんのことを知ってるぞ。おふくろさんが、すっかり話してくれたんだ」

ああ、これでウソをつかなくてもよくなったとほっとしたと同時に、ひどく怒《おこ》られるのではと、ジョニーはこわくなった。ほかのみんなが敵にまわったいま、ハッチさんまで失うと思うと、もう耐《た》えられなかった。

「ごめんなさい。打ち明けようと思ったんだけど、どうやって話したらいいかわからなくて」

ハッチさんのほうは、ジョニーのことをかわいそうに思ったが、いままでのふるまいを考えると腹《はら》が立ってしかたがなかった。なんとか落ち着かなければと思って、ハッチさんはいった。

「ジョニー、おれはショックを受けたよ。おまえにこんなに長いことだまされてたと知ってショックだったし、がっかりもした。こんなことさえなければ、おまえにお仕置きしてたところだ。それからな、おまえがもう一度おれをだましたら、そのときはがまんできないからな」頭をたれたジョニーに、ハッチさんはいくらかやさしい声で続けた。「だが、いま考えなきゃならんのは、おまえをひとりぼっちでこの家に置いとくわけにはいかないってことだ――クリスマスなんだから、なおさらだ。もしわかってれば、おまえを毎晩《まいばん》ここに帰らせるようなことはしなかったのにな。おふくろさんとも相談したんだが、落ち着くまでおれのうちに来て、いっしょにくらそう」

「裁判《さいばん》が終わるまでってこと?」と、ジョニーはきいた。「裁判が終わったら、母さんを出してくれるんだね?」

「そうだよ」ハッチさんは、答えた。ジョニーがなっとくしてくれるといいが。「そのころにはすべてかたづいてるさ。さあ、自分の部屋に行って、持ってく物を集めてこい」

ジョニーは、シャツにわずかな下着をくるんだものを持って、あっという間に台所にもどった。ぬいぐるみのウサギをしっかりにぎっているジョニーを見て、ハッチさんは胸《むね》が熱くなった。こいつとは、ぜったいに別れるもんかといっているみたいじゃないか……。

「なにか金目のものがあったら、持っていったほうがいいぞ」と、ハッチさんはいった。「留守の間に、だれかうちに入るかもしれないからな」

ジョニーは手に持ったものを置いて、「平和」のマグカップをおろそうといすにのぼった。それからウィニーの部屋にいき、留めてない床板《ゆかいた》を持ち上げた。父親の勲章《くんしょう》と、家の大事な書類を入れてある箱を取り出す。そのほかに、家から持ち出したいものはなかった。もちろん、父さんの写真は別だ。だが、その写真はすでになくなってしまっていた。

30　ハッチさんの家

ハッチさんの店の二階に上がるのは初めてだった。自分の家にくらべると、ハッチさんのうちは、なんともぜいたくだった。ランプではなく電球がついているし、床《ゆか》はリノリウム敷《じ》きで、浴室には水とお湯の両方が出る水栓《すいせん》がついている。ハッチさんにいわれて、ジョニーは二階に上がるとすぐにお風呂《ふろ》に入り、高価な石けんを使った。その石けんが店にならんでいるのは知っていたが、ついぞ箱から出されたのを見たことがない。ハッチさんは店におりて、歯ブラシと歯みがきを持ってきてくれた。歯みがきは新製品《しんせいひん》で、チューブに入ったペーストを口に入れるとぶくぶくとあわだち、あまいハッカの香《かお》りがふわっと口じゅうに広がった。

お風呂のあとで、ジョニーは台所に行ってみた。ハッチさんが、ジャガイモをつぶしてマッシュポテトを作っている。台所の中は、がらんとしていた。棚《たな》はやたらにあるのに、なにひとつ置いてないのだ。

「店が食料庫の代わりなんだよ」と、ハッチさんは説明してくれた。「必要なものだけ、下から持ってくることにしてるんだ」

台所も浴室におとらず、湯気でもうもうとしていた。ハッチさんはビーフシチューの缶《かん》のふたにふたつ穴《あな》をあけ、小型のしゃれたガスストーブの上で湯煎《ゆせん》にかけていた。デザートも、ちゃんと用意してある。小さく切ったパイナップルの缶詰《かんづめ》とコンデンスミルクだ。コンデンスミルクの広告を、ジョニーは新聞で見たことがある。「医者から医者へと伝わっていく、ネスレ・ミルクのすばらしいききめ」と、うたっていた。いつかこの宣伝文句《せんでんもんく》をこっそりいただいて、自分の広告に使ってみようとジョニーは思っていた。でも、もうその機会は永遠にないだろう。

ジョニーは、ハッチさんがマッシュポテトに大きなバターのかたまりを入れるところを、すきっ腹《ぱら》をかかえ、目をかがやかせて見物していた。ハッチさんはウィニーを訪《たず》ねたときのことを話し続けていたが、ジョニーはだまって聞いていた。だが、ジョニーは覚悟《かくご》していた。そのうちにきっと、あのことをきかれるにちがいない。とうとうハッチさんは、そのことを切りだそうと心にきめたようだ。

「ところで、ジョニー」ハッチさんは、重々しい口調でいった。「エイダおばさんがいないんだったら、あの郵便為替《ゆうびんかわせ》はどこから手に入れたんだね？」

最初こそジョニーはぽつりぽつりと話していたが、そのうちに秘密《ひみつ》から解放されてほっとしたせいか、だんだんわくわくしてきた。しまいにはじまんの鼻も高々と、自分の商売についてすっかり打ち明けてしまったのだ。「たちまち背《せ》が高くなる秘密《ひみつ》の方法」の事件から、「詩人パトロール」や「あくまでも、こっそりと」の身の上相談のことまで。

ハッチさんは、いまジョニーが耐《た》えている苦しみや悲しみを考えると、なんとかやさしくしてやらなければと思っていた。だが、ジョニーがしでかした悪事については、断じてにこにこしながらうなずくわけにはいかなかった。

「たったいまやめるんだぞ、ジョニー。まったくなんてこった！　どうして悪いのか、わからんのか？　だまされた人たちがどんなふうに感じてるか、想像もできないのかよ？」

「想像しなくても、わかってるよ。よーく知ってるもん。だって、最初はぼくがやられたんだからね」

「だからって、ほかの人にやってもいいっていうのか！　そんなことは、顔も名前も知らない人に金を送ってこさせるいいわけにはならん！」

「お金を取るだけじゃなくって、いつもなにか、かえしてるんだ。相手がかえしてもらいたいなって思ってるものじゃないかもしれないけど」

「それから、切手を売ってるようだが、あれはどういうことだ？」

「切手を売ったりしてないけど」

「おまえは、切手を王さまの肖像画《しょうぞうが》だっていったそうじゃないか。それで、みんな肖像画を買おうと金を送ってくる。それは切手を売ってるのとおなじことだぞ」

「そっか」

「それに、使ってない切手を売るのは法律違反《ほうりついはん》だぞ。ちゃんと資格《しかく》を取った郵便局《ゆうびんきょく》の職員でなきゃ、やってはいけない。おれは、郵便局をやってるから知ってるんだよ。見せてほしければ、郵便法ってのを書いたものを見せてやるよ」

「そのこと、知らなかったから――」

「それより、おまえはもっともっと悪いことをしたんだぞ。おそらく金をかせぐには、上《うわ》っ面《つら》より高値《たかね》で切手を売ったんだろうが」

「ウワッツラ？　どういう意味？」

「つまりな、『正式な肖像画』とやらをだれかに売りつけたときだが、おまえはいくら金を送れって言ったんだね？」

「一シリングだけど」

「それで一シリングの切手を送ったのか？」

「まさか。もっと安いやつだよ。三ペニーとか六ペニーの切手。とにかく、そのときぼくが持ってた切手だけど」

「それで金がもうかったってわけか」

「あたりです」

ハッチさんは、ドンッとテーブルをたたいた。

「それは、ますます悪質だ。犯罪なんだぞ、ジョニー。おまえは、罪をおかしてるんだ！　よりによっておふくろさんが無実の罪で拘置所《こうちしょ》に入ってるときに、息子《むすこ》のおまえが本物の犯罪をやってのけてるとはな。おまえを警察《けいさつ》に引きわたさなきゃいかんよ、ジョニー。そうしなきゃ、おれ自身が仕事を失うかもしれないからな」

ジョニーは目をぱちぱちさせて、必死に涙《なみだ》をこらえた。「ごめんなさい」蚊《か》の鳴くような声であやまる。「ぼく、母さんを助けたかったんです」

ハッチさんの怒《いか》りは、それぐらいでおさまるものではない。「なんだと！　ちっともおふくろさんの助けになってないじゃないか！」

「家賃《やちん》をはらうお金はできたもん」

ハッチさんは、もう自分をおさえられなかった。次の言葉が、考えるより先に口から飛び出してしまった。「おまえ、いったいなにをいってるんだよ。おふくろさんは死ぬかもしれないんだぞ！」

ふたりはだまってしまった。ふたりとも、胸《むね》がかきむしられるほど苦しくなった。しばらくして、ハッチさんが沈黙《ちんもく》をやぶった。ジョニーを見ると、いまにもわっと泣きくずれそうな顔をしている。ハッチさんは自分をおさえ、だがきびしい表情をくずさないまま口を開いた。「なあ、ジョニー。もう、すべて終わりにしなきゃいけないよな？　おれは、警察《けいさつ》にいうつもりはない。少なくとも、おふくろさんのためを思えば、いうわけにいかん。だが、これから私書箱《ししょばこ》に手紙が来たら、すぐに開封《かいふう》しないまま集配所にもどすぞ」

「だめ、それはだめ！」ジョニーは、大声でいった。「ロンドン・タイムズ」にのせた広告のことを考えていたのだ。それからハッチさんに、自分がラングフォード夫人を探《さが》していること、それはウィニーの無罪を夫人が証明してくれるかもしれないと思っているからだということを話した。

「いい、ハッチさん。ラングフォード先生の奥《おく》さんは、どんなに母さんがいい人かって、みんなに話してくれるだけじゃないんだ。新しい証拠《しょうこ》を出してくれるかもしれないんだよ」

「どんな証拠だ？　もっとはっきりいってみろ」

「まず第一に奥さんは、母さんがお屋敷《やしき》のかぎをひとつも持ってなかったってことを知ってるんだ。母さんがいったのに警察は信じてくれない。けど、奥さんがいえば信じてくれるよ」それからジョニーはまよった。ラングフォード夫妻との約束をやぶって、ＢＣＧのことを話してもいいだろうか。そこで、おそるおそる切りだしてみた。「それから、もうひとつあるんだけど。だれかがラングフォード先生を殺したんだよね。それで、殺したのは母さんじゃないんだから、だれかがなんかの理由でやったってわけ。先生の奥さんは、それがだれか知ってるかもしれないよ。それに、その理由も」

ハッチさんからかえってきた言葉を聞いて、ジョニーはびっくりした。

「おふくろさんも、それとおなじことを言ってたぞ。おふくろさんは、ラングフォード夫妻について知ってることをすべて考えあわせて、犯人がどうして先生を殺したのか、その理由を考えたんだと。それでな、おふくろさんは、先生のやってた仕事となにか関係があるんじゃないかって思いついたんだそうだ。おれは、先生は引退してから医者の仕事をきっぱりやめちまったのかと思ってたが、どうやらまだ続けてたらしいな。おふくろさんに、なにやら新しい薬にかかわる仕事をしてるようなことを、ほのめかしてたそうだ。ＴＢに関係する薬かなにかだってさ」

「サイシス」と、ジョニーはいった。

ハッチさんは、ぎょっとなった。「なんだと?」どうやら、ジョニーがきたない言葉でののしったとかんちがいしたらしい。

「サイシスだよ。TBの別の名前。結核《けっかく》のこと」ジョニーは、用心しながら話を進めた。ウィニーは、どこまで知っているのだろう? ハッチさんに、いったいなにを話したのだろうか? 「それって、ラングフォード先生が教えてくれたんだ。先生は、TBを治す方法を自分たちの手で見つけたいって思ってたんだよ」

「そうらしいな。で、おふくろさんは、先生がもう、その方法を見つけたんじゃないかって思ってるそうだ。というか、まず病気がうつらないようにする方法をな。ラングフォード先生は、フランスで発明されたワクチンかなんかの話をしてたってさ。BBCとかいう名前らしいが」

いまになってジョニーは気がついた。ラングフォード先生という人は、どうやら秘密《ひみつ》を胸《むね》の中にしまっておけないたちだったらしい。それまでも、殺人者は先生のライバルである医者か、あるいは先生がやっていることを知って脅迫《きょうはく》した人間だと思っていたが、ますますその考えが正しいと思えてきた。ジョニーは緊張《きんちょう》がとけて、なんだか身体の力がぬけてしまった。BCGのことをハッチさんに話しても、先生たちとの約束をやぶったことにはならない。先生自身が、すでにウィニーに話していたのだから。そのウィニーだってハッチさんに打ち明けてしまった。それなら、すでに秘密とはいえないのでは?

「母さんのいうとおりだと思うな」と、ジョニーはいった。「母さん、そのことを警察《けいさつ》に話したの?」

「話そうとしたんだそうだ。だけど、警察は耳を貸そうともしない。おふくろさんが有罪だっていうことをひっくりかえすような話は聞きたくないのさ。それに、どっちみちウィニーだって、先生の話が本当だって自信を持っていえるわけじゃないし」

「だけど、ほんとなんだよ。ラングフォード先生が、自分でそういってたんだもん。ワクチンを作っているだれかと、いっしょに仕事をしてるって」

「だれとだって？　どこでやってるんだ？」

「ぼくの知ってるのは、『ずっとずっと遠くの、人里はなれた』ところにある研究所ってことだけ。だれにも見つからないようなところだってさ。ラングフォード先生が、そういってたんだ」

ハッチさんは、がっくりと肩《かた》を落とした。「なんだ。どこかでだれかと……ってことか。なんの役にも立ちゃしない。だろ？」

「フランスで奥《おく》さんを見つけることができたら、研究所がどこにあるか、きけるんじゃないかな。それに、奥さんに注意しろっていえるし。奥さんも、あぶないかもしれないんだから」

「だけど、どうやって奥さんを見つけることができるんだね？　警察だって、まだつきとめられないんだぞ」

「警察は、いっしょうけんめい探《さが》してるのかな？　警察署へ行って、こういうことをぜんぶ話したんだけど、ちっともきいてくれなかったよ。母さんが殺人犯だってきめつけてるんだもの、わざわざほかに犯人を探したりしないよ。お金をかけてまで、海の向こうにいる奥さんを探したりしないんじゃないの？」

　ハッチさんは、うなずいた。「どうやら、これからのことはすべて、おれたちの仕事になったようだな、ジョニー」

「ぼく、奥《おく》さんの行方を探《さが》そうとしたんだよ。新聞広告で」

「だが、フランスにいるんなら、奥さんはイギリスの新聞なんぞ読まないんじゃないかね？　別の新聞広告を出さなきゃいかんかもしれんぞ、ジョニー――だれの目にも止まるくらいの、でっかいやつを。ラングフォード先生の奥さんがどこにいるか知ってる人は、連絡《れんらく》をくださいって書くんだ」ハッチさんは、ちょっと言葉を切って考えた。「それでな、すべての全国紙と、地方紙にその広告を出すんだ。ラングフォード先生といっしょに仕事をしてたやつが気がつくようにな」

「だけど、すっごくお金がかかると思うな」

「そんなことは心配するな。金は、おれが出すよ。けど、こっちの身元は伏《ふ》せておいたほうがいいかもしれんぞ。おれたちが殺人犯を追っているってことを、万にひとつでも気づかれたらいかんからな」

「そしたら、ハッチさん……」

「ああ、そうだとも」ハッチさんは、フウッとため息をついた。「あと一回、エイダおばさんに登場してもらうよりほかない。それで、おばさんの私書箱《ししょばこ》に返信がとどくようにするんだ」

31 ラングフォード夫人はどこに？

ハッチさんは、二階の奥《おく》にある予備の部屋にベッドを用意してくれた。ジョニーは、郵便局《ゆうびんきょく》で使う正式な申請《しんせい》書類が入った段《だん》ボールにかこまれて、横になった。ハッチさんは、そういう大事な書類を下の倉庫に入れておくわけにはいかないと思っているのだ。粉末《ふんまつ》カスタードや魚のすり身とならべたりできるもんかね、と。ジョニーは、ウサギのぬいぐるみをしっかりとだいていた。商売をはじめるきっかけになった、あの夜のように。「たちまち背《せ》が高くなる秘密《ひみつ》の方法」でだまされたのがわかって、おねしょをした晩《ばん》のことだ。ジョニーはつかれきっていたが、見なれないものにかこまれているせいか、ちっともねむれなかった。そればかりではない。ハッチさんが、ラングフォード夫人と本当の殺人犯を見つけるのを手伝ってくれると知って、わくわくしていたせいもあった。真犯人は、いったいだれなのだろう？　おそらくＢＣＧのことを知っているやつにちがいない。別の医者だろうか？　それとも、フランスから来ただれかなのか？　もしかして、アフリカから仕入れたという効《き》き目《め》のない薬を売ろうとしていた男かもしれない。なぜなら、結核《けっかく》に感染《かんせん》しない方法をだれかが見つけたら、その男の商売はあがったりになってしまうのだから。ジョニーは、その薬の名前を思い出そうとした。ラングフォード夫人が火に投げこんだ新聞広告に名前がのっていた。

ラングフォード先生が、ウィンブルドンについてのさえないジョークをいったあとだ。アンバ……アンカ……アンカロアボだ。その名前の異国風《いこくふう》なひびきにさそわれるように、ジョニーはねむりに落ちていった。次の日がクリスマスだということも、まったくわすれていた。

けれども、ハッチさんのほうはわすれていなかった。ジョニーが目ざめると、ベッドの足元にプレゼントが置いてあった。どこにあった品か、ジョニーにはすぐにわかった。チョコレートもゼリーも砂糖漬《さとうづ》けの果物も、何週間か前に店にとどいたのを、ハッチさんとふたりで荷ほどきしたおぼえがある。どれもウィニーの逮捕《たいほ》からこのかた、見事なくらい売れ残ったものばかりだ。もちろんジョニーは、ハッチさんが夜中にこっそりと階下におりて取ってきたのだとわかっていた。それでも、ここ何年かはなかったことだが、サンタクロースは本当にいるのかもと、もう少しで思うところだった。ふたりのクリスマスランチは、いままで食べたことのないほどぜいたくなものだったが、ジョニーは心から楽しむことができなかった。この世界でいちばん大切な人が、いっしょではなかったからだ。

食事のあと、ハッチさんとジョニーはいっしょにすわって、ラングフォード夫人を探《さが》す広告を作った。さんざん考えたすえに、こんな広告ができあがった。

尋《たず》ね人　ラングフォードさん

マリー・ラングフォード夫人の居場所《いばしょ》を知っている方、左記に連絡《れんらく》を乞《こ》う。

夫人は、故《こ》ジャイルズ・ラングフォード医師の妻で、親せきといっしょにフランスに滞在《たいざい》しているると思われる。緊急《きんきゅう》事態につき、ただちに左記に連絡されたし。
ウォリックシア州、スタンブルトン　私書箱《ししょばこ》九号

クリスマスのあとの最初の便で広告を送ったので、この広告は新年になる前に全国の新聞に掲載《けいさい》された。

次の週、私書箱九号にどっさり手紙がとどいたが、ほとんどがジョニーが告白する前に大急ぎで作った広告に答えたものだった。ハッチさんにうしろから監視《かんし》されながら、ジョニーはすべての郵《ゆう》便為替《びんかわせ》をすぐに送りかえした。そのあとで、郵便為替の入っていない封筒《ふうとう》が一通とどいた。中には小さな紙切れが入っているだけで、それにはこう書いてあった。

マリー・ラングフォードの居場所は知らない。だが、おまえが危険《きけん》な目にあいたくないなら、ただちに彼女《かのじょ》を探すのをやめろ。

差し出し人の名前はない。
ハッチさんは、消印を調べた。「ブレクンのポストに入れたんだな」

「もう、警察《けいさつ》に行ったほうがいいんじゃない？」と、ジョニーはきいてみた。

「さあね」と、ハッチさんはいう。「最初に、もう少し調べてみたほうがいいんじゃないか？」

「だいたいブレクンって、どこなの？」

「スウォンジーの近くだと思うよ。ウェールズの」

「スウォンジーから来た子なら、知ってるんだ」ジョニーは、胸《むね》がドキドキしてきた。「オルウェンって子。ほら、前に話したでしょ。転校してきた女の子だよ。その子を探《さが》すことができたら、ぼくたちを手伝ってくれるかも」

「バカなことというな。けっきょく、ふたりも人探しをすることになるんだぞ。ひとりだって、たいへんなのに。それに、子どもがなんの役に立つんだい？」

ハッチさんのいうとおりだと、うなずくよりほかない。

「わかった」ジョニーは、しゅんとしてしまった。「ぼくだって、半分はそう思ってたんだけどさ。なにか、ほかのことを考えなきゃね」

ハッチさんも、考えこんだ。「別の広告を出したらいいかもしれんな——ブレクンあたりの新聞に。こういうのはどうだ？『尋《たず》ね人、ラングフォードさん、なにか知っている方はスタンブルトン、私書箱《ししょばこ》九号へ』としたら……」

「だめだと思うな」と、ジョニーは、いった。「スタンブルトンって、いわないほうがいいよ。そのせいで、もう脅迫《きょうはく》してきたやつがいるんだもん。今度は新聞社にある郵便《ゆうびん》受け箱を借りて、なにかとどいたら知らせてくれるようにたのんどいたらどう？」

ハッチさんは、ブレクンの地元紙の電話番号を調べてから電話をかけ、広告料をたずねた。新聞社の郵便受け箱一〇二号が割《わ》りあてられた。ハッチさんは自分で郵便為替《かわせ》を買って、ジョニーにきれいな字で広告文を書くようにいい、封筒《ふうとう》に郵便為替と手紙を入れた。

ジョニーは店の二階に行って、いわれたとおりにした。けれども、つくえの前にすわってみると、ひまなときになんとなく思いついた新しい広告を書きたくて、うずうずしてきた。その広告を出せば、けっこう何人かは引っかかるだろう。ハッチさんはぜったいにだめだというだろうが、いっさいお金が入ってこなくなったので、ジョニーは不安になっていた。とにかく、いつまでもハッチさんの世話になるわけにはいかないのだ。ジョニーとウィニーのせいで商売あがったりになっているいまは、なおさらだった。それに母さんが帰る日のために、ダグマウス横丁の家賃《やちん》もきちんとはらっておきたかった。

クリスマス直前に受け取った郵便為替を、ジョニーはまだ少し持っていた。ペットのしつけになやんでいる人たちが『犬のむだぼえに困《こま》っている方のなやみを解決します』という広告を見て送ってきたのだった。それぞれが一シリングはらって、「犬をやめて猫《ねこ》を飼いなさい」という答えだけを受け取っていた。

ジョニーは、この広告はあまりじまんできるものではないと思っていた。けれども、たんじゅんなアイデアなのにお金がたんまりもうかるというのは、よくあることだった。もうハッチさんはぜったいに郵便為替《ゆうびんかわせ》をお金にかえてはくれないから、ぜんぶジョニーの「お客」にそのまま送りかえすことになる。だが、「むだぼえ」で受け取った郵便為替については、答えを送ったときに返信用の封筒《ふうとう》を使ってしまったから「お客」の住所はわからなかった。だから、その郵便為替を新しい広告を出す費用にしても悪くはないだろうとジョニーは考えた。郵便為替はたくさんあったから、いつもより長い広告を作ることができた。

あなたの見かけを、永久に変える方法
自分の見かけになやんでいますか？　たちまち、そして永久に見かけを変えたければ一シリングを、当社郵便受け箱一〇二号あてに送ってください。

ちょっとためらったあとで、ジョニーはこの広告の原稿《げんこう》を、ハッチさんが作ったラングフォード夫人の個人消息を求める広告といっしょに、ブレクンの地元紙あての封筒に入れた。封をして階下におりると、ちょうど郵便物を集めにきた郵便局員にわたすことができた。

両方の広告は、たちまち効果があった。しかも、その効果たるや、まさにびっくりするようなものだった。一週間後、ハッチさんが店のドアの近くにある電話ボックスで電話を受けたのだ。家に電話がない人たちは、ときどき自分あての電話をハッチさんの店にかけてもらっていた。だが、ちょうどそのときは（ハッチさんがジョニーを世話するようになってからは、しょっちゅうだったが）店にはだれひとり客がいなかった。

「もしもし？」と、ハッチさんはいった。

電話線の向こうにいる人が話している間、ハッチさんはだまっている。

それからハッチさんは、「郵便局員の声」で答えた。

「もうしわけありませんが、それはお答えできません。私書箱《ししょばこ》所有者の氏名は秘密《ひみつ》にしておかなければならないきまりでして……」

ジョニーは、せっせと大袋《おおぶくろ》の小麦粉を量っては三ポンドの袋につめかえているところだったから、ハッチさんの声の調子が変わったのに、すぐには気づかなかった。顔を上げると、ハッチさんは電話ボックスから上半身を乗り出し、指を鳴らしてジョニーの注意をひこうとしている。

「……ですが、たまたまここに」と、ハッチさんは続ける。「その私書箱を持っている女の方が来ておりまして。ちょっと電話を代わってもらいます」ジョニーよ、ラングフォード夫人をたずねる広告の返事だとさとってくれ……。ハッチさんはいのりながら、ジョニーに声をかける。「奥《おく》さあん！」大声で続ける。「奥さあん。あなたに電話ですよ！」

ハッチさんはジョニーに受話器をわたしたが、そのままぴたりとくっついて、耳をすましている。

「もしもし？」ジョニーは電話に出た。男の子でなく女の人の声だと相手が思ってくれればいいが。

「わたくしに、なにかご用でしょうか？」

「あんた。用心するんだな」電話線のむこうにいる男がいう。「おれが地元の新聞に出てる新しい広告に気づかないとでも思ってるのか。頭がおかしいんじゃないか、おまえは。『尋《たず》ね人、ラングフォードさん』だって？　そんなことを知ってるやつはいないし、これからだって出てこない。前にも手紙で警告《けいこく》したはずだぞ。わすれるな。自分の身を守りたきゃ、このことに首をつっこむんじゃない。聞こえてるのか？　それから、おぼえとけ。おれは、おまえがどこにいるのか知ってるんだからな」

電話は切れた。ジョニーは、ふるえあがった。男のいうとおりだ。エイダおばさんの住んでるところが知られてしまった。おばさんがこの世に存在《そんざい》しないことに、その男が気づいていなくても。そして、その男がスタンブルトンにやってくれば、郵便局《ゆうびんきょく》を見つけるのはわけもない話だ。ハッチさんをおどして、エイダおばさんが本当はだれなのか白状させようとするかもしれない。いよいよ、あぶない話になってきた。だがいっぽうで、電話をかけてきた男はハッチさんとジョニーに重大な事実を教えてくれてもいたのだ。この男こそ、あの脅迫状《きょうはくじょう》の差し出し人で、ラングフォード先生殺人事件にかかわりがある。そしてなにより重要なのは、男がウェールズなまりでしゃべっていたことだ。

「あなたの見かけを永久に変える」広告をポストに入れたとたん、ジョニーは後悔《こうかい》していた。もう広告商売はしませんとハッチさんにまじめに誓《ちか》ったばかりなのに、誘惑《ゆうわく》にかられるとすぐに約束をやぶってしまうとは。どうかだれも手紙をよこしませんように。いつウェールズの新聞社から小包がとどくかと、ジョニーはびくびくしていた。その小包の中には、マリー・ラングフォードの消息が入っているかもしれないのだが。私書箱一〇二号の中味が郵便為替《かわせ》と切手をはった返信用の封筒《ふうとう》の束だと知ったら、ハッチさんはどんなに怒《おこ》ることか。ジョニーには、その顔が見えるような気がした。だから、ウェールズからのぶあつい小包がハッチさんが新聞配達に出ている間にとどいたとき、ジョニーはほっと胸《むね》をなでおろした。

小包をあけようと、ジョニーは二階に持っていった。「あなたの見かけを永久に変える」広告は、大成功だったにちがいない。ジョニーの思ったとおりだ。だが、じっさいに小包をあけると、わくわくした気持ちはすうっとうすれていき、自分がはずかしくてたまらなくなった。なんと尋ね人の広告にはだれも返事をよこしていないのに、「見かけを変える」ほうには十三通もかえってきたのだ。ジョニーには、わかっていた。ハッチさんとあんなに約束したのにもかかわらず、自分はこっそり十三回返事を書き、郵便為替をウサギの中にかくすだろう、と。ジョニーは、差し出し人が自分の住所を書いてある返信用の封筒に、ぱらぱらと目を通していった。どれも安物の小さな封筒で、ハッチさんが一ダース四ペンスで売っているような代物だ。ふたの縁《ふち》を波型にカットした、少し厚手のものもある。ピンク色で、香水《こうすい》のにおいをつけたのもあった。半分ほど見ていくうちに、どこかの事務所から来たような茶封筒を見つけた。住所はウェールズになっている。はしが丸まったような癖《くせ》のある字に、ジョニーは見おぼえがあった。住所は、こう書いてある。

ウェールズ、ニア・ブレクン　クライグ・イ・ノス城《じょう》
ミセス・J・W・モーガン

どこでその字を見たのか思い出せなかった。前にブレクンから来た脅迫状《きょうはくじょう》の字とは、かなりちがう気がする。だが、ちゃんとたしかめてみなければいけない。警察《けいさつ》に見せなければいけないかもしれないので、脅迫状は母親が大事なものをしまっておく箱の中に入れておいた。父親がもらった勲章《くんしょう》や出生証明書といっしょにしておいたのだ。やっぱりジョニーの思ったとおりだった。茶封《ちゃぶう》筒《とう》の字と脅迫状の字は、まったく似ていない。それでも、つい最近、封筒に書いてある字を見たおぼえがたしかにある。以前からハッチさんの店に来ている客の字だろうか？　それとも、あの身の上相談に返事をよこした人？　恋《こい》になやんでいる人なら、見かけを変えたいという気になるかもしれない。だけど、どうやって調べればいいだろう。なやんでいる人たちからの手紙は、ひとりぼっちで家にいるときに暖《だん》をとろうと燃やしてしまっていた。

脅迫状を箱にもどそうとしたとき、ふとその書類が目に入った。父親の死を知らせる電報の横に、ラングフォード夫人がウィニーのために書いた紹介状《しょうかいじょう》があった。英霊《えいれい》記念日に書いてくれたものだ。封筒には、こう書いてあるだけだった。

関係各位

うたがいようもなく、茶封筒の字とおなじだった。それぞれの字の最初の書き出しが、くるりと丸くなっている。子どもが描《か》く、カタツムリの絵にも似ていた。ウェールズの住所も、「ミセス・J・W・モーガン」というあて名もそうだ。ジョニーは、紹介状のびんせんを開いてみた。「ミセス・ウィニフレッド・メイ・スワンソン」という母親の名前の字も、ところどころカタツムリのように丸まっている。字の最後の止めのところも、いまとどいた封筒のミセス・J・W・モーガンとおなじに、気取って長くのばしている。ジョニーには、わかった。マリー・ラングフォードとJ・W・モーガンは、同一人物なのだ。マリー・ラングフォードは、フランスにいるのではない——ウェールズにある城《しろ》にいる。そして、なにかの理由で自分の見かけを「たちまち、そして永久に変えて」しまいたいと思っているのだ。

32 黒い岩

ジョニーは、新しく来た手紙の束をマットレスの下にかくしてから、ハッチさんにブレクンから来た茶封筒《ちゃぶうとう》を見せようと階段《かいだん》をかけおりた。

「ハッチさあん！　ハッチさあん！　返事が来たよ」店の中にはねるように入っていきながら、ジョニーは大声でいった。

ハッチさんはちょうど朝刊の配達から帰ってきて、せっせと開店の準備をしているところだった。

「ほら！　ハッチさん！　見て！　ラングフォード先生の奥《おく》さんの字だよ」

ジョニーは、茶封筒をハッチさんの前にぐいとおしやった。ハッチさんは封筒を手に取って、しげしげと調べている。

「それで、奥さんはなんていってきたんだね？」

ジョニーは、口をつぐんだ。

「広告には『尋《たず》ね人、ラングフォードさん。なにか知っている方は……』と書いたよな？　なんて返事してきたんだ？」ハッチさんは、封筒の中をのぞいている。からっぽだ。ちょっと首をかしげてからすぐに、ハッチさんは怒《おこ》りだした。もっと注意してかくしておけばよかったと、ジョニーは後悔《こうかい》した。

「ジョニー」ハッチさんは、きびしい声でいった。「ジョニー、話すんだ。正直にな。どうしてこの女性は、自分のあて名を書いた封筒を送ってきたんだね？」

なんとみじめなしゅんかんだったことか。もし、その日が年金支はらい日でなかったら、郵便《ゆうびん》局《きょく》にどっと町の人が入ってこなかったら、ジョニーはどんなにおそろしい目にあっていたことだろう。お客が年金をおろす手続きをしている間を縫《ぬ》って、ハッチさんとジョニーは小声で話しあった。ジョニーは、ウェールズの新聞に最後のインチキ広告を出したことをみとめた。ハッチさんが前にもまして怒《いか》り心頭《しんとう》なのが、ジョニーにもわかった。けれども、お客には愛想よくしなければならないので、そうそうふきげんな顔をしているわけにもいかない。そして、ついにラングフォード夫人の居所がわかったという事実を知るにつれて、やっと怒りもおさまったというわけだ。ハッチさんは、ラングフォード夫人の住所に、ひどく興味をおぼえたようだ。

「クライグ・イ・ノス城《じょう》ねえ。なんだか堂々とした場所みたいじゃないか」

「どうやったら、もっとわかるのかな？　図書館へ行ったらいい？」

「いいや、ウェールズのことは、図書館じゃあんまりわからんだろうよ」ハッチさんはそういうと、胸《むね》をはってネクタイを直した。「これは、とても重要な事項《じこう》だから、郵便局の連絡網《れんらくもう》を使ってもいいだろう」

というわけで、郵便局員ハッチさんは、二〇〇キロ以上はなれたウェールズのブレクンに長距離《ちょうきょり》電話をかけた。ジョニーは、ハッチさんとブレクンにいる相手が、郵便局員《ゆうびんきょくいん》同士のおしゃべりをするのを聞いていた（ふたりとも、本局から通知を受け取ったとこぼしている。〈少なくとも一か月に一度は電話機のコイン受けを空《から》にすること〉。ハッチさんも相手の郵便局員も怒《おこ》ってる。本局がこんな命令をするとは、おせっかいせんばん……とかなんとか）。それからやっと、ハッチさんが質問をした。悪いほうの足がぴくぴくふるえている。ウソをつくのが苦手なんだなと、ジョニーは思った。

「ところでさ、手紙をひとつ受け取ったんだけどな。どういうわけか、おれのところに来ちまって。だが、けっこう大事な手紙だと思うんだよ。なんちゅうか……そのう……見たところ『緊急《きんきゅう》』って感じがするんで、わかるだろ？　けど、おっそろしくへたくそな字で書いてあってな。あんたなら、なんて書いてあるのか教えてくれると思って」ハッチさんはクライグ・イ・ノスの住所を、いかにも読みにくいといわんばかりに、たどたどしく読みあげた。もちろんラングフォード夫人の字は、だれにでもすぐに読めた――たしかに、ちょっと変わってはいたけれど。

ジョニーにも電話線の向こうにいる男の声は聞こえたが、ハッチさんが質問してから長いことだまっている間は、なにをいっているのかさっぱりわからなかった。そのうちに、ハッチさんがこういって電話を終わらせた。

「ああ、あんたのいうとおりだな。ありがとうよ。そこに転送するよ」

ハッチさんは、なにを聞いたのだろう？　ジョニーは、早く聞きたくて、うずうずしてきた。

「さてと」と、ハッチさんは受話器を置く。「いやはや、おもしろいな。このクライグ・イ・ノスって名前のことだよ。なんと『黒い岩』って意味だってさ。それか『夜の岩』だって」

「そんなことは、いいんだけど」ジョニーは、いらいらしてきた。「それって、どこなの？　どんなところだって？」

「どうやら本当にお城《しろ》らしいんだよ――ただし、新しい城だ。有名なオペラ歌手の持ち物だったんだってさ。アデリーナ・パッティっていう、女の歌手だ。パッティは、城に全財産《ぜんざいさん》をつぎこんだそうだよ。城には劇場《げきじょう》や、おそろしく広いグランドや、その城のための駅まであったんだって。アデリーナ・パッティといったら、戦前の大スターだったものなあ」ハッチさんの説明ときたら、ウェールズの郵便局員のくせがうつったのか、まわりくどいったらない。

ジョニーは、また口をはさむことにした。

「そんなオペラ歌手といっしょにくらして、ラングフォード先生の奥《おく》さんは、いったいなにをしてるんだろうね？」

「うん、いいことをきいてきたな。いいか？　アデリーナ・パッティは、とっくの昔に死んでいる。だからクライグ・イ・ノス城《じょう》は、もうだれかの住まいじゃないんだよ。いまでは病院になってる」

ジョニーは、息をのんだ。ハッチさんは、得意満面でいいはなった。

「さあて、どんな病院になってるか当てられるかね？」

ジョニーは、早く話の続きがききたくて、じりじりしていた。

ハッチさんは胸《むね》をそらせると、こう告げた。

「クライグ・イ・ノス城《じょう》はな、ジョニー。いまはなんとサナトリウムになってるんだよ」

「やっぱりな！」ジョニーは、大声でいった。「母さんがいったとおりだよ。なにもかも、サイシスのせいで起こったんだ。みんな、サイシスにつながってるんだよ」

「そのようだな、ジョニー。けどたのむよ。みんなとおなじにTBとか、結核《けっかく》とかいってくれんかね」

「警察《けいさつ》に話したほうがいいかな？」と、ジョニーはきいた。「今度は警察も、ぼくたちのいうことをきいてくれるんじゃないの？」

「そうだな。すぐ電話してみよう」

ハッチさんは電話ボックスにもどった。ボックスの外をうろうろしながら耳をすましたが、ハッチさんが声をひそめているので聞きとれない。そのとき、店のドアについている鈴《すず》が鳴って、客が入ってきた。ジョニーが、客の相手をした。そのおばさんのそっけないことといったらなかった。このごろは、たいていの客が似たような態度を取る。おばさんは、自分はたまたまマッチを切らしたから来ただけだと、はっきりいった。ちょっとマッチを買うためだけに、遠くの店まで行くこともないからね、という。おばさんが店を出ていくとき、ハッチさんがガチャンと乱暴《らんぼう》に受話器を置く音がした。ジョニーは、電話ボックスのドアをあけた。警察からいい返事をもらえたのだろうか？　だがハッチさんは、腹立《はらだ》ちまぎれに電話ボックスの壁《かべ》をなぐっている。ジョニーは、ハッチさんが口ぎたなくののしるのを初めて聞いた。

「なんの役にも立ちゃしない。ジョニー、あいつらに話を聞かせようとしたって、むだな話だ。もう、きめちまってるからな。あいつらにいわせりゃ、おまえのおふくろさんは有罪で、おれやおまえのいってることはすべて、おふくろさんを刑《けい》からのがれさせようと思ってのことなんだと。先生の奥《おく》さんを見つけたって話すひまさえくれなかったんだから」

「じゃ、ぼくたちはどうすればいいの？　ふたりでクライグ・イ・ノスへ行って、なにが起こってるのか調べたほうがいいんじゃない？」

「できればそうしたいよ、ジョニー。おれを信じてくれ。本心からそう思ってるんだからな。けど、おれは店をはなれるわけにはいかないんだ」

「店を閉《し》めても、だいじょうぶじゃないの？　一日かそこらだったら」

「店のほうは、だいじょうぶだ」と、ハッチさんはいう。「正直いって、このさわぎが起こってから、店をあけるとかえって金がかかってな。おれが心配してるのは、郵便局《ゆうびんきょく》のほうだよ。郵便局を休まずに営業しなきゃならんと、法律《ほうりつ》できまってるからな。町の人には、郵便局が必要なんだ。ただ閉めちまうわけにはいかないんだよ」

「でも、ハッチさんが病気になったらどうするの？」

「そしたら本局に連絡《れんらく》を入れて、別の郵便局長をよこしてもらう。でも、連中はいい顔をしないだろうな。それで、あとになっておれが病気じゃなかったってわかったら、おそらくクビにされるよ。おれはもう、二度と公務員にはもどれないだろうよ」

「でも、見つかることなんてないんじゃない？」

「おれたちのクライグ・イ・ノス行きが、けっきょく失敗に終わったときにはな。けど、成功したらどうなる？　もしおれたちが殺人事件を解決できて、おふくろさんが牢屋《ろうや》から出てきたら、新聞やなんかは大さわぎで書きたてるだろうよ。おれも、本局からいろんなことをきかれるだろう。おれのついたウソなんぞ、すぐにばれっちまうよ」

もしクライグ・イ・ノス行きが成功して、ラングフォード先生の奥《おく》さんが助けてくれたおかげで母さんが釈放《しゃくほう》されたら……。ジョニーの胸《むね》は高鳴った。そのいっぽうで、ハッチさんのいいたいことも、よくわかった。

「それじゃ、ぼくが行くよ」と、ジョニーはいった。

「おまえ、本気か？」

「もちろん本気だよ。母さんとラングフォード先生の奥さんが、あぶないんだもの。ふたりを助けられるのは、ぼくしかいないんだ。どうしても、ぼくが行かなきゃ」

ハッチさんは、考えこんだ。「おまえを行かせていいものかどうかなあ。おふくろさんに、おまえをしっかり守るって約束しちまったもんなあ」

「悪いけどね、ハッチさん」ジョニーは、覚悟《かくご》をきめていった。「ぼくだって、ハッチさんのいうとおりにしなきゃいけないのはわかってる。だけど、もしハッチさんが行かせてくれなくても、ぼくは行くよ。なにがなんでも行く。切符《きっぷ》を買うお金なら持ってる。もしハッチさんが助けてくれたら、まちがった汽車にだけは乗らなくてすむんだけどな……」

最後にはハッチさんも折れ、郵便局《ゆうびんきょく》のカウンターの下に置いてある大きな時刻表《じこくひょう》で、クライグ・イ・ノスに行く路線と汽車の時刻を調べてくれた。すぐに出発すれば、日帰りで往復《おうふく》できるという。ハッチさんはお昼の弁当を作ってくれ、汽車を乗りかえる駅の名前を書いた紙をわたしてくれた。

「困《こま》ったことが起きたら、女の人か車掌《しゃしょう》か改札《かいさつ》係りにきくんだぞ。窓《まど》から顔を出すなよ――頭がもげっちまうからな。それから、汽車が駅に停まってるときは便所に行くな――停車中は使っちゃいけないことになってるんだ」ハッチさんは乗りかえ駅を書いてやった紙をよこせといって、下に新しくなにかを書きいれた。「ここの電話番号だよ。なにかあったときのためにな。いいか、交換《こうかん》手《しゅ》に電話番号をいってつないでもらうんだぞ」

「長距離《ちょうきょり》電話のかけ方くらい知ってるよ」ジョニーは、うんざりした顔でいった。「町役場に行って、広告を出す電話をかけたことがあるんだ。長距離電話を使えば、国じゅうの新聞に広告をのせられるからね」

「けど、広告代はどうやってはらったんだい?」

「ああ、郵便為替《かわせ》を送ったから。ときどき、一回のしはらいで、ふたつか三つ広告を出すこともできたよ。『ヨークシャー・ポスト』なんて、エイダおばさんのために入金口座まで作ってくれたんだ」

ハッチさんは、首を横にふった。「まったく。チビのくせに、そんなことまで知ってるとはな」

だけど汽車に乗るのは生まれて初めて……なんて、とても白状できるものではなかった。

33　汽車の旅

ジョニーは、鉄道が大好きだった。シュッシュッと蒸気《じょうき》をはきながら走っていく汽車を、スタンブルトン駅の上にある跨線橋《こせんきょう》からしょっちゅう見物していた。バーミンガムや、ラグビーや、クルーなどの駅から来た汽車は、スタンブルトンを通りすぎてイギリスじゅうのあらゆる場所に向かっていく。スタンブルトン駅にあえぎながら停車する、ちっぽけな鈍行《どんこう》列車でさえ、見るたびにわくわくした。

汽車に初めて乗ったジョニーは、車輪がレールのつなぎ目を通るたびにガタゴトゆれるリズムに身をまかせていた。よく知っているはずのスタンブルトンが、行ったことのないような町に見える。何分かじっと見とれているうちに、今度は本当に見たことのない田舎《いなか》の景色に変わった。客車に流れこんでくる蒸気にも、うっとりとした。煤《すす》でよごれた蒸気は、座席《ざせき》の上にある小さな引きちがい窓《まど》から入ってくるのだ。蒸気のにおいに、座席にしみついた紙巻《かみま》きタバコやパイプの煙《けむり》のにおいがまじりあう。座席にはった布はちくちくしていて、ジョニーの足にも布とおなじもようが型おしされてしまった。ハッチさんがカバンにマンガ本を何冊《さつ》か入れておいてくれたが、読みたいとは思わなかった。見るものがどっさりあって、それどころではないのだ。それに、ペンウィルト駅に着くまでにふたつの駅で乗りかえなければならないから、うっかりおりるのをわすれたらと気が気ではなかった。ペンウィルト駅というのは、アデリーナ・パッティがクライグ・イ・ノスのためだけに私財《しざい》をはたいて作った駅だ。ペンウィルトにクライグ・イ・ノス……こんな謎《なぞ》に満ちた、重々しい名前をラングフォード先生がきいたら、さぞかし喜んだことだろうにと、ジョニーは思うのだった。

最後の乗りかえ駅でおりてからペンウィルト駅行きのふつう列車に乗るまで、寒い中を長いこと待たなければならなかった。プラットフォームのはしに、喫茶《きっさ》コーナーがあった。暖《あたた》まるためだけに中に入らせてもらえるだろうか。ポケットに一シリング入っていたが、緊急《きんきゅう》のときだけに使えとハッチさんがくれたものだし、ジョニーもお茶一ぱいのために使ってしまうのはいやだった。とにかく中に入ってすわってから、追いだされるかどうかみてみようときめた。凍《こご》えた足先や手の指の感覚がもどるなら、ちょっとくらいはずかしいのなんか気にしない。だが、喫茶コーナーのドアをあけて明かりと湯気を顔いっぱいに浴びたとき、女の人たちのグループが目に入った。買い物かごや包装紙《ほうそうし》にくるんだ品物にかこまれて、おしゃべりしたり笑ったりしている。みんな制服の上に幅《はば》の広いエプロンをつけ、大きな白い帽子《ぼうし》をかぶっていた。クライグ・イ・ノス・サナトリウムの看護師《かんごし》たちが、一日の休みをもらって買い物に行った帰りにちがいない。

ジョニーは「ミセス・J・W・モーガン」あての返信用封筒《ふうとう》を持ってきていた。サナトリウムでだれかに呼《よ》びとめられたときのためだった。この封筒に書いてある人に会いにきましたといえば、少しだけでも時間をかせげるかもしれない。だが、もしここで看護師たちがしゃべりかけてきたらどうしよう？　名前をきかれたり、どこに行くのかたずねてきたりしたら？　あれこれと世話を焼かれて、こっそりサナトリウムを見てまわる機会も、サナトリウムでなにが起きているか探《さぐ》ることもできなくなってしまったら？　もっと困《こま》ったことに、自分のいうことを信じてもらえず、クライグ・イ・ノスが目の前だというのにスタンブルトンに送りかえされてしまったとしたら？　うん、できるだけ看護師《かんごし》たちには近寄らないことにしようと、ジョニーは心にきめた。しぶしぶ喫茶《きっさ》コーナーのドアをそっと閉めてから、プラットフォームを行ったり来たりして寒さをしのいだ。

　乗客の荷物を運ぶ駅手が、線路にペッとつばをはいた。ヘモプタシス……喀血《かっけつ》……またラングフォード先生の面影《おもかげ》が目にうかぶ。わくわくしていた気持ちは寒さの中で少しずつうすれていき、看護師たちのすがたや、駅手がつばをはくのを見たせいで、サナトリウムができたわけをあらためて思い出してしまった。サナトリウムは、ラングフォード先生の奥《おく》さんを閉《と》じこめておくためにあるのではない。クライグ・イ・ノスは、死にいたる病いをかかえた人々でいっぱいのはずだ。スタンブルトンを旅立ってから初めて、ジョニーはおそろしくなった。そのときまでは、クライグ・イ・ノスへ行ったらＴＢに感染《かんせん》するかもしれないという事実に、あえて目をつぶっていた。ひょっとして、ジョニーも死ぬかもしれないのだ。感染するかもしれない、おそろしいばい菌《きん》の中に身を置くとは、なんとおろかなことだろう。

　ジョニーは、もう家に帰りたくなった。この駅に着くまでジョニーを元気づけていた、むこうみずで、はしゃいだ気分は消え、こんなところまで来るとは、なんとバカなことをしたものだと一気にしずみこんだ。しょせんジョニーは、ただの男の子ではないか。足をふみいれたこともない場所で、本当はなにを探《さが》せばいいかもわかっていない。ひょっとすると、殺人者に出くわすかもしれないのだ。電話をかけてきたウェールズなまりの男に、すでにおどかされているではないか。クライグ・イ・ノスを自分で調べるなどという、とほうもないことを、どうして思いついてしまったのだろう？　だいたいハッチさんだって、どうしてやめろっていわなかったの、とジョニーは思った。ハッチさんが、子どもの世話をするのになれていないのはわかってるよ。けど、母さんだったら、ぜったいに送り出したりしなかったのにな……。

母さん。そう、ジョニーは母さんのため、ウィニーのために旅立ったのではないか。たしかにこわい。スタンブルトンに帰りたくて、たまらない。だが、もしここで帰ったら、ほかのひとりが死ぬことになる。そう、ウィニーは、まさに命のせとぎわに立たされているのだ。たしかにジョニーは、危険《きけん》な目にあうかもしれない――だがウィニーの死は、いまやありありと目の前に見えているのだ。ラングフォード夫人を探すのが失敗に終わったときのことが、まぶたの裏《うら》にうかんだ。ジョニーの目はプラットフォームにある汽車の時刻表《じこくひょう》を見ていたのだが、じっさいに見えるのは、刑吏《けいり》がウィニーの首に輪をかけるところだけだった。どうしても、その光景をまぶたの裏から消すことはできない。なにがあろうとも、旅をここで終わらせるわけにはいかない。ジョニーには、そのことがよくわかっていた。

小さな汽車がプラットフォームに入ってきたとき、ジョニーは看護師たちがどの車両に乗りこむか見とどけてから別の車両に乗った。その車両にいるのは、ジョニーだけだ。ゴトゴトと汽車が進むうちに、窓《まど》の外はますます緑が濃《こ》くなり、目を見はるような絶景《ぜっけい》になっていく。岩だらけの山肌《やまはだ》から、いくつもの滝《たき》がたぎりおちていた。ときおり、谷間を半分ほど上ったところに大きな建物があるのが、ちらちらと見えた。建物のところどころにきらきら光るガラスが入り、残りの部分はくすんだ茶色の石でできている。建物には、塔《とう》がふたつ立っていた。ひとつは背《せ》の高い、先のとがった時計塔で、大きな白い文字盤《もじばん》が四方をにらんでいる。ふたつめのずんぐりした四角い塔の上には、歴史の本に出てくる城《しろ》にあるような狭間胸壁《はざまきょうへき》がついていた。まだお昼を少し過ぎたばかりだというのに、冬の日はすでにかたむきかけ、薄闇《うすやみ》の中にたたずむその建物は、たとえようもなくまがまがしく見えた。あれこそクライグ・イ・ノス城《じょう》にちがいない。

34 クライグ・イ・ノス城

ペンウィルト駅は、風の吹《ふ》きすさぶ丘《おか》の上にあった。駅からクライグ・イ・ノス城は見えず、駅長と汽車からおりた看護師《かんごし》の一団のほかには人影《ひとかげ》もなかった。看護師たちをむかえに来た馬車が、駅舎の前で待っている。ジョニーはオーバーのボタンを上までかけ、大きすぎるウールの帽子《ぼうし》をぐいっと引きさげた。帽子は、ハッチさんが寒いからどうしても持っていけといいはって貸してくれたものだ。それからジョニーは、馬車のあとをついて丘をくだっていった。道が何度も大きくカーブしているので、ジョニーはやぶの中に身をかくしてまっすぐにおり、近道しながらなんとか追いかけていった。

馬車がクレイグ・イ・ノス城の門に到着《とうちゃく》した。そのまま馬車が中庭に入って、金色の鳥の形をした噴水《ふんすい》の横で停まるまで、ジョニーは門の外でじっと待っていた。御者《ぎょしゃ》が看護師たちに手を貸して、おろしてやっている。看護師たちは、城の中にかけこんでいった。買い物の袋《ふくろ》とうわさ話に気をとられていたので、小柄《こがら》な男の子が物陰《ものかげ》にひそんでいるのにも気がつかなかった。

城《しろ》は近くに来てみると、汽車の中で見たときよりずっと親しげに見えた。二つの高い塔だけでなく、もっと小さな塔もあり、ななめになった屋根も見える。周囲にあるいろいろな形の建物が、外《がい》壁《へき》やアーチ形の通路で城《しろ》とつながっていた。城の窓《まど》は大きく、ジョニーが思っていたような（むしろ期待していたような）、矢を射《い》るために細く開いた矢狭間《やはざま》ではなかった。砦《とりで》というより、どちらかというと農家のように改築されていたのだ。ガラス窓の中には電灯《でんとう》がかがやき、暖炉《だんろ》の中に暖《あたた》かい火が燃えている。城の裏《うら》にまわってみると、切り立った崖《がけ》になっており、下のほうからはげしい水音が聞こえてきた。谷底に川が流れているのだ。あたりはすでに暗くなりはじめていた。看護師《かんごし》たちが庭に置いてあった移動ベッドや車いすを中に運んでいる。一月のはじめだというのに、どうやら患者《かんじゃ》たちにできるかぎり新鮮《しんせん》な外の空気をすわせたほうがいいと信じているらしい。どのベッドも、ふつうより丈《たけ》が短い。いすも小さなものばかりだ。ジョニーは、すぐにぴんときた。クライグ・イ・ノス城《じょう》は、子どものための病院なのだ。それなら思ったよりかんたんに患者にまぎれて、ラングフォード夫人を探《さが》すことができるだろう。

　それでもジョニーは、慎重《しんちょう》に動いた。まず中庭のすみにかがみこんで、看護師たちのおしゃべりが聞こえなくなるのを待った。その前に城の中に入るのは危険《きけん》すぎる。ふと見ると、子どもがひとり、壁《かべ》をつたってそろそろと中庭に出てきた。どうやら女の子らしい。その子も見つからないように用心しているようだ。ジョニーは、すぐ女の子の靴《くつ》に目を止めた。大きすぎるし、靴ひももほどけたままだ。だから、女の子が裏口に通じる石だたみの小道を靴を引きずりながら歩くと、ガラガラ、ゾロゾロとさわがしい音がした。女の子は、パジャマの上に厚地のオーバーをはおっていた。そのオーバーも、身体にあっていない。長すぎるそでが両手をかくし、ポケットはどういうわけか妙《みょう》にふくらんでいる。見つかったらまずいことをしてるんだなと、ジョニーは思った。だれかの服を借りて病棟《びょうとう》からぬけだし、また見つからないようにこっそりともどろうとしているらしい。ジョニーは五、六歩あとから、女の子についていった。そうすればジョニーも、見つからずに病棟へ入れるだろう。

病棟の中に入ってからも、ジョニーは女の子のあとをつけていった。こっちのろうかから別のろうかへ、病室や治療室《ちりょうしつ》、実験室、研究室、調理場と、どんどん前を通りすぎる。半開きになったドアから、看護師たちがせっせと働いているのが見えた。おそかれ早かれ見つかってしまうだろうと、ジョニーは覚悟《かくご》した。だが、その前にできるだけ病院の中を見ておきたい。そうすれば、すばやく外へ逃《に》げだす道すじも見つけることができる。

そのとき、ふいに背後《はいご》からさけび声がして、なにかが割《わ》れる音がした。ジョニーは、思わずふりかえった。調理場でだれかが皿を落としたらしい。調理場は大さわぎになっているが、ろうかにはだれも出てこなかった。助かった。見つからずにすんだ。ジョニーは、また女の子のほうに顔を向けた。その子もまた、皿の割れる音にびっくりしてふりかえっていた。今度は、丸いメガネ越《ご》しにジョニーをじっと見つめている。

「あんた、だれよ?」女の子がきいた。

ジョニーはポケットに手を入れ、ミセス・J・W・モーガンあての封筒《ふうとう》を取り出して説明しようとした。すると、女の子のほうが先に口を開いた。

「あんたに、どっかで会ったような気がする……」

それを聞いて、ジョニーにもわかった。

「オルウェンだね？　ここでなにしてるの？　ぼくだよ、ジョニー。ジョニー・スワンソンだよ。スタンブルトンの学校に転校してきただろ。ずっとおまえのことを探してたんだぞ……」

オルウェンは、ぱっと顔をかがやかせて、一気にしゃべりだした。

「あんた、とっても親切にしてくれたよね。そんなの、あんただけだったもん。ねえ、あたしの家族に会ったの？　うちのみんなも、あんたといっしょにここに来たわけ？　あたし、ずーっと心配してたんだから。ここじゃ、だれもなんにも教えてくれないんだもん。まるで牢屋《ろうや》にいるみたいだよ。手紙を書くのもゆるしてくれないし。あたし、母ちゃんと父ちゃんが早くむかえに来てくれないかなって、ずーっと思ってたんだ。ああ、ほんとにあんたに会えてうれしいな。あたしは、ちっとも病気なんかじゃないんだもん。あたしをこんな病院に入れるなんて、おじさんもひどいことするもんだよ」

ジョニーは、あわてふためいてしまった。オルウェンは、両親や妹が死んだのを知らないのだ。最悪のことを想像したかもしれないが、それでもオルウェンは、必死になって家族が元気でいると信じこもうとしている。本当のことをいわなければいけないのは、ジョニーにもわかっていた。だが、どうやって切りだしたらいいのだろう。まずは、なぜ自分がクライグ・イ・ノス城《じょう》に来たか、そのわけを話そうと思った。

「ぼくはね、オルウェンがここにいることだって知らなかったんだよ。ここへは、別の人を探《さが》しに来たんだから。けど、オルウェン、いわなきゃいけないことがあるんだ」

「あたしの家族のことでしょ？　あんた、うちのみんながどうしてるか知ってるんだね？」

「うん……」とうなずいたが、そのことでオルウェンに余計な期待を持たせてしまったと、すぐにさとった。

「あたしをむかえに来てくれるの？　あんたに手紙かなんか持たせてくれた？」

ジョニーはつっかえながら、わけのわからないことをしゃべりはじめたが、ふいに近づいてきた足音に救われた。オルウェンはジョニーの腕《うで》をつかんで引っぱっていき、どこかに通じる石の階段《かいだん》をおりた。

「ここに入るのよ」急いでささやくと、オルウェンはドアをあけた。窓《まど》のない部屋で、空気がじっとりと湿《しめ》って殺菌剤《さっきんざい》のにおいがただよっている。ハッチさんの店の倉庫のように、箱がいくつもならんでいた。解体されたベッドや、医療《いりょう》器具の部品も壁《かべ》に立てかけてある。

「ここならだれにも見つからないよ。みんな、こわがってここには入ってこないの。看護《かんご》師《し》の中にはね、幽霊《ゆうれい》が出るっていう人もいるんだよ」オルウェンは、クスクスと笑いだした。「アデリーナ・パッティは、死んだあとでこの部屋に運ばれたっていわれてるの」オルウェンは、芝居《しばい》がかった声で続けた。「ほうらね、この台でパッティの死体にお化粧《けしょう》をしたんだよ」

ほんの少しだけ差しこんでいる明かりで、部屋のまんなかにある、大きな大理石のテーブルのようなものが見えた。オルウェンは、ひょいとその台にのぼった。上にすわって、足をぶらぶらさせている。

「そこを閉《し》めてきて」

オルウェンにいわれて、ジョニーはドアを閉めた。とたんに部屋の中は真っ暗になった。オルウェンの片方《かたほう》の足から靴《くつ》が落ちる。ジョニーは、びっくりして息をのんだ。

オルウェンが、笑い声をあげた。

「バカみたい。こわがることなんかないのに。あたしはね、幽霊《ゆうれい》なんて信じてないよ――もし幽霊がいたら、会ってみたいくらい。死ぬってどんな気分なのってきいてみるの。あんた、きいてみたくない？」

ジョニーは、ほっとした。暗闇《くらやみ》のおかげで、自分がどんな顔をしたか見られずにすんだ。でも、どうしてオルウェンは、死ぬという言葉をこんなに軽々しく口にするのだろう。これから、なによりつらい事実を伝えなければいけないというときに、こんな言葉は聞きたくない。

オルウェンは、早く教えろとジョニーをせかした。

「ねえ、なんなの？　いってよ。うちのみんながどうしてるか話して。けど、早くしてよ。いなくなったのを看護師《かんごし》に気づかれる前に、ベッドにもどってなきゃいけないから」

「おまえ、病院から逃《に》げようとしてたの？」

「ちがうよ。ほんとはそうしたいけど。行くところがあればね。あたし、ゴミ捨《す》て場《ば》に行く当番なの。残飯を探《さが》しにね。ほら、古くなったケーキがあるよ。食べたかったら、チーズの皮もちょっとだけあったな」

ポケットをガサゴソ探《さぐ》る音がする。

「待ってよ、オルウェン。ちょっとだけだまって、ぼくの話をきいてよ。ケーキの話なんかしてるひまないんだ。とっても大事なことを話さなきゃいけないから」

オルウェンの声が変わった。

「それって、赤ちゃんのこと？　あの子、サナトリウムに入れられたんだよ。知ってるでしょ？　母ちゃんが、あそこへ行けばぜったいに病気が治るっていって……」

ジョニーは、大きく息をすいこんだ。闇の中にいても、オルウェンがうすうす本当のことに気づいているのがわかった。そして、心の中にうかんだ疑問《ぎもん》を口に出せないでいることも。ジョニーは、勇気をふるって答えることにした。

「ほんとに気の毒だけどね、オルウェン。赤ちゃんは亡《な》くなったんだ。ぼくは知ってるけど、あそこのお医者さんたちは、いっしょうけんめいにやってくれたんだよ。でも、病気がとっても重かったんだって。お医者さんたちは、赤ちゃんを助けられなかったんだよ」

ジョニーは、オルウェンが続きをきいてくるのを待った。両親はどうなったのかと、早くきいてほしい。だがオルウェンはだまったままだ。

「ほんとに気の毒で、すっごく悲しいんだけど……」ちゃんとしゃべろうとしたが、声がかすれてしまった。オルウェンはまだなにもしゃべらない。続けて話すほかなかった。ジョニーは、涙《なみだ》をこらえていった。

「赤ちゃんのことだけじゃないんだ。お母さんとお父さんが……」

「母ちゃんと父ちゃんが、あたしをむかえに来てくれたの？　妹が死んじゃったんなら、しょっちゅう赤ちゃんの世話をしなくてもよくなったもんね？　もう、あたしを家に連れてかえってくれるんでしょ？　そうだよね？」

「そうじゃないんだ、オルウェン。お母さんとお父さんはむかえに来られない」

「ふたりとも、病気になっちゃったの？　父ちゃん、まだよくなってないの？」

「ちがうよ。そうじゃなくって……」

よけいに話がめちゃくちゃになってきた。なかなか本当のことをいわなかったり、オルウェンをぬか喜びさせたりしたせいだ。こういうことをうまく話せる方法なんかあるはずがないと、やっとジョニーもあきらめた。

「オルウェン、とってもつらいことなんだけどね。お母さんとお父さんも亡《な》くなったんだよ」

ジョニーは、少なくともオルウェンがわっと泣きだすだろうと覚悟《かくご》していた。ところが、オルウェンはとつぜん怒《おこ》りだしたのだ。

「ちがう。そんなはずない。ウソつくな。死んでなんていないんだ」オルウェンは、わめく。「もしそうだったら、だれかが教えてくれたはずじゃないか」

ジョニーは暗闇《くらやみ》の中で、もぞもぞとオルウェンの手をにぎった。

「お願いだから、オルウェン。ぼくのいうことを信じてよ。本当なんだって。ぼくは、お父さんたちのお墓を見たんだから。ふたりともTBにかかって、エンバリーのサナトリウムで亡くなったんだ。オルウェンに知らせることができたら、だれかがとっくに教えてただろうけど、だれもどこにいるかわからなかったんだよ」

「けど、あんたは知ってたじゃない」

「ちがうよ。ぼくも知らなかった。前にそういおうとしただろう？ ぼくは、別の理由でここに来たんだ。ほんとに大事なことで……」

そう口にしたとたんに、まずいことをいってしまったと思った。

オルウェンは、ジョニーの手をふりはらった。「ほんとに大事なことだって？ そんなことがあるの？ あたしの家族がみんな死んじゃったんだよ。それより大事なことなんてある？」

オルウェンは、鼻をすすりあげている。泣いているにちがいない。

「ぼくにとって大事なことって意味。それから、ぼくの母さんにとっても」ここで話題を変えるのはよくないと思ったが、どうしてもオルウェンに事情を話したかった。ジョニーは、堰《せき》を切ったように話しだした。「母さんの命を救える人が、ここにいる。ラングフォード夫人だよ。ほら、スタンブルトンにいた、お年寄りのお医者さんの奥《おく》さん。オルウェンは、奥さんのこと知ってる？ 奥さんは、この病院にいるのかな？ モーガン夫人って、名前を変えてるんだけど」

オルウェンが、ぜんぜん聞いていないのがわかった。すでに、ずいぶん大きな声で泣いている。なぐさめてあげようと思ったが、ジョニーにはどうしたらいいかわからなかった。そこで、またもや暗闇《くらやみ》の中でもぞもぞと動いて、オルウェンの肩《かた》をだいてあげようとした。そのしゅんかん、ふたりはぎょっとしてはなれた。階段《かいだん》を急いでおりてくる足音がしたのだ。

「ここでぐずぐずしすぎたからだよ！　あたしを探《さが》しに来たんだ」オルウェンは泣きながらそういって、大理石のテーブルからおりた。

「お願い。ぼくがここにいるっていわないで」ジョニーは、声をひそめていった。悪い知らせを持ってきたしかえしに、オルウェンが告げ口するかもしれない。ジョニーは箱の山の中にもぐりこんで、小さく丸まった。だれかが来ても、見つかりませんように。

ドアが大きく開いた。階段の明かりのせいで、奥《おく》の壁《かべ》に看護《かんご》師の大きな影法師《かげぼうし》がうつる。怒《おこ》った雄牛《おうし》のゆがんだ影法師そっくりに、糊《のり》のきいた帽子《ぼうし》の先を角《つの》のようにふりかざしている。

たけだけしい声が聞こえた。

「ここにいたんだね！　とっくに気がついてなきゃいけなかったよ。そこから、出てくるんだ、ほら！　今度ばかりは、ちょっとやりすぎたね！」看護師が腹立《はらだ》ちまぎれに、泣いているオルウェンを大理石のテーブルの下から引きずりだすのが聞こえた。「もう、あんたにも、あんたがやらかすことにも、うんざりしているんだよ。さあ、ちゃんと立って。バカみたいに泣くんじゃない！」

箱の間から、看護師がオルウェンをゆすっているのが見えた。オーバーをぬがせ、ポケットをさぐっている。

「これはなに？　ケーキじゃないか！　チーズも！　またどろぼうしたのかい？」

「ちがう。どろぼうなんてしてないよ。だれかのものじゃないんだもん。捨《す》ててあったんだから」

「まるで病院でなんにも食べさせてもらってないみたいじゃないか！　気をつけて、ぎょうぎよくしなきゃ、ここから放りだされちゃうよ。そしたら、どこに行くのさ？　おじさんは、あんたにもどってきてもらいたくない。そうだよね？　あたしにいわせりゃ、おじさんはあんたをここに捨てってたのさ。世間の人たちのおめぐみにすがったわけ。だれもおじさんを責められないと思うよ。あんたみたいな、いやらしい、ウソつきの女の子とは、だれもいっしょにくらしたくないからね！」

　ああ、オルウェンをかばってあげられればいいのにと、ジョニーは思った。飛びだしていって看護師にオルウェンの両親のことを話し、たったいま、世の中でひとりぼっちになってしまったことを知ったばかりなんだよといってやりたい。だが、じっとかくれているよりほかなかった。看護師はジョニーを探しにきたわけではないし、まだ見つかってもいないのだから。それでもオルウェンが責められているのを聞くと、胸《むね》がしめつけられるようだった。

「バカみたいにめそめそしなさんなっ！」大きな影法師は手をふりあげ、いきおいよくおろした。まぎれもなく、皮膚《ひふ》と皮膚がぶつかりあう音がする。「さあ、いいたいことがあるんなら、いってみたらどうだね？」

オルウェンは、すすり泣きながらいいだした。

「母ちゃんと、父ちゃんが。それに、赤んぼうの妹も——」と、話しはじめたのに、看護師《かんごし》は聞く気がないようだ。

「いいわけなんかききたくないんだよ。こんなに長いこと入院してるんだから、とっくにホームシックは卒業していいころじゃないかね。ぐすぐす泣くのをやめて、どこで食べ物をぬすんだかいうんだよ」

泣きながらふるえているオルウェンを、看護師はうすいパジャマの上からまたぴしゃりとぶった。

「ゴミ箱をあさったんだね？　いやしい、くさい、けものみたいなやつだよ。ブタより始末が悪い」

それを聞いたオルウェンは、ブタそっくりに鼻をすすりあげ、涙《なみだ》にむせんでいる。

看護師は、オルウェンからはぎとったオーバーを明かりにかかげてみた。

「それに、これはなんだい？　ハウエル先生のオーバーじゃないか。先生たちのロッカーから、ぬすんできたのかい？　あそこには入っちゃいけないってわかってるだろ」

オルウェンは、また鼻をすする。看護師は床《ゆか》から靴《くつ》の片方《かたほう》を拾いあげ、もう片方をオルウェンの足から乱暴《らんぼう》にぬがせた。

「さあ、いっしょに来て、こういうものをかえしに行くんだよ。それから、きたないところをひっかきまわすのが好きなようだから、今日はこれから外の便所をそうじするんだね。男子用から先に。

今夜は、せっかくお楽しみやゲームが待ってるっていうのに、あんたみたいな、いやらしい、こずるい、感謝《かんしゃ》の気持ちのない子は行かせるわけにはいかないねえ！」

オルウェンは口を開こうとしたが、そのまま頭を下げて部屋から出た。あとに続いた看護師が、乱暴にドアを閉める。ジョニーは、暗闇《くらやみ》にとり残された。

35 豪華《ごうか》な劇場《げきじょう》

ジョニーは自分に腹《はら》が立ってしかたがなかった。オルウェンが看護師《かんごし》からひどい目にあっている間じゅう、なんにもできなかったではないか。自分の使命がすんだら、今度はぜったいにおまえを救ってやるからな、とジョニーは心の中で約束した。それから、外の物音がすっかり消えるまで待って、ろうかにしのび足で出ると、ラングフォード夫人を探《さが》しに行った。

また、あの看護師の怒《おこ》った声が聞こえた。どこか遠くのほうでどなっているのだ。そのほかの物音も聞こえてくる。自分がまだ見つかっていないのは、たまたま幸運だったからにちがいないと、ジョニーは思った。あの看護師がオルウェンにやった仕打ちを見てしまったので、まんいち見つかってしまったときにジョニーのいいわけを聞いてくれるなどとは、とても思えない。ろうかの角《かど》を曲がるたびに、いまにもたくましい腕《うで》にぐいとつかまれるのではとこわくてならなかった。どこかがキイッと鳴ったり、足音が聞こえたりするたびに、腹の中の恐怖《きょうふ》はますます大きくなった。

すると、ふいにろうかは行き止まりになった。だれかの足音が聞こえる。女の人が急ぎ足で、背後《はいご》から近づいてくるのだ。こっちに向かってくるというのに、逃《に》げ道《みち》はない。あわてたジョニーは、用意してきたいいわけを頭の中でもう一度くりかえしてみた。J・W・モーガンさんを探しにここに来たこと、モーガンさんに大事な知らせを持ってきたこと、その知らせはモーガンさん自身に手わたすと約束してきたこと……。ハイヒールの靴音《くつおと》が、コツコツと近づいてくる。ジョニーは、壁《かべ》にぴったりとくっついた。

ただし、それは壁ではなく、両開きのドアだった。ジョニーの体重がかかったせいで、片方《かたほう》のドアがゆっくりとあいていく。足音は、ますます近づいてきた。ジョニーはドアの中の、なにやら見当もつかない暗闇《くらやみ》にすべりこんだ。

だんだん闇に目がなれてきた。ジョニーがもぐりこんだのは、とてつもなく大きな空間だった。学校の講堂くらいもあるだろうか。すると、ドアがまたさっと開いた。今度はぐうぜん開いたわけではない。入ってきた人に見つからないように、ジョニーはドアのうしろにかくれた。バシッと重たげにスイッチがおりる音がして、あたりがさっと明るくなる。いっしゅん、ジョニーは目が見えなくなった。まばたきしてから、見つからないようにドアのかげに身をかくしたまま、こっそりあたりをうかがう。明かりがついたとたんに、講堂かと思った大空間は、豪華な劇場に変わっていた。青い壁や象牙色《ぞうげいろ》の天井《てんじょう》は、金色にかがやく無数の天使や竪琴《たてごと》でかざられている。広い舞台《ぶたい》におりた緞帳《どんちょう》には、戦いの女王が二頭の白馬がひく戦車にうち乗り、雲の中を戦場に向かってひた走る場面が描《えが》かれている。ジョニーはいっしゅん、ぽかんとしてしまったが、ハッチさんの話を思い出した。クライグ・イ・ノス城《じょう》がサナトリウムになる以前に住んでいた有名なオペラ歌手が、たしか広大な屋敷《やしき》の中に劇場を作ったといっていた。

ジョニーのあとから劇場《げきじょう》に入ってきた女の人は、座席《ざせき》の間を少しずつ歩きながら紙を一枚《まい》ずつ置いていっている。ジョニーは、その人がだれか、すぐにわかった。結《ゆ》い上《あ》げた髪《かみ》、ほっそりした美しい首すじ、優雅《ゆうが》な物腰《ものごし》、どれもジョニーが小さいころから見なれてきたもの。マリー・ラングフォード、その人だった。ジョニーは、あまりの幸運が信じられないまま、ラングフォード夫人にかけよっていた。

「ラングフォード先生の奥《おく》さん！」大声で呼《よ》びかける。「とうとう見つけたよ！」

ラングフォード夫人はぎくっとして、信じられないという顔でジョニーをまじまじと見つめた。

「ジョニー！」あえぐような声でいう。「いったいぜんたい、ここでなにをしてるの？」

「奥さんを探《さが》しにきたんです。ぼくを助けてください。ひどいことが起こったんだ。みんな、母さんがラングフォード先生を殺したって思ってるんです。母さんは、牢屋《ろうや》に入れられちゃって。奥さん。ぼくの母さん、死んじゃうかもしれない！」

ジョニーはラングフォード夫人にしっかりとだきついて、あらいツイードのスーツに顔をうずめた。ラングフォード夫人はジョニーの腕《うで》をほどいてから、座席に腰《こし》をかけた。

「静かにして、ジョニー」だれかに聞かれてはいないかと、夫人はおそるおそるあたりを見まわした。「それから、わたくしのことをラングフォード先生の奥さんって呼ばないでね。ここでは、だれもそんなふうにいわないの。わたくしが本当はだれなのか知られてしまったら、あなたもわたくしもたいへんな目にあうんですよ」

「だから、J・W・モーガンって名前にしてるんですね？」

「なんですって？　どうしてそれを知ってるの？」

ジョニーはポケットからくしゃくしゃになった封筒《ふうとう》を取り出し、ラングフォード夫人にわたした。

「あなたの見かけを永久に変えるには……」と、ジョニーはいった。「奥さん、その広告を見て、返事をくれたでしょう。変装《へんそう》したいって思ったんですよね」

ジョニーがべらべらとしゃべるのを聞きながら、ラングフォード夫人はなにもいわずに手の中で封筒をもてあそんでいる。

「ぼく、これ書いたのが奥さんだってわかったんですよ。それで、ぜーんぶわかっちゃったんだ。奥さんはだれかにつかまって、ここに閉《と》じこめられてる。そうだよね？　だから、変装したいんですよね？　ここから逃《に》げだしたいって思ってるから」

ラングフォード夫人はしばらく答えずにだまっていたが、やがて手紙をじっと見ながらうなずいた。「もっと教えて、ジョニー」夫人は、静かな声でいった。「あなたの知ってることを、ぜんぶ話して」

「あの、まず第一に、母さんはラングフォード先生を殺してないって、ぼくにはわかってる――」

ジョニーは、そこで言葉を切った。思いがけない知らせを聞いたとき、オルウェンがどんなふうになったか思い出したのだ。「あっ、ごめんなさい。すみません。あの、知ってたんですか？　ラングフォード先生が亡《な》くなったって……」

ラングフォード夫人は顔を上げずに、うなずいただけだった。それから、ささやいた。「ええ、ジョニー。知ってますよ」

「先生は、殺されたんですよ、奥《おく》さん。奥さんがフランスに行ってる間に――」

「フランスに?」と、いいかけて、ラングフォード夫人はあいまいな返事をした。「そうね、そうそう……」

ジョニーは胸《むね》がドキドキしてきて、早口になった。「で、警察《けいさつ》は母さんが殺したって思ってるんだ。でも、母さんはやってない。奥さんだったら母さんがやってないっていってくれると思って。警察は、ぼくのいうことなんかきいてくれないんだ。けど、奥さんのいうことならきいてくれます。奥さんは、母さんがそんなことするはずないってわかってますよね?」

夫人は、なにもいわない。

「助けてください、奥さん。警察に、母さんは関係ないっていってくれませんか。関係ないってこと、奥さんは知ってますよね。それから、だれが犯人かってことも。ぼくも、考えたらわかったんだ。だれか、BCGのことを知ってるやつがやったんだよ。アンカロアボのやつかも。それとも、この病院にいる人かな? 奥さんを探《さが》すのをやめろっておどしてきたウェールズの男がいたんです。ねえ、奥さん、その人なの? その人が、ラングフォード先生を殺したんですか? それで、その男が奥さんをここに閉《と》じこめてるの? 奥さんになにもしゃべらせないようにそうしてるの?」

ラングフォード夫人はジョニーをひきよせて、早口でささやいた。

「ジョニー、静かにしたほうがいいわ。さもないと、あなたもわたくしもやっかいなことになるんですよ」

夫人は、手に持っていた紙の束をふたつにわけてから、片方《かたほう》の束をジョニーに手わたした。

「さあ、ジョニー。これをいすにおくのを手伝ってね。これから事情を説明するわ」

ジョニーは、いちばん上の紙に書いてある大きな字を読んだ。

クライグ・イ・ノスの職員が演《えん》じる「シンデレラ」

お芝居《しばい》のプログラムだ。どうしてさっきあの看護師《かんごし》が「お楽しみやゲームが待ってるというのに」とオルウェンにいったのか、やっとわかった。

「お芝居？　これからお芝居があるの？」と、ジョニーはきいた。

「そうよ、ジョニー。今夜、クライグ・イ・ノスにいる人たちがみんな、この劇場《げきじょう》に集まるんですよ。今夜だけの特別なお楽しみなの。さあ、はじめましょう。この仕事を早くかたづけなきゃ」

座席《ざせき》の間を歩いてプログラムを置いてまわりながら、ラングフォード夫人は説明しはじめた。

「あなたも知ってるように、わたくしの夫はＴＢにかかわる、とっても大事な仕事をしてたんですよ。夫が前に教えたことがあるハウエル先生というお医者さまが、夫のためにＢＣＧを作ってくれていたの――このサナトリウムの研究室でね」

ハウエル先生だって？　ついさっき聞いた名前だ。オルウェンが、そのお医者さんのオーバーを着て、靴《くつ》をはいていたのだった。ラングフォード夫人は、話を続けた。

「夫はハウエル先生のためにフランスのＢＣＧの培養菌《ばいようきん》を手に入れて、どうしたらＢＣＧを作れるか説明したんですよ」

ジョニーは、考えた。「それで、そのハウエル先生はラングフォード先生のことがうらやましくなって、殺しちゃったんだね。そしたらＢＣＧは、自分ひとりで作ったっていえるもの」

「まあ、ジョニー。そのとおりよ。あなたは頭がいいこと」と、ラングフォード夫人はいった。

「でもね、本当はそれよりもっとひどい話なの。ハウエル先生はね、ＢＣＧを売ろうと計画しているんですよ」

「アンカロアボのやつみたいに？　新聞に広告を出してた、あの男とおんなじだ！」

「そうなのよ、ジョニー。あの人とおんなじ。けれども、もちろんハウエル先生はＢＣＧをおおっぴらに宣伝《せんでん》して売ったりできないの。ＢＣＧを作って持ってることだって、法律違反《ほうりついはん》ですからね。ですから、ハウエル先生はこう考えたの。ＢＣＧを打たなければ、子どもが死ぬかもしれないぞって親たちをおどしてから、こっそりＢＣＧを売ってひと財産《ざいさん》作ろうってね。先生は、お金持ちの人たちをねらおうと計画したの。そういう人たちなら、違法《いほう》なワクチンを打ったことをだれにもいわないと約束しさえすれば、大金をはらってくれますもの」

「じゃあ、脅迫《きょうはく》してお金をもうけるってわけだ。ラングフォード先生が聞いたら、いやがっただろうな」

「そうよ、そうですとも。すべての子どもにＢＣＧを無料で注射《ちゅうしゃ》しなきゃって、いつもいってたものね。フランスでそうしてるように。ハウエル先生のたくらみを知ったとき、夫はたいへんなショックを受けてたわ。それで、そんなことはするなといったせいで命を落としてしまったんですよ」

そこで、ジョニーは口をはさんだ。

「それじゃハウエル先生は、ラングフォード先生がフランスから帰ったところを待ちぶせしてたんですね。殺そうと、待ちかまえていたんだ。計画をじゃまされないように。ぼく、とっくの昔にそんなことだろうとわかってたよ」ジョニーは、じまんげにいった。「警察《けいさつ》にそういおうとしたんだけど、きいてくれなかったんだ。でも、奥《おく》さんだったら警察に話せたのにな」

「だめなのよ、ジョニー。夫が亡《な》くなってから、わたくしは一分だって自由に動けなくなってしまったの。その男、ハウエル先生がね、わたくしのことをいつも見はっているんですよ。わたくしは、夜はハウエル先生の家ですごして、昼間は秘書《ひしょ》として働かされてるの。二十四時間わたくしを監視《かんし》できるように、そういう仕事をやらせているんですよ。このサナトリウムの人たちには、わたくしのことを自分のおばの――」

「Ｊ・Ｗ・モーガンだって、いってるんですね！」ニセのおばさんって、なんて便利なんだろうと、ジョニーは思った。「いま、ぜーんぶわかったよ」

「そのとおり、そういうわけなの。わたくしは、このサナトリウムに閉《と》じこめられているんですよ」

自分の推理《すいり》が大当たりだったことに興奮《こうふん》して、ジョニーがべらべらしゃべりまくるのを、ラングフォード夫人はうんうんとうなずきながら聞いていた。

「ハウエル先生は、フランスのどこに行けば奥《おく》さんが見つかるか知ってたんだね。それで、奥さんをこのサナトリウムに連れてきたんだ。自分のことをだれにもしゃべらないように。それからずっと奥さんをここに閉《と》じこめてるんだね。だから、奥さんは見かけを変えたい、変装《へんそう》したいと思った。ここから逃《に》げ出《だ》すために……」

「そうなのよ。でも、ジョニー、そのことだけど。わたくしには、まださっぱりわからないの。あの新聞広告のこと、どうしてあなたが知ってるの？」

ジョニーが答える前に、白衣を着た若《わか》い男が両開きのドアから入ってきた。不安げに足をもぞもぞと動かし、つめをかんでいる。

「早くしろよ」男は、乱暴《らんぼう》な口調でいった。「あんまり時間はないぞ」

ジョニーは、男の声に耳をすました。郵便局《ゆうびんきょく》に電話をかけてきてジョニーを脅迫《きょうはく》したのとおなじ男だろうか？　わからなかった。ウェールズなまりは似ているけれど、こういうなまりで話す人など、ウェールズにはおおぜいいるにちがいない。白衣の男はますますいらいらしてきたらしく、こう続けた。

「看護師《かんごし》のひとりに引きとめられちゃってさ。女の子がぼくのオーバーをぬすんだとかなんとか、くだらないことをいってるんだよ。そんなものなくたって、だいじょうぶなのにね。よりによって今日のような日に、そんなことというとはなあ。どっちにせよ、芝居《しばい》が時間どおりはじまるかどうかは奥さんにかかってるんだからね。今夜、全員がお芝居を見に来るというのは、たしかなのかい？」

「ええ、もちろんですよ、ハウエル先生」

ラングフォード夫人の横で、ジョニーはおそろしさに凍《こお》りついていた。いま、夫人はたしかに白衣の男をその名前で呼《よ》んだ。つまり、ジョニーの目の前にまさに殺人犯がいるということなのだ。

だが、ラングフォード夫人は、落ち着きはらっていた。ジョニーの手から残りのプログラムを取ると、夫人はこう声をかけてきた。

「手伝ってくれてありがとうね、ぼく」子どもの患者《かんじゃ》のひとりに、手伝いをたのんだだけというふりをしているのだ。「あとは、わたくしがやるわ。さあ、走って病室にもどりなさいな」さっと身をかがめた夫人は、ジョニーに耳打ちした。「お芝居がはじまったら、事務室に来るのよ」

背《せ》を向けて出ていこうとしていたジョニーは、思いっきり高い声で返事した。

「はーい、モーガンさん」

ハウエル医師が、自分のことを患者のひとりだと思ってくれればいいが。おそろしい男につかまらないようにしてくれたラングフォード夫人には、いくらお礼をいっても足りないくらいだ。また事務室で会うまでの時間をせいいっぱい使って、なんとしても奥さんを救い出さなければと、ジョニーは決心した。それから、病棟《びょうとう》の外の便所にオルウェンを探《さが》しに行くことにした。いまごろ、お仕置きとして便所そうじをさせられているはずだ。

36　外の便所で

男子用便所を見つけるのは、わけもなかった。自分の鼻に案内してもらえばいいのだから。たしかにクライグ・イ・ノスは病院だったが、せっぱつまった少年たちは、どこの便所でもおかまいなく、最悪の場所に変えてしまう。悪臭《あくしゅう》はスタンブルトンの学校でもおなじみのものだったし、冷たいレンガの建物は、運動場に立っている陰気《いんき》くさい小屋にそっくりだった。学校の便所とちがって、少なくとも電灯《でんとう》はついていたが、明かりが照らしだしていたのは縁《ふち》のかけた細長い陶器《とうき》の小便器と、個室のペンキのはげかけたドアにかかれた下品な言葉やいたずら書き、それに灰色《はいいろ》の石の床《ゆか》にたれた悪臭のする液体《えきたい》の上にある無数のどろの足跡《あしあと》だった。足跡は天井《てんじょう》にまでついている。どうやってその足跡をつけたか、ジョニーにはわかった。戸口のずっと上のほうに、太いパイプが走っている。そこにぶらさがって思いっきり足をけあげれば、天井にとどくのだ。やってみたいなと思ったが、そんなことをしている場合ではなかった。

オルウェンは、まだパジャマすがたのまま便所のいちばん奥《おく》にいた。バケツの横にひざをついて、床をたわしでこするのとおなじリズムで鼻をすすっている。はじめのうち、オルウェンはジョニーを見ても知らんふりをしていた。

「ねえ、オルウェン？　ぼくだよ。ジョニーだよ。オルウェンったら！　おまえに手伝ってもらいたいことがあるんだよ」

たわしでこする速度がゆっくりになり、オルウェンは顔を上げた。目の上に落ちてきた髪《かみ》を手首ではらってからいう。

「あんたを手伝いたいなんて、あたしが思うはずないでしょ？　家族がみんな死んじまったのに、あたしのことを思ってくれる人なんか、ここにはひとりもいやしない。みんな、あたしの話を聞いてもくれないんだ」

「ぼくは、おまえのことを思ってるよ、オルウェン」と、ジョニーはいった。「ウソじゃない。それに、そういう人がもうひとりいるんだ。その人なら、オルウェンのことを助けてくれるよ。ほら、前に話したじゃないか。ラングフォード先生の奥《おく》さん、スタンブルトンのお医者さんの奥さんだよ。いまは、未亡人《みぼうじん》っていったほうがいいのかも」

「あんたがなにをいってるのか、さっぱりわかんないよ」

「おまえの妹をサナトリウムに入れてくれたお医者さんのこと、おぼえてるか？」

「もちろん、おぼえてるよ。あの人が、あたしをウェールズにもどしたんだもの。きみのためだからね……なあんていっちゃってさ。けど、あたしのおじさんは、めいっ子なんか世話する気はなかったし、あたしがばい菌《きん》を運んでくるんじゃないかって、こわがってたんだ。だから、あたしがかぜをひくとすぐにここに入れて、自分たちはどっかに引《ひ》っ越《こ》しちゃったんだよ。あの医者をおぼえてるかだって？　あいつさえいなければ、あたしはこんなところに捨《す》てられることはなかったんだよ。あんなやつ、死んじゃえばいいんだ」

「ほんとに死んじゃったんだよ、オルウェン。ここに着いたときから、ずーっとそういってたじゃないか。ラングフォード先生は、殺されたんだよ」

「いい気味じゃない」

「オルウェン！　よくそんなことがいえるね。先生は、とってもいい人だったのに。ぼくにもやさしくしてくれたし、おまえをここに連れてきたんだって、それがオルウェンにとっていちばんいいって思ったからにきまってるさ」ジョニーは、殺人事件のことをオルウェンに話して聞かせた。

「というわけでね」と、ジョニーは話の終わりにいった。「ラングフォード先生の奥《おく》さんは、いまここにいる。モーガン夫人って名前を変えてね。ぼくは、その奥さんを探《さが》しにここに来たんだよ」

「だから、なんだっての？」オルウェンは、まだ自分のことで頭がいっぱいのようだ。

「奥さんは、ここでたいへんな目にあってるんだよ、オルウェン。助けてあげなきゃ。ハウエル先生ってお医者さんがいるだろ。その男こそ本当の殺人犯で、奥さんをここに閉《と》じこめてるんだ」

「ハウエル先生が？」オルウェンは、ショックを受けたようだ。「けど、あの先生はとってもやさしいんだよ。あの看護師《かんごし》がオーバーをぬすんだって告げ口したときだって、ちっともさわがなかったし。看護師のやつ、ずいぶんがっかりしただろうな。それじゃ今度はキャンベル教授《きょうじゅ》にいいつけてやる……なんていってたよ」

「だれにだって？」

「キャンベル教授よ。この病院でいちばんえらい人。あの看護師ったら、キャンベル教授にたのんで、いちばんきびしいお仕置きを受けさせてやるだってさ」

「ごめんね、オルウェン。ぼくのせいで。でも、ぼくが思うには、ハウエル先生はいい人だってふりをしてるだけだと思うよ。ラングフォード先生の奥さんは、本当にこわがっていたもの。キャンベル教授のお仕置きだって、ハウエル先生が奥さんにやるかもしれないこととくらべたら、たいしたことないさ」

「でも、それがあたしと、なにか関係あるっていうの？　それから、あんたとは、なにかあるの？」

「話したじゃないか。みんな、うちの母さんがラングフォード先生を殺したって思ってるんだ。母さんは牢屋《ろうや》に入れられてる。ラングフォード先生の奥さんだけが、母さんのうたがいを晴らすことができるんだよ。もし奥さんがそうしてくれなかったら、母さんがどうなるか知ってるか？」

「母ちゃんがいるだけでも幸せだって思いなよ！」オルウェンは、どなる。「あたしには、いないんだよ。もういないんだもん！」

オルウェンが大声を上げて泣きだしたので、ジョニーはぬれた床《ゆか》にひざをついて、なぐさめようとした。

「わかったよ。ほんとにごめん。でも、ぼくがなんとかしなきゃ母さんは有罪になっちゃうんだ。

それって、どういう意味かわかる？　絞首刑《こうしゅけい》にされちゃうんだよ。母さんは、立ったまま頭をしばり首の輪にとおされる。そしたら足元のはね戸があいて、母さんは下に落ちてしめ殺されるんだ。死んだままそこにぶら下げられて、それから名前をわからなくした墓地に埋《う》められるんだよ。そしたら、ぼくにも母さんがいなくなる。オルウェンは、ぼくにもそうなってほしいのか？　オルウェンの家族が亡《な》くなったのは、本当に気の毒だと思ってるけど、だからってどうしてぼくが母さんをなくさなきゃならないの？　オルウェンなら、ぼくがどういう気持ちになるかわかるはずだよね？」

オルウェンの声が、少しやさしくなった。「うん、わかると思う」

「それじゃ、ぼくを助けてよ」

「どうやって？　いったい、あたしになにができるっていうの？　この便所で、床《ゆか》みがきしてなきゃいけないんだよ」

「警察《けいさつ》を呼《よ》ばなきゃいけない。それから、その人――ほら、おまえがいってたキャンベル教授《きょうじゅ》のとこに行かなきゃ。ハウエル先生が本当はどんなやつか話すんだ。でも、警察のほうが先だな。電話をかけなきゃ。ここに、電話ってあるの？」

「事務室にあると思うけど。よくわかんない。事務室に入ったことないもん」

「でも、事務室がどこにあるか知ってるよね？」

「もちろん知ってるよ」

「じゃ、ぼくを連れてってよ。お願い。お芝居《しばい》がはじまったら、ラングフォード先生の奥《おく》さんにそこで会わなきゃいけないんだ。先に事務室に入ってれば、奥さんが来る前に電話をかけられる。それで、ぼくが電話をかけてる間に、おまえはキャンベル教授を探《さが》して、奥さん、ていうかモーガンさんがあぶないっていえるだろ。ハウエル先生から奥さんを守らなきゃっていってくれよ」

オルウェンは、口をとがらせた。

「だって、キャンベル教授はあたしのいうことなんか信じてくれないもん。あの看護師《かんごし》がもうあたしのことをいいつけてたとしたら、お仕置きを受けたくないからそんなことをいってるって思われちゃうよ」

ジョニーは、必死にたのんだ。

「だって信じるかもしれないじゃないか。オルウェン、おまえだけがたよりなんだよ。ぼくが警察に電話をかけて、そのあとでキャンベル教授を探すなんてことをやってたら、時間がなくなっちゃうよ。キャンベル教授って人の顔も知らないんだもん。お願い。ぼくのためにやってくれないかな。ハウエル先生のことをきちんと教授に話したら――いや、ぜんぶだめになっちゃって、ぼくがつかまっても――おまえのことをぜんぶキャンベル教授に話すからさ。約束するよ。オルウェンのことをなんとかしてくださいって、ぜったいにたのむから。さあ、早く。すぐに電話をかけなきゃいけないんだ」

「わかったよ」オルウェンは、ため息をついた。「事務室のあるところ、教えてあげる。それから、

キャンベル教授を探《さが》すよ。でも、あんまり時間はないよ。キャンベル教授はお芝居《しばい》に出ることにな
ってるんだからね。シンデレラの、太った、みっともないお姉さんのひとりになるんだって。たぶ
ん、もう衣裳《いしょう》に着がえてるんじゃないかな」オルウェンは、たわしをバケツに放りこんだ。ジョニ
ーは、オルウェンが立ちあがるのに手を貸してやった。
「ついてきて」と、オルウェンはいう。「もう暗くなったから、近道して中庭を通ってくよ。でも、
頭を上げないでね。だれかに見つかりたくないから」

37　事務室にしのびこむ

ジョニーとオルウェンは、中庭を横切っていった。事務室の窓《まど》の下に着くと、オルウェンがジョニーをしげみの下に引っぱりこんだ。

「あたしを持ち上げてよ。窓からのぞいて、だれかいるかどうかたしかめるから」

「背中《せなか》に乗って」ジョニーはそういって、地面に両手をついた。背中に乗ったオルウェンは、せいいっぱいのびあがると、窓から事務室をのぞきこんだ。

「電灯《でんとう》が消えてるよ」小声でいう。「中にはだれもいない。けど、電話機はある。つくえの上。タイプライターの横にあるのが見える」

「わかった。事務室の入り口を教えて。中に入るから」

「かぎが閉《し》まってたら、どうするのよ？　それにろうかにいるところを見つかったら？」

「じゃ、その窓から中に入るよ。もうちょっと背中を高くしたら、窓をあけられる？」

窓は、オルウェンがおし上げると、するするとあいた。

「じゃ、交代だ」と、ジョニーがいう。「ぼくがおまえの上に乗って、窓から入るよ」

ふたりとも大柄《おおがら》だとはとてもいえなかったが、なんとかがんばっているうちに、ジョニーは窓わくに乗ることができた。そのまま事務室の中にころげこむ。事務室に入ったとたんに、窓《まど》から外に出るのはむりだなとわかった。でも、そのときはそのとき。いま大事なのは、警察《けいさつ》に電話することだ。ジョニーは受話器をにぎると、ダイヤルをまわして交換手《こうかんしゅ》を呼《よ》びだした。ダイヤルがカチッと鳴ってからジーッともどって相手につながるまで、永遠に時がすぎていくような気がした。だが、少なくともその間に頭を働かせることができた。やっと電話線のむこうから交換手の声がした。ジョニーは大きく息をすいこんでから、かんだかい声の大人がしゃべっていると思わせるように、せいいっぱい落ち着いてこういった。

「もしもし？　わたくし、エイダ・フォーチュンともうします。クライグ・イ・ノス・サナトリウムのキャンベル教授《きょうじゅ》に代わって電話しております。病院内で重大な事件が起こりまして、大至急《だいしきゅう》警察のかたにいらしていただきたいのですが」

交換手は、もっとくわしく説明してくれという。

「くわしいことについては、わたくしの口からはいえませんの。命にかかわる重大事件とだけもうしておきます。お願いですから、急いでくださいな」

ジョニーは、わざと乱暴《らんぼう》に受話器を置いた。こうすれば交換手も、病院がたいへんなことになっていると思ってくれるにちがいない。それから、ジョニーはドアに走っていった。オルウェンがいったとおりだ。ドアにはかぎがかかっている。つくえの下からいすを引き出して、窓のところに持っていった。けれども窓に飛びつこうとジャンプするたびに、いすがぐるりとまわるのだ。オルウエンに手伝ってもらわなければ、とても窓わくを越《こ》えることはできない。もっと高くて安定したものはないかと、ジョニーは事務室の中を見まわした。つくえのほかには、それらしいものはなにもない。だが、そのつくえときたら、ジョニーのうちの台所にあるテーブルの三倍はあるし、両そでにずらりと引き出しがついている。重すぎて窓のところまで引きずっていくのはとてもむりだ。

ジョニーは、事務室に閉《と》じこめられてしまった。つくえの電気スタンドをつけてから、ありそうもない逃《に》げ道《みち》を必死になって探《さが》した。事務的で、なんとも味気のない部屋だった。ファイルでいっぱいの本棚《ほんだな》がひとつあり、壁《かべ》には銅版画の国王の肖像《しょうぞう》がかけられ、職員の名前と当直を記した掲《けい》示板《じばん》がある。その晩《ばん》の当直医は、ハウエル医師だった。掲示板のそばに、新聞の切りぬきが置いてあった。クリスマスのために、地元の人たちがサナトリウムに多額の寄付をしたと書いてある。思わず知らず、ジョニーの目はおなじページにある広告欄《こうこくらん》を見ていた。牧羊犬が新しい飼《か》い主《ぬし》を探しているとか。着なかったウェディングドレスを売りたいという人がいる。そして、ジョニーが書いたあの広告が出ていた。「あなたの見かけを永久に変えるには」。ラングフォード夫人は、これを読んだにちがいない。同じ日付の同じ新聞に自分の消息を尋《たず》ねた広告が出ていたはずだが、ラングフォード夫人がそっちには返事をよこさなかった理由もわかった。それは別の紙面に掲載《けいさい》されていたにちがいない。

とにかく、事務室でこのままラングフォード夫人を待つしかなかった。いすをつくえの下にもどして、すわってみた。ハッチさんに電話して、自分が無事だと（いまのところは……だが）知らせたほうがいいだろうか。だが、さっきとおなじ交換手《こうかんしゅ》に声を聞かれて、うたがわれるのはいやだった。つくえの上には、書類が山と積んであった。茶封筒《ちゃぶうとう》もある。ラングフォード夫人がジョニーに送ってきた封筒とおなじものだ。そして、そこらじゅうに英語やフランス語で書いたチラシが散らばっていた。すべてTBに関係するもののようだ。ラングフォード夫人の、あのカタツムリのような筆跡《ひっせき》で、あちこちに注釈《ちゅうしゃく》が書きこまれている。奥《おく》さんのいっていた事務室は、まちがいなくこのことだと、ジョニーは思った。奥さんが仕事をしてるのは、ぜったいにこの部屋だよ。ああ、ほっとした！　運よく警察《けいさつ》がすぐに来てくれれば、ラングフォード夫人は殺人事件の真相を話すことができるはずだ。ハウエル医師は逮捕《たいほ》され、ラングフォード夫人とジョニーの母親は助かる。ジョニーは身を乗り出して、タイプライターにはさんである紙を読んだ。「結核《けっかく》にいどむ戦い」という題が書いてある。本文は、次のとおりだった。

未来のお母さんへ！　そして、若《わか》い奥さんたちへ！　結核にかかった親から生まれた子どもたち、あるいは結核菌《きん》に汚染《おせん》された環境《かんきょう》にいる子どもたちの二十五パーセントが結核で亡《な》くなるという事実をごぞんじでしょうか？

ジョニーは、下のほうが読めるように、タイプライターのローラーをカチカチとまわした。

それればかりでなく、おそかれ早かれ結核は、健康な両親から生まれ、衛生的な環境で育てられているおおぜいの子どもたちの命もうばってしまいます。

けれども、あなたの子どもたちを守る手段《しゅだん》があるということを、ごぞんじでしたか？

子どもたちに、ワクチンを接種させればいいのです。

ジョニーは、こういう文章の書き方をよく知っていた。それこそ強壮剤《きょうそうざい》から消毒薬まですべての広告が、こういういい方をしている。おそらく、ラングフォード夫人がタイプを打ったのだろう。ハウエル医師がＢＣＧを売るために、ラングフォード夫人に打たせたにちがいない。ジョニーは、チラシの続きも読みたくなった。

そのとき、ドアの外から声が聞こえた。ラングフォード夫人の声だ。約束したとおり、ジョニーと会うために事務室に来たのだろう。ドアにかぎがかかっていたから、窓《まど》から入ったと説明すればいい。そうすれば、夫人はわかってくれるはずだ。だが、かぎがまわる音がしたとき、別の声も聞こえた。その声にも聞きおぼえがある。ハウエル医師がいっしょにいるのだ。ハウエル医師は、ジョニーが窓からしのびこんだのをゆるしてくれるはずはない。かくれる場所はひとつしかなかった。電気スタンドの明かりをすばやく消して、いすからすべりおりる。ラングフォード夫人が天井《てんじょう》の明かりをつけるのと同時に、ジョニーはつくえの下にもぐりこんだ。家具みがき剤と、香水《こうすい》と、靴《くつ》のにおいがした。

「どうして窓《まど》があいてるのかしら?」すたすたと入ってきたラングフォード夫人がいった。「ぜったいに閉《し》めて出たはずなのに」

ハウエル医師が、笑いだした。「きっとキャンベル教授《きょうじゅ》がここにいたんだろうよ。新鮮《しんせん》な空気が身体にいいいって、しつこいほどいいはってるからな」

なんて仲がよさそうなんだろうと、ジョニーはびっくりした。ラングフォード夫人は窓を閉めながら、楽しそうにいっている。

「だいじょうぶよ。わたくしは病気じゃありませんからね。それに、すきま風は大きらいなの」

「チラシをタイプしておいたんだね」と、ハウエル医師がいう。

ラングフォード夫人が、タイプライターの前にすわった。夫人の足がふれないように、ジョニーはもっと奥《おく》のほうに身をちぢめた。まんいち気がついても、夫人が声をあげずに落ち着いていてくれますようにと、ジョニーはいのった。それから、必死に耳をすました。つくえの下は暗くて、なにも見えない。わずかに差しこんでいた明かりが、夫人の足にさえぎられてしまったのだ。つくえはドアのほうに向けて置いてあったが、前面にもあいている場所がないので光が入ってこない。けれども、そのおかげでジョニーのすがたもだれからも見えずにすんでいた。

「はい、どうぞ」と、ラングフォード夫人がいっている。「最後のところの翻訳《ほんやく》も終わってるわ」

タイプライターがカチカチと金属的な音を立てる。用紙をローラーから引きぬいているのだ。「わかったでしょ。心配することは、なにもないの。これで準備はすっかり整ったんですからね」

「そうだけど」ハウエル医師は、なんだか心配そうだ。「時間がどんどんなくなってしまう。病院の全員が劇場《げきじょう》に入るっていうのは、ぜったいにたしかなんだね？」

「もちろんよ。それが、いちばん大事なところでしょう？　職員をひとり残らず出演《しゅつえん》させなければってキャンベル教授を説きふせたんだけど、それはそれはたいへんだったんですからね。おしまいには、わたくしまで本当にそうしなければって思ってしまったくらい。せっかく見事な劇場があるのに、それを使わないなんてバカげてるってね。まあ、それも事実ですけどね。お医者さまや看《かん》護師《ごし》さんたちが、おかしな衣裳《いしょう》を着て出てきたら、子どもたちはそれこそ大声で、おなかをかかえて笑うにきまってるわ。キャンベル教授ったら、あなたがひとりで当直医を引きうけるってもうしでたとき、なかなか犠牲的《ぎせいてき》精神に富《と》んでるやつだって思ったんじゃないかしら。おかげでずいぶん得をしたんじゃないの、あなたも」

ジョニーは、頭がこんがらがってきた。なぜラングフォード夫人は、これほどまでにハウエル医師にやさしくするのだろう？　夫人のほうは、ずいぶん気楽な調子で話しているのに、どうしてハウエル医師のほうがそわそわしているのか？　みんながお芝居《しばい》を見ている間に、ふたりでなにかたくらんでいるように聞こえるけれど。そうだとしたら、いったいなにをしようとしているのだろう？

外のろうかが、劇場に向かう子どもたちのおしゃべりと、車いすの音でにぎやかになってきた。ハウエル医師が部屋の中を歩きまわりながら、つぶやいているのが聞こえる。

「ああ、急いでくれないかなあ。みんな、早く劇場に入っちまえったら」

「落ち着きなさいよ」ラングフォード夫人の声がする。「それから、お願いだからつめをかむのをやめてくれないかしら。いい、よく聞いてね。落ち着いてよ。まず最初に、わたくしたちがかたづけなきゃいけないことがあるの」

「なんだって?」怒《おこ》っているとはっきりわかる声だ。「もう時間がないっていってるだろ」

「わたくしといっしょに劇場《げきじょう》にいた男の子、あなたも見たでしょ?」

「プログラム配りを手伝ってた子だろ? あんまりおぼえてないなあ。よく見てなかったから」

「とにかく、その子がもうすぐここに来るの」

「ええっ? どうして?」

ジョニーは、ますますわけがわからなくなった。どうしてラングフォード夫人はジョニーのことを打ち明けてしまうのだろう?

「あの子は、ここの患者《かんじゃ》なんかじゃないのよ。じつはスタンブルトンに住んでる子で――」

「なんだって? あんたは頭でもおかしくなったのか?」ハウエル医師は、こぶしでつくえをたたいた。ジョニーの頭のすぐそばだ。

「落ち着いてっていったはずよ。その子を、どうにかしなきゃいけないの。その子はね、わたくしを探《さが》しにここに来たんですよ」

「でも、どうやってあんたがここにいるのを見つけたんだね?」

「それは気にしなくていいわ。その子は、なんにも知らない。それは、たしかよ。あなたが、わたくしをむりやりこの病院に閉《と》じこめてるって思いこんでるんだから」ラングフォード夫人は、クスクス笑いだした。「わたくしをここから救い出したいんですって！」

「どうして、いったい……」

「あの子、例のそうじ女の息子《むすこ》なのよ。ほら、警察《けいさつ》に逮捕《たいほ》された女。それで、わたくしに警察に行ってほしい、母親が犯人じゃないって証言してもらいたいっていうの」

つくえの下にいるジョニーは、あわてふためいた。どうして夫人は、ハウエル医師にそんなことまで話してしまうのか？　なぜそんなにおろかなのだろう？　すがたこそ見えなかったが、ハウエル医師がびくびくしているのはジョニーにもはっきりとわかった。もし思いどおりにいかないのがわかったら、ハウエル医師はおそってくるかもしれない。ラングフォード夫人は、自分たちふたりがどんな目にあうか想像できないのだろうか？　まして、みんなが劇場に入ってしまったら、ハウエル医師のじゃまをするものはひとりもいないというのに。

だが、ハウエル医師が夫人にこうききただしたとき、ジョニーの胸《むね》の中にわきあがってきたおそろしい疑問《ぎもん》が、たしかな形をとりはじめた。

「それじゃ、その子は本当のことを知らないっていうんだね？」

「もちろん知らないわ。ほんとにかわいいじゃないの。ちっちゃなジョニーがはるばるやってきて、母さんを助けてくださいって、わたくしにお願いしてるってわけですよ。よりによって、このわたくしにね。警察は、あの女が犯人だって思いこんでる。そのことがわたくしたちにとってどんなにありがたいか、あの子は気づいてもいないんですからね」

「だが、その子はどこにいるんだね？　あんた、その子になにをしたんだ？」

「なんにもしてないわ。いまのところはね」と、ラングフォード夫人はいう。「でも、お芝居《しばい》がはじまったら、すぐにこの事務室に来るようにといっておいたの。もうすぐここに来るわ」

「あんた、気はたしかなのか？　いまだれかに来られたりしたら――」

「そんなに長くはいないわよ。というより、そんな心配はないっていったほうがいいかしらね。あなたが勇気を出して、あの子になにかしてくれれば」ラングフォード夫人の次の言葉に、ジョニーはふるえあがった。「ちょっと注射《ちゅうしゃ》をしてくれれば、ね？　あっという間に終わってしまうわ」

38　目の前の死

ハウエル医師は、ショックを受けたようだ。

「ちょっと待った――ぼくには、できないよ――」

ラングフォード夫人の声が、とたんに冷たく、きびしくなった。

「でも、そうしなきゃいけないんですよ。ほかに道はないの。その子を生かしておくわけにはいかないわ。とにかくその子は、母親を救いたいと必死なんだから。あれこれ質問してくるにきまってますからね」

ジョニーは、おそろしさに凍《こお》りついた。ジョニーに見えるのは、夫人の足だけだった。足首のところで軽く組み、落ち着いてジョニーを殺す計画をねりながら、片方《かたほう》の足の先をゆっくりと回している。

「だけど、それはできないな。そんなにかんたんな話じゃないよ。だいいち、死体を始末しなきゃいけないことになるし」

ハウエル医師も、おびえているようだ。

「考えてごらんなさいな。世界じゅうのどこにこんな都合のいい場所があるの？　シーツはあるし、毛布も、車いすも、台車も、見わたすかぎりの草原も、流れのはげしい川もあるんですからね。あなたみたいなボンクラ医者だって、ここなら人ひとりを消すのなんかわけないっていってるのよ！」

ハウエル医師はつくえをまわりこむなりラングフォード夫人につかみかかると、いすから立たせた。夫人の足がよじれ、ハイヒールのかかとが床《ゆか》から持ちあがりそうになっている。ハウエル医師が全身の力をこめているのが、つくえの下のジョニーにもわかった。だが夫人はすぐに立ちなおり、あいかわらずしっかりした声で氷のようにいいはなった。

「あの男の子が、いつ入ってくるかわからないのよ。あなた、こんなところを見られてもいいの？あの子は、やっぱり自分が考えてたとおりだと思うでしょうね。あなたがわたくしを傷《きず》つけようとしているって。すぐに外に飛びだして、助けを求めるにちがいないわ」

ハウエル医師が手を放すと、ラングフォード夫人のかかとが床におりた。

「いいわね。もう時間はないのよ。あなた、薬局のかぎは持ってるの？」

「もちろんだ」

ラングフォード夫人は、ドアのところに行って耳をすました。

「しーんとしてる。みんな、もう劇場《げきじょう》に入ってるわ」夫人は、見くだすような声でハウエル医師に命令した。「早くしなさい。すぐに目的のものを薬局から取ってくるのよ。あなたがもどってくる前にあの子が来たら、わたくしが引きとめておきます。心配しなくてもだいじょうぶ。あの子は、わたくしのことを信頼《しんらい》してるの。なにしろ、わたくしのことを守るつもりでいるんですからね。あぶない淵《ふち》にいるのは自分のほうだなんて、気がついてもいないんだから」

いいや、いまやジョニーは、痛《いた》いほど気がついていた。つくえの下で、ガタガタとふるえていた。ハウエル医師がドアをあけて出ていく。劇場のざわめきが、どっと流れこんできた。それから、楽しそうな笑い声も。シンデレラのみにくい姉たちが、舞台《ぶたい》に登場したのだ。いっしゅんジョニーは、ラングフォード夫人がひとりでいる間につくえから飛びだそうかと思った。奥《おく》さんを説得できるかもしれない。さもなければ、打ち負かして逃《に》げることも。だが、自信はなかった。ラングフォード夫人につかまって、ハウエル医師が薬局からなにやらわからないものを取ってくるまでおさえつけられていたら。そんなあぶないまねはできなかった。恐怖《きょうふ》にふるえ、あぶら汗《あせ》をかきながら、ジョニーはさらに身をちぢめた。ラングフォード夫人がいすにもどり、足をのばしたのだ。ハイヒールのつま先とジョニーの顔は、髪《かみ》の毛《け》ひとすじくらいしか、はなれていない。あんまり大きく息をしないでおこうと、ジョニーは思った。しめった暖《あたた》かい空気が夫人の肌《はだ》に当たって、気づかれてしまうかもしれない。

そのとき、ドアのとってがガタガタと鳴り、ラングフォード夫人はふたたび立ちあがった。ハウエル医師が部屋に入ってくると、劇場からいっせいに「シーッ！　シーッ！」とささやく子どもたちの声が聞こえてきた。

「取ってきたよ」ハウエル医師がいう。「あんたのいうその子が、早く来ればいいのに。のろのろしてるわけにはいかないんだ。わかってるだろう」

カチャカチャという音がして、ちょうどジョニーの頭の上あたりになにかが置かれた。つくえの上にある毒を入れたびんと注射針《ちゅうしゃばり》が、自分がやってくるのを待ちかまえているようすが目にうかぶ。ラングフォード夫人は落ち着きはらった声で、どうやってジョニーにおそいかかるかハウエル医師に指示した。

「あなたは、ドアのうしろに立ちなさい。そしたら、わたくしがその子をこのつくえまでおびきよせます。そうすれば、あなたは背後《はいご》からはがいじめにできるわ。あっという間にかたづきますよ」

ハウエル医師と夫人は、そこで話をやめた。ジョニーがやってくるのをじっと待っているのだ。お芝居《しばい》の観客のあげる「わあっ！」とか「あーっ！」とかいう声が、静まりかえった事務室にまでかすかに聞こえてくる。もはやジョニーにできるのは、じっと静かにして、どうにかしてなにかが起こって自分を助けてくれることをいのるだけだった。しばらくして、ハウエル医師が口を開いた。「あんた、その子がここにやってくるっていったよね？」ドアのうしろから、はき出すようにいう。「来るんですよ」と、夫人が答えている。「おそらく、あたりにだれもいないすきを見計らってるんでしょうよ」

つくえの下にいるジョニーは、恐怖《きょうふ》にふるえてはいたが、いっぽうで好奇心《こうきしん》にもかられていた。いったいラングフォード夫人とハウエル医師は、お芝居の間になにをしようとたくらんでいたのだろう？　ふたりだけになる機会を作るために、夫人が『シンデレラ』のお芝居を企画《きかく》したのは明らかだった。それにふたりは、さっきから時間がないといい続けている。その前に、ジョニーをかたづけなければいけない……と。だが、「なんの前」なのか？　ふたりはいったい、なんのことを話していたのだろう？

二、三分すると、劇場《げきじょう》から歌声が聞こえてきた。ハウエル医師は、また部屋の中を行ったり来たりしはじめた。

「さあ、来い！　早く来るんだ、こぞうめ！」

いらいらと、小声でつぶやいている。それから、つくえの上にある死の道具をならべかえはじめた。布のこすれる音、びんや注射器がカチンとふれあう音がするたびに、ジョニーの心臓《しんぞう》の鼓動《こどう》が早くなった。と、そのときハウエル医師がドアにかけよった。

「あいつが来てしまったぞ！」と、さけぶ。

「まああ、どうしましょう！」ラングフォード夫人は、その晩《ばん》初めてあわてたようすを見せた。

つくえの下で、ジョニーは首をかしげた。ふたりは、なにをいっているのだろう？　オルウェンが、キャンベル教授《きょうじゅ》に会ったあとジョニーとラングフォード夫人にそのことを伝えに来たのだったら？　ジョニーは、オルウェンに警告《けいこく》したくたってできない――どうしても、オルウェンが事務室に入るのを止めることなどできない。お願いだ、オルウェン！　ジョニーは、いのった。たのむから、ここに入ってくるな！　ドアのとってがキイッと鳴る。ドアが開くと、お芝居を見ている子どもたちが「うしろを見てごらん！」の歌をうたっているのが聞こえてきた。

ジョニーは、胸《むね》がむかむかしてきた。もうすぐ、はがいじめにされて悲鳴をあげるオルウェンに、ハウエル医師が毒を注射《ちゅうしゃ》する……。

……ところが、そうはならなかった。代わりに、男の声がしたのだ。警察《けいさつ》が来た！ もちろん、そうにきまってるじゃないか！ ああ、やっと来てくれたよ！ ジョニーはほっとして、身体じゅうの力がぬけた。だが、ちがったのだ。聞こえてきたのは、警官の声ではなかった。

「やあ、ふたりとも」

ジョニーは、その声を知っていた。英霊《えいれい》記念日に聞き、ラングフォード先生の遺体《いたい》が発見された次の日にまた耳にした声だ。

「いやあ、車でここまで来るのに苦労したよ！ なにか飲むものはないかね？」

ジョニーの家の家主、フレデリック・ベネットの声だ。だがベネット氏は、クライグ・イ・ノスになんの用があって来たのだろう？

39
ハッチさんの意地

いっぽうスタンブルトンでは、日がくれたのでハッチさんが店を閉《し》めていた。階段《かいだん》をのぼって部屋に行こうとしたとき、ドアにつけた鈴《すず》が鳴った。ハッチさんは足を引きずりながら階段をおり、ドアのガラスに取りつけてある、茶色いブラインドのひもを引っぱった。カチッと音がしてブラインドが上がると、ガラスのむこうに警官が立っていた。ハッチさんは、すぐさまジョニーの顔を思いうかべた。ドアのかぎをあけて、警官を中に入れる。そして、ハッチさんはほっと胸《むね》をなでおろした。警官は、悪い知らせを持ってきたわけではなかったのだ――ハッチさんが心配していたような悪い知らせではないということだが。

警官はヘルメットをぬいでから、もったいぶった口ぶりでハッチさんに告げた。

「ハッチンソンさん。残念ですが、きわめて重要な事件の捜査《そうさ》にうかがった次第です」

「喜んでご協力しますよ、おれにできることだったらね。ずっと前から協力するっていってるのに、あんたたちは取りつく島もなかったじゃないですか」

「いいや、例の殺人事件のことじゃないんですよ。じつは、警察に苦情をいってきた人がいましてね」

「苦情ですか？　おれのことで？」

「いや、そうじゃない。ハッチンソンさんの客に対する苦情ですよ」

「どの客かな？　だれのこと？　そいつが、なにをやらかしたっていうんです？」

「じつはね、詐欺《さぎ》に引っかかったって苦情をいってきたんです。だまされて、金を巻《ま》きあげられたってね。ところが、わたしにも犯人の名前はいえないいんです」

「わかってますよ。秘密《ひみつ》ってことでしょ。けど、おれがどうやって協力すりゃいいんですかね？」

「いやいや、秘密だからってわけじゃないいんです。名前がいえないのは、わたし自身が知らないからなんですよ。だから、ここにうかがったっていうわけで」

「いやあ、わけがわからんなあ。おれの店の客っていったって、何百人もいるから」そういってから、ハッチさんは腹《はら》の中でこう続けた。以前には……っていうほうが正直かも。「悪いけど、うちの客が店の外でなにをしようが、おれにはほとんどわからんからね。おれのことをだまそうとしたやつがいるとは思えないけど」

「わたしの知ってるかぎり、あなた自身はだまされてはいませんよ。だが、どういう犯罪行為《こうい》か話せば、被害者《ひがいしゃ》に同情して話してくださるかと思ったわけで。苦情をいってきた人は、この郵便局《ゆうびんきょく》の私書箱《ししょばこ》に二度も金を送ったと主張しているんです――それで、二度とも金をだましとられたと」

警官は、手帳を調べた。「その人は、紅茶に使う金をへらす方法を知りたくて、私書箱に六ペンス送ったんですな。別におかしなことをしたとはいえんでしょう。こういうご時勢ですから、みんな節約したいと思ってます。それでこの男性は、紅茶を安く買える業者が見つかったと思ったわけですよ。ところが、その男性が受け取ったのは『砂糖《さとう》とミルクを入れるのをやめなさい』と書いたメモだけ。これだけなら、男性もだまってるつもりだったんでしょうが、またまた同じ筆跡《ひっせき》のメモを受け取ったんですな。背中《せなか》が痛《いた》くならずに、足のつめを切る方法を知りたいと一シリング送ったときです。メモには『ほかの人に切ってもらいなさい』と書いてあったそうです」

もちろんハッチさんは、警官がなんのことをいっているのか、ぴんときていた。けれども、打ち明けるつもりはない。話の続きを聞こうと、ハッチさんは待った。

「さて、その男性から私書箱の番号は教わっているんですがね」と、警官はいった。「ふたつのインチキ広告をつなぐのが、その私書箱っていうわけです。そこでハッチンソンさんに、私書箱を借りている人物がだれなのか教えてもらいたいんですよ。そしたら、捜査《そうさ》が先に進みますからね」

ハッチさんは、しばらくなにもいわなかった。どう返事したらいいか、考えていたのだ。そう、答えはただひとつ。ジョニーがかかわっているかどうかは、この際、関係ない。

「悪いけど、協力はできませんね」と、ハッチさんは答えた。

「だけど、だれがその私書箱を借りているのか、ハッチンソンさんは知ってるんでしょう？　借りてる人たちは、郵便物をこの店に取りに来るんですよね？」

「たしかに、そうですよ。それから、借りてる人の名前をおれが知ってるのもたしかだ。だがね、これだけは、あんたにいっとかなきゃいけない。だれが借りてるかは、その人と郵便局の間だけの秘密《ひみつ》なんです」

「だけど、これは重大な事件ですよ」

「そうかもしれん。それじゃ、それくらい重大事件だというなら、判事に捜査令状《そうさ》を出してもらっちゃどうですかね。けど、それまでは、おれは自分の義務として秘密を守るつもりですから」

警官《けいかん》は、だんだん腹《はら》が立ってきたようだ。

「だがね、ハッチンソンさん。ラングフォード先生の手紙のことでは、すでに協力してくれてるじゃないですか。先生あての手紙を調べさせてくれたし、毎朝わたしの同僚《どうりょう》が調べてもいる」

「いいかい？　ラングフォード先生は、殺されたんだよね？　これこそ、重大な事件だ。それに、もちろんラングフォード先生はもう死んでしまって、この世にいない。先生と郵便局《ゆうびんきょく》との関係は、すっかり変わってしまっているんだよ」

「だがね、ハッチンソンさん。そんなむちゃをいわないでくれないかな。教えてくれれば、この詐《さ》欺《ぎ》事件をつきとめることができるんだから。これが詐欺事件だとすればね。裁判所《さいばんしょ》にたのんでめんどうくさい手続きをしなくても、すぐに犯人がわかるんですよ。いいかね、ハッチンソンさん。私《し》書箱《しょばこ》の番号は九番なんだ。借り主を知っているんでしょう？」

ハッチさんは、せいいっぱいそしらぬ顔をした。警官は、もう一度たずねてきた。

「地元のだれかなんですか？　それとも、行きずりの人かね？」

やっぱり、ハッチさんはだまったままだ。

「もっと警察の上のほうに話そうか？」

「そのほうがいいかもしれんね。もしもあんたがおれに金をはらって自分の名前を秘密にしてくれってたのんだら、約束した以上はおれにちゃんと守ってほしいと思うだろう？」

警官は、いまやかんかんに腹を立てていた。ハッチさんに背《せ》を向けて店を出ながら、警官はこういった。

「上のほうに相談するからな。あんたも店を出ないほうがいいぞ、ハッチンソン。すぐにもどってくるからな」

「もちろんだよ。どっちみち、外に出かけるつもりなんかないんだ。だから、この店にいるんじゃないか。あんたの上のおえらいさんにきいてみな。あんたには、自分のほしい情報をおれからむやり聞き出す権利《けんり》もなければ、おれの行動を制限する権利もないって、そう答えるだろうよ。あんたが自分の法的な立場に満足したら、そのときは話をしてやってもいいが」

警官は、ぶつぶつ文句《もんく》をいいながら歩きだした。ハッチンソンという男にも、その尊大《そんだい》なもののいい方にも、うんざりしていた。あいつはどうしてあんなに胸《むね》を張っていられるのだろう？　あの男の子――例の殺人犯の息子《むすこ》なんぞ引きとって、いっしょにくらしているというのに。

40　共犯者たち

「いったいなんだよ、ややっこしいことって?」ベネット氏が、大声でたずねる。

　ラングフォード夫人は、説明をはじめた。

「男の子が、このサナトリウムにいるんですよ」落ち着きはらった声だ。「スタンブルトンからやってきたの。ウィニー・スワンソンの息子《むすこ》よ。わたくしを探《さが》しにきたんですって」

「なんだって? いったい、あんたをどうやって探しあてたんだね?」

「わからないわ。でも、もうすぐこの部屋に来るの。だから、ほら、ふたりでこれを用意しておいたんですよ」

　ラングフォード夫人が、つくえの上にある死の注射器《ちゅうしゃき》を指さしているところを、ジョニーは目にうかべた。

「ちょっと待てよ。ぼくは、そんなことに巻《ま》きこまれるのはまっぴらだな」と、ベネット氏はいう。

「その子は、あんたが始末すればいいんだ。さあ、次のワクチンをくれれば、この間の分け前をわたしてやるよ。早くしてくれ。こんなところで、うろうろしていたくないんだよ」

「この箱だ」と、ハウエル医師の声がする。

ドサッという音が二回聞こえた。ベネット氏が、札束《さつたば》をふたつ、つくえの上に投げだしたのだ。

「ほら、これだよ。悪くない仕事だろ、え？　前のはぜんぶ売り切れた。あんたのいってたとおりだな、マリー。あっちでもこっちでも客が食いついてくるよ。なにか法をおかすことをやってみたいやつら、だれも持ってないものを手に入れたいやつら、それから自分の赤んぼうが病気にかかるのではと心配している親たち、そういう連中の気持ちにつけこんだってわけさ。だが、いっとくけどな、マリー。そういう連中は、もう少しで引っかかりそうになったときに怖気《おじけ》づいて、買うのをやめようかと思いはじめるんだよ。ところが、そんなときに、あんたが作るといってくれたチラシが効果を発揮《はっき》するわけさ。客をもっと医学的に信用させなきゃいけないんだ。なにごとも黒か白か、はっきりさせなきゃ気がすまないやつらがいるからね」

「はい、ここにありますよ」と、ラングフォード夫人がいった。「フランスで配っているチラシを、一字一句正確に訳《やく》したの」夫人は、最初の一行をもったいぶって読みはじめた。「フェット　プレゼルヴェ　ヴォゾンファン　コントル　ラ　テュベルキュローズ　パール　ヴァクサン　ベーセージェー……。BCGワクチンで、あなたの子どもたちを結核《けっかく》から守りましょう。最初から最後まで、すっかり訳しておきましたからね——もちろん、これから先の一文ははぶいておいたけど」

ベネット氏が、その一文を読みあげた。フランス語を勉強している生徒のような発音だ。

「デリーヴル　グラチュイットマン　パール　ランスティテュ　パストゥール　シュール　ドゥマンド　デュ　メドゥサン　ウ　ド　ラ　サージュ　ファム」

ラングフォード夫人が、訳《やく》してやった。

「ワクチンは、医師や助産師の求めに応じて、パストゥール研究所が無料で配布しています」

ベネット氏は笑いだしたが、ハウエル医師が深刻《しんこく》な声で口をはさんだ。

「BCGは、無料で配らなきゃいけない。お金なんか取っちゃいけないんだよ」ベネット氏が鼻で笑ったが、ハウエル医師は続ける。「こんなことをするのは、よくないよ。ぼくがラングフォード先生に協力したのは、先生が子どもたちの命を救いたいっていったからなんだ。これじゃ、みんなを食い物にするようなもんじゃないか」

ジョニーにも、ようやく真相がわかってきた。ハウエル医師を誤解《ごかい》していたのかもしれない。ハウエル医師には、ラングフォード夫人たちの悪事に加担《かたん》するつもりなど、これっぽっちもなかったのだ。闇《やみ》のBCGをお金で売るという悪だくみの中心にいるのは、ベネット氏だった。悪がしこいベネット氏は、ハウエル医師とラングフォード夫人にもうけの一部をわたすことで、共犯者に仕立てあげようとしているのだ。

ところが、そのあとに聞こえてきたラングフォード夫人のあざけりをふくんだ声に、ジョニーの背《せ》すじは凍《こお》りついた。

「悪いけど、ハウエル先生。どうしてご自分の分け前を受け取らないのか、わけがわからないわ。それに、どうしてとつぜん人類愛に目ざめて、高邁《こうまい》な精神をお持ちになったのかしら」夫人が、つくえの上のびんを手にとる音がした。「ベネット。これをごらんなさいな」夫人は、腹《はら》にすえかねたような声でささやく。「あなたが入っていらしたとき、わたくしたちの気高いお友だちは、殺人をおかそうとしてたんですからね！」

「そんなことは聞きたくないっていったじゃないか」ベネット氏はいう。「ぼくはもう帰るからね」

ドアに向かうベネット氏の前に、ハウエル医師が立ちふさがったようだ。

「帰るのは、まだ早いぞ」ハウエル医師はいう。「あの子をどうするか、ききたいんだ」

「どうするかは、もう話したはずよ」ラングフォード夫人が口をはさんだ。「ほかに方法はないんですから」

「だけど、だれかが探《さが》しに来るかもしれないだろう？　ここに来ることを、だれかに話しているかもしれないじゃないか」

「あれやこれや心配しなさんな！」夫人がいう。「あの子は、ひとりで来たんですよ。それはたしかなんですから。それにね、都合のいいことに、警察《けいさつ》はあの子のいうことには耳を貸さないっていってたわ。あの子自身だって、殺人事件が起こった日に、わたくしがフランスにいたって信じているのよ。ベネット、あなたが書かせてくれた手紙が役に立ったようね」

つくえの下にいるジョニーは、ふるえが止まらなかった。自分と母のウィニーが、いまやまさに死の淵《ふち》に立たされているのはたしかだ。それでも、夫人がなにをいいだすのかと、ジョニーは必死に耳をすましていた。ハウエル医師も、とまどっているようだ。

「なんの手紙だって？　おまえたちは、ぼくの背後《はいご》でなにをたくらんでいるんだ？」

「そんな芝居《しばい》がかったいい方をするなよ」ベネット氏は、せせら笑う。「きみにかくしていること なんか、なにもないよ。ただ、いくつか穴埋《あなう》めをしなきゃいけないことがあってね。それもこれも、ぼくたち三人のせいなんだが。最初から、それほどうまくはいかないって思ってたけどね。ほら、きみが大急ぎでラングフォード夫妻をここに呼《よ》びよせたりしたから……」

「しかたがなかったんだよ」と、ハウエル医師はいう。「培養菌《ばいようきん》が、ちゃんと成長しなくなったんだから。ラングフォード先生に助けてもらわなきゃ、ワクチンはできなかったんだぞ」ハウエル医師は、もう涙声《なみだごえ》だ。「だが、ラングフォード先生とぼくは、ぜったいにワクチンを売りたくなんかなかった。金もうけしたかったのは、あんたたちふたりじゃないか!」

「でも、きみもいままでは仲間なんだぞ、ハウエル」ベネット氏がいう。「すでにBCGをぼくにわたしたし、さっきだって追加分をくれたじゃないか」ベネット氏は、包みをたたいた。「これをどうやって警察《けいさつ》に説明するつもりだね?」

「ラングフォード先生がどんなふうに亡《な》くなったか話せば、警察だってそんなことはどうでもよくなるさ!」

「なにを——」

一発なぐった音、うめき声。それからふたりの男がとっくみあいをするさわぎが聞こえてくる。

「放せ!」ハウエル医師が悲鳴をあげた。片方《かたほう》の腕《うで》を、ベネット氏がねじあげたのだ。

ラングフォード夫人が、さっといすから立ちあがった。

「だれにも、なんにもいわせるものですか、ハウエル！」夫人は、さけんだ。それから、ベネット氏にこう切りだしたとき、その声にはおどしだけでなく、悪魔《あくま》のようなしのび笑いまでまじっているように聞こえた。「どうかしら、フレデリック。この人も、かたづけてしまいましょうか？」

ハウエル医師は、ベネット氏の手からのがれようともがいている。

「だめだ！　やめてくれ！　だれにもいわないから。だいたい、ぼくがなにをしゃべるっていうんだ？　ぼくは、あの場にいなかったじゃないか」

ハウエル医師の声がくぐもった。ベネット氏が、片手で口をふさいだのだ。ハウエル医師が、なにかさけぼうとしているのが聞こえる。足をばたばたさせて、なんとかのがれようとしている。ドスドスと両足を床《ゆか》にたたきつける音がつくえにひびき、ジョニーの背骨《せぼね》まで伝わってきた。ラングフォード夫人は、つくえのまわりを歩きまわっている。ベネット氏におさえつけられてもがいているハウエル医師を、痛《いた》めつけているのだ。

「ねえ、あなたには生きてるより死んでもらったほうが、わたくしたちには好都合なのよ」と、夫人はいった。「たしかに、そうしたらもうBCGは作れないでしょうけど、いままでもうけたお金は、三人じゃなくってふたりで分けられますからね」

ベネット氏もうなずいている。

「あんたのいうとおりだよ、マリー。それに、まんいちぼくたちがつかまっても、ワクチンを売ろうっていいだしたのはハウエルで、あんたではないっていえるからね」

ジョニーは、あっけにとられていた。つまり、ラングフォード夫人が首謀者《しゅぼうしゃ》だったのだ。いかにも親切そうにしてくれたので、すっかりだまされていた。信じたくはなかったけれど、そう考えれば万事つじつまがあう。ラングフォード家のくらし向きが苦しかったのは、ジョニーも知っていた。ラングフォード夫人は「あなたのお金を上手にころがす方法」という広告に飛びついてきたほどだったのだから。ジョニーは、はっとした。ふいに息苦しくなって、あわててしまった。恐怖《きょうふ》にくわえて罪の意識と後悔《こうかい》の念がおしよせ、胸《むね》がむかむかしてきた。ハッチさんのいう心臓《しんぞう》が止まるほどの「電撃的《でんげきてき》なショック」が、またもやジョニーをおそったのだ。アンカロアボの広告を夫人に見せたときのことを、ジョニーはおぼえていた。どうして先生も同じようにBCGを売らないんですかときいたとき、ラングフォード先生が広告主のチャールズ・H・スティーヴンスを批判《ひはん》したことも。ウィンブルドンのウォープル通りに住むその医者は、病人の不安をかきたてることでお金をもうけていると、先生は怒《おこ》っていたっけ。ジョニーが考えなしのことをいったせいでラングフォード夫人がこんな悪だくみを考えつき、その結果としてラングフォード先生が亡《な》くなり、ウィニーが逮捕《たいほ》されてしまったのでは？　すべての計画を立てたのは夫人で、夫人がベネット氏を選んでBCGを販《はん》売《ばい》させたのだろうか？　どっちにしても、夫人がジョニーに劇場《げきじょう》で話したように、いちばんいいお客は金持ちたちだ。金持ちたちは、BCGを買ったことをだまっていようとする。もし見つかったら、失うものがあまりにも多いからだ。ベネット氏は金持ち階級の世界でくらしていて、子どものころから夫人を知っている。それに、ジョニーは知っていた。ベネット氏もまた、のどから手が出るほど金がほしかったのだ。つくえの上に請求書《せいきゅうしょ》がどっさり積まれているのを指さして、グリフィン警部《けいぶ》にじょうだんまじりにそういっていたではないか。それに、英霊《えいれい》記念日のことを思いかえしてみると、ラングフォード夫人とベネット氏は礼拝《れいはい》の間じゅう、やけに熱心に話しこんでいた。そのあとでとつぜん、ベネット氏はラングフォード家の夕食にまねかれることになったのだ。計画がその日のうちに立てられたものだとすれば、食事の最中にハウエル医師が電話をかけてきてラングフォード先生にすぐ来てほしいとたのんだとき、夫人とベネット氏はどんなにあわてたことか。

ラングフォード夫人は、まだハウエル医師をいたぶり続けていた。ベネット氏にずっと口をふさがれているので、ハウエル医師のさけび声はかすかにしか聞こえなかった。

「いいこと。あなたを生かしておく理由が、本当に見つからないのよねえ」夫人は、わざとらしく、落ち着きはらった声でいう。「あなた、さぞかし気がもめているでしょうねえ。腕《うで》を動かせないなんて、なんとまあ残念だこと。もし動かせたら、つめをかんで、もっと短くできるのに。血が流れるほど短くだってできるのにねえ」

「早くしろよ。さっさとすませようじゃないか」かすかに悲鳴をあげたり、うなっているハウエル医師をおさえながら、ベネット氏がせかした。「いつまでもおさえてるわけにいかないんだぞ」

液体《えきたい》の入った注射器《ちゅうしゃき》を手にハウエル医師に近づくラングフォード夫人のすがたが、ジョニーの目にうかんだ。

そのとき、ベネット氏が「ちくしょう!」とわめいた。ハウエル医師がベネット氏の手にかみつき、身をよじってのがれたのだ。また、ふたりが取っ組みあって、なぐったり、手足をばたつかせたりする音が聞こえてきた。たがいに悪態をついたり、ののしったりしている。ハウエル医師が、ラングフォード夫人を投げとばした。ハイヒールの片方《かたほう》がつくえの下にころがってくる。ジョニーは「あっ！」といいそうになったが、必死にこらえた。ハイヒールは、ジョニーの顔から数センチしかはなれていない。ラングフォード夫人が、はあはあと息を切らしながら立ちあがった。それから、夫人は血の凍《こお》るようなさけび声をあげた。ハウエル医師は死にものぐるいで声をあげて抵抗《ていこう》したが、やがて苦しげにうめき、ハアハアとあえいだと思うと、フーッと息をひとつはいた。硬直《こうちょく》した身体がつくえにぶつかり、床《ゆか》にドシンと落ちる。ジョニーのすぐそばに。部屋の中は、しーんと静まりかえった。

劇場《げきじょう》から、十二時を告げる鐘《かね》の音が聞こえてくる。シンデレラが舞踏会《ぶとうかい》から逃《に》げだしたのだ。

41
もみ消し工作

事務室の中の凍りついた空気が、ジョニーにも伝わってきた。

最初に口を開いたのは、ベネット氏だ。

「だいじょうぶだ。だいじょうぶ」自分にいいきかせるように、くりかえしている。それから、動《どう》揺《よう》をふりはらうように、こう告げた。「それじゃ、帰るよ」

「わたくしも連れてってよ」ラングフォード夫人が、おしころした声で冷ややかにいう。「さあ、早くここを出ましょう。だれも来ないうちに」

「だめだよ。だれかがあんたを探《さが》しに来るだろうから。あんたを車に乗せていくなんて危険《きけん》なまねは、ごめんだね。芝居《しばい》もそろそろ終わるころだ。この死体が発見されるまでに遠くまで行くのは、とてもむりだね。もしかして、警察署《けいさつしょ》からやってきた車に、とちゅうで出くわすかもしれない」

「それじゃあ、ここに残ってくださいな。ここにいて、わたくしのいうことを本当だと、警察に証言してくださらなければ。ハウエルがわたくしにおそいかかってきたので、あなたがやっつけてくれたっていうつもりなの。正当防衛に見せかけなければね」

「いやだね。ぼくは、さよならするよ。ぼくがここに来たことは、だれも知らないんだ。だいたい、こんな騒動《そうどう》に巻《ま》きこまれる理由なんて、ぼくにはないんだからね」

ラングフォード夫人は、ドアの前で通せんぼした。ベネット氏にすがってたのみこんでいた声が、脅迫《きょうはく》に変わった。

「わたくしがなにもいわなければ……ね。とにかくハウエルが死んだのだから、わたくしが本当のことをいってるかどうか、だれもたしかめようがないのよ。つまり、あなたがわたくしの夫を殺したって証言しても、だいじょうぶだってことですよ」

「それはおどしてるのか？」ベネット氏は、あわてている。

ラングフォード夫人のほうは、あいかわらず、いやらしいほど落ち着きはらっていた。

「どうお取りになってもけっこうよ。わたくしは、理性的にふるまおうとしているだけですからね。わたくしたちは、同じ仲間なの。それがすべてよ。だから、落ち着きなさい。ふたりともつかまらないですむ筋書《すじが》きを、わたくしが考えるから」

「毒薬のことは、どう説明するんだね？　この事務室にたまたま置いてあったなんて、あまりにもあやしいじゃないか」

「ハウエルが持ってきたっていうわ。わたくしを殺すために。ハウエルが夫を殺したのをわたくしが知ってるから、口をふさごうとしたんだって」

しばらく、ふたりともだまっていた。そして、ベネット氏が口を開いた。どうやら、夫人の作った筋書きに満足したらしい。

「あんたも、もう少し取りみだしたようすを見せなきゃ」と、ベネット氏はいう。「犠牲者《ぎせいしゃ》のふりをしなきゃね。やさしくて、かよわい奥《おく》さまが、あやうく野蛮《やばん》な殺人鬼《さつじんき》の餌食《えじき》になるところだったんだから」

「心配しないでくださいな。おとなしくて、親切なおばあさまを演《えん》じるのは、わたくし、得意ちゅうの得意ですからね」

そのとおりだなと、ジョニーは思った。ぼくだって、すっかりだまされてたんだから。

ベネット氏とラングフォード夫人は、それっきりなにもいわずにつっ立っている。自分の息が聞こえるのではと、ジョニーは心配になった。そのとき、劇場《げきじょう》で楽隊が「また、幸せな日々がめぐってきた」を演奏《えんそう》しはじめた。観客の子どもたちも声をあわせてうたいだす。事務室の中にまで、歌声があふれるように流れこんできた。ジョニーは、ほっと胸《むね》をなでおろした。

「どこかに知らせなきゃいけないんじゃないか？　あぶない目にあったって」と、ベネット氏がいいだした。「ふつうは、そうするんじゃないか。だれかにおそわれたりしたらさ」

「そうね。警察《けいさつ》に電話するわ」

ラングフォード夫人が足を引きずりながらつくえまで来て、受話器を取った。

ほっとしたのもつかのま、ジョニーは不安になってきた。夫人が交換手《こうかんしゅ》と話したら、もう警察がこちらに向かっていると聞くかもしれない。そしたら、夫人はあわてふためくだろう。きっと逃《に》げだすにちがいない。だが、その前にかがんでつくえの下をのぞき、ハイヒールの片方《かたほう》を探《さが》すだろう。

ジョニーは、見つかってしまう。つくえの上のびんに毒薬が残っていたら、夫人はためらいもせずにそれを使うにちがいない。

ラングフォード夫人は受話器を手に、ダイヤルしている。次のしゅんかん、夫人の手から受話器が落ちた。受話器は、ジョニーの目の前で左右にゆれている。電話線の向こうから女の人が大声でいっている。「もしもし？……もしもし？……もしもし、こんばんは……」

事務室に入ってきた警官《けいかん》のひとりも、交換手《こうかんしゅ》と同じ言葉を口にした。

ジョニーは、うれしくて、飛びあがりそうになった。さっきジョニーが電話で交換手に告げたことに、警察はちゃんとこたえてくれたのだ。

ラングフォード夫人は、あいかわらず気味の悪いほど落ち着いていた。

「まあ、巡査部長《じゅんさ》さん……それに、お巡《まわ》りさんも……いらしてくださって、ほっとしましたわ」

ふたりの警官の出現にうろたえているはずだが、夫人はそれをかくそうとしていた。

ベネット氏も、ラングフォード夫人の応援《おうえん》にまわった。

「かわいそうに、このご婦人がひどいやつにおそわれましてね。ぼくが来たからよかったものの」

そのとき、ドアがまた開いて、オルウェンの声が聞こえた。

「ジョニー、ここにいるの？　ラングフォードさん？　キャンベル教授《きょうじゅ》を連れてきたよ」

「いったいぜんたい、これは……」

巡査部長がそういうと、部屋にいたほかのものたちも全員、息をのんだ。

いっぽうつくえの下にいるジョニーは、ベネット氏のお屋敷《やしき》で大きな毛皮のマントのうしろにかくれていたときとそっくりだなと思っていた。あのときも、すきを見て逃《に》げだそうか、それともすがたをあらわして警察の捜査《そうさ》に文句《もんく》をいおうかとまよったものだ。ベネット氏のお屋敷では、恐怖《きょうふ》のほうが勝ってしまった。だが、いまのジョニーは勇気を取りもどしていた。もぞもぞと身体をのばすと、ジョニーはつくえの下からはい出した。部屋の中のみんなは、ぽかんと口をあいている——いや、ジョニーを見ているのではない。全員が、ドアのほうを向いているのだ。ジョニーもそっちを見るなり、ぎょっとした。オルウェンと手をつないで立っていたのは、ほおを気味わるいほど赤くぬった、二メートル近い大男だ。ふんわりしたスカートを重ねたドレスを着こみ、大きな輪のイヤリングを下げ、ふわふわ巻《ま》き毛《げ》の金髪《きんぱつ》のかつらをかぶっている。

巡査部長がみんなを代表して、よくひびくウェールズなまりできいた。

「いったいなにがどうなってるのか、だれか説明してくれませんかね」

42　逮捕《たいほ》される

「ぼくなら、説明できます！」ジョニーがいうと、みんないっせいにふりかえった。

「ジョニー！」ラングフォード夫人が、息をのんだ。「いったいどこから来たの？」

「つくえの下にいたんだ。ぜーんぶ聞いちゃったよ。お巡《まわ》りさん、この女の人を逮捕してください。それから、ベネットさんも。ふたりとも、ウソをついてるんだ」

「けど、ジョニー」オルウェンが横からいう。「ラングフォード先生の奥《おく》さんがあぶないっていってたでしょ。あんたのいってたとおりみたいだけど……」

「ちがう、ちがう。ぼくが、まちがってたんだよ」ジョニーは、一気にまくしたてた。「奥さんは、ハウエル先生を殺したんだ。それから、ここにいるベネットさんが、ラングフォード先生を殺したんだよ」

ベネット氏が、さっとドアのほうに行こうとしたが、キャンベル教授《きょうじゅ》が巨大《きょだい》な扇《おうぎ》を広げて逃《に》げ道《みち》をふさいだ。

「ばかばかしい」と、ベネット氏はいう。「こんなところで、頭のおかしな子どものホラ話を聞く気はないね」

「そこから動かないほうがいいですよ」巡査部長《じゅんさ》と呼《よ》ばれた年かさの警官《けいかん》が、落ち着いた声でいった。「すぐに終わりますからね」それから、巡査部長はラングフォード夫人のほうを向く。「奥さん、話してくれるでしょうね」

ラングフォード夫人は、そでの中からハンカチを取り出して目をぬぐった。

「たったいま、わたくしがもうしあげたとおりですわ。わたくしがハウエル先生におそわれているところにベネットさんが来て、助けてくださいましたの」

「ちがうよ！」ジョニーは、さけんだ。「そうじゃないんだ。奥さんがハウエル先生を殺して、それからぼくのことも殺そうとしたんだよ！」ジョニーは、ベネット氏を指さした。「それから、この人がラングフォード先生を殺したんだ」

「いいや、彼《かれ》はやってないよ」という声がした。「真相はそうじゃないんだ」

みんな、おそろしさに凍《こお》りついたまま、ハウエル医師の遺体《いたい》を見つめた。遺体がもぞもぞと動きだしているではないか。そのままハウエル医師は身を起こすと、話を続けた。

「だいじょうぶ。死体が生きかえったわけじゃないからね。死んだふりをしていただけさ。ふたりの人殺しにやっつけられるより、このほうが安全だと思ったからね」立ちあがったハウエル医師は、つくえの上のびんを手に取ると、中の液体《えきたい》をさっとラングフォード夫人の目にふりかけた。「あんた、ぼくがほんとに子どもを殺すなんて思ってたのかい？　このびんの中味が毒だって、ほんとに信じてたのか？　なんて残酷《ざんこく》で、下劣《げれつ》なやつなんだ、この女は。この女が殺人犯なんですよ！」

「だが、あなたは死んでいなかった」巡査《じゅんさ》部長は、頭が混乱《こんらん》してきたようだ。「だから、被害者《ひがいしゃ》はいないってことだよ」

「いいや、いるんですよ、被害者は」と、ハウエル医師はいった。「ぼくじゃありませんよ。ジャイルズ・ラングフォード医師、この女の夫だった人です。この女が殺しました。何百回もそれをぼくに話しては、自分たちの計画どおりにやらなければ、ぼくも同じ目にあわせるっておどしてたんです。それから、この男は――」と、ベネット氏を指さす。「――この女が警察《けいさつ》につかまらないように病院にかくまえって命令したんですよ」

ジョニーは、あっけにとられていた。ラングフォード夫人が、先生を殺した犯人だって？

「だって、この人はおばあさんだよ」ジョニーは、さけんでいた。「おばあさんは、人殺しなんかするもんか！　それに、奥《おく》さんは先生のことが大好きだったんだ。先生も、奥さんのことがすごーく好きだった。奥さんは先生を殺したりできないよ」

巡査部長が、口をはさむ。

「それで、遺体《いたい》はどこにあるんですか――その、ラングフォード医師の遺体ですが」

「埋葬《まいそう》されました。クリスマス前に、スタンブルトンで」と、ハウエル医師が答える。

「それで、ぼくの母さんが牢屋《ろうや》に入ってるんだ。殺人犯だっていわれて」ジョニーが続ける。「母さんは、やってないのに！」

「わからんなあ」キャンベル教授《きょうじゅ》が横からいった。「その事件とクライグ・イ・ノスの間に、なにか関係があるのかね？」

ハウエル医師が、説明をはじめた。

「最初は、ぼくがラングフォード先生にたのまれて、そのう……そのう、こっそりとある研究をはじめて……」

巡査が必死にメモをとる。イギリスの子どもたちのためにBCGを開発したいと、ラングフォード先生が心から願っていたこと、英霊記念日《えいれいきねんび》に培養菌《ばいようきん》のようすがおかしくなったために、あわててラングフォード先生に電話をかけ、ウェールズに来てくれとたのんだこと……。

「ぼくは、ラングフォード夫人もいっしょに来るとは思ってなかったんです」と、ハウエル医師はいう。「彼女《かのじょ》とベネットが、BCGのことでまったくちがった計画をねっていたことも」

ラングフォード夫人が、ハウエル医師の話をさえぎった。

「わたくしは、どうしても来なければならなかったんですの。夫がサナトリウムに行ったが最後、あちこち歩きまわっておしゃべりして、自分がなにをしてるか、みんなにそれとなく話してしまうって知ってましたからね。ずーっとハウエルの家にいるように、夫を見はってなければいけなかったんですわ。夫が秘密《ひみつ》をかくしておけるような人でないのは、わかっていましたからね。この子にまで、しゃべってしまったんですもの！」

キャンベル教授は、話についていこうと必死だった。

「つまり、このサナトリウムでワクチンを作っていたってわけかね？　われわれの病院の研究室でってことかね？」

「そのとおりですよ」と、ハウエル医師。「でも、最初は純粋《じゅんすい》に研究のためだったんです。それを売るなんてことには、ぼくはぜったいに賛成できなかった」

「それならなぜ、ベネットやラングフォード夫人がたくらんでいることをだれかに話さなかったのかね？」と、教授《きょうじゅ》はきいた。

「こわかったんです」といって、ハウエル医師は頭をたれた。「キャンベル先生、それをみとめるのは、ほんとにはずかしいんですが、ぼくはおびえてたんですよ。自分が医者の仕事を続けられなくなるだけだっておそろしいのに、このふたりがワクチンを売ろうといいだしたときには、すでにラングフォード夫人が殺人を犯してしまったのを知ってましたからね。それに、ベネットが現場にいて目撃《もくげき》していたことも。だから、用心に用心を重ねなきゃと思ってました。最後にふたりにさらったとき、ふたりがぼくをどんな目にあわせようとしたか、わかったでしょう！」

一度にいろいろなことを聞かされて混乱《こんらん》した巡査《じゅんさ》部長が、やっと口を開こうとしたとき、ジョニーが先にこうきいた。

「でも、どうしてラングフォード先生は殺されなきゃいけなかったの？　奥《おく》さんがなにをしようとしてるか、先生は知らなかったっていってたよね？」

「最後の晩《ばん》まではね」と、ハウエル医師はいった。「ぼくは、三人が無事にスタンブルトンに帰ったと思ってたんだ。ここでの仕事は終わっていたからね。最初のＢＣＧを作るのに成功したから、もうラングフォード先生に助けてもらわなくても仕事を続けられると思った。ベネットが、ぼくの家にラングフォード夫婦をむかえに来て、スタンブルトンまで連れて帰ってくれるといったときには、友人としての好意でそうしてるんだとばかり思ってたよ。まさか、ベネットが共謀《きょうぼう》してたなんて想像もつかなかった。三人とも、上きげんでここを引きあげていったんだよ」

また巡査部長が口をはさもうとしたが、今度はラングフォード夫人がベネット氏につっかかった。

「それで、フレデリック。あなたが誘惑《ゆうわく》に負けたのよね。なんてバカなの！　すべてがうまくいくはずだったのに。わたくしたちは、無事に家にもどった。そのままでいけば、夫はなにもうたがわなかったはずよ。それなのに、あなたはお金のことをじまんげに話したりして。それで、夫を悲しみのどん底につきおとした」

「だけど、ラングフォードの頭をなぐったのは、あんたじゃないか！」

相手につかみかかろうとするベネット氏とラングフォード夫人を、ふたりの警官《けいかん》が引きもどした。

「どんなにあの人が怒《おこ》ってたか、あなたは知ってるでしょう！」夫人は、ベネット氏にわめきたてた。「わたくしたちが計画していることを話したとき、あの人がどんなに怒った目をしていたか見たでしょう！」

ベネット氏は、せせら笑った。

「自分を弁護するようなことは、いわないほうがいいね」ベネット氏は、巡査部長に向かっていった。「この人は、頭に血がのぼってね。最初は、灰皿《はいざら》をラングフォード医師に投げつけたんだが、的がはずれて窓《まど》ガラスを割《わ》ってしまった。すると今度は、ラングフォードの頭を暖炉《だんろ》に打ちつけたんだよ」

「あなた、わからないの？」夫人はいう。「あの人は、死ななきゃいけなかったのよ。あの人の夢《ゆめ》をわたくしが売り物にしようとしてることを知られてしまって、それでもいっしょに生きていくことなんか、わたくしにはできないわ」

ハウエル医師が、大きな声でいう。

「この人のいったことを聞いたか。まるで犠牲者《ぎせいしゃ》のために殺してやったような言い草じゃないか――どうやって自分たちの老後のたくわえを作っていくか、それを夫に知られたくないから殺したっていってるんだよ。みんな、わかったか？　この人は、頭がおかしくなってるんだ。自分が夫を失望させたのを知られるより、死んでもらったほうがよかったんだよ。世界じゅうでいちばん愛している人から非難《ひなん》されたくない一心で、その人を殺してしまったんだ」

みんなの目が、ラングフォード夫人にそそがれていた。夫人はガタガタふるえながら、うつろな表情で宙《ちゅう》に目をすえている。夫を殺した光景を、まぶたの裏《うら》によみがえらせているように。

「血が、どっさり流れていた……」両手をスカートでぬぐいながら、そういう。

ベネット氏が、ふたたびラングフォード夫人に向かってわめきたてた。

「だけど、あんたはラングフォードの命を助けようとはしなかったね。それより、自分が助かるほうが先だったんだ。ぼくが法廷《ほうてい》でこう証言したら、どんなふうに聞こえるだろうね。夫がまだ死んでもいないのに、あんたが床《ゆか》にひざまずいて血をふいていたっていったら」

「母さんのエプロンなんだよ！」手帳を閉《と》じた巡査《じゅんさ》に、ジョニーはうったえた。巡査は、あまりにいろいろなことが次から次に出てくるので、ついに降参《こうさん》してしまったのだ。「奥《おく》さんは、母さんのエプロンで床をふいたんだよね。だから、最初から警察《けいさつ》は母さんのことをうたがったんだ」

ラングフォード夫人は、ふたたび向こう気の強いところを見せて、ベネット氏に食ってかかった。

「フレデリック、あなたはどうなのよ？　わたくしにすべてをおしつけるわけにはいかないわよ。あなた、わたくしに手紙を書かせたでしょう？　おぼえていらっしゃる？　それから、その手紙を警察に見せた。わたくしがフランスにいると思わせるためにね。そのことは、どう説明なさるつもり？　それに、どうしてわたくしを車でここに連れてきて、ハウエルにかくまってくれとおっしゃったの？　わたくしだって、バカじゃないわ。あなたが、わたくしのためにたのんだんじゃないってことくらい知ってます。わたくしがここにいて、ハウエルがＢＣＧをちゃんと作り続けるかどうか監視《かんし》させようと思ったのよ。それと、わたくしを警察からかくすためにね。あなたも仲間だって、わたくしがいうかもしれないから――違法《いほう》な薬を売る仲間だけではなく、人殺しについてもね。ほうら、もう逃《に》げようったって逃げられないのよ。わたくしは、警察にすべてを話すつもりだから。あなたは首までどっぷりつかってるの。わたくしがしばり首になるのなら、あなただってそうなるのよ」

「あんたのにくらべれば、ぼくがやったことなんかささやかなもんさ」ベネット氏は、鼻で笑う。

「あんたは自分の夫を殺した。それだけでなく、そこにいる子どもまで殺そうとして……」

ジョニーも横からいった。

「それだけじゃなくって、ぼくの母さんまで殺そうとしたんだよ！　奥《おく》さんがついたウソのせいで、しばり首にされるかもしれないっていうのに。ラングフォード先生の奥さん、どうしてなの！　母さんもぼくも、奥さんのことを友だちだって思ってたんだよ。ぼくたち、奥さんを傷《きず》つけることなんか、ひとつもしてないのに。ハウエル先生に閉《と》じこめられてると思って、助けてあげようとまで思ってたのに。でも、ほんとは奥さんのほうがハウエル先生を動けないようにしてたんだね。奥さんは、母さんが警察《けいさつ》につかまったのを知ってた。母さんがなんにもしてないのを知っているのに、奥さんは助けようともしなかったんだ」

巡査《じゅんさ》部長はベルトにつけていた手錠《てじょう》をはずすと、巡査にもそうするように、あごをしゃくってみせた。

「巡査部長さん、わたしにはなにがなんだか、さっぱりわからんのですよ」キャンベル教授《きょうじゅ》が扇《おうぎ》をパタパタさせながらいう。「どうやら、すっかりだまされていたようですね、ハウエル医師とモーガンさんに――いや、ラングフォードさんといったほうがいいかな？　ふたりとも、病院一の働き者だと思っておったのになあ！　まあ、ここで逮捕《たいほ》されてもしかたがあるまい」

つくえに腰《こし》をかけたハウエル医師は、つめをきれいにかみきった両手で顔をおおって泣いていた。

「すみません」ハウエル医師は、涙《なみだ》まじりにいう。「ああ、なんでこんなことをしちゃったのか……」

どうしてこの人が殺人犯で、ラングフォード夫人がこの人をこわがってるなんて思ってしまったんだろう。ジョニーには、わからなかった。

やっと、巡査部長が口を開く機会がやってきた。

「さて、スタンブルトンの警察署《けいさつしょ》に電話して、犯人たちをどうすればいいかきいたほうがよさそうですな」

ジョニーは、まだぶらぶらとゆれている受話器を手に取った。「もしもし？」という高い声が聞こえてくる。交換手《こうかんしゅ》は、いちぶしじゅうを聞いていたのだ。明日の朝には、交換手の解説が付録につけた事件の全容が、あたり一帯に広まっていることだろう。

43

別のところで、別の闘《たたか》いが

クライグ・イ・ノスのてんやわんやから遠くはなれたところで、ハッチさんはひじかけいすにすわり、読書をしていた（というより、メガネが鼻先までずり落ちているのにも気がつかず、ひざに本をのせたままいねむりしていたのだ）。そのとき、店の呼《よ》び鈴《りん》が鳴った。強く、何度もおしている。さっきの警官《けいかん》が捜査《そうさ》令状を持ってもどってきたにちがいない。いすに長いことすわっていたから、悪いほうの足がこわばっていた。そのせいで、階段《かいだん》をおりて店に行くのにけっこう時間がかかってしまった。まず電灯《でんとう》をつける。すぐドアをあけますよという合図だと思ってくれればいいが。それなのに呼び鈴は鳴り続け、早くドアをあけろとせっついてくる。

ハッチさんはドアをあけた。あの警官ではない。例の新聞記者が、いつものようにいらいらしながら立っていたのだ。

「あんた、出かけてるのかと思ったよ」と記者はいう。

「ねむってたんだ」ハッチさんは、腹《はら》が立ってきた。「いねむりしてたんだよ。自分の家だから、いねむりぐらいしてたっていいだろ、え？」

「あの子はどうしたんだ？　あの男の子が出てくりゃよかったんじゃないかね？」

ハッチさんは、返事をしなかった。新聞記者は、続けていう。

「あの子だよ。ジョニー・スワンソン。ここにいるんだろう？　あいつの世話をするなんて、あんたもずいぶん勇気があるねえ。まあ、そのほうがよかったけどな。いま、あの子の家を見てきたんだよ。窓《まど》という窓が割《わ》られてたぞ。それに、ドアには下品な落書きがしてあったし」

ハッチさんは、まだぼおっとしてたが、なんだか不安になってきた。あの子、ジョニーからは、まだなんの連絡《れんらく》もない。無事だというしるしだろうか？　それとも、なにかたいへんなことでも？　二階でいねむりをしている間に、電話が鳴ったのではないか？　あの警官に郵便局《ゆうびんきょく》のきまりのことであれこれいわれたせいで、ハッチさんはジョニーのことをわすれていた。そして、いま考えてみれば、あの子がどこにいるかはっきりわかっていないのだ。そろそろ十時になろうとしている。スタンブルトン駅に着く汽車は、もう一便だけだ。ジョニーがそれに乗っているといいが……。

記者がまたまた質問している。ハッチさんは、はっとわれにかえった。

「ハッチンソンさん！　ハッチンソンさん、あの男の子は？　元気にしてるのかね？」

「えっ？　ああ……元気だよ。今夜はここにいないけどね。おれ、ひとりだけだ。おまえの知りたいのは、それだけか？」

ハッチさんは記者をドアの外におしやろうとした。

「いや、ちがうんだ」と、記者はいう。「ジョニーのことで来たんじゃないよ。あんたとおなじに、おれも夜おそくまで起きてるのは苦手でね。まして夜の仕事なんぞ、まっぴらごめんさ。けど、上のやつに、あることを調べてこいっていわれてさ。やっかいなことに、その『あること』には、うちの新聞が関係してるんだよ。そういうニュースは、あんまり表ざたにしたくないんでね。じつは警察《けいさつ》が新聞社にやってきて、うちの新聞にのせたインチキ広告のことをきいてったんだよ。読者をだまして金を巻《ま》きあげる詐欺《さぎ》広告だってね。ここの郵便局《ゆうびんきょく》の私書箱《ししょばこ》がからんでいるのは、はっきりしてるんだ。あんたのところにも、警察が来たかい？」

「ああ、来たさ。けど、なんにも答えられなかったよ。どこかの警官がいくら知りたくたって、郵便局が客の個人情報をしゃべるわけにはいかないんだ。とっとと行って、捜査《そうさ》令状をもらってこいっていってやったよ」

「で、その警官は令状を取ったのかね？」

「さあな。まだ、それからはここに来てないよ」

「それじゃ、いっしょに待ってるほうがいいな。そしたら、今晩《こんばん》じゅうにはっきりするから」

ハッチさんは、新聞記者を店の二階に上げたくなかった。この男にうちの中をうろうろされたり、ジョニーにかかわるものを探《さが》されたりするのは、考えただけでもぞっとする。そこで、買い物にきたおばあさんたちがすわるいすを出してやり、自分用には郵便局のカウンターの向こうから背《せ》の高いスツールを引っぱり出してきた。スツールのすわりごこちは悪かったが、まねいてもいない客より少しでも高いところにいたかったのだ。ふたりは、ときおり言葉はかわしたが、それ以上は話が続かない。そのうちに、ふたりともどんどんきげんが悪くなっていった。

記者は、裁判《さいばん》の話を持ち出した。

「それじゃあんたは、なにが起ころうとも判決を受けいれるっていうのかい？」と、ハッチさんにきく。

「困《こま》ったことなんぞ、なにも起こらないと思ってるからな。スワンソンさんは有罪にはならない。それはたしかだよ」

「だからあんたは、自分の家にあの子をむかえいれたってわけかい？」

「そうさ。それに、あの子はかわいそうにだれも身寄りがいないからな」

「あんたの郵便局長としての責任とやらと、あの子を引きとったことは、まったく矛盾《むじゅん》しないと思ってるのか？」

ハッチさんは記者の言葉を訂正《ていせい》した。

「郵便局長じゃない。副局長だ」

「ああ、副局長かい。もちろんそうだな。まあ、副局長だったら、守らなきゃいかん規則のハードルも、ちょっとばかり低くなるってことか」

くたびれていなかったら、ハッチさんだって記者のまいた餌《えさ》に飛びついたりはしなかっただろう。だがハッチさんは、ジョニーのことが心配でたまらなかったし、あの警官がいまにも令状を持ってもどってきそうで気がかりだった。それよりなにより、ハッチさんがどうしてもがまんならないのは、郵便局員としての義務を皮肉な言葉でからかわれることだった。

「公務員である以上、ハードルの高さはみんなおなじだよ」と、ハッチさんはいった。

「ほおお、公務員ときたな！　公務員になったんで、自分の社会的な地位が少しばかり上がったとでも思ってるのかよ、ハッチンソンさん？　それじゃあ、切手や、フルーツケーキや、ニンジンを売るのも『公務員さま』のお仕事ってわけかい？　よーくおぼえとかなきゃな。今度トイレットペーパーを買いにきたときには、おえらい公務員さまの前にはべらせていただいてるんだって思うことにしよう」

　記者が最後までいわないうちに、ハッチさんはスツールからおりて記者の襟《えり》をつかんでいた。ふたりとも、兵役を経験した男だ。けんかのやり方なら心得ている。記者は背《せ》の高さでハッチさんに勝っていた。ハッチさんのほうは身体の横はばがあり、なんといっても自分の陣地《じんち》にいた。いつでも手をのばして水差しや木製《もくせい》のバターパット（自家製のバターに筋をつける道具。羽子板のような形をしている）をにぎって武器にすることができる。ふたりは取っ組み合い、ころがりまわった。棚《たな》の菓子《かし》がばらばらと床《ゆか》に落ちる。たちまち床の上は、アメ玉やら、洋ナシ味のドロップやら、ねじったせきどめドロップやらでいっぱいになった。よろめきながらハッチさんにつかみかかった記者は、とたんにミントキャンディで足をすべらせた、記者はすぐさま、なにかにつかまって立ちあがったが、あいにくそれは前の日にジョニーがつめた小麦粉の袋《ふくろ》だった。ぎゅっとつかんだものだから袋はやぶれ、ふたりの男は真っ白な粉にまみれた。記者はスツールをつかむや、ぶんぶんふりまわし、ハッチさんをなぐってたおそうとする。そうはさせじとハッチさんは、スツールのはしをつかみ、反対方向にふりまわす。記者がおしかえし、ふたりはよろよろ、じりじりと店の入り口のほうに近づいていった。最後のしゅんかんに記者がスツールを放したものだから、ハッチさんはいきおいあまってうしろにひっくりかえり、ドアにぶつかった。木がバリバリとこわれ、ガラスが割《わ》れる。

いやはや、なんともついていない晩《ばん》だった。ハッチさんが着地したのは、あの警官《けいかん》の上だったのだ。警官は判事に令状を出してくれるようにたのんだのだが、楽しい晩餐会《ばんさんかい》から呼《よ》びもどされた判事は、怒《いか》りのあまり私書箱《ししょばこ》九号を捜索《そうさく》する令状など出せないと拒否《きょひ》した。

判事とおなじぐらい腹《はら》を立てていた警官は、郵便局《ゆうびんきょく》副局長と新聞記者を大喜びで警察署《けいさつしょ》に連行していった。

44　スタンブルトンへの車

いっぽうウェールズのクライグ・イ・ノス城《じょう》では、巡査部長《じゅんさ》が電話をかけて、スタンブルトンに容疑者《ようぎしゃ》を連行するライトバンを特別に手配してくれるようにたのんでいた。

「ぼくはどうしたらいい?」ジョニーは、ポケットを探《さぐ》りながらきいた。「帰りの切符《きっぷ》は持ってるけど、おそくなっちゃったから。今夜はもう、乗れる汽車がないかもしれない」

まだ電話をかけている巡査部長に代わって、キャンベル教授《きょうじゅ》がいった。

「だいじょうぶだよ、きみ。この病院に泊《と》まれるようにしてあげるから」

「ありがとうございます」気が進まなかったが、それをさとられないようにジョニーは礼をいった。

「あのう、キャンベル先生、すみません。ちょっと話したいことがあって」ジョニーは、自分が約束したことをわすれていなかった。「あのう、オルウェンのことなんです」

ジョニーは、オルウェンが孤児《こじ》になってしまったことや、あの看護師《かんごし》にどんなにひどい目にあわされていたかを話した。

オルウェンの目に、また涙《なみだ》があふれた。キャンベル教授は、オルウェンをぎゅっとだきしめてくれた。やせた身体が、シンデレラのみっともないお姉さんが着ている、ふわふわドレスにすっぽりとつつまれた。

「泣かなくてもいいよ。ちゃんと考えてあげるから」教授は、やさしくいった。「ほんとに入院してなきゃいけないの？」

「オルウェンの病気は重いんですか」と、ジョニーはきいた。

「いいや、入院してきたときの症状《しょうじょう》は、すっかりなくなってるよ。けっきょく、ＴＢじゃなかったんだ。じっさいに検査をしたが、ちゃんと免疫《めんえき》ができていたよ。そろそろ退院してもいいだろうと思ってたところだ。だが、親せきを探《さが》すのに手間どっていてね」

「おじさんは、あたしを捨《す》てってたんだもん」オルウェンは、すすり泣いた。「だから、あたしは、ずーっとここにいなきゃいけないんだ」

「ぼくといっしょにスタンブルトンに帰っちゃいけませんか？」

「そこにめんどうをみてくれる親せきがいるのかね」

「ああ、それはいません」と、ジョニーは答えた。「親せきはいないんです。でも、オルウェンのお父さんとお母さんを知ってる、農家のおじさんはいるな。名前は知らないけど。それよりもっといいのは、郵便局長《ゆうびんきょくちょう》さんがいるんです。ぼくも世話してもらってる。その人は、ハッチンソンさんって名前で……」

「だれかれかまわずオルウェンを引きわたすってわけにもいかないんだよ。法的な保護者から許可《きょか》をもらわなきゃいけないんだ。しばらくは、ここにいてもらうことになるだろうな。でも、わたしたちで考えるよ。そのハッチンソンさんって人に、わたしに連絡《れんらく》を取ってもらうようにたのんでくれないかね」

「どっちみち、ハッチンソンさんには電話しなきゃいけないんです」と、ジョニーはいった。「いまごろ、ぼくになにが起こったのかって思ってるから。今夜は帰れないっていわなきゃ。きっと心配してるよ」

巡査《じゅんさ》部長が話し終えて、受話器を置いた。

「その必要はないよ、きみ。わたしたちがスタンブルトンまで連れてってあげる。グリフィン警部《けいぶ》が、ベネット氏の車を使ってもいいという許可《きょか》をくれたんだ。証拠《しょうこ》を探《さが》したいから、車をスタンブルトンまで持ってきてほしいっていってる。わたしが運転していくよ」

巡査部長が超《ちょう》高級リムジンのドアをあけたとき、警察のライトバンに乗せられたベネットが腹《はら》を立ててどなっているのが聞こえてきた。

「後部座席《ざせき》に乗ってはどうかね、きみ」巡査部長がジョニーにすすめてくれた。「長旅になるからね、うしろなら横になって寝《ね》られるよ。ほら、毛布もここにある」

ジョニーは、ぴかぴか光る革張《かわば》りの座席にすべりこんだ。巡査部長は、やわらかいウールの旅行用毛布をふるって広げ、ジョニーの足をすっぽりくるんでくれた。

「ぼく、くたびれてなんかいません」と、ジョニーはいった。

乗用車に乗れるなんて、もうわくわくするどころのさわぎではない。ましてロールスロイス、フアントムⅡなのだ。ジョニーの身体じゅうの血がたぎるのもむりはなかった。いままで車に乗ったのは、あの新聞記者のポンコツ車、モリス・オクスフォードの後部座席の床《ゆか》にかくれていたのと、農場主の年代物のトラックにガタゴトとゆられていたときだけだった。ジョニーは、このすばらしいドライブをいっしゅんたりとものがさずに味わおうと心にきめていた。

運転席に落ち着いた巡査部長は、あちこちをいじりまくっていたが、やっとヘッドライトをつけ、エンジンをかけることができた。ロールスロイスは、しずしずと病院の敷地《しきち》を出ていき、そのあとに警察のライトバンが続く。玄関前《げんかんまえ》の階段《かいだん》に立ったオルウェンがさようならと手をふり、キャンベル教授《きょうじゅ》もシンデレラのお姉さんの扇《おうぎ》をふっていた。

45　わが家へ

それから何時間かあとのこと。ハッチさんと新聞記者はスタンブルトン警察《けいさつ》のろうかにある、すわりごこちの悪いベンチに、まだ腰《こし》かけていた。ハッチさんは、ジョニーのことが気がかりでしかたがなかった。店に帰ったジョニーが、こわれたドアや、めちゃくちゃになった店の中を見たら？　だれでもいいから警官をつかまえて、ジョニーのことを話したいと思ったが、新聞記者には聞かれたくなかった。もっとも、ふたりはとっくに仲なおりしていた。

それはともかく、スタンブルトン署《しょ》の受付にいる警官は、なにがあったか知らないがてんやわんやの大いそがしだった。真夜中をとっくにすぎているのに、電話が鳴り続けているわ、酔《よ》っぱらいがふたり、とつぜん留置場から出されて家に帰されるわ、私服の刑事《けいじ》たちが署にかけつけるわ、その中に、あのグリフィン警部もいた。ハッチさんはウィニーの裁判《さいばん》を傍聴《ぼうちょう》しに行ったから、グリフィン警部の顔を知っていたのだ。どうやらグリフィン警部というのは、とてもえらい警官らしい。店のけんかのことで警部が呼《よ》ばれたのでなければいいがと、ハッチさんは心配になった。有罪になったりしたら最後、ハッチさんは郵便局員《ゆうびんきょくいん》ではいられなくなってしまう。

午前一時になったとき、「来たぞ！」というさけび声がして、警察署じゅうの警官が表玄関《げんかん》に集まった。

「ずいぶん早く着いたもんだな」と、巡査《じゅんさ》のひとりがいう。

「ああ、スピードの出る車に乗ってきたんだよ」と、もうひとり。「ご親切にも、犯人のひとりが貸してくださったんだそうだ」みんながどっと笑いだす。

特ダネをのがすかもしれないと思った新聞記者が警官たちの輪の中に入ろうとしたが、たちまちベンチにおしもどされてしまった。それから数分後、記者とハッチさんがならんですわっているベンチの前を、くたびれきって肩《かた》を落とした人たちのきみょうな行列が通りすぎていった。先頭は、ラングフォード夫人。手錠《てじょう》をかけられ、見なれない制服を着た屈強《くっきょう》な警官に連行されている。背《せ》を丸めた夫人は、夫が殺される前より十歳《さい》も老《ふ》けて見えた。夫人のうしろを行くのは白衣を着た青年で、こちらも両手に手錠をかけられている。それなのになおも両手を口のところに持っていって、なんとかつめをかもうとしていた。そのあとに別の警官が続き、上等な身なりをした男に手錠をかけて連行していた。男は帽子《ぼうし》で顔をかくそうとしている。記者は、またもやベンチにおしもどされたが、その男がフレデリック・ベネットだとすばやく見てとっていた。そして行列の最後にいたのは——たったひとりだけにこにこ笑っていたのは——ジョニー・スワンソンだった。あの愛想の悪い受付の警官も、今度ばかりはジョニーが警察署に入るのを止めようとしなかった。

ハッチさんにかけよったジョニーは、ラングフォード夫人が殺人犯だったこと、だから母親のウイニーが釈放《しゃくほう》されるということを一気にしゃべりまくった。

「むかえに来てくれるなんて、ありがとう、ハッチさん。おそくまで待たせちゃって、ごめんね。すっごく長いこと車に乗ってきたんだよ」

ベネット氏の豪華《ごうか》な車に乗ってきたのがどんなに楽しかったか、ジョニーはかくそうとしなかった。もっとも運転席の巡査《じゅんさ》部長は、ときどき運転のしかたがわからなくなって、とほうにくれていたのだが。

ハッチさんは、どぎまぎしてしまった。だが、とにかく事情をはっきりさせなければいけない。

「なあ、ジョニーや。おれは、おまえが帰ってくるのを知らなかったんだよ。警察《けいさつ》に来たのは、おれがちょっとそのう……むかっ腹《ぱら》を立てちまったせいなんだ」

ジョニーには、なんのことかわからなかった。だが、ハッチさんとあの新聞記者が粉まみれになっているのは気がついた。その上、ふたりのくしゃくしゃにみだれた服には、なにやら正体不明の食べ物があちこちにこびりついている。ハッチさんが、また説明をはじめた。

「じつはな、この人とおれが、ちょっとそのう……」

「ちょっとその、口論したってわけさ。いうなれば」と、記者がいう。

「なんについて口論したの？」ジョニーがきいた。

ひとつにはジョニーと母親のことについて……とは、ふたりともいいたくなかった。

「いい質問だ」と、記者はいった。「じつは、ふたりともおぼえてないんだよ」

そこへ、グリフィン警部がやってきた。

「ハッチンソンさんですね」警部は、握手《あくしゅ》しようと手を差しのべてくる。

「とんでもないことをしちまって、もうしわけありません」と、ハッチさんはいった。てっきり店でけんかをした件で、警部が話しにきたと思いこんでしまったのだ。

「あれは気にすることないですよ」と、警部はいう。「あなたは自分の財産《ざいさん》をこわしただけですし、記者さんがなかったことにしようというなら、あの件についてはわすれることにしましょう。じつは、この子とぜひとも話をしたいと思いましてね」警部は、ジョニーの弾力《だんりょく》のある、金髪《きんぱつ》の巻《ま》き毛《げ》をくしゃくしゃとやった。「ハッチンソンさん、立ちあってくれませんかね。母親がそのう……家を留守にしてる間、あなたがジョニーのめんどうをみていたと聞いてるんで」

「もちろん立ちあいますよ」ハッチさんはそういって、ジョニーといっしょに取り調べ室に入った。三人は、なにも置いてない小さなテーブルをかこんですわった。ジョニーがウェールズで起こった出来事を話し、BCGを売る計画や、ラングフォード先生がどんなふうに亡《な》くなったか説明しているのを聞きながら、グリフィン警部はメモをとっていく。話が終わると、警部は頭をかいていった。

「ありがとう、ジョニー。これで、ぜんぶわかったと思うよ。おかげでとても助かった」

「ぼくがほんとに助けたいのは、母さんなんだ」と、ジョニーはいった。「母さん、うちに帰れるんですよね？」

「ああ、もちろんだとも。いくつか手続きを終わらせなきゃいけないが、できるだけ早くきみのところに帰れるようにしてあげるよ」

「ラングフォード先生の奥《おく》さんは、どうなるんですか。それから、ほかのふたりは?」ジョニーは、きいた。「みんな、しばり首になるんですか?」

「それは、わたしにはいえんなあ。だが、おそらくハウエル医師は刑務所《けいむしょ》に入らなくてすむだろう。医師法の違反《いはん》と、公務執行妨害《しっこうぼうがい》のふたつの罪をおかしただけのようだからな。しかし、ラングフォード夫人はねえ、もう、あんな歳《とし》だけれど――それからベネットのほうは、殺人事件の証拠《しょうこ》をかくしたという罪に問われることになる。あの男がラングフォード先生をなぐって、命をうばったわけじゃなくてもね。だけど、心配するな、ジョニー。きみは安全だよ。きみが話してくれたことが事実どおりだと証明されるまで、あの人たちは牢屋《ろうや》にしっかり閉《と》じこめておくから」

「ぜんぶ本当のことですよ。ぜったいに」

「わかったよ、ジョニー」警部《けいぶ》は、やさしくいった。「わたしはきみの言葉を信じている。でも、法廷《ほうてい》がきみの言葉を証拠としてそのまま採用《さいよう》することはないからね。運がよければ、三人がそれぞれ、ほかのふたりに不利になることをいいだしてくれるけれど。だが、そのときに困《こま》るのは、自分に有利になるからそんなことをいいだしたんだと陪審員《ばいしんいん》たちが思ってしまうことがあるんだ。きみのほかにも、だれか証言してくれる人がいてくれると、本当にありがたいんだがね。大人のだれかで、事件をすべて目撃《もくげき》していた人がいたらいいんだが」

「ここに帰ってくるとちゅうで考えてたんだけど」と、ジョニーはいった。「そういう人がいるんです――その人だったら、ベネットさんと奥さんがBCGを売る計画を立てているのはぜったい聞いているし、殺人事件のことも知ってるかもしれない」

「本当かね？　だれだい、それは？」

「ベネットさんのガールフレンド。英霊《えいれい》記念日の式場にいました。その晩《ばん》、ラングフォード先生のお屋敷《やしき》に夕食を食べにいってます。ぼく、あの人どうしたのかなあって、ずっと思ってたんだ」

「ベネットは、別れたっていってたよ」と、グリフィン警部はいう。

「知ってます」と、ジョニーはいった。「あの人がそういったとき、ぼくもそこにいたんだもの」

グリフィン警部は、えっ？　というように片方《かたほう》の眉毛《まゆげ》を上げた。

「聞くつもりはなかったんです。けど、かくれてたから。そのとき、ぼくはベネットさんに会いにいったんです。でも警部さんが、ぼくのききたいことを、なにからなにまですっかりきいてくれたから」と、ジョニーは告白した。

「これはこれは、わたしの捜査《そうさ》方法をほめてもらって、ありがとう」警部は笑いだした。「あの男はたしか、その女性がロンドンのゲイエティ劇場《げきじょう》に出演《しゅつえん》していると話していたな。明日の朝、その劇場に連絡《れんらく》を取ってみよう」

「でもね、警部さん。もしも……」ジョニーは、テーブルの上に身を乗り出した。「もしも劇場にいなかったら？」

「どうしてそう思うのかね？」

「だって、ラングフォード先生の遺体《いたい》が見つかった次の朝、その人のマントがまだベネットさんのお屋敷《やしき》にあったんですよ。ぼくは、そのマントのうしろにこっそりかくれてたから知ってるんです」

ハッチさんは憤慨《ふんがい》してため息をつき、グリフィン警部《けいぶ》は首を横にふっている。

「わたしは、別れ話のあと、その女性は屋敷を出ていったと思っていたけどな。もしかして、マントを着ないでいったのかもしれないぞ」

「でも、もしかして……」そういいかけたジョニーは、ハッチさんの顔を見た。結論《けつろん》に飛びついちゃいけないと、いつもそういわれていたはずだ。

警部のほうは、もっとききたそうだった。

「もしかして、なんだね?」

「もしかして、その人が出てったっていうのも、ちょっとあやしいかもって思って」

ジョニーはそれ以上、大胆《だいたん》なことをいわないでおこうと思った。

グリフィン警部は、しばらく考えこんだ。

「このことを、だれかに話したかね?」

「いいえ、警部さんに話しただけです」とジョニーは答えた。「それに、ハッチさんも。いま、ここで聞いちゃったから」

ハッチさんは、くちびるに人さし指を当てた。

「おれはぜったいしゃべらんぞ。だれにも」

グリフィン警部は、真剣《しんけん》な声でいった。

「ハッチンソンさん、どうかそうしてください。明日の朝、いちばんにこの線を当たってみましょう。これは、思ってたより複雑《ふくざつ》な事件になるかもしれんな」

ハッチさんは悪いほうの足をのばして、あくびをかみころした。

「警部さん、今夜はこんなところでいいですか？　ジョニーをもう寝《ね》かさなきゃいけないんで」

「ああ、けっこう。明日また話せますからね」グリフィン警部は手帳を閉《と》じた。「でも、帰る前にひとつだけきいておきたいんだが」警部は、なにげなくこう切りだした。「どうしてきみは、ハウエルとベネットとラングフォード夫人が、きのうの晩《ばん》クライグ・イ・ノスで会うって知ったのかね？」

「ぼく、知らなかったんです」と、ジョニーは答えた。「クライグ・イ・ノスなんて、聞いたこともなかったよ。ラングフォード先生の奥《おく》さんが、ぼくの広告に返事をくれるまではね」

ハッチさんは、両手で頭をかかえた。警部は、あっけにとられている。

「ジョニー、きみの……なんだって？」

「あのね、ぼく、新聞にこんな広告を出したんですよ」ジョニーは、すらすらと暗唱した。「あなたの見かけを永久に変える方法。自分の見かけになやんでいますか？　たちまち、そして永久に見かけを変えたければ……」

ジョニーこそ私書箱《ししょばこ》九号の犯人だと、グリフィン警部はにらんだにちがいない。ハッチさんには、すぐにわかった。グリフィン警部はしばらくだまっていたが、やがてきびしい声でいった。

「ジョニー、まだ気がついていないようだが、きみがウェールズに行っている間に、警察は新聞広告にまつわる詐欺《さぎ》事件の捜査《そうさ》をしていたんだよ。いま、きみがいったのとそっくりのインチキ広告だ」

ジョニーは、またまた心臓《しんぞう》が止まるほどの「電撃的《でんげきてき》なショック」を受けた。不用意なことをしゃべったために、たいへんなことになってしまった。はずかしくて、胸《むね》がむかむかしてきた。広告のことでは、すでにハッチさんにひどく怒《おこ》られていた。罪をおかした子どもは、少年裁判所《さいばんしょ》で裁《さば》かれたうえで、特別な学校に入れられると聞いたことがある。自分もそうなるのだろうか？　よりによって、母親が帰ってくるというこのときに。また自分のせいで、すべてがめちゃくちゃになってしまったのでは？　やっと自由になったウィニーに、またもや新たな心配や悲しみをあたえてしまったのだろうか？

グリフィン警部《けいぶ》にも、ジョニーがとつぜんの恐怖《きょうふ》にあわてふためいているのがわかった。警部はきびしいが、寛大《かんだい》な人でもあった。

「ジョニー、きみがこの数週間の間、本当につらい目にあってきたことはわかってるよ。警察に苦情をいってきた人たちの住所と名前を教えるから、すぐに金をかえしなさい。そうすれば、こちらでこの事件を処理《しょり》しよう」

ジョニーは、ほっとして、ため息をついた。

「ありがとうございます」心からグリフィン警部に礼をいった。「明日かならずそうするって、約束します」

「さてと、それじゃあ、もう家に帰る時間だな」

グリフィン警部はそういうと、ドアのほうに向かいかけた。それから、ふいに立ち止まってジョニーのほうにふりかえると、大声でひとりごとをいいはじめた。「それじゃあ、ラングフォード夫人は変装《へんそう》したかったってわけだな……」今度は、ぶつぶついっている。「逃《に》げようと計画してたにちがいない……自分は身をかくして、ベネットとハウエルが報いを受けるようにしむける。おそらく、ラングフォード医師を殺した罪まで、やつらになすりつけようとたくらんでいたんだろうな」

「それで?」ハッチさんは、警部の思っていることがわからなくなってきた。

「ああ。あのふたりの男にそのことを話したら、調べがうまくいくかもしれないって思ったわけですよ。ラングフォード夫人は、悪事が露見《ろけん》する前からおまえたちを裏切《うらぎ》る準備をしていたんだぞと明かせば、仲間としての信頼《しんらい》がわずかにあったとしても、すぐにそんなものはずたずたになってしまうだろうな」

ジョニーが、口をはさんだ。

「ウェールズで三人が口げんかしてるのを聞いたけど、信頼なんてしてなかったよ。ぼく、思うんだけど、奥《おく》さんは自分のことを知ってるふたりの口をふさぐために、両方とも殺すつもりだったのかも。それから見かけを変えて、見つからないようにしようと思ってたんだ」

グリフィン警部は、うなずいた。

「どっちにしろ、見かけを変えるという広告に申しこみをした時点で、どんなにずるい女かってことがわかるな。夫を殺したのが正当防衛だとか、いっしゅんわれをわすれていたなどと自己《じこ》弁護しようとしたら、こんなふうにいつも自分の身を守るための準備をしていたという証拠《しょうこ》として、広告のことを示すことができる」

「奥《おく》さんがあんな人だったなんて、思ってもみなかったな」と、ジョニーはいった。

「人を殺してしまった人間が、そのあとでどんなふるまいをするか知ったら、きみも驚《おどろ》くだろうよ」と、グリフィン警部《けいぶ》はいう。「わたしはいままで、けっこうおおぜいの殺人犯を見てきたからな。ほとんどが、自分のおかした罪に苦しむ。だが、血も涙《なみだ》もない殺人をたくらんだくせに、まったくあたりまえの人間に見えるやつが中にはいるんだ――なんとも愛想のいい、楽しい人間だったりすることさえあるんだよ。自分がきらいだった人間をやっかいばらいしてしまったんだからね。それから、自分が人を殺してしまったことに仰天《ぎょうてん》してしまい、それからは善悪《ぜんあく》の区別がつかなくなってしまうやつもいる」

「ラングフォード先生の奥さんも、そういう人になっちゃったわけ？」と、ジョニーはきいた。

「そうだと思うよ。あの人は、愛情にあふれた、りっぱな男を殺してしまった。おそらく、あの人以上にラングフォード先生を尊敬《そんけい》していた人はいなかっただろうな。だから、自分がすでにやってしまったことにくらべれば、これからどんな罪をおかそうがたいしたことではない。つまり、これからは人を殺すのをためらう理由なんてないだろう？　だから、きみやハウエルの命をおびやかすのなんて、なんでもなかったのさ。そのうちに、次の段階《だんかい》に入っていたのかもしれないな。殺人を楽しんで、つかまらないのを誇《ほこ》りに思うような。殺人犯の中には、自分に罪はないとみずからをなっとくさせてしまうやつもいる。すべての証拠がそろっていてもだ」

「それから、まったく罪をおかしていないのに容疑者《ようぎしゃ》にされてしまうものもいる。見かけだけの理由でね」ハッチさんが、きびしい声でいった。

ウィニーのことを指しているのだと、グリフィン警部はわかった。警部は、はずかしそうにせきばらいをした。謝罪《しゃざい》をしているのかと思えるようなせきばらいだった。

「とにかくだな、ジョニー」警部は、その場の重苦しい空気をふりはらうようにいった。「きみの作った広告が、事件の解決に役立ったのかもしれん。だから、その広告が新聞にのったいきさつには、目をつぶっておくとしよう——ただし、これからはぜったいやらないと約束すればな」

「はい、約束します」ジョニーは、本心からそういった。「もうぜったいに、二度とやりません」

ハッチさんが、割《わ》ってはいった。

「ひとつジョニーにききたいことがあるんですが、いいですかね」と、警部にきく。

「さあさあ、ききたまえ」グリフィン警部は、また事件の解決に結びつくことが聞けるかと、ほくほくしながら答えた。

「あのな、ジョニー」ハッチさんは、切りだした。「ひとつ、知りたいんだが……」

「ハッチさん、なあに？　なんでもきいていいよ」

「ちょっと考えてたんだけど。どうすれば、たちまち、そして永久に見かけを変えることができるんだね？　その広告の答えはなんだったんだ？」

ジョニーは、はずかしくなった。うつむいて、足元を見ながらつぶやく。

「頭をちょんぎりなさい……」

ハッチさんは、肩《かた》をすくめた。

「あんまり出来のいい広告とはいえんな」ため息をつく。「もう、商売をやめる潮時《しおどき》かもしれないぞ」

46 釈放《しゃくほう》される

あくる日のこと、ハッチさんの店にある木製《もくせい》の電話ボックスの電話は鳴りっぱなしだった。新聞社やら、ジョニー親子の話に感激《かんげき》した人たちやら、それに、グリフィン警部《けいぶ》も電話をかけてきた。警部は拘置所《こうちしょ》に行って、ウィニーが家に帰れるように書類を整えてくれたという。ジョニーは、オルウェンに会ったことをハッチさんに話してから、クライグ・イ・ノスのキャンベル教授《きょうじゅ》に電話して、オルウェンのようすをきいてくれないかとたのんだ。電話は、なかなかつながらなかった。ウェールズのサナトリウムにも、報道陣《じん》が殺到《さっとう》していたのだ。だが、そのうちに電話が通じた。電話を切ったハッチさんは、ジョニーにオルウェンのことを話してくれた。

「それがなあ、キャンベル教授は電話じゃあまり話してくれないんだよ」と、ハッチさんはいう。

「もちろん、あたりまえの話だけどな。教授にとってみれば、おれはどこの馬の骨《ほね》かわからないんだもの。だがオルウェンは、親せきが見つかるまでクライグ・イ・ノスにおいてもらえるって話だ。おまえが手紙を送ったらオルウェンにわたしてやるって、教授はいってくれたよ。もし、おまえが手紙を出したいならな」

「もちろん、出すよ」と、ジョニーは答えた。

「早く書けば、今日の便に間に合うぞ。それから店を閉《し》めて、すぐにおふくろさんをむかえに行ければいいな。グリフィン警部《けいぶ》が、警察の車で拘置所《こうちしょ》まで連れてってくれるっていってたよ」

グリフィン警部が拘置所の中に入って最後の手続きを終わらせている間、ジョニーとハッチさんはずっと車の中で待っていた。警部が永遠にもどってこないような気がしてきた。本当はたったの十五分だったのだが。拘置所の中でなにかまずいことが起こったのではと、ジョニーは不安でたまらなかった。グリフィン警部は記者たちに、明日までウィニーは釈放《しゃくほう》されないと告げていた。拘置所のまわりに人だかりができたらと、心配してくれたのだ。

夜の冷気につつまれた通りには人っこひとりおらず、拘置所の高いへいの影《かげ》になっているせいで、あたりはよけいに陰気《いんき》くさかった。拘置所のどっしりした門扉《もんぴ》のすぐ横に、小さなドアがひとつある。ようやくそのドアが開くと路上に長四角の明かりが落ち、グリフィン警部が出てきた。ひとりで出てきたのではとジョニーはドキッとしたが、警部はすぐにふりかえり、ちっちゃな人影に手を貸して外に出している。ウィニーは見るからによわよわしく、とつぜん自由になったことにとまどっているように見えた。だが、車から飛びおりて走ってくる息子《むすこ》を見るや、大きく両手を広げた。

「母ちゃあん！」ジョニーは、さけんだ。十歳《さい》になったときから、こんなふうに母親を呼《よ》んだことはない。なにからなにまで、すべてをウィニーに話したかった。だがジョニーの口から出たのは、これだけだった。「母ちゃあん！　母ちゃあん！　帰ってきたんだ！　帰ってきたんだね！」

ウィニーは息子をぎゅっとだきしめて、かすれた声でささやいた。

「そうよ、ぼうや。それに、おまえのおかげで自由になれたってことも知ってるわ。ああ、ジョニー！　おまえは、本当に母さんのじまんの息子よ」

ふたりとも、すでに涙《なみだ》に泣きぬれ、車の中ではハッチさんがハンカチに手をのばしていた。

ウィニーの近所に住む人たちは、日がな一日大いそがしだった。ウィニーのことをさげすんだり、村八分《むらはちぶ》にしたりしたことなんか一度もありませんよ……というふりをしようとやっきになって、せっせとこわれた窓《まど》を修繕《しゅうぜん》したり、壁《かべ》の落書きを消したりしていたのだ。あの農場主は、ニューゲイトからトラックにタマゴや牛乳《ぎゅうにゅう》をどっさり積んでやってきた。台所のテーブルに、ジョニーにとてもひどい仕打ちをしてすまなかったとていねいにわびたメモをそえてタマゴや牛乳を置き、暖《だん》炉《ろ》の火も燃やしていってくれた。近所のスラックさんまで、プレゼントを持ってきた。鍋《なべ》に入れた熱々《あつあつ》のスープだ。ジョニーは、口をつけようとしなかった。スープのほかに、黄色い液体《えきたい》が入っているのではと心配したからだが、ウィニーにはおなかがいっぱいだからとだけいっておいた。ひとりぼっちで家にいたときに起こったおそろしい出来事を、事細かに母親に告げるつもりはなかった。

「とにかくベネットさんが牢屋《ろうや》に入っちゃったんだから、家賃《やちん》が上がる心配はないね」ハッチさんが夕食にと持ってきてくれたパイを切りながら、ジョニーはいった。「それに、母さん。ちょっとの間、働きにいかなくてもだいじょうぶだよ。母さんの留守の間に、ぼくが少しだけお金を貯《た》めておいたからね」

暖炉《だんろ》の前にすわっていたハッチさんとウィニーが顔を見あわせた。あの広告のことを母親も知っているのだと、ジョニーは気がついた。ぜんぶ自分で話さなくてもすみそうだ。ほっとしたジョニーは「ごめんなさい……」といいかけた。

「まあまあ、そのことはまた、別のときにね」

ウィニーは、ジョニーにお茶のお代わりをついでくれた。

あくる日は、ジョニーもウィニーもおそくまで寝《ね》ていた。朝食が終わるころに、訪《たず》ねてきた人がいた。ラングフォード先生が引退したあと、代わりに患者《かんじゃ》を診《み》ることになった医者だという。医者はウィニーをすっかり診察《しんさつ》したあとで、ジョニーも診てくれた。クライグ・イ・ノスで、あのおそろしいばい菌《きん》をもらったかどうか調べてくれたのだ。

「スワンソンさん、どこも悪くありませんよ」医者は聴診器《ちょうしんき》をしまいながらいった。「息子《むすこ》さんのほうは、一、二週間の間、学校を休ませてください。感染《かんせん》してないかどうか確認《かくにん》するだけですよ。そのあとで通常の検査をしますが、なあに心配する必要はありません。なにしろ、こんなにすばらしい息子さんだものね」

医者は、カバンに朝刊を入れてきていた。ウィニーに「血に飢《う》えた、酒場のホステス」という烙《らく》印《いん》をおしたあの記者が、今度はいいことずくめの記事を書いている。リンゴとチーズを食べながらジョニーに聞いたことが、ぜんぶ記事になっているのだ。

スタンブルトンの天使

――本紙特派員《とくはいん》による

先の戦争で未亡人《みぼうじん》になったウィニフレッド・スワンソンさんが本日釈放《しゃくほう》され（一面参照）、友人や近所の人々に歓呼《かんこ》の声をもってむかえられた。スワンソンさんはジャイルズ・ラングフォード医師を殺した真犯人たちの策謀《さくぼう》によって警察《けいさつ》に逮捕《たいほ》されていた。「ウィニーはいつもほほえみをたやさず、とても親切にしてくれましたよ」と、近所に住むエドナ・スラックさん（57）はいう。「毎日わたしのうちを訪ねてくれたのですが、めんどうだというようなそぶりなど、ちっとも見せませんでした。彼女《かのじょ》が警察に連れていかれたときは、これからどうやってくらしていけばいいかと思ってしまいましたよ」。ミリセント・ロバーツさん（34）は、スワンソンさんが息子のジョニーくんをいっしょうけんめいに育てていたと話す。「ジョニーを育てるために、年がら年じゅう、それこそ身を粉《こ》にして働いてましたよ」とロバーツさんはいった。

戦争の英雄《えいゆう》

スワンソンさんの息子のジョニーくんは、父親を知らない。ハリー・スワンソン兵士（右の写

真）は、終戦の数日前にフランスで戦死したのだ。二十歳《はたち》の誕生日《たんじょうび》のちょうど一か月後だった。

少年探偵《たんてい》

母親を絞首台《こうしゅだい》から救い出したのは、息子《むすこ》のジョニーくん（11）だった。事件を担当《たんとう》する警察署《けいさつしょ》は、いまの段階《だんかい》では公表をひかえているが、ジョニーくんが積極的に、しかもねばりづよく事件を調べ続けたことに、いたく感服していると見られている。ジョニーくんが母親の無罪を信じて証拠《しょうこ》を提供《ていきょう》したことで、三人の真犯人の逮捕《たいほ》にいたったのである。ジョニーくんは地元の学校に通う……（五面に続く）

午後になってジョニーが店に行くと、ハッチさんが例のけんかのあとかたづけをしていた。ジョニーは二階に上がった。ウサギのぬいぐるみと「平和」のマグカップ、それからウィニーが父さんの勲章《くんしょう》や書類を入れている大切な箱を取りに行ったのだ。マットレスの下に、「見かけを変える」広告に送ってきた手紙が十二通かくしてあるのもおぼえていた。ジョニーはすぐに切手をはった返信用封筒《ふうとう》に郵便為替《ゆうびんかわせ》を入れて、見かけを変えたいと切に願っているかわいそうなおバカさんたちに送りかえす準備をした。

店におりると、ハッチさんはもう配達用の夕刊の束を受け取っていた。束にかけてあったひもを切り、いちばん上の新聞を広げている。

「おいおい、ジョニー。これを見ろ」ハッチさんは大声を上げた。

一面にフレデリック・ベネットの写真がのっている。見出しの文字は、いつもよりずっと大きい。店の反対側にいたジョニーにも読めるくらいだ。

地元の名士、殺人罪で逮捕

「だけど、この記事はまちがってるよ」と、ジョニーはいった。「ぼく、警部さんたちにいったのにな。殺したのは、ラングフォード先生の奥《おく》さんだよ。ベネットさんじゃないんだ」

「これは、別の殺人事件だよ」ハッチさんが、記事の最初のところを読みあげる。「女優《じょゆう》の遺体《いたい》、森で発見。おまえのいったとおりだったな、ジョニー。ベネットは、自分のガールフレンドを消しちまったんだよ」

「ほかには、なんて書いてあるの？」

「たいして書いてないな。おまえのおふくろさんが逮捕されたとき、あの記者がいってたじゃないか。警察が逮捕したあとは、新聞はなにか知ってても書いちゃいけないんだって」

ドアの鈴《すず》がジャラジャラと鳴って、こわれたドアがあいた。

「よくおぼえててくれたな、ありがとうよ」聞きおぼえのある声がする。あの新聞記者だ。「あんたのいうとおりだよ。細かい事実がいろいろわかったんだが、裁判《さいばん》が終わるまで記事にするのは待たなきゃいけないんだ」

「それって、どんな?」と、ジョニーがきいた。

「たとえば、死体を包んで運んだ毛布のおかげで、ベネットが関係しているということが確認《かくにん》できたとか。やつの車の後部座席《ざせき》にまだ置いてあった毛布とおなじだってことがわかったんだよ」

ウェールズから帰るとちゅう、その毛布につつまれていねむりしていたことをおぼえている。ジョニーは、ぶるぶるっとふるえた。記者は、なおも続ける。

「遺体《いたい》は、三十キロ以上はなれた森の中で見つかったんだよ。それを聞いたときにゃ、ぞっとしたよ。ベネットの使用人が車のどろを洗《あら》ってるのを見たんだが、あれが遺体を運んでったときについたどろかもしれないって思ってさ」

ジョニーもベネット氏のお屋敷《やしき》で見た光景を思い出したが、なにもいわなかった。

「遺体は、なんともひどいありさまだったらしいぞ。警察も、彼女《かのじょ》のブロマイドに写ってたネックレスを遺体がかけてたもんで、やっと本人だってわかった……」

ハッチさんは、ぎょっとした。

「おいおい、それ以上はやめとけよ」

子どもが聞いているんだからなと、いいたかったのだ。

記者は店の中を見まわして、話題を変えた。

「ようやく、もとどおりになったようだな」

ハッチさんは、うなずいた。

「あんた、電話をかけにきたんじゃないのかい？」

「いいや、仕事で来たわけじゃない」記者は財布を取り出して、五ポンド札を二枚《まい》、テーブルの上に置いた。「修繕費《しゅうぜんひ》の一部をはらわせてもらおうと思ってな。それから、ジョニーにこれを」ハトロン紙でくるんで、ひもをかけた包みを手わたす。「注意してあけてくれよ。ガラスが入ってるから」

ジョニーは、包みをやぶいた。父さんの写真だ。新品の美しい鼈甲《べっこう》の写真立てに入っている。ハッチさんがやってきて、写真をのぞいた。

「まったくりっぱな男だったよ、おまえのおやじは」ハッチさんは、写真立てを手にとって、ジョニーの顔の横にならべて見ている。「おまえとそっくりじゃないか。さぞかし、おまえのことを誇《ほこ》らしく思ってるだろうな」

「だまって持ってってたりして、悪かったな」記者は、はずかしそうにいった。「ごめんよ。ゆるしてくれ」

「写真がかえってきて、母さんも喜ぶよ」

ジョニーは、ぶすっとした顔のままいった。父さんの写真をぬすんでいったことは、まだゆるす気になれなかった。

「ジョニー、せっかくここに来たんだからさ」記者は、手帳を取り出した。「ベネット氏のことについて、話したいこととかあるかい？　警察《けいさつ》にいる知りあいの話じゃ、いろんなことを教えてやって捜査《そうさ》に協力したそうじゃないか」

「いうことなんて、なんにもないよ」と、ジョニーはいった。「ぜんぶの裁判《さいばん》が終わるまでは、だれにも話しちゃいけないことになってるんだ」

「この子のいうとおりだ」ハッチさんがドアをあけて、そのままおさえている。「しばらくの間、ここには近づかないほうがいいんじゃないか？」

「ハッチンソンさんよ、その警察にいる知りあいから、あんたのことでいい話も聞いたんだぜ」

「ええっ、ほんとかい？」ハッチさんは、ちょっと目を丸くした。

「あんまりくわしくは話してくれなかったが、例の広告に対する苦情の申し立てが取りさげられたんで、うちの新聞社はあんたに礼をいわなきゃと思ってるんだよ。どうやらだれかが、私書箱《ししょばこ》九号の背後《はいご》にいる男と話をつけてくれたらしいんだな」

「おれには、なんにもいえんよ」

「もちろんそうだろうよ。わかってるさ。あんたには、郵便局 長《ゆうびんきょくちょう》として秘密《ひみつ》を守る義務があるからな」

「副局長だ」

「まあまあ細かいことはいうなって。とにかく、あの広告がこれから出なくなるんだったら、あんたに感謝《かんしゃ》しなくちゃな」

　ジョニーは、なにもいわなかった。別れぎわに新聞記者は、親しげにジョニーの腕《うで》をたたいていった。

「さて、これからどうするんだね？」

「ちょっとしたら、また学校に行くけど」

「それから、そのあとは？　学校を卒業したら、どうする？　今度のことで探偵《たんてい》の仕事がやりたくなったんじゃないのかい？　警察に入りたいか？　でなきゃ、新聞社とかは？」

「わかんない」と、ジョニーは答えた。「考えたことないから。たぶん、お店とかをやるかも」

　記者が店を出ていくと、ハッチさんは夕刊を配達する準備をはじめた。その顔は、じまんの息子《むすこ》を持った父親のような喜びにかがやいていた。

47 新しいあだ名

二週間後、あの新しい医者がふたたび訪《たず》ねてきた。

「さあ、そろそろきみを学校へ送りもどそうと思ってね」医者は、ほがらかな声でいう。「また友だちに会えるんだよ。うれしいだろ」

いちおううれしそうな顔をしてみせたが、また運動場のいじめにあうと思うと、ジョニーはおそろしくてたまらなかった。

最初の登校日、ジョニーはわざと朝刊の配達に時間をかけて、始業のベルが鳴っている最中に学校に着いた。マリー先生が校門のところに立って、遅刻《ちこく》してきた子どもをつかまえようと待ちかまえていた。

「またまた運よく逃《に》げたな、え、スワンソン?」

教室にかけこむジョニーの背中《せなか》に、マリー先生は皮肉っぽい声でいう。

担任《たんにん》のスタイルズ先生が、出席をとった。

「モリソンくん、ノーブルくん、パーカーくん、ロバーツくん、スワンソンくん……」

ジョニーの名前を聞いて、教室じゅうがざわめいた。スタイルズ先生は、しーっといった。

「みなさん、おしゃべりはやめなさい。ジョニー、もどってきてくれてよかった」スタイルズ先生は、インクつぼにペンを入れながらいった。「あなたの名前のところに、また出席のしるしをつけられてうれしいわ。テイラーくん、トンプキンくん、ヴェナブルくん……」

休み時間になると、ジョニーはうつむいたまま、のろのろと運動場へ出て、悪口の一発めを浴びせられるのを待った。ところが、びっくりしたことに、ジョニーはたちまち子どもたちに取りかこまれてしまった。みんな、殺人事件のことをあれやこれやきいてくる。いまのいままで、こんなに人気者になったことはなかった。

アルバート・テイラーが子どもたちをかきわけて、つかつかと近づいてきた。ひるんではいけないぞと、ジョニーは自分にいいきかせたが、すくなくとも悪口くらいはいわれるのではと覚悟《かくご》した。テイラーは、ポケットに手をつっこむ。なにを出すのか？　ナックル・ダスター（指関節にはめて攻撃する金属製の武器）？ぱちんこ？　それとも、ナイフか？

チョコバーだった。テイラーはチョコバーを割《わ》って、ジョニーに差し出した。

「ほうら、タンちゃん。食えったら」

タンちゃん！　新しいあだ名だ。探偵《たんてい》のタンちゃん。ついにジョニーの持っている能力をからかうあだ名がついたというわけだ。テイラーはあだ名の由来を説明しなかったが、みんなにもわかったようだ。いままでジョニーのことを「クワッキー」とか「スウィングソン」とか呼《よ》んでいた連中は、これから「タンちゃん」というようになるだろう。ジョニーを遊び仲間に入れてくれたということだ。

それから何週間かたつうちに、テイラーたちの遊びはなんともあと味の悪いものになっていった。ジョニーは仲間に入っているのが、誇《ほこ》らしくもなんともなくなってきた。いくらテイラーの仲間たちに尊敬《そんけい》の目で見られても、あまりありがたくはない。ウィニーに対する悪意が、的を変えただけなのだから。新しい標的は、ミス・デンジャーフィールドだった。以前から好かれていたとはとてもいえなかったが、いまやこわがられる存在《そんざい》でもなくなってしまったのだ。以前に自分に悪意のかぎりをつくした男の子たちがミス・デンジャーフィールドの家の窓《まど》にレンガを投げ、玄関《げんかん》に「ウソつき!」と落書きするのを、ジョニーは止めようとはしなかった。ミス・デンジャーフィールドの杖《つえ》が、アヒルの池にうかんでいるのが見つかった。

「あの方も、かわいそうにね」ある晩《ばん》、夕食を食べているときにウィニーがいった。「町じゅうの人たちに白い目で見られるのがどんなにつらいか、わたしにはよくわかるもの。もうだれにも、そんな目にあってもらいたくないわ」

ジョニーは、口にものが入っていて、しゃべれないというふりをした。

復活祭の休みの間に、ミス・デンジャーフィールドの家に「売り家」という札《ふだ》がはられた。それより少し前に、道路の向かい側にあるラングフォード家の「売約ずみ」の札が新しい持ち主によってはがされた。あの、ラングフォード先生に代わった新しい医者が、すでに引《ひ》っ越《こ》してきていたのだった。その医者が、ミス・デンジャーフィールドにとって、まさにとどめの一撃《いちげき》になった。なにしろ独身男で、バイクを乗りまわし、浴室の窓をあけっぱなしにしているという、とんでもないいやつなのだから。ミス・デンジャーフィールドは、自分が新しい隣人《りんじん》をどう思っているか、教区牧師に切々とうったえた。

「あたしが寝室《しんしつ》のスツールの上に乗ると、あの男がシャツをぬいでひげをそっているのが見えるんですからね。とてももがまんできるもんじゃありませんよ！」

ミス・デンジャーフィールドの家に引っ越しのトラックが来た日、ジョニーは医者の家の庭にある木にのぼって、見はっていた。おばあさんが本当に引っ越していくのかどうか、たしかめたかったのだ。ミス・デンジャーフィールドは最後までけんか腰《ごし》で、引っ越し作業をする男たちが家具を手あらくあつかうといってはがなりたてていた。

「そのレコードプレーヤーつきラジオは、大切にあつかっておくれよ！」ミス・デンジャーフィールドは、金切り声でさけぶ。「リッセノーラ・ニュー・エラなんだからね」

だが、ミス・デンジャーフィールドの威光《いこう》は、すでに地に落ちていた。男たちは肩《かた》をすくめただけで、レコードプレーヤーつきラジオの木のキャビネットを放り投げるように門に立てかけた。

ジョニーは丘《おか》をかけおりて、ハッチさんの店に夕刊を取りに行った。すると驚《おどろ》いたことに、母親のウィニーが店の床《ゆか》をそうじしている。

「ハッチさんが仕事をくださったのよ。この店で働かせてくれるんですって」

ハッチさんは夕刊が入ったカバンをジョニーの肩《かた》にかけてくれてから、道路におし出した。

「おまえが気にしないといいけどな。おまえには、まだアルバイトを続けてもらうよ。けど、おふくろさんも仕事をしなきゃいけないからな。じつは、あの新しい医者からたのまれたんだそうだ。ラングフォード先生の屋敷《やしき》で、前のようにそうじやら洗濯《せんたく》をしてくれないかってね。けど、あの屋敷には行かせないようにしたほうがいいと思わないか？」

こういうわけで、夏の間ずっと、ウィニーは昼間は店ですごすようになった。ときにはハッチさんが、ジョニーの家に寄って夕食を食べていく。そのあと、ジョニーが宿題をしている間に、ウィニーとハッチさんは散歩に行ったり、嵐《あらし》の夜に立ち寄ったあの酒場に行ったりした。酒場ではウィニーはもう有名人で、あの夜のようによるべのない、あわれな女ではなかった。学校も、ジョニーにとって前よりずっとすごしやすい場所になった。マリー先生まで、ジョニーの背丈《せたけ》がのびて力も強くなったのを知って体育チームのメンバーにしてくれ、今度はもっと年下の子どもを標的にしていじめだした。

ときおり、ジョニーは新しい広告を思いついたが、ぜったいに新聞にのせたりしないという約束を必死で守った。あの詩人は、まだ定期的に手紙を送ってくる。しばらくの間、ジョニーは送ってきた郵便為替《ゆうびんかわせ》をかえすだけにしていたが、その男はなんと自分の詩を指導してくれとたのんできたのだ。そこでハッチさんに相談すると、返事をしてもいいが、ぜったいに金は取るんじゃないぞと念をおされた。

「文通するお友だちだと思えばいいじゃないの」と、ウィニーもいう。ジョニーも、ふたりのいうとおりにした。

オルウェンもジョニーに手紙をくれた。オルウェンはまだクライグ・イ・ノスにいる。おじさんが見つかるまで、ずっとサナトリウムから出られず、おめぐみにすがってみじめなくらしをしなければならないという。

「オルウェンになにかしてやれないかな？」

ある晩《ばん》、夕食のさいちゅうにジョニーはきいてみた。

「おれも考えてたんだよ」と、ハッチさんはいう。「おまえの教えてくれたキャンベル教授《きょうじゅ》と、何度も連絡《れんらく》をとったんだ。これから話すことについては、もしだめになったらいけないのでしゃべりたくなかったんだが、いまならいってもいいかもしれんな」

「キャンベル教授は、なんていってたの？」と、ジョニーはきいた。

ハッチさんは、ウィニーの手をにぎる。いやにやさしいんだな。ジョニーはそう思って顔を赤らめ、なるべくそっちを見ないようにした。

「あのな」ハッチさんはいった。「オルウェンに新しい家庭をあげられるかもしれないぞ」

「それはすごいね。オルウェンがスタンブルトンにもどってきて、ハッチさんとくらすってこと？」

答えたのは、ウィニーだった。

「わたしたちとよ、ジョニー。わたしたち三人と」

「それって、つまり……」答えはわかっていたが、ジョニーはきいてみたかった。「つまり、母さんとハッチさんが結婚《けっこん》するってこと？」

ききながら、のどがつまって変な声になってしまった。

「そうそう、これでエイダおばさんも、めでたくすがたを消すってわけさ」ハッチさんが笑いだす。

「もう電話をかけてくることもないだろうよ！」

「あのね、エイダおばさんがいなくなるのは、なんだかさびしいなって思ってしまうのよ」と、ウィニーはいう。「あのおばさん、やっかいごとを山ほど起こしたけど、考えてみれば、おばさんのおかげでわたしたちはいっしょになれたんですものね」

「そうだな」と、ハッチさんはいった。「おれたちは、本当の家族になるんだぞ、ジョニー。おまえと、ウィニーと、オルウェンは、店の上でおれといっしょにくらすんだ」

ジョニーは、しばらく頭の中で自分の新しいくらしを思いうかべた。

「それは……ぼくがジョニー・ハッチンソンになるってこと？」

ウィニーは、鼈甲《べっこう》の写真立てに入った父さんの写真に目をやった。ハッチさんが、ウィニーの代わりに答えた。

「いいや、ジョニー。おまえのおやじさんに対して、そんなことはできないさ。たしかに、あいつはおまえのことを知らない。けど、おまえのことをぜったいに誇《ほこ》りに思ってるはずだよ――おまえの作った、笑っちゃうような新聞広告のことも、おふくろさんの命を救うためにいっしょうけんめいにがんばって、勇気をふるったことも。おやじさんが最後に残してった最高のものから、あいつの名前をとってしまうなんてことはできやしないさ」ハッチさんは、ジョニーの金色の巻《ま》き毛《げ》をなでた。「ジョニー。おれは、おまえに誓《ちか》う。これからずっとおまえのことを自分の息子《むすこ》として大事にして、めんどうをみていく。だがな、これだけは約束しとくよ。それが正しくて、りっぱなことだと思うからな。たとえなにが起ころうとも、おまえはいつも、いつまでもずっと、ジョニー・スワンソンだ」

訳者《やくしゃ》あとがき

第一次世界大戦が終わってから約十年たった一九二九年の秋。十一歳《さい》の少年、ジョニー・スワンソンは、母親とふたり、イギリスの小さな町で貧《まず》しいけれどおだやかな暮《く》らしを送っていました。そんなジョニーのなやみは、背《せ》が低く、やせっぽちなのを学校でからかわれること。ある日、あっという間に背が伸びるという新聞広告にだまされ、まんまとお金をだましとられてしまいます。けれども、そのおかげでジョニーは素晴らしい商売を思いつくのです。じつはこれ、アルバイト先の主人ハッチさんや、母親にも秘密《ひみつ》にしておかなければならないたぐいのものなのですが、なんとジョニーは天才的な手腕《しゅわん》を発揮《はっき》して、商売は大繁盛《だいはんじょう》。いじわるで、ひねくれたおばあさん、ミス・デンジャーフィールドのいやがらせもなんのその。これで楽しいクリスマスを迎えられると思ったやさきに、小さな町をゆるがす、とんでもない事件が起こって、ジョニー母子は、不幸のどん底につきおとされてしまいます……。

物語は、ジョニーの悪知恵《わるぢえ》に、思わず笑ったり感心したりという前半から、一転して殺人事件の真相を探《さぐ》るミステリーになっていき、はらはらどきどきしながら最後まで一気に読んでしまいます。その迫力《はくりょく》もさることながら、この物語の素晴らしいのは、十年前の戦争と、かつてこの地で猛威《もうい》をふるった結核《けっかく》という病気が、いまだに小さな町に暗い影《かげ》を落としているありさま、そのふたつの傷跡《きずあと》をどこかにかかえながらせいいっぱい生きている人々の姿《すがた》を見事に描《えが》いているところです。主人公のジョニーと母親のウィニーをはじめ、ハッチさんや医師夫妻、そしていわば敵役《かたきやく》のミス・デンジャーフィールドにいたるまで、傷つきやすい内面をかかえた、生身の人間の体温が感じられるような奥行《おくゆ》きのある描き方をしているところにも、作者の力量が感じられます。この作品は英国のファンタスティック・ブック賞を受賞したほか、カーネギー賞、全英図書館協会児童文学賞、レッドブリッジ児童文学賞、セフトン・スーパー・リーズ賞等々の候補作《こうほさく》になりました。

この物語を書いたエレナー・アップデールさんは、一九五三年に南ロンドンのカンバーウェルに生まれ、小学校から高校まで現地の学校に通いました。オクスフォード大学に入学するときまで、ほとんどロンドンを出たことがないという生粋《きっすい》のロンドンっ子です。大学で歴史を学んだのち、BBCに入局し、テレビとラジオの番組作りにたずさわりました。そのあいだに三人の子どもに恵《めぐ》まれ、子育てのために仕事をやめますが、そのあとはグレート・オーモンド小児病院（ピーター・パンの作者バリが、すべての版権《はんけん》を寄付した病院）の医学倫理《りんり》委員会の委員、「コラム」という子どものための慈善《じぜん》団体の理事をはじめ、さまざまな社会活動にたずさわります。なかでも「コラム」は、イギリスに初めてできた孤児院《こじいん》の名前をとった団体で、アップデールさんの父親も赤ちゃんのときに孤児院《こじいん》に引きとられ、両親を知らずに育ったために、「コラム」のために働くというのは作者にとって特別な感慨《かんがい》があったといいます。また、ごく最近、英国の臓器《ぞうき》移植《いしょく》倫理《りんり》委員会の委員にも任命されています。

このような社会活動をしながら、アップデールさんはふたたびロンドン大学で十七世紀後半から十八世紀前半にかけての歴史を学びはじめ、二〇〇七年に博士号を取得します。最初の作品である『モンモランシー』を発表したのは、大学で勉強をしている最中の二〇〇三年のことです。十九世紀のロンドンを舞台《ぶたい》に、昼は紳士《しんし》、夜は大泥棒《おおどろぼう》というモンモランシーの大活躍《だいかつやく》を描《えが》いた全四巻《かん》のシリーズはたちまち人気を博して世界各国で翻訳《ほんやく》されました。残念ながら、この作品の邦訳《ほうやく》はまだ出ておらず、日本で紹介《しょうかい》されるのは第二作である『天才ジョニーの秘密《ひみつ》』が初めてです。

▲エレナー・アップデールさん。大英図書館にて。(訳者撮影)

今年の夏、オリンピックの熱気がさめやらぬロンドンで、わたしはエレナー・アップデールさんに会いました。現在、アップデールさんはロンドンとスコットランドのエディンバラに住まいを持っていますが、ちょうどエディンバラ演劇祭《えんげきさい》で上演される『モンモランシー』の初日の舞台が迫《せま》っているなか、わたしに会うためにはるばるスコットランドからかけつけてくれました。想像していたとおりの、エネルギーにあふれる、きびきびした方でしたが、どこかに物語を作るのが大好きだったという少女時代の面影《おもかげ》を感じることができました。じつは『モンモランシー』は、少女のころ子ども部屋で寝《ね》るまえに、きょうだいたちにせがまれて思いつくままに語った泥棒の話がもとになっているそうです。驚《おどろ》いたことにアップデールさんは、きょうだいたちを喜ばせようと、ビクトリア時代のロンドンのようすや、泥棒が逃《に》げるために利用する当時の下水道のことをせっせと勉強し、山ほどメモを取っていたとか。『天才ジョニーの秘密』を執筆《しっぴつ》するときも、アップデールさんは、当時の時代背景《はいけい》や、人々の暮《く》らしなどを細かく調べたということです。原書には、本書に登場するもののなかで実際に存在したものを著者の言葉としていくつか挙《あ》げています。たとえば……

＊バチル・カルメット－ゲラン（ＢＣＧワクチン）　このワクチンは一九二八年に国際連盟によって承認《しょうにん》されました。イギリスで広く使われはじめたのは、第二次世界大戦後のことです。

＊クライグ・イ・ノス城《じょう》　この城《しろ》はまだ存在《そんざい》しますが、サナトリウムとして使われたのは一九五九年までで、現在はホテルになっています。

＊ヴィヴァトーン強力養毛剤《ようもうざい》　当時は店で販売《はんばい》されていました。

＊「モード・ドーソンの愛にあふれる身の上相談」　この記事や、「よい子たちへ」、アンカロアボの新聞広告は、実際に一九二九年の「レイノルズ・イラストレイテッド・ニューズ」に掲載《けいさい》

されていたものです。

『天才ジョニーの秘密《ひみつ》』を書いたいちばんの動機は？　とわたしが質問したとき、アップデールさんは「なにより、その時代を書きたかったから」と答えてくれました。「第一次世界大戦以前と、第二次世界大戦以後を書いた作品はたくさんあるけれど、ふたつの戦争のあいだのことを書いたものは、あまりありませんからね」とのこと。ジャーナリスト、歴史学者、そして社会活動家としての経験をもとに、少女時代から培《つちか》った物語る力で、これからもどんどんおもしろい作品を書いてくれることでしょう。ちなみに、エレナーさんの夫であるジェイムズ・ノーティさんは、数々の賞を受けた著名《ちょめい》なジャーナリストで、BBCラジオ4の「トゥデイ」という朝のニュース番組のキャスターをしていることでも知られています。東北大震災《だいしんさい》のときには、いち早く来日して、イギリスの国民に惨状《さんじょう》を伝えてくれたそうです。

おしまいに、作品のなかにしばしば登場する「郵便為替《ゆうびんかわせ》」ですが、若《わか》い読者の方々にはあまり耳慣れない言葉だと思いますので、ちょっと説明しておきます。原書の最後に作者はこう書いています。

「この当時、小切手や銀行の口座《こうざ》を持っている人が少なかったので、現金を送るのは郵便局を利用するしかありませんでしたが、コインは重いし、封筒《ふうとう》に現金を入れるのは不安でもありました。

そこで、地元の郵便局にお金を払《はら》って証書《しょうしょ》（為替）を作ってもらい、それを郵便で送って、受け取った人は自分の近くにある郵便局でその為替をお金に換《か》えてもらっていました。郵便為替がなかったら、ジョニー・スワンソンは商売ができなかったことでしょう」

日本にも、ジョニーが使っていたのとおなじ郵便為替の制度があり、現在でも「普通《ふつう》為替」、郵便局相互《そうご》の通知を電信（オンライン）で行う「電信為替」、あらかじめ十六種の金額が記載されている為替を送る「定額小為替」の三種類が使われています。

本書を訳《やく》すにあたっていろいろと助けてくださったエレナー・アップデールさん、こんなにおもしろい本を訳す機会を与《あた》えてくださった評論社の竹下宣子さんに、心からお礼を申し上げます。

こだま　ともこ

エレナー・アップデール Eleanor Updale
1953年ロンドン生まれの作家。歴史の分野で博士号を取得。ラジオやテレビでニュース番組のプロデューサーとして働いたのち、創作活動を始める。子どもたちのためのチャリティー運動「コラム」の運営にたずさわり、病院での医学倫理委員会にも参加している。ビクトリア朝時代を舞台にした犯罪小説、モンモランシー・シリーズ Montmorency series で多くの読者を持つ。

こだま ともこ Tomoko Kodama
東京生まれ。早稲田大学文学部卒業。出版社勤務ののち、児童文学の創作、翻訳にたずさわる。創作に『3じのおちゃにきてください』『まいごのまめのつる』(共に福音館書店)、翻訳に『ダイドーと父ちゃん』などの「ダイドーの冒険」シリーズ(冨山房)、『アル・カポネによろしく』『ビーバー族のしるし』(共にあすなろ書房)、『レモネードを作ろう』(徳間書店)、『3びきのかわいいおおかみ』『うさぎさんてつだってほしいの』(共に冨山房)など多数。

海外ミステリーBOX

天才ジョニーの秘密
2012年11月20日　初版発行　2019年1月20日　2刷発行

●――著　者　エレナー・アップデール
●――訳　者　こだま ともこ
●――装　幀　水野哲也(Watermark)
●――装　画　井筒啓之
●――発行者　竹下晴信
●――発行所　株式会社評論社
〒162-0815 東京都新宿区筑土八幡町2-21
電話　営業 03-3260-9409／編集 03-3260-9403
URL　http://www.hyoronsha.co.jp
●――印刷所　凸版印刷株式会社
●――製本所　凸版印刷株式会社

ISBN978-4-566-02429-8　NDC933　408p.　188mm×128mm

海外ミステリーBOX　エドガー・アラン・ポー賞傑作選

危険ないとこ

ナンシー・ワーリン 作
越智道雄 訳

あやまってガールフレンドを死なせてしまったデイヴィッド。高校生活をやり直そうとやってきた街でまた新たな悪夢が……傑作サイコ・サスペンス。

344ページ

ラスト★ショット

ジョン・ファインスタイン 作
唐沢則幸 訳

カレッジバスケットボールの準決勝と決勝戦に記者として招待されたスティービー少年。そこで思わぬ事件に巻きこまれ……さわやかなスポーツ・ミステリー。

336ページ

深く、暗く、冷たい場所

メアリー・D・ハーン 作
せな あいこ 訳

屋根裏部屋で見つけた一枚の写真。そこから破り取られた少女は一体誰？　楽しいはずの夏休みが恐怖の日々に変わる！ゴースト・ストーリーの傑作。

336ページ

闇のダイヤモンド

キャロライン・B・クーニー 作
武富博子 訳

フィンチ家では、アフリカからの難民家族を一時あずかることになった。ところが、この難民家族には、誰も想像もしなかったある「秘密」が……。

344ページ